Violet Thomas

Wie ein Stern in dunkler Nacht

Weitere Titel der Autorin:

Jeden Tag ein neuer Himmel
Ein Herz voll Leben

VIOLET
THOMAS

Wie ein Stern in dunkler Nacht

Roman

lübbe

Content Note: In diesem Buch werden Fehlgeburten thematisiert.

Dieser Titel ist auch als E-Book erschienen

Die Bastei Lübbe AG verfolgt eine nachhaltige Buchproduktion.
Wir verwenden Papiere aus nachhaltiger Forstwirtschaft und verzichten darauf,
Bücher einzeln in Folie zu verpacken. Wir stellen unsere Bücher
in Deutschland und Europa (EU) her und arbeiten mit den Druckereien
kontinuierlich an einer positiven Ökobilanz.

MIX
Papier aus verantwortungsvollen Quellen
FSC® C014496

Originalausgabe

Dieses Werk wurde vermittelt durch
die Langenbuch & Weiß Literaturagentur.

Textredaktion: Friederike Haller, Berlin
Titelillustrationen: © shutterstock: Kiriko357 | Robusta
Umschlaggestaltung: Christin Wilhelm, www.grafic4u.de
Satz: Dörlemann Satz, Lemförde
Gesetzt aus der Adobe Garamond
Druck und Verarbeitung: GGP Media GmbH, Pößneck
Printed in Germany
ISBN 978-3-404-18816-1

2 4 5 3 1

Sie finden uns im Internet unter luebbe.de
Bitte beachten Sie auch: lesejury.de

Kapitel 1

Zitternd saß ich auf dem gynäkologischen Stuhl. Grauweißes Papier bedeckte das schwarze Leder, das die Hitze meines Körpers dort reflektierte, wo das Papier nicht hinreichte. Alles an mir schien zu brennen. Meine Haut, meine Organe, mein Denken. Vor allem jedoch mein Herz. Nur meine Finger nicht. Die lagen eiskalt auf meinem nackten Bauch, und ich war mir sicher, dass sie niemals wieder warm werden würden.

Ich starrte an die Decke, zwang mich dazu, den Monitor nicht anzusehen. Auf keinen Fall wollte ich auf dem Ultraschallbild das erkennen, was mein Verstand längst ahnte, mein Herz jedoch nicht akzeptieren wollte. Dieses bescheuerte, hoffnungsvolle Herz, das mir beständig zuflüsterte: Vielleicht sind es nur Schmierblutungen. Vielleicht hast du eine Vorderwandplazenta, die an die richtige Stelle wandert und deswegen Blutungen verursacht. Vielleicht …

All die Hoffnungen, die mir dieses dumme Herz gab, obwohl ich es besser wusste. Helles Blut. Kein geronnenes, dunkles Rot. Nein. Aus mir heraus floss glühende Lava. Ein unbarmherziges Rot, das mich mit seiner Intensität verhöhnte. Mir vorhielt, was offensichtlich war: Nichts überlebt, wenn solch ein Strom den Vulkan verlässt.

Dr. Ines Mußhorn, eine ältere Kollegin in der Äskulap-Klinik, in der ich selbst arbeitete, steckte das Ultraschallgerät zurück in die Halterung und strich sich mit dem Handrücken über die Stirn.

»Christina, es fällt mir nicht leicht, das zu sagen, aber so wie es aussieht, sind deine Befürchtungen korrekt.«

Ihre sanfte, klare Stimme durchdrang die Mauer aus Eis kaum, die sich in mir aufbaute und sämtliche Hitze erstickte. Kälte, die mich wehrlos zurückließ. Immer noch starrte ich an die Decke, konnte mich nicht rühren. Nur meine Finger krallten sich in meinen Bauch, kniffen fest zu. Ich wollte den Schmerz überdecken, den ich nur zu gut kannte. Der mich bereits zum zweiten Mal in meinem Leben ereilte und dem ich erneut hoffnungslos ausgeliefert war.

Überspielen. Mehr wollte ich nicht. Vergessen, die Konsequenz von Ines' Aussage ignorieren und nicht darüber nachdenken. Weitermachen wie vorher.

Mein eigener Organismus machte mir einen Strich durch die Rechnung. Ich spürte, wie es in mir brodelte, wie meine aufschäumenden Gefühle den Wunsch, alles zu unterdrücken, überdeckten und mich in einer steilen Spirale hinabrissen. In die Dunkelheit, in der es kein Licht gab, das mich durch die Zukunft hätte leiten können.

Ines stand von ihrem Stuhl auf, wusch sich die Hände und legte ihre Finger schließlich auf meinen Oberarm. Heiße Punkte auf meiner eiskalten Haut. »Christina?«

»Ja, ich höre zu.« Die Worte stolperten aus meinem Mund, abgehackt, brüchig, kaum wahrnehmbar. »Entschuldige, ich …«

Weiter kam ich nicht, denn meine Stimme versagte, und ich musste mich abwenden, um die Tränen zu verbergen, die mir in die Augen schossen.

»Nimm dir ein paar Minuten«, sagte Ines und streichelte meine eisige Haut. Ihre Wärme hätte sicher gutgetan, wäre ich empfänglich dafür gewesen. Aber in diesem Augenblick wollte ich einfach nur heulen, mich in eine Decke einkuscheln und mich von der Außenwelt verabschieden. »Hast du Steffen schon angerufen oder soll ich das für dich erledigen?«

»Er weiß Bescheid und ist auf dem Weg hierher«, erwiderte ich unter Schluchzern, sodass ich nicht wusste, ob Ines mich verstanden hatte.

Sie drückte erneut meinen Arm, bevor sie zu ihrem Computer ging. Sie wusste, dass ich Tränen in der Öffentlichkeit hasste. Sowas machte ich mit mir aus. Eventuell noch mit Steffen, alle anderen jedoch ertrug ich nicht um mich herum. So war ich Ines dankbar, dass sie mich für den Moment allein ließ und doch in der Nähe blieb. Dass sie für mich da war, ohne sich aufzudrängen.

Ich stand von dem Stuhl auf. Bereits beim Aufrichten merkte ich, dass meine Beine mich nicht tragen würden. Alles um mich herum drehte sich. Also lehnte ich mich wieder zurück und schloss die Augen, ließ meiner Verzweiflung freien Lauf. Stumm zitternd lag ich da und versuchte, zu atmen. Einfach atmen, um die Kontrolle über meinen Körper zurückzuerlangen.

Um mich abzulenken, dachte ich an etwas Banales, Gutes, wie der Tagesbeginn, der so entspannt verlaufen war. Ein wunderschöner Frühlingsmorgen mit Vogelgezwitscher und Sonnenstrahlen, die durchs Fenster fielen. Steffen war früh wach geworden und zum Bäcker in der Innenstadt gejoggt, um mir meine Lieblingsbrötchen zu bringen. Das Einzige, was ich aktuell in mir behielt, waren diese Roggenbrötchen mit Leinsamenschrot. Steffen hatte mir zwei geschmiert, damit ich sie zur Arbeit mitnehmen konnte – für eine ausführliche Mahlzeit blieb mir als angehende Ärztin meist keine Zeit.

Während er mich zur Arbeit fuhr, unterhielten Steffen und ich uns über die geplanten Umbauten unserer Eigentumswohnung. Ein Kinderzimmer wollte eingerichtet werden, und wir überlegten, ob wir eine Wand ziehen sollten, um ein Stück des riesigen Wohnzimmers abzutrennen, oder ob ich mein Arbeitszimmer leerräumte, das ich ohnehin nicht benutzte, weil ich viel zu selten zu Hause war.

In der Klinik angekommen hatte ich die Morgenvisite mit Dr. Abraham erledigt und mich gerade auf den Weg zu einer weiteren Patientin begeben, als ich ein feines Stechen im Unterleib spürte. Nur kurz, aber deutlich, und ich war sofort auf die Toilette gerannt. Das Blut war nicht zu übersehen gewesen.

Ruckartig riss ich die Augen auf. Nein, nicht daran denken. Ich atmete tief ein, sog die unfreundliche Klinikluft in mich ein, stieß sie wieder aus. Wiederholte diesen Ablauf zehn Mal, bis mein Herz nicht mehr bis in meinen Hals pochte, sondern nur noch in meiner Brust zu explodieren drohte.

Mühsam richtete ich mich auf und zwang mich dazu, das Zittern zu ignorieren. Mit meinen eiskalten Fingern klammerte ich mich an die Armlehnen des Stuhls, um mich von dort in die Umkleidekabine hinter den simplen Vorhang zu schieben. Ich spürte Ines' Blick auf mir, aber noch wollte ich sie nicht ansehen, und sie war einfühlsam genug, mir den Moment zu geben.

Mit einem lauten Rascheln zog ich den Vorhang zu und lehnte den Kopf gegen die Wand. Warum? Warum passierte mir das zum zweiten Mal? Die Frage stürzte auf mich ein, als hätte sie nur darauf gewartet, dass ich aufstand und mich bewegte und mein Herz all die Vorwürfe in mich hineinpumpen konnte.

Bei der ersten Fehlgeburt hatte ich geglaubt, dass ich etwas falsch gemacht hatte. Zu viel Sport getrieben oder zu viel Stress bei der Arbeit gehabt. Ohne einen tatsächlichen Grund zu finden, hatte ich zumindest Erklärungen angenommen. Doch diesmal? Diesmal hatte ich in derselben Sekunde auf sportliche Aktivitäten verzichtet, in der meine Frauenärztin mit einem breiten Lächeln im Gesicht das positive Ergebnis des Schwangerschaftstests bestätigte. Sogar beruflich war ich kürzer getreten, obwohl ich mich als gerade ausgelernte Ärztin erst einmal beweisen musste und entsprechend viel zu tun hatte. Dem Kopfschütteln einiger Teammitglieder zum Trotz hatte ich meine Stunden reduziert, mich gesund ernährt und mich bewegt, ohne zu übertreiben. Und bis heute früh hatte ich mich, abgesehen von der morgendlichen Übelkeit, wunderbar gefühlt.

Das alles ließ nur den einen Schluss zu, der wie eine Lawine auf mich herabstürzte und mich unter sich begrub: Es war die Strafe für meine Entscheidung vor zehn Jahren.

»Christina, bist du bereit?« Ines musste direkt vor dem Vorhang stehen, denn ihre Stimme war zwar leise, jedoch nah genug, damit ich sie deutlich hörte.

Ich antwortete nicht, zog mich wie in Trance an. Die Hoffnung, die mein Herz bis vor wenigen Minuten gehegt hatte, verkroch sich in die Ecke zurück, aus der sie hervorgeschlüpft war. Zurück in die Dunkelheit, die mich immer stärker in Besitz nahm.

Wie ein Zombie schob ich den Stoffvorhang schließlich beiseite und sah Ines mit besorgtem Blick vor mir. »Brauchst du Hilfe beim Laufen?«

Ich schüttelte den Kopf. »Geht schon.« Noch immer klang meine Stimme tränenerstickt, und meine Worte waren gelogen, das wussten wir beide. Ines jedoch akzeptierte meine Lüge, während wir zu ihrem Schreibtisch schlichen, auf dem ein Monitor stand. Das Dokument mit meiner Akte war geöffnet, und ich konnte das eine Wort lesen, das sofort wieder mein unkontrolliertes Zittern auslöste. Teilabort.

Ines öffnete das Fenster hinter sich, bevor sie sich mir ge-

genübersetzte. Die Sonne schien noch immer und blendete mich durch den halb geöffneten Lamellenvorhang. Ich senkte den Kopf.

»Auch wenn es nicht leicht für dich ist, müssen wir darüber reden, wie wir weiter vorgehen. Bist du bereit dafür oder sollen wir einen neuen Termin machen?«

Ich schloss die Augen, Tränen kullerten über meine Wangen und tropften auf meine Hände, die ich knetete. »Jetzt. Ich weiß nicht, ob ich noch mal die Kraft habe, herzukommen.«

»In Ordnung.« Ines räusperte sich und drehte den Monitor. »Normalerweise würde ich jetzt erklären, was passiert ist. Aber da du bereits eine Fehlgeburt hattest, lasse ich das weg. Es war ein Teilabort, sodass wir eine Ausschabung vornehmen müssen, für die wir in den nächsten Tagen einen Termin benötigen.«

»Mhm, ja. Sag einfach, wann du was frei hast.« Die Dunkelheit umschlang mich immer stärker, breitete eine Wolke der Bedeutungslosigkeit über mich aus. Alles war egal. Nichts war mehr wichtig. Ich hatte das zweite Baby innerhalb eines Jahres verloren.

Aus Medizinersicht hätte ich sie noch nicht als Babys bezeichnen dürfen, denn beide befanden sich noch im fötalen Stadium. Doch mein Mutterherz sagte mir, dass auch diese erst wenig entwickelten Wesen genau das gewesen waren: meine *Babys*.

Unwillkürlich legte ich eine Hand auf meinen Bauch, wollte nicht wahrhaben, dass ich erneut keine Mutter sein würde. Es hatte sich diesmal besser angefühlt, sicherer. Ich war positiv in die Schwangerschaft gegangen, hatte lediglich in den ersten Tagen Anflüge von Panik gespürt.

Und jetzt sollte alles wieder vorbei sein? Einfach so? Warum? Wieso machte mir das Universum erst Hoffnungen, nur um sie im nächsten Augenblick zu zerstören? Ich verstand es nicht.

»Christina?« Ines lehnte sich vor, deutete auf ein Datum auf dem Monitor. »Passt dir das?«

»Ja, ja. Schreib's mir auf, ich bin dann da.«

Zehn Minuten später lief ich mit dem weißen, rechteckigen Terminzettel in der Hand aus dem Vordereingang des Krankenhauses und wartete an der Haltebucht der Taxen auf Steffen. Die Sonne versuchte alles, um meine eiskalte Haut aufzuwärmen, scheiterte jedoch. Innerlich war ich so tot wie meine Babys.

Mir hallte durch den Kopf, was ich neben Mitgefühl zu hören bekommen hatte von ein, zwei Kolleginnen, nachdem sie von meiner ersten Fehlgeburt erfuhren.

»Du kennst doch die Statistiken, Christina, zwanzig Prozent aller diagnostizierten Schwangerschaften enden in einer Fehlgeburt. Das ist die Natur. Du bist jung – beim nächsten Mal klappt es bestimmt.«

Gut gemeinte Worte, die sich stahlhart in mein Innerstes bohrten, sodass ich am liebsten gebrüllt hätte: »Ach ja? Schon mal drüber nachgedacht, dass einhundert Prozent aller Menschen sterben? Ist es deshalb egal, wenn morgen euer Ehemann vom LKW überfahren wird?«

Ich hatte es mir verkniffen, genickt und tatsächlich probiert, mich mit dem Gedanken abzulenken, dass ich einem anderen Kind das Leben schenken konnte. Es hatte nicht funktioniert. Man kann keinen Menschen durch einen anderen ersetzen, gleichgültig ob er bereits sein eigenes Leben lebt oder erst zu einem eigenständigen Individuum heranwächst.

Doch offenbar stand ich mit dieser Ansicht mutterseelenallein da, und es hatte mich Monate gekostet, meinen Kolleginnen wieder in ihre Stell-dich-nicht-so-an- oder Schwamm-drüber-Gesichter zu blicken.

Als ich daran dachte, dass nun alles von vorn losging, hielt ich es nicht länger auf der hölzernen Sitzbank aus, die für die wartenden Patienten unter einem gläsernen Wartehäuschen stand. Sitzen fühlte sich an wie Stillstand – das kleine Herz stand still –, und das konnte ich nicht ertragen. Nicht jetzt. Nicht heute.

Ich sprang auf, lief ohne Ziel über den Parkplatz, drehte am Zaun um und stolperte zurück. Während ich einen Fuß vor den anderen setzte, kam mir in den Sinn, einfach weiterzugehen. Loszulaufen, wohin auch immer. Die Pragmatikerin in mir hatte sich allerdings einen letzten Funken Verstand vor der alles vernichtenden hellroten Lava bewahrt und erinnerte mich daran, dass ich nach Hause gehen musste, um mich auszuruhen.

Da hielt der silberne Ford Focus neben mir, den wir erst vor einem halben Jahr gekauft hatten – Steffens Belohnung für das Großbauprojekt, für das er in seinem Architektenbüro die Leitung übernommen hatte.

»Engelchen, was ist passiert?«, fragte er, als er sich über den Beifahrersitz lehnte, um mir die Tür aufzumachen.

»Fahren wir einfach nach Hause, ja?«, brachte ich mit brüchiger Stimme heraus. Der Gedanke, dass ich ihm vor dem Krankenhaus in einem Auto davon erzählen musste, dass ich zum zweiten Mal unser gemeinsames Kind verloren hatte, trieb mir erneut die Tränen in die Augen.

»Tina?«, hakte er nach, doch ich schloss nur die Beifahrertür und schnallte mich an, ohne zu reagieren.

Zum Glück ließ er mich daraufhin in Ruhe. Seit sieben Jahren waren wir zusammen, hatten uns auf der Uni kennengelernt. Eine stürmische Liebe, die ihre Hochs und ihre Tiefs durchlebte, bis er mir vor zwei Jahren einen Antrag gemacht hatte. Den ich ablehnte, weil ich erst meine Assistenzzeit beenden wollte. Steffen hatte verständnisvoll reagiert, seine Enttäuschung jedoch nicht vollständig verbergen können.

Während er das Auto durch den Verkehr lenkte, warf er mir immer wieder kurze Seitenblicke zu, die ich ignorierte. Ich schwieg, war froh, überhaupt atmen zu können. Wie in Trance beobachtete ich, wie die Welt an mir vorbeizog, wie sie sich weiterdrehte. Sie war von mir abgekapselt und ich nicht mehr als ein stiller Beobachter. Nicht mal die Musik aus dem Radio drang zu mir durch. Ich existierte. Mehr nicht. Keine Gefühle, keine Gedanken, keine Schmerzen.

Erst als ich den dünnen Mantel an die buchenfarbene schlichte Garderobe gehängt und meine Schuhe in den dazu farblich passenden Schuhschrank geräumt hatte, spürte ich, dass sich Steffen nicht mehr lange zurückhalten würde. Und mit dieser Erkenntnis kehrten die qualvollen Erinnerungen zurück. All die Emotionen, die ich in den letzten Minuten so mühsam zurückgehalten hatte, schlugen über mir zusammen und begruben mich.

»Christina, soll ich dir einen Tee machen?«, fragte Steffen und hängte seine Jacke ebenfalls auf, ehe er in Richtung Küche verschwand, ohne eine Antwort abzuwarten.

Ich schleppte mich ins Wohnzimmer und ließ mich dort nieder, starrte die schwarze Leere des Fernsehers an. Ohne nachzudenken, schaltete ich ihn ein und ließ das erstbeste Programm laufen. Es war eine Kochsendung, in der ein Sterne-Gourmet einfache Gerichte zeigte, wenn es mal wieder schnell gehen musste.

Irgendwann spürte ich Steffen neben mir, seine Hand auf meinem Arm und eine Decke, die er mir umlegte. »Komm schon, rede mit mir.«

»Ich kann nicht!«, krächzte ich. Die Tränen zurückzuhalten, forderte allmählich seinen Tribut von meinen Stimmbändern.

»Hast du Ärger bei der Arbeit gehabt? Ist einer deiner Patienten gestorben?« Sanft streichelte er meine Hand mit seinem

Daumen. »Aus deiner Nachricht konnte ich nicht herauslesen, was genau passiert ist.«

Ich schluckte schwer, und es fühlte sich an, als ob mein Speichel aus spitzen Steinen bestand, die das Innere meines Halses aufrissen. Jeder dieser Kiesel sagte mir, dass ich nicht bis in alle Ewigkeit schweigen konnte. Ich musste reden, ich musste es ihm erklären. Steffen war der Vater, und er hatte ein Recht darauf, es zu erfahren. Aber was, wenn ich es nicht tat? Wenn ich es verschwieg und einfach weitermachte wie bisher?

Kopfschüttelnd sackte ich zusammen, und eine stumme Träne brach aus mir heraus.

»Es geht um Würmchen«, murmelte ich schließlich, als er nicht weiter nachhakte. Das war alles, was er wissen musste.

Sofort versteifte er sich. Seine vorher so beruhigenden Bewegungen hörten auf, und die Wärme, von der ich bis eben nicht gewusst hatte, dass er sie mir mit seinem Streicheln gegeben hatte, verschwand. Die Kälte kehrte in mein Herz zurück, und ein Taubheitsgefühl ergriff mich.

Ich wagte es nicht, Steffen ins Gesicht zu sehen. Den Anblick konnte ich nicht ertragen. Egal was er zeigte. Ob Mitleid, Angst oder Enttäuschung. Nichts davon würde mir helfen.

Im nächsten Moment wurde mir klar, dass es keine Rolle spielte, wie Steffen reagierte. *Ich* musste damit klarkommen. Allein.

Also stand ich auf und ging ins Schlafzimmer. Dort konnte ich weinen, mich darauf konzentrieren, den Schmerz tief in mir zu vergraben und niemals wieder heraufzuholen. Ich musste es tun, denn diese Qualen, das viele Reden über meine Gefühle und alles zu durchleben wie nach der ersten Fehlgeburt, würde ich kein zweites Mal durchstehen. Vor sechs Monaten hatte ich mich eingeigelt, war zwei Wochen lang nicht zur Arbeit gegangen, hatte niemanden getroffen außer Steffen, bis ich halbwegs wieder in der Lage war, unter Menschen zu treten.

Ich hatte mir einreden können, dass es einfach Pech gewesen war. Aber diesmal? Zwei Fehlgeburten hintereinander? Nein, das war kein Zufall. Das war eine Bestrafung.

Ich warf mich auf das sauber gerichtete Bett und rollte mich in eine der Decken ein.

Bestrafung. Dieser Gedanke war mir gleich nach der Diagnose gekommen. Dass mein Körper keines unserer Kinder behielt, war die Abrechnung des Universums für etwas, das ich vor zehn Jahren begangen hatte. Dessen war ich mir absolut sicher. Und wie von selbst wanderte mein Verstand in die Vergangenheit und spielte in einem fiesen Flashback jene Momente ab, die mich kurz vor dem Beginn meines Medizinstudiums fast meine gesamte Zukunft gekostet hätten. Der positive Schwangerschaftstest. Die Sorgen über das Leben. Der Streit mit meinem Ex. Und die Entscheidung zur Abtreibung, die ich damals rein rational begründete. Mit Kind ein Medizinstudium zu schaffen, war faktisch unmöglich. Vor allem, da meine Eltern zu weit weg wohnten, um mir zu helfen, und mein Ex keine Lust auf ein Kind hatte. Vielmehr war er damit beschäftigt gewesen, mit dem Motorrad neue Stunts für YouTube zu drehen. Ich war im zweiten Monat gewesen, als ich die Entscheidung traf, dass es nicht die richtige Zeit für ein Baby war. Erzählt hatte ich es niemandem, nicht einmal meiner Mutter. Meine erzkonservative Familie hätte es nicht verstanden, und so war ich Diskussionen aus dem Weg gegangen. Nur mein Ex wusste Bescheid. Ich selbst hatte diese Erinnerung bis heute erfolgreich verdrängt, sie aus meinem Leben verbannt.

»Christina!« Steffen kam ins Schlafzimmer. »Was ist mit unserem Kind?«

»Kannst du dir das nicht denken? Muss ich es wirklich aussprechen?« Ich blieb unter der Decke. Darunter war ich sicher, konnte nicht sehen, was ich ihm mit dieser Nachricht antat. Solange ich das Problem nicht sah, konnte ich daran glauben, dass es nicht existierte. Was ich nicht betrachtete, war nicht da. Schrödingers Wahrnehmung.

Natürlich vollkommener Blödsinn. Das war mir in der Sekunde klar, in der Steffen sich zu mir aufs Bett setzte und die Decke von mir zog.

»Rede mit mir. Was ist passiert?«

»Ich habe es verloren. Schon wieder!«, brach es aus mir heraus. Laut und schrill. »Zufrieden?«

Steffen saß neben mir und starrte mich an. Ich konnte die Enttäuschung sehen. Sie sprang mir förmlich entgegen, schlug mir ins Gesicht, und ich wusste, dass es meine Schuld war. Meine Entscheidung vor so langer Zeit war verantwortlich. Vielleicht war bei der Abtreibung etwas schiefgegangen, ohne dass der Arzt es mitbekommen hatte. Eine Verletzung, die irreparable Schäden zurückgelassen hatte. Und warum? Weil ich mir die Zukunft nicht hatte versauen lassen wollen.

Es konnte gar nicht anders sein. Doch wie sollte ich das jemals jemand anderem gegenüber zugeben? Unmöglich. Zu sehr schämte ich mich für meine Gedanken, für meinen Egoismus damals.

»Bist du verrückt?«, fragte Steffen und zog die Decke noch weiter herunter. Gleich darauf sprang er auf und lief im Zimmer auf und ab. Mit der Hand fuhr er sich durch die blonden, kurzgeschorenen Haare. Er wirkte hektisch, und ich sah, dass er im Kopf durchging, wie er mir einen Vorwurf machen konnte, um seiner Enttäuschung ein Ventil zu geben. Der gleiche Gesichtsausdruck, den ich an ihm gesehen hatte, nachdem ich unseren alten Wagen gegen eine Leitplanke gesetzt hatte, weil ich eine Nachricht auf dem Handy las. Die pure Missbilligung, etwas wider besseren Wissens getan zu haben. »Wieso glaubst du, dass ich damit zufrieden wäre?«

Ich zerrte an meiner Decke, wollte wieder verschwinden. »Du wolltest, dass ich es ausspreche. Ich will aber nicht reden. Ich will gar nichts. Lass mich einfach in Ruhe.«

»Beruhige dich, Tina. Wir *müssen* darüber reden«, sagte er und warf die Decke endgültig beiseite.

»Was bringt das denn? Du und ich sind scheinbar nicht dazu bestimmt, Kinder zu bekommen. Wer weiß, vielleicht ist es besser so.«

Steffens Mund klappte auf. »Das denkst du?«, hauchte er. »Du glaubst, dass wir beide keine Kinder kriegen sollten?«

Ich zuckte mit den Schultern und drehte mich von ihm fort. Es war nicht der erste Streit, den wir in den letzten Wochen gehabt hatten. Ich hatte nicht vorgehabt, eine lange Elternzeit zu beantragen, sondern wollte sie mit ihm teilen, was für ihn bedeutet hätte, dass er die finale Phase seines Projekts verpasste. Abende lang hatten wir darüber diskutiert, Debatten geführt über Gleichberechtigung, Feminismus, Gerechtigkeit. Hatten uns mit Argumenten beworfen, finanzielle Überlegungen angestellt, uns angebrüllt und wieder vertragen. Ohne einen gemeinsamen Nenner zu finden.

»Rede mit mir, Christina!«, forderte Steffen und fasste mich an der Hüfte an, um mich umzudrehen.

»Was willst du hören?«, schnappte ich. »Dass ich glaube, dass das Baby gespürt hat, wie viel wichtiger uns scheinbar unsere Arbeit ist?« Ich spürte, wie der Druck der Wut in meinem Herzen stieg, und war mir sicher, demnächst zu platzen. Meine Stimme, die durch die unterdrückten Tränen bereits rau war und sich wund anfühlte in meinem Hals, stolperte immer wieder. »Oder willst du hören, dass ich uns beiden die Schuld gebe?«

»Wieso mir?«, fragte Steffen ehrlich verwirrt.

Ich schnaubte, und nun rannen die Tränen doch über meine Wangen. Ich schwang mich aus dem Bett und stand auf. »Klar, ist alles meine Schuld. Danke auch. Vielleicht sollte ich besser gehen.«

»Christina, das habe ich nicht gesagt.« Steffen versuchte, mich aufzuhalten, aber ich sah ihn mit meinem verwässerten, harten Blick an.

»Aber du hast es gedacht, und das kannst du nicht leugnen!« Ich zischte die Worte lediglich, aber es reichte, damit er mich losließ.

Einige Sekunden lang standen wir uns gegenüber, starrten einander an, wobei ich ihn nur undeutlich erkennen konnte. Dann senkte er den Kopf und seufzte schwer.

»Ich schlafe heute Nacht bei einer Freundin.« Ich ging zur Tür, griff mir im Vorbeigehen den Rucksack, der stets bereitstand, damit Steffen mir Wechselklamotten und eine Zahnbürste ins Krankenhaus bringen konnte, wenn ich eine spontane Doppelschicht schieben musste. Was regelmäßig vorkam.

»Nein, bitte. So war das nicht gemeint. Ich wollte nur …«

»Was?!«, brüllte ich ihn an. »Was wolltest du nur? Ganz ehrlich? Vergiss es einfach. Es ist mir scheißegal, was du denkst.«

»Scheißegal?« Steffen klang fassungslos. Und das nervte mich und regte mich auf. »Ich will mit dir reden und dir ist es scheißegal? Christina, was soll ich denn bitte machen? Ich kann meine Gedanken nicht davon abhalten, zu denken. Aber …«

»Nein!« Ich presste den Rucksack an mich und verließ das Schlafzimmer. »Wir haben unser Kind verloren, und ich will mir von dir keine Vorwürfe anhören. Ich verschwinde, und wenn du einen Funken Anstand in dir hast, lässt du mich in Ruhe!«

»Christina.« Seine Rufe verfolgten mich durch die Wohnung, als ich mir die Schuhe, die Autoschlüssel und die Jacke schnappte und in den Hausflur trat. Er lief mir nicht nach. Zum Glück. Das hätte ich nicht ertragen. Keinen weiteren Streit. Es war einfach zu viel.

Ich rannte bis zum Auto, stieg ein und startete den Motor. Doch als ich aus der Windschutzscheibe sah, konnte ich nicht einmal die alte, knorrige Eiche vor unserem Parkplatz erkennen. Also drehte ich den Zündschlüssel zurück und fing hemmungslos an zu schluchzen.

Mein Leben war ein einziger Scherbenhaufen.

Kapitel 2

Eine Woche war vergangen. Eine Woche, in der ich kaum ein Wort mit Steffen geredet hatte. Die erste Nacht hatte ich tatsächlich bei einer Freundin verbracht. In der zweiten war ich in die Wohnung zurückgekehrt, aber die Stimmung ließ sich nicht reparieren. Ich hatte versucht, mit ihm zu sprechen. Doch sofort begann der Streit von vorn. Jedes Mal, wenn er zu reden anfing, fühlte sich seine Stimme an wie Gift, das sich in meinem Herzen ausbreitete. Keine Ahnung, ob es an mir lag.

Mir fehlte die Kraft, um mich auf ihn zu konzentrieren und jedes seiner Worte zu analysieren. Es fühlte sich einfach schlecht an, wenn ich mit Steffen sprach. Gleichzeitig war mir bewusst, dass er im Grunde nichts dafürkonnte.

Nach der ersten Fehlgeburt war Steffen für mich da gewesen, hatte mich getröstet und mir Halt gegeben, in der Dunkelheit geleuchtet, in der ich mich andernfalls verloren hätte. Doch diesmal wollte ich nicht in seiner Nähe sein, ertrug sie schlicht nicht. Vielleicht, weil es das zweite Kind war, das ich mit ihm verlor, und wusste, was mir bevorstand. Mitleid und betroffene Mienen, die irgendwann in Augenrollen übergingen und in Getuschel, stell dich nicht so an. Hunderttausend Frauen verlieren ihr Baby. Als ob es dadurch besser würde. Ich fühlte mich unzulänglich und unfähig, wie in einem beschädigten Körper, der das Natürlichste der Welt nicht zustande brachte. Gleichzeitig machte es mich wütend, dass andere darüber bestimmten, ab wann der Tod eines Kindes betrauernswert war und wann man es aufgrund statistischer Überlegungen einfach hinzunehmen hatte. Ab wann durfte man um sein Baby weinen? Wenn es drei Monate in einem gewachsen war? Fünf? Sieben? Warum wogen neuneinhalb Wochen weniger als fünfundzwanzig?

Für mich zählte der erste Tag, und ich machte mir Vorwürfe, weil ich Steffen bis heute nichts von meiner Abtreibung erzählt hatte. Auch wenn er nicht der Vater war und ich ihn damals nicht einmal gekannt hatte.

Wie von selbst dachte ich an den Augenblick, als ich mit gerade mal achtzehn Jahren vor der Klinik stand. Ich war allein dorthin gegangen, denn nicht einmal meiner besten Freundin hatte ich von der Schwangerschaft erzählt. Die Kälte der Türklinke hatte sich in meinem Herzen verankert, und ich wusste, dass ich nie vergessen würde, wie eisig und ablehnend sich das Metall an meiner Haut anfühlte. Als wie grausam ich mein Vorhaben empfunden hatte, obwohl mein Verstand mich davon überzeugte, ich täte das Richtige. Minutenlang stand ich vor der Abtreibungsklinik, die Hand auf dem Griff, ehe ich mich dazu durchrang, einzutreten.

Die Überzeugungsarbeit, die mein Kopf damals meinem Herzen gegenüber geleistet hatte, brach nun über mir zusammen, und ich spürte, wie sich die Kälte erneut durch meine Hände fraß. Ein zweites Mal suchte sie sich einen Weg zu meinem Herzen, das wie bei der Eiskönigin einfach zu Eis gefror. Damals taute es auf, als ich einige Monate später Steffen kennenlernte. Gesagt hatte ich es ihm nie, obwohl wir mittlerweile so lange zusammen waren, dass es normal gewesen wäre, ein solches Geheimnis zu teilen. Zumal nach dem Verlust unseres ersten Kindes …

»Christina, kannst du den Zugang bei Frau Müller auf der 7 neu legen? Ich muss dringend eine Runde schlafen, sonst kipp ich noch aus den Latschen.« Mein Assistenzarzt Philipp hatte in der letzten Woche mehrere Dienste für mich übernommen, um mir Zeit zur Erholung zu geben. Er war verständnisvoll gewesen, aber allmählich wuchsen die Ringe unter seinen Augen, und es wurde Zeit, ihm etwas zurückzugeben.

»Klar, mache ich. Ruh dich aus.« Ich verabschiedete ihn in die Abstellkammer des Todes, wie wir den Schlafraum für uns Ärzte gern nannten, weil das winzige Zimmer kein Fenster besaß und es aufgrund der mangelnden Lüftungsmöglichkeit so muffig darin roch, dass man es nie lange aushielt. Vielleicht lag darin gerade die Intention der Krankenhausleitung.

Ich machte mich auf den Weg zu Frau Müller und versuchte, so normal wie möglich zu wirken, um keine fragenden Blicke auf mich zu ziehen. Einige der Patienten schienen dennoch zu spüren, dass mich etwas beschäftigte, doch bevor sie die Fragen stellen konnten, die sich auf ihren Gesichtern anbahnten, überspielte ich meinen inneren Aufruhr mit einem falschen Lächeln und winkte ab.

Zu Hause war Steffen ins Gästezimmer gezogen und überließ mir das Schlafzimmer. Jedes Mal, wenn ich ihm in der Wohnung begegnete, drehte ich um und schlurfte zurück. Obwohl es das Einfachste der Welt gewesen wäre, mit ihm zu reden, ihm zu sagen, wie es mir ging, fühlte ich mich nicht in der Lage dazu. Wenn ich nur daran dachte, was uns zum zweiten Mal widerfahren war, fing ich an zu weinen und stürzte in die altbekannte Dunkelheit aus Vorwürfen, Verzweiflung, Reue. Das konnte ich mir nicht erlauben. Zwar hatte meine Frauenärztin angeboten, mich länger krankzuschreiben, aber das wollte ich nicht. Was hätte ich mit der freien Zeit denn anderes getan, als Gedankenkarussell zu fahren, bis mir schlecht wurde? Nein, Ablenkung. Das war es, was ich brauchte. Von den Gedanken, die mich mit ihren Tentakeln einfangen und hinabziehen wollten.

Ja, es war leichter, wenn ich arbeitete und vergaß. Dann konnte ich weitermachen. Und vielleicht, vielleicht wäre ich dann irgendwann sogar in der Lage, Steffen in die Augen sehen.

Ich stieg in den Fahrstuhl, um auf Station 7 zu fahren. Das feine Surren des Lifts hämmerte in meinem Kopf. Es erinnerte mich daran, dass mir in den letzten Tagen immer häufiger ein Gedanke gekommen war, der sich beharrlich in meinen Verstand bohrte.

Was, wenn das mit Steffen nicht für die Ewigkeit war? Was, wenn ich die Kinder verloren hatte, weil wir niemals hätten zusammen sein sollen? Es erschreckte mich, das zu denken, immerhin waren wir seit sieben Jahren ein Paar und hatten mit dem Kauf der gemeinsamen Wohnung quasi unseren Lebensabend geplant. Und dennoch nagte es in mir wie eine fixe Idee: Was, wenn die wiederholte Katastrophe mir zeigen wollte, was mein Herz längst wusste? Dass wir eingefahren waren, weil ich zwar mit Steffen zusammenwohnte, aber es sich nicht mehr so prickelnd und spannend anfühlte wie am Anfang. Und dass mich jedes einzelne Wort von ihm im Moment wütend machte. All diese Gefühle trieben den Gedanken voran, dass Steffen und ich nicht füreinander bestimmt waren.

Ich schüttelte den Gedanken ab, als sich die Türen öffneten und den Blick auf eine junge Familie freigaben. Die Mutter trug ein Neugeborenes auf dem Arm, und ich presste die Lippen zusammen, bevor ich kurz und abgehackt nickte. Tränen schossen mir in die Augen, und ich rettete mich ins gläserne Schwesternzimmer gegenüber des Fahrstuhls. Zu meinem Glück hielt sich niemand dort auf, sodass mir die Schmach erspart blieb, heulend vor den Schwestern zu stehen. Was mir nicht nur verwirrte Blicke eingebracht hätte. Denn sobald man als Ärztin Schwäche zeigte, machte das augenblicklich im ganzen Krankenhaus die Runde.

Ich atmete ein paar Mal tief durch und nickte schließlich meinem traurigen Spiegelbild in der Glasscheibe zu. Irgendwie würde ich es schon durchstehen, auf der Gynäkologie immer wieder neugeborenen Babys zu begegnen. Auch wenn ich mich dafür in mein Schneckenhaus zurückziehen musste. Die Alternative wäre, meinen Beruf aufzugeben, und das kam nicht infrage.

Einige Minuten später war Frau Müllers Zugang gelegt, und ich konnte mich zurück auf meine Pneumologie-Station begeben, auf der ausgerechnet heute wenig los war. Wäre ich normalerweise dankbar gewesen für eine Schicht, in der endlich einmal Zeit blieb, um mit den Patienten mehr als nur das Nötigste zu sprechen, wünschte ich mir jetzt die übliche Hektik herbei. Denn nur der Stress vermochte es, mich von allem abzulenken. Für wenige Stunden wollte ich nicht an den Tag vor einer Woche denken, sondern ausschließlich ich sein und als Ärztin meiner Arbeit nachgehen. Das schien aber fast unmöglich.

Stattdessen saß ich in dem gemütlichen Pausenraum meiner Station und knabberte an ein paar trockenen Keksen, die eine Patientin für uns dagelassen hatte, nachdem wir sie nach einem Schlaganfall behandelt hatten.

Da vibrierte mein Handy in meiner Kitteltasche. Verwirrt schaute ich auf die Nummer im Display. Keine, die ich kannte. Vermutlich irgendein Werbeanruf oder eine Umfrage. Dass ich mit dem Gedanken spielte, das Gespräch anzunehmen, zeigte mir, wie verzweifelt ich nach Ablenkung suchte. Ich berührte das Display und tippte auf das grüne Symbol. »Guten Tag?«

»Christina?« Die junge, weibliche Stimme kam mir bekannt vor, dennoch konnte ich sie im ersten Moment nicht einordnen.

»Wer spricht denn da?«

»Hier ist Melina. Entschuldige, ich rufe vom Festnetz an, weil die Handyverbindung hier einfach zu schlecht ist. Ich wollte fragen, wie es dir geht.«

Melina. Eine Freundin aus der gemeinsamen Studienzeit. Nach der Uni war sie ins Ausland gegangen, hatte dort ihre Assistenzzeit absolviert und lebte mittlerweile in Schottland. Wir hielten sporadisch Kontakt, weil wir uns zu Unizeiten gut verstanden und uns sogar ein Semester lang eine Wohnung geteilt hatten, bis sie etwas mit einem Typen namens Hannes anfing und ich Steffen kennenlernte. Allerdings sind angehende Ärzte schlechte Freunde – seit fast einem halben Jahr hatten wir uns nicht mehr geschrieben und sicher bereits drei Jahre nicht telefoniert.

Kein Wunder, dass ich Melina nicht sofort erkannt hatte, obwohl ich mit ihr so viele intensive Erinnerungen verband. Gemeinsam durchlittene Anatomieseminare, legendäre Abende in unserer Stammkneipe, an denen Melina nicht nur einmal auf dem Tisch getanzt hatte, ein Lagerfeuer neben dem Brunnen in der Innenstadt und unsere Flucht vor dem Polizisten, der uns das verbieten wollte. Oder das eine Mal, als Melina beschloss, einen Umweg einzuschlagen, statt den üblichen Heimweg von unserer Lieblingsbar zu nehmen. Es war ein lauer Abend gewesen, und ich hatte ihren Vorschlag mit einem Achselzucken hingenommen. Im Nachhinein war dieser Impuls das Beste, was uns passieren konnte, denn während wir kichernd und untergehakt durch eine Nebenstraße spazierten, explodierte in der leerstehenden Lagerhalle, an der wir sonst vorbeigekommen wären, eine Gasleitung und setzte mehrere Gebäude in Brand. Wir hörten lediglich den Knall und erfuhren erst am nächsten Morgen von dem Unglück, das einige Verletzte und einen Toten gefordert hatte.

Als ich Melina entsetzt und erleichtert zugleich dafür

dankte, dass sie uns quasi gerettet hatte, winkte sie ab und bestritt, dass es so etwas wie Vorsehung gibt. Allerdings war es nicht das einzige Mal, dass sie etwas entschied, das uns später den Hintern rettete.

Erst gegen Ende des Studiums, nachdem wir uns eines Abends mit Gin Tonic unsere Examensergebnisse schöngetrunken hatten, gestand sie mir, dass ihre Großmutter regelmäßig behauptete, das dritte Auge zu besitzen. An sowas glaubte wiederum ich nicht, vermutete jedoch, dass Melina ein Glückskind war, das auf wundersame Weise richtige Entscheidungen zur richtigen Zeit traf.

»Ach, schön, dass du dich meldest. Wie geht es dir?« Zwar hatte sie mich das Gleiche gefragt, doch ich hoffte, mit meiner Gegenfrage davon abzulenken, dass ich ihr die Antwort schuldig geblieben war. Ich wusste einfach nicht, ob ich es schaffte, die Wahrheit zu sagen, ohne dabei tränenreich zusammenzubrechen. Und eine Notlüge kam nicht infrage – ich hasste jene höflichen oder auch dreisten Unwahrheiten, die heutzutage zuhauf kursierten und fast so etwas wie ein Trend zu sein schienen. Alles musste immer toll, toll, toll sein.

»Ganz gut so weit. Aber ich bin ständig im Stress, ehrlich gesagt. Erwische ich dich gerade in einer Schicht oder hast du kurz Zeit, um dir was anzuhören?«

»Kurze Pause. Schieß los.«

Ein Telefonat zwischen jungen Ärzten lief meistens so ab. Eigentlich hatte keiner Zeit und doch versuchten wir, wenigstens ein paar Augenblicke miteinander zu reden. Und mit Melina zu sprechen, war immer schön, weil ihr sonniges Gemüt mir sogar in den dunkelsten Momenten ein Lächeln auf die Lippen zaubern konnte.

»Wunderbar. Also, ich habe ein Angebot bekommen und wollte fragen, ob du mir helfen kannst.«

»Wie sollte ich dir helfen können?«, fragte ich verwundert, während ich mir einen weiteren Keks aus der Packung fischte. »Du lebst in Schottland und ich in Good Old Germany.« Kurz überlegte ich, den Keks beiseitezulegen, weil ich Zucker sonst so weit wie möglich vermied. Seit einer Woche fehlte mir jedoch die Kraft zu widerstehen, und ich redete mir ein, dass der Süßkram mir half, mich durch die Tage zu hangeln und die mitleidigen Blicke zu ertragen, die mich immer streiften, wenn mir mal wieder Tränen in die Augen schossen.

Als ich den Keks ganz in den Mund schob, kam mir der Gedanke, dass ich in ein paar Wochen, wenn der Sommer an die Tür klopfte, endlich mal den lang geplanten Besuch bei Melina einlösen könnte. Es war jetzt drei Jahre her, dass ich ihr versprochen hatte, nach Schottland zu kommen. Und nie hatte ich es getan. Nicht, weil ich nicht wollte. Es hatte sich einfach nicht ergeben.

»Also, man hat mich gefragt, für Ärzte ohne Grenzen nach Mosambik zu gehen. Dort brauchen sie Hilfe beim Impfen, und Allgemeinmediziner sind eh immer gesucht. Auf jeden Fall würde ich das wahnsinnig gern machen, das ist ein Angebot, das aktuell super in mein Leben passt.«

Melina machte eine Pause, und mir fiel nur ein Grund ein, weshalb sie mich in dieser Sache anrief: Sie hatte die Zusage noch nicht endgültig und brauchte eine Empfehlung. Aber dann wäre es doch sinnvoller, ein Schreiben von einem ihrer ehemaligen Ausbilder einzufordern. Immerhin war sie eine der Besten unseres Jahrgangs gewesen.

»Soll ich dir ein Empfehlungsschreiben aufsetzen?«

»Nein, nein. Das ist alles schon geritzt. Ich kann auf jeden Fall fliegen. Die haben meinen Lebenslauf gesehen und finden toll, was ich gemacht habe. Deswegen muss ich mir keine Sorgen machen.«

Verwirrt richtete ich mich auf. »Und warum rufst du dann an? Wenn du mich fragen willst, ob ich mitkomme ...«

Für einen kurzen Moment überlegte ich tatsächlich, ob ich nach Mosambik reisen könnte. Alles stehen und liegen lassen und mich in der Fremde verlieren. Der Gedanke ließ mein Herz höherschlagen, und zu meiner eigenen Überraschung verwarf ich ihn nicht sofort. Mit dem Handy am Ohr ging ich zu dem weißen Hängeschrank, in dem die Becher standen, angelte einen herunter und trat an den Pad-Automaten. Eine ordentliche Tasse Kaffee würde mich zur Besinnung bringen. Ich konnte doch nicht einfach mit Ärzte ohne Grenzen reisen. Nach Mosambik.

Oder doch?

»Ach, was du immer gleich denkst. Das ist kein kitschiger Heftroman aus den Neunzigern.« Melina lachte mit Begleitung eines leichten Knarzens in der Leitung. Ihr Festnetzanschluss schien nicht viel besser zu sein als der Handyempfang. »Ich brauche jemanden, der mich hier vertritt.«

Ich hielt inne, schluckte die letzten Krümel des Kekses herunter, während ich darauf wartete, dass der Kaffee in meinen Becher floss. »Und da denkst du an mich?«

»Ja, keine Ahnung. War so ein Gefühl. Seit zwei Wochen versuche ich jemanden zu finden, aber das ist in etwa so leicht, wie ein Schaf mit der Schere zu scheren, wenn du selbst keine Ahnung davon hast. Frag nicht. Hier auf dem Land erlebt man seltsame Dinge.« Wieder lachte sie. Es klang so frei, so glücklich. So weit entfernt von meinem aktuellen Zustand, dass ich glaubte, niemals wieder so unbeschwert sein zu können. Zu tief saß die Enttäuschung über Steffens Reaktion. Zu schwer wogen der Verlust und mein Schuldgefühl, weil ich davon überzeugt war, dass mich eine Strafe des Universums getroffen hatte. »Ich habe heute Morgen daran gedacht, dich mal wieder anzurufen, und da wurde mir klar, dass du die perfekte Wahl wärst.«

»Ähm …«, sagte ich nur und sah mich im Zimmer um. Ich war allein. Der Chirurg, der bis vor ein paar Minuten zwei Tische weiter noch sein Frühstücksbrot gegessen hatte, war zu einem Notfall gerufen worden und hinausgeeilt. Zumindest offen reden konnte ich. »Aber ich habe doch hier einen Job. Den kann ich nicht einfach aufgeben.«

»Der läuft dir nicht weg. Hast du inzwischen nicht einen unbefristeten Vertrag bekommen? Es wäre nur für ein Dreivierteljahr. Danach kannst du wieder zurück. Nenn es ein Sabbatical oder so. Die Erfahrungen, die du hier machst, werden dir definitiv auch im Krankenhaus weiterhelfen. Ich könnte dir Geschichten erzählen, die glaubt dir kein Mensch. Und du wärst ideal dafür. Jung, gutaussehend, was dir vor allem bei den alten Kerlen hier Tür und Tor öffnen wird. Die nehmen ihre Medizin viel lieber, wenn sie die pfiffige, adrette Ärztin dazu auffordert, als wenn ihre granteligen, alten Frauen es ihnen befehlen.«

Ich musste schon wieder lächeln. Nur zu gut konnte ich mir Melina vorstellen, wie sie einem mürrischen Rentner erklärte, wie er seine Medizin zu nehmen hatte. Mit einem Augenzwinkern und einem leichten Stoß an den Oberarm. Sie hatte noch nie Scheu vor ihren Patienten gehabt. Vielleicht war sie deswegen nach Schottland in eine abgelegene Gegend gezogen, wo man jeden Stein beim Namen kannte und die Menschen ganz anders miteinander umgingen als unter korrekten Deutschen und hier in der Großstadt. Wenn man Melina zuschaute, gewann man den Eindruck, dass sie ihre Patienten eher als Teamkollegen verstand oder Kumpel, denen es zu helfen galt. Es hatte mehrere Oberärzte gegeben, denen ihre scheinbar distanzlose Art übel aufstieß, doch Melinas Erfolg und Beliebtheit unter den ihr Anvertrauten sprachen für sie.

»Ich bin nicht der richtige Typ dafür.«

»Das glaube ich nicht. Es wäre eine neue Perspektive, und dafür bist du doch immer zu haben. Oder hast du es aufgegeben, neue Bereiche im Arztleben zu entdecken?«

Ich presste die Lippen zusammen und nahm den Becher aus dem Automaten. »Nein, hab ich nicht.«

Melina wusste genau, dass ich auch nach dem Studium fleißig in Fachzeitschriften gelesen hatte und immer nach den neusten Behandlungsmethoden suchte, um mich zu verbessern.

»Und glaubst du, dass es für deine berufliche Laufbahn von Nachteil wäre, wenn du ein Jahr Auslandserfahrung vorweisen könntest?«

»Das ist es nicht. Aber …«

Melina unterbrach mich: »Was hält dich dann davon ab? Du könntest deinen Lebenslauf aufpolieren und lernen, wie es ist, eine eigene Praxis zu führen. Auf dem Land. Wenn du das schaffst, schaffst du es überall. Glaub mir.«

Ich suchte nach einem weiteren Grund, den ich vorlegen konnte. Eine Ausrede, die vor mir selbst funktionieren würde. »Es wäre doch viel zu lange. Was wäre mit Steffen?«

In der Sekunde, in der ich sie aussprach, wusste ich, dass meine Frage nur ein Vorwand war und ich diese Entscheidung selbst treffen würde. Unabhängig davon, was irgendjemand, was Steffen mir riete. Und je tiefer Melinas Vorschlag in meine Gedanken sickerte, desto mehr wollte ich ihn zu Ende denken. Das war *die* Gelegenheit. Einfach verschwinden. Woanders neu anfangen. Wo niemand mich und meine Geschichte kannte. Wo niemand wusste, was ich durchgemacht hatte. Wo niemand mich mitleidig ansah, belächelte oder mir Vorwürfe machte.

»Der kann doch auch von Schottland aus arbeiten. Immerhin ist er Projektarchitekt, oder nicht? Nach der ganzen Pandemiegeschichte haben so viele Berufe gelernt, im Homeoffice zu funktionieren. Und ab und an kann er ja auch mal nach Deutschland fliegen, wenn es notwendig ist. Neues inspiriert, und Schottland wird ihm gefallen. Wirklich. Schlag es ihm doch wenigstens vor.«

Ich stellte es mir vor, sah Steffen vor mir, wie ich ihm von Melinas Anruf erzählte, ihm vom Dorfleben vorschwärmte, von einer schönen Landschaft, der Chance durch Veränderung und schließlich darum bat, mich nach Schottland zu begleiten.

Er würde mir einen Vogel zeigen, dessen war ich mir sicher. Er war kein Abenteurer und hatte andere Vorstellungen vom Leben. Immerhin war längst ein Kind geplant gewesen. Und mit Nachwuchs baute man ein Nest und blieb, wo man war.

»Wozu haben wir denn gerade erst die Wohnung gekauft?«, hörte ich ihn sagen. Ja, solche Dinge hatten mein Leben schon immer bestimmt. Das, was andere von mir erwarteten. Nicht, was ich wollte.

Der Gedanke an eine berufliche Reise nach Schottland festigte sich immer mehr. Es wäre ja wirklich nur für neun Monate. Eine Auszeit, die Steffen und mir vielleicht sogar guttat. Eventuell wäre *das* ein Argument, mit dem ich ihn überzeugen konnte.

In diesem Moment setzte mein Verstand aus, und zum ersten Mal seit Jahren entschied ich mit dem Herzen. »Soll ich dir was sagen? Ich mache es.«

»Wirklich?« Melina wirkte überrascht, als hätte sie nicht damit gerechnet, dass ich ihrem Vorschlag zustimmen würde. »Das ist toll. Ich freue mich. Wow. Wann kannst du kommen? Ich plane die Übergabe und organisiere deine Anreise und alles.«

»Das muss ich mit dem Krankenhaus klären, aber ich vermute, dass ich Ende nächster Woche da sein könnte.« Ich dachte an die Krankschreibung, die meine Gynäkologin mir angeboten hatte. Sollte mich das Krankenhaus nicht freistellen, konnte ich die ausspielen. Notfalls würde ich kündigen. Mein Puls pochte mir in den Ohren, und ich spürte plötzlich, wie sehr mein Herz sich danach sehnte zu verschwinden, rauszukommen aus allem Vertrauten. Wenn ich dem jetzt nicht nachkam, würde ich vielleicht für immer in meinem depressiven Kreislauf festhängen.

»Das reicht mit Sicherheit. Ach, das ist ja klasse. Christina, du bist eine Wucht. Ohne dich wäre ein Traum von mir vielleicht nie wahr geworden.«

»Schon gut. Noch bin ich nicht da. Schickst du mir bitte deine Adresse, damit ich weiß, wohin ich fliegen muss?«

»Ich schicke dir sogar den Flugplan. Der ist nämlich relativ simpel – ab London geht nur alle drei Tage ein Flug in meine Gegend. Wollen wir heute Abend telefonieren? Ich habe gleich den nächsten Patienten.«

»Klar. Die Nummer hast du ja. Meld dich einfach. Ich gehe auf jeden Fall ran.«

Ich spürte ein breites Schmunzeln auf meinem Gesicht. Da war es wieder: Melina hatte nur eben zwischen zwei Patienten angerufen. Weil sie so ein Gefühl hatte, das ewige Glückskind. Manchmal gab es wohl doch so etwas wie Schicksal, das sich nicht beeinflussen ließ.

Nachdem ich aufgelegt hatte, kam ich mir auf einmal jedoch ziemlich naiv vor. Machte ich es mir nicht zu leicht, wenn ich so überstürzt das Land verließ? Wenn ich einfach vor meinen Problemen floh?

Andererseits wäre es das erste Mal in meinem Leben, dass ich den leichteren Weg nähme. Denn Medizin zu studieren, obwohl meine Eltern darauf drängten, dass ich mir einen Job suchte, um die Familie zu unterstützen, hatte viel Kraft gekostet. Sie erwarteten von mir, mich und meine zwei Geschwister durchzufüttern, weil mein Vater als Garten- und Landschaftsbauer und meine Mutter als Kassiererin nicht genug verdienten, um uns alles bieten zu können, was ihnen wichtig war. Bis heute steckten meine Eltern bis über beide Ohren in Schulden. Inzwischen konnte ich ihnen finanziell unter die Arme greifen, was sie dankbar annahmen, aber in den ersten Jahren meines Studiums hatte ich hart kämpfen müssen, das durchzuziehen.

Die Mühen hatten sich gelohnt, denn jetzt ging ich einer Arbeit nach, die ich liebte und die mich jeden Tag neu herausforderte auf eine Art, die ich so nie erwartet hätte.

In meinen Gedanken tauchte ein Bild auf. Ich in einer Praxis, draußen im Warteraum einige Patienten. Vor dem Fenster die unberührte Schönheit Schottlands. Eine kleine, beschauliche Wohnung in der Nähe, von der aus ich am Wochenende Ausflüge machte. Wanderungen unternähme und vielleicht mit einem Kanu an der Küste entlangführe.

Einige Minuten lang träumte ich mich davon, stellte mir vor, wie es wäre, tatsächlich dort zu leben. Und erst als sich die Tür öffnete, erwachte ich zuckend.

Die ältere Stationsärztin ging zum Radio und stellte es an. »Es stört Sie doch nicht, oder? Ich mag es nicht so still beim Frühstück«, sagte sie mit ernster Miene, die mir gar keine andere Möglichkeit ließ, als den Kopf zu schütteln.

Ein wunderschönes und zugleich trauriges Lied von Sam Lewis füllte den Raum. Ich lauschte mit geschlossenen Augen, versuchte mir vorzustellen, dass ich wie der Adler im Song weit hinaus in die Welt flog, um dort nach einer neuen Bestimmung zu suchen.

Ein Adler. Kein Adlerpärchen. Keine Adlerfamilie. Augenblicklich wurde mir eines klar: In all meiner Tagträumerei von Schottland war Steffen nicht ein einziges Mal aufgetaucht. Nicht mal ein Ausflug, den wir gemeinsam unternahmen. Nur *ein* Adler. Still und heimlich hatte ich meinen Partner aus meiner Zukunft gestrichen, ohne dass es mir bewusst gewesen war. Ja, wir hatten Probleme, aber gingen sie wirklich so tief, dass ich mir ein weiteres Leben mit ihm gar nicht mehr vorstellen konnte?

Mir wurde übel und meine Finger zitterten. Unabhängig davon, ob ich nach Schottland ging oder nicht, würde ich die Beziehung mit Steffen vorerst auf Eis legen. Wir hatten viel durchgemacht. Er hatte mir geholfen, als meine beste Freundin vor Jahren im Urlaub einen schweren Motorradunfall gehabt hatte und ich nicht bei ihr sein konnte, um ihr beizustehen. Tag und Nacht hatte er mit mir das Telefon bewacht und mich geweckt, wenn eine neue Nachricht reingekommen war. Oder als wir unsere erste Wohnung von heute auf morgen verloren, weil der Vermieter Eigenbedarf angemeldet hatte. Angeblich hätte er drei Monate zuvor einen Brief mit einer entsprechenden Ankündigung geschrieben. Innerhalb einer Woche hatten wir uns eine neue Bleibe gesucht, den Umzug gestemmt und waren trotzdem ein paar Tage später wieder arbeiten gegangen.

Ich fühlte mich schlecht, diesen Mann jetzt loszulassen, aber im Moment konnte ich nicht an ihm festhalten. Vielleicht brauchte ich den Abstand, um den Kopf freizukriegen. Und vielleicht war die Pause in Schottland lang genug, um anschließend neu zueinander zu finden.

Als der Song endete, fühlte ich mich in meinem Entschluss bestärkt. Ich klatschte mir auf die Oberschenkel und machte mich auf den Weg ins Personalbüro. Dort würde ich die Formalitäten klären, um Ende nächster Woche eventuell schon in Schottland zu sein.

Auch wenn ich immer noch diese überbordende Finsternis in mir spürte, glitzerte da nun ein winziger Hoffnungsschimmer. Irgendwo in der hintersten Ecke meines Herzens glomm er und flüsterte: Du kannst das überstehen.

Kapitel 3

Der Flughafen in Oban war winzig. Er erinnerte mich an einen Sportflughafen, auf dem vor drei Jahren eine Architektentagung stattgefunden hatte, zu der ich Steffen begleitet hatte. Am Ende der Veranstaltung waren die Teilnehmer fast alle betrunken gewesen und hatten versucht, in einen Sportflieger einzubrechen, der auf dem Rollfeld parkte. Zum Glück erfolglos.

Es gab nur eine Landebahn, direkt neben einem Gewässer. Zwar hatte ich mir die Landkarten angesehen, aber keine Ahnung, wie der See oder Sound hieß, der hinter dichtem Nebel verschwand. Statt eines Tunnels, durch den ich in ein Hauptgebäude gelangt wäre so wie an den Flughäfen, die ich von zu Hause kannte, empfing mich beim Ausstieg aus der Maschine lediglich ein rotgepflasterter Platz, auf dem die Flugzeuge vor dem Tower aufgereiht parkten. Eine freundliche Stewardess begleitete mich zum Empfangsgebäude, da ich die Einzige war, die hier ausstieg. Alle anderen flogen weiter bis nach Coll.

In dem schmalen weißen Haus gab es nicht viel zu sehen. Kein Duty Free Shop und auch sonst keine touristischen Angebote. Dafür war das Toilettenschild überdimensional groß.

Nachdem ich die Einreiseformalitäten erledigt hatte, trat ich auf den Parkplatz hinter dem Gebäude. Melina hatte versprochen, mich dort einzusammeln. Ich warf einen Blick in jeden der vier Wagen, aber sie war nicht da.

Gab es einen Notfall in ihrer Praxis? Ich schaute auf mein Handy. Der Empfang war mehr schlecht als recht, und ich wollte schon zurück in die Halle gehen, als auf einmal ein schmutziger und leicht zerbeulter Ford Ranger mit quietschenden Bremsen durch den Kreisel hinter dem Parkplatz bretterte und die Ausfahrt zum Flughafen nahm. Sicherheitshalber trat ich einige Schritte beiseite, um nicht aus Versehen unter die Räder zu geraten.

Der Wagen hielt direkt neben mir und die Scheibe der Fahrerseite wurde händisch heruntergekurbelt. Melina grinste mich an. Seit unserem letzten Treffen hatte sie sich deutlich verändert. Früher trug sie gern Kostüme, körperbetont geschnittene Blusen und Blazer, dazu schicke, nicht zu hohe High Heels. Ihre blonden, gewellten Haare hatte sie stets offen getragen. Eine Zeit lang hatte sie sogar eine Fake-Brille aufgesetzt, um klüger zu wirken. Als ich sie kennenlernte, dachte ich noch, dass sie im falschen Kurs saß, und wollte sie zu den Juristen schicken. Dann stellte sich heraus, dass es ihre Art war.

Jetzt jedoch saß dort eine Frau in einem legeren grünen Oberteil, einer simplen Jeans und Turnschuhen. Ihre Haare hatte sie zu einem Dutt zusammengebunden, der offensichtlich in Eile entstanden war, denn die Haare standen in alle Richtungen ab. Dafür strahlte Melina wie der hellste Sonnenschein, und die Frühlingssonne hatte ihre Sommersprossen wachgeküsst.

»Christina, spring rein. Wir müssen die Fähre erwischen und in die Praxis zurück. Ich habe da noch einen Bäcker mit leichten Verbrennungen sitzen.«

Erschrocken riss ich die Tür auf, warf meinen Koffer auf die offene Ladefläche und stieg rasch ein.

»Wie schlimm ist es?«, fragte ich, sofort im Ärztinnenmodus.

Melina winkte ab und fuhr mit röhrendem Motor an. »Greg ist hart im Nehmen. Der verbrennt sich jede zweite Woche, wenn er mal wieder einen über den Durst getrunken hat und frühmorgens schwankend gegen seinen heißen Ofen taumelt.«

»Ähm, okay.« Ich hob eine Augenbraue und sah meine Freundin verwirrt an. Sie langte nach einem halb verspeisten Apfel, der vor dem Schaltknüppel lag, und biss herzhaft hinein. »Sowas lässt du zu? Wäre es nicht besser, ihm zu sagen, dass er nicht so viel trinken sollte?«

»Habe ich am Anfang versucht, aber er ist 65, ein sturer Esel und macht das beste Shortbread in der ganzen Council Area. Dafür nehme ich in Kauf, dass er alle paar Wochen bei mir auftaucht. Immerhin habe ich ihn davon überzeugen können, zu mir zu kommen, statt die Verletzungen einfach mit Mehl zu bestreuen, wie seine Mutter es ihm beigebracht hat.« Vielsagend schnaubte sie.

»Wow, das klingt sehr …« Mir fiel nur ein Wort dafür ein, aber ich wollte Melinas Wahlheimat nicht beleidigen.

»Hinterwäldlerisch?« Melina lachte und fuhr über eine Brücke, die über das Gewässer führte. Der Nebel kroch über das Wasser und schien alles um uns herum zu verschlucken, inklusive der traumhaften Landschaft, die sich hinter den Schleiern erstrecken musste.

»So wollte ich es nicht ausdrücken«, sagte ich.

»Nimm dich nicht zurück, Süße. Die Menschen hier schätzen eine ehrliche Haut. Zwar ist es manchmal echt verletzend, was sie sagen, aber du weißt immer, woran du bist. Und tatsächlich ist es nicht so hinterwäldlerisch, wie du annimmst. Es gibt nur einfach noch einige echte, schottische Originale. Lass dich überraschen.«

Einen Moment lang saßen wir schweigend nebeneinander. Im Radio spielte irgendein peppiger Song, den ich nicht kannte, und Melina trommelte den Rhythmus auf dem Lenkrad mit.

»Es ist schön, dich zu sehen«, sagte ich, als mir klar wurde, dass wir uns noch gar nicht begrüßt hatten. Melina war so stürmisch wie eh und je, und ich bedauerte, dass uns lediglich eine Woche für die Übergabe blieb, ehe sie nach Mosambik aufbrach. Ihre freche, frische Art hätte mir sicher gutgetan.

»Stimmt, hallo erst mal. Ich muss bloß auf die Tube drücken, weil die Fähre in zwanzig Minuten geht und ich Archie versprochen habe, pünktlich zurück zu sein. Er ist der Kapitän.« Sie lachte leise und schluckte das letzte Stück Apfel hinunter, ehe sie das Kerngehäuse nach hinten auf die schmale Rückbank warf. »Ich habe ihm vor einem Jahr bei einem kleinen Männerproblem geholfen und seither macht er für mich immer einen kleinen Umweg, wenn ich mal aufs Festland muss. Normalerweise gibt es nämlich gar keine Fährverbindung von Oban nach Tobermory.«

»Das macht der für dich?« Ich drehte mich auf dem Sitz leicht zu ihr, während wir in eine kleine Ortschaft fuhren. Wenn ich daran dachte, dass ich in Hannover schon Schwierigkeiten hatte, einen Taxifahrer davon zu überzeugen, bis vor meine Haustür zu fahren, war das mehr als erstaunlich.

»Klar, er denkt, er schuldet mir was dafür, dass ich Stillschweigen bewahre über seine Angelegenheit. Dass ich als Ärztin eh der Schweigepflicht unterliege, scheint keine Rolle zu spielen.« Mit erhöhter Geschwindigkeit bretterte Melina am Ortsschild vorbei und bremste erst, als die ersten Wohnhäuser in Sicht kamen.

»Verrückt«, murmelte ich und blickte aus dem Fenster. Im ersten Moment unterschieden sich die Häuser nicht von denen in Deutschland. Sauber gestutzte Grünflächen, weiße, graue oder hellrote Fassaden. Einzig der Ausblick auf das Wasser, das uns die komplette Fahrt bis zur Fähre begleitete, war etwas, das ich in Hannover nur selten zu sehen bekam. In meiner Ecke fand sich höchstens die Leine oder der Maschsee, an deren Ufer ich ab und an entlangspazierte, aber das war es auch.

»Ach so, dein Gepäck kam übrigens gestern schon an. Ich habe es erst mal in die Abstellkammer gestellt, damit ich nicht aus Versehen einen deiner Koffer mitnehme.«

»Ich habe alles eingepackt, was ich für einen Sommer und den Herbst in Tobermory brauchen könnte. Ohne wäre ich aufgeschmissen. Oder gibt es hier in der Nähe einen Klamottenladen?«, fragte ich, um die aufkommenden Gedanken an die Diskussion mit Steffen zu unterdrücken.

Er hatte sich geweigert, mir beim Packen zu helfen, weil er meine kurzfristige Umsiedlung nach Schottland als Kurzschlussreaktion empfand, kindisch und weltfremd. Ich hätte nicht nachgedacht. Aber darum ging es ja eben. In letzter Zeit, vielleicht in meinem ganzen bisherigen Leben, hatte ich stets zu viel überlegt und abgewogen. Melinas Vertretung zu übernehmen war die erste Entscheidung, die ich ganz und gar aus dem Bauch heraus getroffen hatte, und inzwischen war ich mehr als glücklich damit. Es fühlte sich richtig an.

Steffen hatte irgendwann die Wohnung verlassen und kehrte erst Stunden später zurück, als ich längst mit Packen fertig war, ging wortlos in sein Arbeitszimmer und sagte mir nicht einmal auf Wiedersehen, als ich zum Flughafen aufbrach.

Ein sturer Bock, der nicht darüber nachdachte, was in mir passiert, dachte ich und seufzte.

»Oh, es gibt Jemmas Zauberladen. Wenn sie etwas nicht vorrätig hat, bestellt sie es im Internet für dich oder näht es einfach selbst.« Melina deutete auf das blassgrüne, langärmelige Oberteil, auf dem in sanften Applikationen weiße Blumenmuster gestickt waren. »Das ist von ihr.«

»Dann werde ich dort bestimmt mal vorbeischauen, sobald ich mich eingelebt habe.«

»Auf jeden Fall. Sag ihr, dass ich dich schicke. Ach, vergiss es. Das sage ich ihr selbst, wenn wir heute Abend in den Pub gehen.« Melina bog ab und reihte sich an einer kurzen Autoschlange an. Dann kurbelte sie das Fenster herunter, hängte sich halb heraus und winkte einem bärtigen Mann auf der Fähre. Der winkte zurück und im nächsten Moment ertönte eine schrille Alarmglocke.

Obwohl ich bereits nach Schottland geflogen und jetzt auf dem Weg nach Tobermory war, fühlte ich das erste Mal ein besonderes Kribbeln in meiner Magengegend. Frisch und lebendig. Als wollte es mir mitteilen: Du hast die richtige Wahl getroffen. Zugleich war da jedoch mein Verstand, der mir in unbedachten Augenblicken einflüsterte, dass ich wahnsinnig sein musste. Die Klinikleitung hatte meiner Beurlaubung zwar zugestimmt, sonderlich glücklich war sie darüber allerdings nicht gewesen, weshalb mich immer noch ein schlechtes Gewissen plagte. Auch wenn es mein gutes Recht war, ein Sabbatjahr im Ausland einzulegen, wie mir die Krankenhausrichtlinien bescheinigten. Es war wie ein unbezahlter Urlaub, den ich gestalten konnte, wie es mir in den Sinn kam. Nicht mal einen anderen Job konnte das Krankenhaus mir verbieten, solange er meine Fähigkeiten als Ärztin förderte.

»Bist du schon mal in Schottland gewesen? Das habe ich dich noch gar nicht gefragt.« Melina saß wieder auf ihrem Sitz, schnallte sich aber nicht mehr an. Vor uns warteten zwei Fahrzeuge, die eingeparkt wurden, ehe uns ein Mann auf den hintersten Platz winkte.

»Bis jetzt noch nicht. Aber ich wollte schon immer mal hierher«, sagte ich und löste meinen Gurt ebenfalls. »Die Gelegenheit war günstig.« Ich grinste.

»Ich bin total happy, dass du die Praxis übernimmst. Vor allem, weil ich mir sicher war, dass du lieber in Hannover bleibst.«

»Gerade nicht so«, murmelte ich und strich eine Falte aus meiner grauen Jeans, als ich Melinas Blick auf mir spürte. »Aber das können wir heute Abend besprechen. Erzähl mal, wie es dir so ergangen ist. Wieso möchtest du ausgerechnet jetzt für Ärzte ohne Grenzen arbeiten?«

»Ich bin frei. Kein Kerl, der mich aufhält, keine Kinder oder andere Verpflichtungen. Nur die Praxis musste ich in sichere Hände geben. Du glaubst gar nicht, wie erleichtert ich über deine Entscheidung bin. Habe ich das schon erwähnt?« Melina lachte.

»Erst ein paar Dutzend Mal, seit wir losgefahren sind«, schmunzelte ich.

Hinter uns schloss sich die Klappe der Fähre, sodass es immer dunkler wurde. Ich schlang meine Arme um meinen Oberkörper. Die Dunkelheit war nicht mein liebster Ort.

Während Melina weiter darüber redete, wie sie in Schottland klarkam und welche Abenteuer sie in den letzten drei Jahren erlebt hatte, hörte ich nur zu. Ihrer Stimme zu lauschen, war beruhigend. Wie das Tastengeklapper der Twitch-Produktiv-Streamer, während ich meine Doktorarbeit geschrieben hatte. Zu jeder Seite hatte ich mich zwingen müssen, und das Tastengeklapper der Autoren, die ihren Schreibprozess online geteilt und dabei nicht gesprochen hatten, war ungeheuer entspannend gewesen. Es fühlte sich an wie Regen, den man als Hintergrundgeräusch anschalten konnte, nur deutlich motivierender.

Melinas Geschichten waren genauso und entfalteten eine Wirkung auf mich, die ich viel zu lange vermisst hatte. Ich konnte zur Ruhe kommen. Während sie redete und ich zuhörte, schloss ich die Augen und ließ mich wie auf einer Traumreise davontragen.

Erst als sie mich sanft an der Schulter anstupste, merkte ich, dass ich weggedöst sein musste. »Oh, entschuldige. Was hast du gesagt?«

»War es so eine harte Nacht? Du hast gestern noch gearbeitet, oder?«, fragte sie mit verständnisvollem Blick.

»Ja, wir hatten vier Notfälle, und ich kam so gut wie nicht zum Schlafen. Tut mir leid.«

»Ach was, dafür musst du dich nicht entschuldigen. Ich wäre vermutlich heute Morgen nicht mal aus dem Bett gekommen, wenn ich gestern Nacht noch gearbeitet hätte. Hier ticken die Uhren anders. Wenn hier was ist, wirst du als Hausärztin zwar ebenfalls zu jeder Tages- und Nachtzeit gerufen, aber meistens bleibt es nachts ruhig. Der Vorteil des MacDonald's Arms. So heißt der Pub hier am Hafen. Der Alkohol betäubt die meisten für die Nacht, sodass sie erst am nächsten Morgen wieder an ihre Wehwehchen denken.«

»Gibt es hier viel alkoholinduzierte Unfälle?« Ich machte mir gedanklich ein paar Notizen, damit ich vorbereitet war.

»Ehrlich gesagt: nein. Die meisten trinken mal ein Ale, doch das war's auch schon. Es ist keine reiche Ortschaft, die von vielen wohlhabenden Touristen überfallen wird. Eine Handvoll Segler und im Sommer mal ein paar Besucher, die sich abseits der üblichen Touri-Pfade bewegen. Nö, die Menschen arbeiten hier einfach und leben ihren schottischen Traum. Du wirst schon sehen. Die Zeit verläuft hier anders als in Hannover.«

»Das klingt fast so, als ob es hier jede Menge zu erleben gibt, obwohl nichts los ist«, sagte ich amüsiert und streckte mich.

Melina lachte. »Das ist wohl die treffendste Beschreibung von Tobermory, die ich je gehört habe. Aber lass das die Bewohner nicht hören. Die lieben ihren Ort mehr als ihr eigenes Leben.«

Ich nickte, richtete mich auf und spürte, wie die Fähre anlegte. Am anderen Ende öffnete sich die Klappe und fahles Sonnenlicht drang herein. Ein Crewmitglied winkte uns herunter, und kaum berührten die Räder des Pick-Ups die Straße, schloss sich die Klappe wieder.

Der Anleger bestand nur aus zwei Fahrstreifen. Einen für ankommende und einen für abfahrende Autos. Rechts von uns wuchsen Bäume und auf der anderen Seite schimmerte das Wasser im von Wolken getrübten Licht. Segel- und Fischerboote reihten sich in der niedlichen Bucht neben dem Fähranleger und schaukelten auf den sanften Wellen, die die Fähre verursacht hatte. Der Nebel hatte sich gelichtet, und ich konnte auf die Ortschaft schauen, die sich vor mir erhob.

Als wir an den ersten Häusern vorbeifuhren, war ich positiv überrascht. Ich hatte mir Tobermorys Lage angesehen und war davon ausgegangen, dass es eines dieser kleinen, leicht heruntergekommenen Inselstädtchen war, die man besuchte, um den urigen Charme eines fremden Landes kennenzulernen. Stattdessen leuchteten die Fassaden so bunt, dass ich verwundert den Kopf schüttelte. Ein hellblaues Bootshaus, ein roter Buchladen, ein quietschgelbes Spielzeuggeschäft und das Mull Museum mit einer beige-blau-grünen Mauer. Der Kirchturm ragte nicht weit von uns über die Dächer des Städtchens. Das war das Einzige, das wirklich alt zu sein schien in diesem Ort. Die restlichen Gebäude am Hafen präsentierten sich zumindest von der Fassade her frisch und neu gestrichen.

»Na, was sagst du?«, fragte Melina, als wir abbogen.

»Es ist bunt, aber es hat was. Nicht das, was ich erwartet habe, aber scheint sehr gemütlich zu sein.« Ich deutete in eine der zahlreichen engen Gassen, durch die ich mich mit Melinas Pick-Up niemals getraut hätte. Sie jedoch lenkte geradewegs in eine hinein und rollte an den parkenden Autos vorbei, ohne auch nur kurz zu bremsen. Entweder fuhr sie öfter durch die Ortschaft oder es war ihr egal, ob sie einen Außenspiegel rammte.

»Keine Sorge. Es ist nur hier am Hafen so bunt. Der Ortskern ist weniger farbenfroh. Aber gemütlich ist es allemal.«

»Gibt es einen kleineren Wagen, den ich nutzen kann?«, fragte ich vorsichtig an, als Melina mit ordentlich Tempo eine Kurve nahm. Links erhob sich eine Steinmauer, rechts ein kleiner Abgrund, den jede Menge Gestrüpp überwucherte.

»Aber sicher doch. Den hier habe ich mir von Old Sam ausgeliehen. Das ist der Polizist des Ortes. Er ist so alt wie das Mauerwerk der Kirche, hat allerdings vergessen, dass man üblicherweise irgendwann in Rente geht. Ich fahre eigentlich nur einen Mini, wusste jedoch nicht, wie viel Gepäck du noch mitbringst, und wollte lieber vorbereitet sein.«

»Ah, okay. Und den Mini lässt du hier?«

»Klar. Was soll ich damit in Mosambik?« Melina stellte das Radio leiser. »Da werde ich gefahren. Du darfst also gern meinen Bobby benutzen.«

»Bobby?« Ich schmunzelte und schaute aus dem Fenster, als wir eine schmale Brücke überquerten. Bei Gegenverkehr musste man definitiv Augenkontakt mit seinem Gegenüber herstellen, um keinen Unfall zu bauen. »Dein Auto hat einen Namen?«

»Aber sicher. Und wehe, du krümmst ihm ein Haar. Bobby ist mein Liebling. Ohne ihn bin ich aufgeschmissen.«

»Klingt fast so, als ob er wie ein Haustier für dich ist.«

Die Straße stieg an, und Melina schaltete einen Gang runter. Scheinbar gab es einige Höhenmeter im Örtchen, die mir vom Hafen aus nicht aufgefallen waren. Die Häuser, die wir passierten, waren mit verwaschenem Sandstein verputzt und entsprachen eher meiner Vorstellung von Tobermory. In den Vorgärten blühten frühlingshafte Büsche und Gräser.

»Eher wie ein Familienmitglied. Bobby und ich haben schon

so manches Abenteuer erlebt. Aber dazu mehr heute Abend. Wir sind gleich da.«

Wir bogen zwei Mal kurz hintereinander ab. Dann parkten wir auf einem langen Parkplatz.

»Sind hier noch mehr Ärzte angesiedelt?«, fragte ich verwirrt. Denn der Komplex, zu dem der Parkplatz gehörte, umfasste mehrere Gebäude und wirkte, als ob fünf verschiedene Praxen Platz darin fanden.

»Nur der Veterinär. Wir teilen uns die Räume. Und es gehört auch nicht alles zur Praxis. Da hinten ist zum Beispiel eine kleine Verwaltungseinheit des Ortes untergebracht, jene Abteilungen, die nicht mehr ins Rathaus passten. Und in dem großen Gebäude befinden sich vermietete Büros. Aber ehrlich gesagt habe ich in den letzten drei Jahren noch nie jemanden darin arbeiten sehen. Einmal im Monat kommt eine Putzfrau und macht sauber, das war's. Vermutlich irgendwelche Briefkastenfirmen.« Melina winkte ab. »Das muss der Vermieter klären.« Sie stieg aus, wartete, bis ich meinen Koffer von der Ladefläche geholt hatte, und führte mich von den Gebäuden weg, die Straße zurück, die wir gekommen waren, und bog nach rechts ab. »Die Wohnung ist nur etwa zweihundert Meter entfernt. Sehr praktisch. Und die alte Lady, die mit im Haus wohnt, hat immer frisches Gemüse, das sie selbst anbaut.«

Während Melina plauderte, sog ich die Luft ein. Sie roch salzig wie das Meer, und als eine Brise den Hügel zu uns heraufwehte, schmeckte ich es sogar. Ich schloss für ein paar Schritte die Augen und genoss den Moment, wollte ihn in meinem Herzen einschließen. Ein anderes Land, ein anderer Job. Vielleicht auch ein anderes Ich, das ich hier finden konnte?

»Hier ist es«, sagte Melina und holte mich aus meinen Gedanken. Sie öffnete das Gitter eines dünnen, grünen Metallzauns und ließ mir den Vortritt. Der mit Waschbetonplatten ausgelegte Weg wellte sich über den Wurzeln der kleinen Büsche links und rechts, in den Zwischenräumen wuchs Moos. Ein Metallhandlauf führte die etwa zwanzig Meter bis zur schwarz gestrichenen Haustür.

»Die linke Hälfte gehört dir, in der rechten wohnt Lizzy. Wage es nicht, sie mit Mrs Spencer anzusprechen, sonst wird sie zur Furie. Sie besteht auf Lizzy«, erklärte Melina.

»In Ordnung.« So langsam würde ich mein geistiges Notizbuch gegen das papierne aus dem Koffer tauschen, um mir alles zu notieren. »Wir bringen aber nur kurz das Gepäck rein, ehe wir uns um deinen Patienten kümmern, oder?«

Melina öffnete die Tür und schüttelte den Kopf. »Du kommst erst mal an. Ruh dich aus. Und heute Abend zeige ich dir das Nachtleben von Tobermory.« Sie lachte. »Also das MacDonald's Arms, denn mehr gibt es hier nicht. Morgen früh starten wir dann mit der Übergabe. Uns bleibt Zeit bis Montag nächster Woche, ehe ich fliege. Bis dahin sollten wir alles hinbekommen haben.«

»Sicher? Ich kann auch jetzt schon mitkommen.« Bei dem Gedanken, in Melinas Wohnung allein zu sein, wurde mir anders. Wie sollte ich mich verhalten? So, als ob ich bereits hier wohnte, und die wenigen Fotos auspacken, die ich mitgebracht hatte? Oder sollte ich warten, bis Melina abgereist war? Wie sollte ich mich beschäftigen, bis sie zurückkam? Durch den Ort schlendern? Ausruhen kam mir so banal vor.

»Vergiss es. Noch ist es mein Patient.« Sie schob mich durch den schmalen Flur bis ans Ende und öffnete die Tür zu einem Schlafzimmer mit Doppelbett, das den vielen Kratzern auf dem dunkelbraunen Bettpfosten nach schon bessere Tage erlebt hatte. »Du legst dich jetzt hin. Ich brauche dich morgen im Vollbesitz deiner geistigen Kräfte.« Sie war im Begriff zu gehen, als sie innehielt. »Und fühl dich wie zu Hause. Denn das ist es die nächsten neun Monate für dich. Ich sammle dich nachher ein.«

»Okay«, antwortete ich nur, als sie die Tür schloss. Kaum war Melina verschwunden, fühlte ich mich wie nach einem langen Sturm. Man hatte sich an den Geräuschpegel gewöhnt und spürte ein merkwürdiges Nachdröhnen auf den Ohren, kaum dass der Wind sich legte. Allein zu sein, fühlte sich seltsam an. Aber da ich mich in der Ortschaft und vor allem in der kleinen Haushälfte nicht auskannte, beschloss ich, das zu tun, was Melina vorgeschlagen hatte, und ließ mich aufs Bett sinken.

Ich musste tatsächlich eingeschlafen sein, denn das Klappern von Schlüsseln schreckte mich auf. Im nächsten Augenblick stand Melina im Schlafzimmer, und ich richtete mich hastig auf. So ähnlich musste sich Schneewittchen vorgekommen sein, als die sieben Zwerge sie aufscheuchten. Fremd, obwohl ich in den folgenden Monaten hier wohnen würde.

»Bereit für eine Runde im Pub?«

Sie zog die Jalousie zu, die das breite Fenster zierte. Draußen dämmerte es bereits.

»Ich denke schon.«

»Gut, dann schnapp dir eine dicke Jacke. Hier wird's auch im Frühling nachts noch knackig kalt.« Melina wühlte in dem schmalen Kleiderschrank, der nicht alle meine Kleidungsstücke fassen würde. Vermutlich hatte ich zu viel vorausgeschickt. »Nimm den.« Sie warf mir einen dunkelblauen Anorak zu, dessen Schnitt mehr praktischen Aspekten folgte als modischen. Das Innenfutter war weich und warm, Schaf vielleicht, das Material außen fühlte sich wind- und wetterfest an.

»Kannste haben«, grinste Melina, als ich hineinschlüpfte

und mit meinem Blick verriet, dass ich mich eher auf Frühling eingestellt hatte. »In Mosambik brauche ich den nicht.«

Zehn Minuten später standen wir vor der Tür, und Melina hakte sich bei mir ein. »Wir gehen zu Fuß, wenn es dich nicht stört. Dann können wir beide trinken und niemand muss fahren.«

Sie führte mich nicht auf den Weg, den wir mit dem Auto genommen hatten, sondern marschierte über den Rasen, der sich neben dem Haus erstreckte, und querfeldein. Die Sonne ging langsam unter, doch unter den Bäumen, die wir kurz darauf passierten, war es bereits finster wie die Nacht. Immer wieder drang ein Strahl Licht durchs Geäst, das jedoch nicht verhinderte, dass ich mich unwohl fühlte.

Melina schien meine innere Unruhe zu spüren, denn sie drückte meinen Arm. »Erzähl mal, bevor wir uns gleich in die Öffentlichkeit begeben. Warum bist du wirklich hergekommen? Sicher nicht nur, um mir einen Gefallen zu tun, oder?«

»Doch, doch. Es bot sich einfach gerade an. Du hast einen günstigen Zeitpunkt erwischt«, erklärte ich und presste die Lippen aufeinander. Nun hatte ich also doch gelogen, aber es widerstrebte mir, den ersten Abend mit Melina mit einem Heulkrampf zu beginnen. Bisher hatten mich die Anreise und das Zusammentreffen mit ihr erfolgreich abgelenkt. Das wollte ich nicht sofort zerstören.

»Christina, ich kenne dich lange genug, um zu wissen, dass du als ausgeprägter Kopfmensch ganz sicher nicht einfach so die Stadt verlässt. Hast du Streit mit Steffen gehabt?«

Wir kamen an einem hell erleuchteten Haus vorbei, in dem eine Familie mit drei Kindern beim Abendessen saß, und ich musste den Blick abwenden.

»Auch, aber das ist nicht der Grund, warum ich hier bin.« Einen Moment zögerte ich, wollte es nicht aussprechen, doch

Melina war Ärztin wie ich. Sie hatte regelmäßig mit dem Tod zu tun, selbst wenn das hier in Tobermory vielleicht nicht so oft vorkam wie in einer Uniklinik.

»Sondern?«, hakte sie sanft nach und sah mich dabei an.

»Vor drei Wochen hatte ich eine Fehlgeburt«, murmelte ich und spürte, wie der Kloß in meinem Hals zu einem ausgewachsenen Felsbrocken anschwoll, der mir gegen die Tränendrüse drückte.

»Oh, Christina, das tut mir wirklich leid.« Melina blieb stehen, um mich in den Arm zu nehmen.

»Die zweite in sechs Monaten und …« Mir brach die Stimme, als ich ihr davon erzählen wollte, wie sehr mich die Schuldgefühle erdrückten. Die Worte blieben an dem Felsbrocken in meinem Hals hängen und wollten nicht hinaus. Als ob sie für immer in mir gefangen waren, um mich zu quälen.

»Schhh«, machte Melina und streichelte mir über den Kopf. Wir waren gleich groß, sodass ich mich mit meiner Stirn an ihrer Schulter anlehnen konnte. »Du musst nicht reden, wenn du es nicht willst. Ich bin einfach für dich da.«

Eine Weile standen wir unter einer alten Weide, deren Äste weit herunterhingen, als läge das Gewicht aller Trauernden auf ihrer Krone. Schließlich löste ich mich von Melina und wischte mir über die Augen.

»Na toll, jetzt lernen mich die Bewohner von Tobermory mit verquollenen Augen kennen. Grandioser Einstand«, versuchte ich die Situation mit Humor zu überspielen.

»Mach dir doch darüber keine Gedanken.« Melina hakte sich wieder ein. Diesmal drückte sie meinen Arm umso fester an sich, als wollte sie sichergehen, dass ich nicht zusammenbrach. »Mal abgesehen davon, dass die Beleuchtung im MacDonald's Arms schon etwas gelitten hat, werden die Besucher des Pubs einen Teufel tun und einer Frau sagen, dass sie verheult aussieht. Gordon, der Sohn der Wirtin, hat es einmal gewagt, Rose, die Tochter vom Metzger, darauf hinzuweisen, dass ihre Augenringe deutlich unter dem Make-up zu sehen seien. Als seine Mutter davon erfuhr, bekam er den Einlauf seines Lebens.«

Verwirrt schüttelte ich den Kopf. »Kindermund tut Wahrheit kund. Das kann man ihm doch nicht vorwerfen.«

Melina schnaubte. »Gordon ist 32.«

»Oh.«

»Genau das.« Sie führte mich einen Abhang hinunter, der in mir die bange Frage aufwarf, ob ich später mit Bier im Kopf in der Lage sein würde, die umgekehrte Richtung zu bewältigen. »Glaubst du, dass du dem hier gewachsen bist? Allein in einem fremden Land nach so einer Erfahrung?« Es gelang Melina nicht ganz, einen skeptischen Unterton zu verbergen.

Bevor ich antwortete, atmete ich einmal tief durch. »Ich verstehe deine Sorge, aber glaub mir: Das hier ist das Beste, das mir passieren konnte. Gerade weil hier alles anders ist und ich mich in so viel Neues stürzen kann.« Ich senkte den Kopf und spielte in der Tasche des geliehenen Anoraks mit einem Fussel, den ich darin fand. »Die Arbeit wird mich ablenken, und wenn ich nach Deutschland zurückkehre, habe ich den Kopf hoffentlich wieder frei. Deswegen wäre ich dir dankbar, wenn wir nicht mehr darüber reden.«

Melina deutete auf die beleuchtete Straße, die nicht weit vor uns auftauchte. »Ehrenwort. Heute Abend werde ich dir die beste Ablenkung bieten, die du in der ganzen Gegend finden kannst. Aber morgen bleiben wir zu Hause und reden. Versprochen? Du kannst das nicht in dich hineinfressen.«

Ich presste die Lippen aufeinander und nickte, auch wenn ein solches Gespräch das Letzte war, das ich wollte. Sobald ich nur an meine verlorenen Babys dachte, krampfte mein Herz zusammen, und ich hatte das Gefühl, für immer auf der Stelle treten zu müssen. Ein Gefühl, von dem ich gehofft hatte, es in Deutschland bei Steffen gelassen zu haben. Ich war nach Tobermory gekommen, um zu vergessen, was mir passiert war, und wünschte mir nichts weiter, als Christina, die Ärztin, zu sein, die herausfinden würde, was sie vom Leben erwartete, nun, da es keine Kinder beinhaltete.

Vielleicht ließ sich Melina morgen mit etwas anderem ablenken.

Wir schlenderten an den bunten Häusern vorbei, die an der Main Street lagen, schwiegen uns an. Ich war ihr dankbar für den Moment der Ruhe, bevor wir in den Trubel des Pubs eintauchten.

Schließlich deutete Melina auf ein Schild, das von einem Gebäude vor uns über den Gehweg ragte. Es zeigte einen Adler als Wappentier des MacDonald's Arms. Als wir uns näherten, erkannte ich, dass von den Fensterrahmen des Pubs die weiße Farbe abblätterte.

»Bereit?«, fragte Melina und griff nach dem goldenen Knauf der ebenso weiß gestrichenen Holztür. Die Frage fühlte sich nach so viel mehr an.

Ich holte tief Luft und nickte dann. »Bereit.«

Kapitel 4

Der Innenraum des MacDonald's Arms entsprach genau meinen Vorstellungen eines Pubs. Rustikal, ein wenig der Zeit hinterher, aber urgemütlich. Die Luft sirrte. Eine Handvoll Besucher saß am kirschbaumbraunen Tresen auf den gedrechselten Barhockern. Der quadratisch gemusterte Teppich mit dem lila-grünen Muster hatte etwas Psychodelisches, das man weder betrunken noch nüchtern übersehen konnte. Gerahmte Bilder mit Fotos der Umgebung zierten die gelb-weiß gestrichenen Wände und verliehen dem Raum etwas Heimeliges. Alte, dunkelbraune Fachwerkbalken hoben sich von der Decke ab. An den wenigen Tischen auf der rechten Seite saßen drei Männer und zwei Frauen, die irgendein Kartenspiel spielten und dabei lauthals diskutierten. Hinter dem Tresen stand eine ältere Frau um die sechzig, die genauso gemütlich wirkte wie die Einrichtung. Ihre Augen blitzten voller Leben in ihrem vom Wind und Wetter gezeichneten Gesicht.

Ich atmete die warme Luft ein, die nach Bier und Bratenfett roch. In der Wand hinter dem Tresen ging eine Tür ab, vermutlich in eine Küche, in der deftige, schottische Hausmannskost garte.

»Melina, Stern meiner Seele und Bezwingerin meines Herzens. Wie immer verschönert deine Anwesenheit das gesamte Arms um Längen«, rief uns ein junger Mann entgegen, der bis eben auf einem Hocker gesessen hatte, jedoch aufgesprungen war, kaum dass er uns erblickte.

»Gordon, ich habe dir schon mal gesagt, dass du keine Chance bei mir hast«, erwiderte meine Freundin, umarmte den rothaarigen Mann mit dem frechen Grinsen, das mich an einen irischen Kobold erinnerte, aber dennoch.

»Es gibt doch diesen einen Song aus Deutschland, wie hieß der noch? Du hast ihn letztes Jahr ständig gesungen. *Tausend Mal berührt*?« Gordon zwinkerte mir zu, während er Melina ebenfalls herzlich drückte. »Vielleicht ist es heute das 1001 Mal?«

Ich lachte. Melina hatte eine Schwäche für Schlager. Vor allem die der Neuen Deutschen Welle. Dass sie hier in einem urigen, schottischen Pub ausgerechnet diesen Song sang, kam mir trotzdem absurd vor.

»Seit wann kannst du Deutsch?«, fragte Melina und schob Gordon von sich.

»Ich muss doch die Sprache meiner exotischen, zukünftigen Freundin beherrschen, falls sie mir Schimpfwörter an den Kopf wirft, die ich andernfalls nicht verstehe.« Gordon ging die zwei Schritte zurück zum Tresen und griff sich sein Bierglas.

Melina stemmte die Hände in die Hüften und legte den Kopf schief. »Du lernst nicht wirklich für mich Deutsch? Du weißt, dass ich ab nächste Woche für eine ganze Weile weg bin.«

»Ja, und das betrübt mich immer noch.« Dramatisch legte Gordon die Hand auf sein Herz und verzerrte gequält das Gesicht, ehe er einen Schluck trank. »Aber du hast recht. Mein Boss verlangt, dass ich die Sprache lerne, weil wir demnächst wohl auch nach Hamburg liefern.«

Melina nickte anerkennend und drehte sich zu mir herum. »Gordon ist nicht nur der Sohn vom Wirt, sondern arbeitet tagsüber auch in der Destillerie. Der Gin, den sie dort herstellen, ist der beste, den du je trinken wirst.«

»Ist das die Neue?« Gordon musterte mich neugierig, steckte eine Hand in die Hosentasche und schaukelte wie ein ungeduldiger Junge auf seinen Füßen vor und zurück.

»Du wirst sie noch früh genug kennenlernen. Heute Abend ist Mädelsabend. Du wirst also etwas tun müssen, das du verabscheust.« Mit einem Lächeln trat Melina auf ihn zu und tätschelte seine Brust. »Warten.«

»Auf dich doch immer.« Gordon deutete eine Verbeugung an, lachte und hob sein Bierglas zum Abschied, ehe er sich zum Tresen umwandte.

Melina nahm mich an der Hand, winkte der Frau hinter der Theke und zeigte eine Zwei mit ihren Fingern. Gleichzeitig zog sie mich in Richtung der Sitzgelegenheiten an der rechten Wand. Ich betrachtete die süße Tischdekoration aus einem eng geknüpften Fischernetz als Tischdecke und einer Kerze in der Mitte.

Bevor ich mich setzen konnte, stieß jemand gegen meine Schulter. Ich stolperte, wurde herumgeschleudert und blickte einem Mann mit tiefliegenden, dunklen Augen entgegen. Seine schulterlangen, braunroten Haare hingen ihm ins Gesicht. Er trug ein hellblaues Jeanshemd, dessen Knöpfe teilweise geöffnet waren, und darüber eine kuschelig weiche, dicke Strickjacke, wie ich sie abends auf der Couch beim Fernsehen gern anzog.

»Entschuldigung«, nuschelte er mit vom Alkohol leicht angerauter Stimme, drehte sich um und verließ den Pub, ohne sich noch einmal umzusehen.

»Alles okay?«, fragte Melina mit besorgter Miene. »Hat Aidan dir wehgetan?«

»Nein, alles in Ordnung«, versicherte ich und starrte dem Mann hinterher, bis er auch vor den Fenstern nicht mehr zu sehen war.

»Wirklich?«, hakte sie nach. »Du wirkst etwas weggetreten.

Aidan ist ein kräftiger Kerl. Nicht, dass er deinen Kopf getroffen hat?« Melina wedelte mit der Hand vor meinem Gesicht herum. »Oder dein Herz? Du siehst gerade aus wie damals, als du zum ersten Mal auf Steffen trafst.«

»Was? Quatsch. Ich war nur überrascht.« Ich wischte mir über die Augen und konzentrierte mich auf Melina. »Was du schon wieder denkst. Für solche Sachen habe ich aktuell nun wirklich keinen Kopf.«

Melina sah mich skeptisch an, ehe sie abwinkte und mich an den Tisch bugsierte. Fast zeitgleich kam das Bier. Die Frau nickte mir nur kurz zu, ehe sie zurück hinter ihren Tresen eilte.

»Also, auch wenn der Gin das Beste ist, was du in Tobermory trinken kannst – das Bier ist auch nicht zu verachten. Prost, meine Liebe. Auf eine gute Auszeit für dich und ein Abenteuer für mich!«

Wir schlürften den Schaum, ehe ich mich dem Bierdeckel widmete, auf dem eigentlich das Glas stehen sollte. Ich zupfte einen kleinen, überstehenden Fetzen herunter und knüllte ihn zwischen meinen Fingern zusammen. »Glaubst du denn, dass dir in Mosambik Zeit für Abenteuer bleiben wird? Oder wird es einfach nur Arbeit sein?«

»Um ehrlich zu sein, habe ich keine Ahnung, was mich erwartet. Zwar habe ich mir die Promo-Videos angesehen und natürlich auch die Stellenbeschreibung gelesen, aber in einigen Foren heißt es, dass es vollkommen egal ist, was in irgendwelchen Ausschreibungen steht, da man sowieso das macht, was gerade anfällt. Das macht den Reiz doch aus.« Sie schmunzelte und nahm einen weiteren Schluck. »Hast du dich eigentlich schon um ein schottisches Handy gekümmert? Oder bleibst du bei deinem deutschen Vertrag?«

»Ist ja nicht mal ein Jahr. Ich lasse das so laufen.«

Wir schwiegen eine Weile, und ich machte es mir auf dem

schwarzen Lederüberzug der Bank bequem, auf der ich saß. Da wir in der Ecke hockten, konnte ich den kompletten Raum überblicken und mir die Besucher genauer ansehen. Tatsächlich hatte sich der Pub inzwischen gefüllt und war gut besucht. Vermutlich trank der ein oder andere sein Feierabendbier, bevor er nach Hause ging.

»Sag mal, eine Frage habe ich«, begann Melina schließlich und sah mich ernst an. Sie schien auf meine Bestätigung zu warten, dass sie fortfahren durfte.

Ich seufzte, nippte an meinem Bier und leckte mir den Schaum von den Lippen, bevor ich nickte. »Was möchtest du wissen?«

»Glaubst du, dass die lange Pause von Steffen dir guttun wird, oder wirst du ihn vermissen?« Sie biss sich auf die Lippen und wich meinem Blick aus.

»Stellst du die Frage, weil du dir um mich Sorgen machst oder weil *du* jemanden von *hier* vermissen wirst?«, erwiderte ich mit Blick auf ihr zerknirschtes Gesicht.

Sie sah kurz zu mir hoch, und ich konnte einen roten Schimmer auf ihren Wangen erkennen.

»Erwischt«, murmelte sie und beugte sich über den Tisch zu mir. »Es gibt da jemanden, den ich wirklich mag, auch wenn es vielleicht nicht so aussieht.« Ihr Blick huschte über ihre Schulter zum Tresen, und ich war mir sicher, dass er für den Bruchteil einer Sekunde auf dem rothaarigen Gordon verweilte.

»Wirklich?«, fragte ich mit einem leisen Schnauben. »Das hast du dann aber gut getarnt. Warum lässt du ihn so zappeln?«

»Um ehrlich zu sein, war es bisher immer nur so ein Spiel zwischen uns. Ein prickelnder, aufregender Flirt. Aber seitdem ich weiß, dass ich abreise, fühlt es sich seltsam an. Als ob ich ihn nicht zurücklassen möchte.«

»Wie lange geht das bei euch beiden denn schon so?«

»Seit fast zwei Jahren. Damals war er noch liiert, machte mich aber trotzdem an. Dann hatte ich was mit einem Segler, der für einige Monate hier blieb.« Melina seufzte, bevor sie anfügte: »Ach, es hat irgendwie nie gepasst, sondern ist stets nur beim Flirt geblieben.« Sie schaute erneut über die Schulter und spähte durch die Strähnen ihrer offenen, blonden Haare zu ihm hinüber. Gordon unterhielt sich mit der Barfrau, die seine Mutter war, wenn ich es richtig verstanden hatte.

»Ist dir schon mal in den Sinn gekommen, einfach den ersten Schritt zu machen?«

»Was, jetzt?« Melina schüttelte den Kopf. »Ich bin im Begriff, für einige Zeit nach Afrika zu verschwinden. Wenn ich ihm jetzt sage, was ich empfinde, setze ich ihn doch total unter Druck.« Sie senkte die Stimme und sprach schneller. »Entweder wird er mich auslachen, dann kann ich mich in Mosambik ablenken, oder er sagt mir, dass er genauso empfindet, und ich binde ihn an mich, obwohl ich nicht da bin. Das wäre nicht fair.«

Leise lachte ich. »Und du sagst, ich wäre verkopft.«

Melina presste die Lippen zusammen und nickte. »Vermutlich hast du recht. Du meinst, ich sollte einfach mit ihm reden?«

Ich zuckte mit den Schultern. »Das musst du entscheiden. Ich kenne Gordon nicht. Aber mein Eindruck ist, dass er euer Spiel ebenso genießt wie du. So oder so – du wirst dir noch lange Gedanken darüber machen.« Ich legte den Bierdeckel beiseite.

»Du hast recht. Auf die Entscheidungen, die unser Leben prägen!« Melina hob ihr Glas.

Ich prostete ihr zu und trank, um den Kloß in meinem Hals hinunterzuscheuchen, der sich erneut seinen Weg heraufbahnte. Allein der Gedanke daran, dass ich mit der Reise nach

Schottland eine Entscheidung getroffen hatte, die nicht nur mein Leben beeinflusste, sorgte dafür, dass ich an Steffen und unsere letzte Begegnung denken musste. Sein vorwurfsvoller Blick, seine enttäuschte Körperhaltung, sein zusammengepresster Mund. Mit dem Flug nach Tobermory hatte ich nicht nur über mein Leben entschieden, sondern auch Tatsachen für seins geschaffen. Ohne dass ich es ausgesprochen hätte, glaubte ich nicht, dass ich nach einer Rückkehr zurück in unsere gemeinsame Wohnung ziehen würde, selbst wenn er mich zurücknähme. Zu viel Schmerz und Dunkelheit hatten sich zwischen uns ausgebreitet. Nicht von ihm ausgelöst, aber allein die Tatsache, dass ich gleich zwei Kinder mit ihm verloren hatte, würde immer in meinem Hinterkopf herumschwirren. Es würde nie mehr so sein wie vorher, und das wusste ich. Steffen hoffentlich ebenfalls.

»Bist du sicher, dass du nicht darüber reden willst?«, fragte Melina. »Du siehst aus, als ob du dem Geist der Vergangenheit begegnet bist, der deine Entscheidung verurteilt.«

»So offensichtlich?« Ich strich mir mit Daumen und Zeigefinger über die Augen, bis sich beide Finger auf meiner Nasenwurzel trafen, während im Hintergrund ein paar Männer ein schottisches Lied anstimmten. Es klang wie ein alter Shantychor, den ich bei uns auf dem Marktplatz gehört hatte. Tiefe, männliche Stimmen, hier begleitet von ein paar Frauen, die für Abwechslung sorgten.

»Na ja, vermutlich nur für mich. Während des Studiums haben wir viel Zeit miteinander verbracht.« Melina zuckte die Achseln. »Aber wenn du nicht reden willst, können wir auch einfach über was anderes quatschen.«

»Das wäre mir lieber. Danke. Erzähl mir von dem Segler. Den hast du in deinen Nachrichten nie erwähnt.«

»Ach.« Melina winkte ab und lachte. »Das war nur irgendein Kerl, den ich im vorletzten Winter zum Wärmen im Bett hatte. Er hat die dunkle Jahreszeit hier verbracht, weil er bei dem Wetter nicht segeln wollte. Und ich habe diese Saisonliaison genutzt, um mich ein wenig auszutoben. Es war nichts Ernstes.«

Wir unterhielten uns noch eine Weile über jenen Mann und ein paar der Bewohner, die nach und nach in den Pub kamen. Angus, der Hafenmeister, der immer erst Feierabend machte, wenn der letzte Fischkutter zurück war. Brianna, die zusammen mit ihrer besten Freundin Aileen aus Italien hierher ausgewandert war, weil beide in Schottland ihre Liebe gefunden hatten. Leroy, ein alter Seebär, der den Pub nur einmal pro Woche besuchte, weil seine Frau ihm nicht mehr erlaubte. Und Maire, die auf Sarah, die Tochter des Wirts stand, diese Tatsache bisher jedoch nicht öffentlich gemacht hatte.

Erst nach dem zweiten Bier, dessen Wirkung ich schnell merkte, weil ich während meiner Assistenzzeit nur selten Alkohol getrunken hatte, gingen wir nach Hause und schliefen augenblicklich ein.

Kapitel 5

»Hast du die Abrechnungen so weit verstanden oder soll ich dir das noch mal erklären?«, fragte Melina.

Ich war bereits seit etwas mehr als einer Woche in Tobermory, es fühlte sich jedoch länger an. Die Arbeit war so viel anders als in Hannover, aber genau darauf hatte ich ja gehofft. Die Bewohner verhielten sich mir gegenüber ein wenig zugeknöpft, was mir für den Anfang ganz lieb war. So konnte ich mich auf die Praxis konzentrieren, statt Beziehungsaufbau zu betreiben.

»Das bekomme ich hin. Und zur Not habe ich ja Aileen.« Die junge Italienerin war die Empfangsschwester der Praxis und ein echter Wirbelwind. Wenn etwas nicht funktionierte, wie es sollte, fing sie an, auf Italienisch zu fluchen. Lautstark, derb, wie es sich anhörte, und wie ein Rohrspatz. Sobald jedoch ein Patient reinkam, war sie die Ruhe selbst und immer freundlich. Ich bewunderte, wie rasch sie vom einen in den anderen Modus schalten konnte. Außerdem war Aileen Expertin, was die schottische Bürokratie anging. Obwohl sie erst vor zwei Jahren hierhergekommen war, hatte sie laut Melina innerhalb kürzester Zeit das Gesundheitssystem nicht nur verinnerlicht, sondern auch verstanden.

»Ich helfe dir gerne, Christina«, sagte sie mit ihrem südländischen Akzent, während sie eine Karteikarte für eine Seglerin anlegte, die sich eine Kopfplatzwunde zugezogen hatte, als sie an Deck ausgerutscht und gestürzt war.

»Hast du denn alles?«, fragte ich Melina. »Dein Flieger geht in drei Stunden und du musst die Fähre kriegen.«

»Ach, das ist kein Problem. Ich habe doch mein persönliches Taxi«, erklärte sie mit einem breiten Grinsen. »Ein letztes Mal noch muss Archie einen Umweg fahren. Dann hat er für den Rest des Jahres Ruhe vor mir. Und er kommt erst in einer Stunde. Also ganz ruhig. So lange bin ich da und helfe dir bei Mrs Porter.«

Seit meiner Ankunft war die alte Frau bereits dreimal in die Praxis gekommen und saß auch heute auf einem der gepolsterten Stühle im Flur neben dem Empfangstresen. Melina hatte sich größte Mühe gegeben, den schmalen Raum so platzsparend wie nur irgend möglich einzurichten, ohne es so wirken zu lassen, als ob es gequetscht war. Die Grünpflanzen auf den Schubladenschränken verströmten eine heimelige Stimmung, und die Osterdekoration, die auf dem Tresen die Besucher begrüßte, erinnerte alle daran, was demnächst anstand.

»Mrs Porter«, rief Aileen in dem Moment laut genug, um ein Flugzeug zu übertönen. Die Frau hörte schlecht und hätte dringend Hörgeräte gebraucht, die ihrer Meinung nach jedoch lediglich für alte Menschen waren.

»Ich komme, Kindchen. Hast du meine Pastete bekommen? Du siehst immer noch viel zu dünn aus.«

Aileen nahm Mrs Porter bei der Hand und nickte. »Und ich habe sie noch am selben Abend verputzt. Sehen Sie?« Aileen deutete auf ihre Hüfte. »Genau da sitzt sie.«

Beide lachten herzlich. Mrs Porter stemmte sich von ihrem Stuhl hoch und stützte sich an der Sprechstundenhilfe und ihrem Gehstock ab. Trotz ihres Alters hatte sie den kompletten Weg von ihrem Haus bis zur Praxis zu Fuß zurückgelegt, denn Auto fuhr sie schon lange nicht mehr und öffentliche Verkehrsmittel gab es in diesem Teil von Tobermory nicht.

»Gutes Kind. Ich denke, beim nächsten Mal mache ich die Portion noch größer. Dann kannst du deinem Freund etwas abgeben.«

»Sie wissen doch, dass ich keinen Freund habe«, erwiderte Aileen und tätschelte Mrs Porters Hand. »Aber irgendwann müssen Sie mir das Rezept verraten, damit ich die Pastete selbst probieren kann.«

»Beim nächsten Mal, Kindchen. Beim nächsten Mal. Heute muss ich erst mal zur Untersuchung.«

Aileen übergab Mrs Porter an mich, und ich führte die alte Dame in den Behandlungsraum. Sie hatte einen Ausschlag, den wir versucht hatten, mit einer Creme zu bekämpfen, doch als ich mir Mrs Porters Handgelenke und Unterarme ansah, war das Ekzem nicht besser geworden.

»Mrs Porter, haben Sie Ihrer Pflegerin gesagt, dass sie die Creme drei Mal am Tag auftragen soll?«

»Aber sicher doch!«, entgegnete die alte Dame spitz und schaute mich mit hochgezogenen Augenbrauen an. »Und wir haben das auch gemacht, aber es wird einfach nicht besser. Vielleicht sollten wir was Stärkeres nehmen.«

Ich musterte Mrs Porter. Anscheinend lautete so ihre Antwort auf alles: Nimm ein bisschen mehr.

»Versuchen wir erst einmal eine andere Creme«, schlug ich vor. »Und wenn Ihr Ausschlag in zwei Tagen immer noch nicht abklingt, gucken wir, was für Alternativen wir haben. Einverstanden?«

Kurz darauf schickte ich Mrs Porter nach Hause. Wieder ging sie zu Fuß, obwohl ich ihr lieber ein Taxi bestellt hätte. So wackelig, wie sie unterwegs war, konnte sie unmöglich heil ankommen.

»Mach dir nicht zu viele Sorgen«, sagte Melina, als sie meinen Blick bemerkte, und schlug mir auf die Schulter. »Die Bewohner von Tobermory sind zäh und passen aufeinander auf. Wenn sie stürzen sollte, findet sie jemand und bringt sie her.«

»Ich fürchte, so schnell werde ich das nicht ablegen können.« Ich schüttelte den Kopf. »Schließlich will ich nicht nur auf Krankheiten oder Verletzungen reagieren, sondern sie auch verhindern. Zumindest war das immer mein Ziel.«

»Ja, das ist hier nicht so leicht.« Melina seufzte und griff nach ihrer Jacke. »Ich versuche das seit drei Jahren, aber es dauert.«

»Wie schaffst du das?«, fragte ich, während ich ein paar Daten in Mrs Porters Krankenblatt eintrug.

Melina pustete ihre Wangen auf und stieß die Luft gleich darauf wieder aus. »Ich weiß einfach, dass die Menschen hier alles füreinander tun würden. Darauf verlasse ich mich.«

»Das ist wirklich ein großes Vertrauen, das du in die Leute setzt«, murmelte ich, während ich die Krankenakte Aileen übergab, die die Karte sofort in den passenden Schrank einsortierte. Zwar gab es auch eine digitale Krankendatei, doch für den Fall eines Stromausfalls, der wohl öfter mal auf der Insel vorkam, benutzte Melina zusätzlich die altmodischen Karten. »Hast du schon mal Präventionsveranstaltungen abgehalten?«

Melina fing an zu lachen. »Ich habe es versucht. Aber bedenke, dass in diesem Ort Whiskey und Gin gebrannt werden. Da gehört ein gewisser Übermut zur Grundstimmung. Trotzdem darfst du gern versuchen, für ein wenig mehr Umsicht zu sorgen. Wenn es klappt, super. Ansonsten ist alles beim Alten, wenn ich in neun Monaten zurückkomme.« Sie schaute auf die Uhr, die über dem Empfangstresen hing, und seufzte. »Ich fürchte, ich muss langsam los.«

»Dann ab mit dir. Wir wollen dich nicht aufhalten.« Ich nahm Melina in den Arm. »Pass auf dich auf und melde dich ab und an mal. Der Netzausbau soll in Afrika ja besser sein als in Deutschland, also red dich nicht raus, wenn du es mal vergisst.«

Melina drückte mich an sich, dass mir fast die Luft wegblieb. »Versprochen. Ich melde mich direkt nach der Landung und berichte dir regelmäßig von der Arbeit. Wer weiß, vielleicht bist du die Nächste, die für Ärzte ohne Grenzen durch die Welt reist.«

»Das glaube ich zwar nicht, weil die Klinik mir dann vermutlich kündigt, aber neugierig bin ich schon«, gab ich zu. »Sei vorsichtig und genieß die Zeit.«

»Das werde ich.« Melina wandte sich an Aileen, in deren Augen ich Tränen glitzern sah. »Ach, hör auf damit. Wenn du anfängst, muss ich auch noch heulen.«

Die beiden waren in den letzten zwei Jahren scheinbar gute Freundinnen geworden, denn sie umarmten sich lange und innig.

»Du kommst aber zurück, ja?«, fragte Aileen, als sie sich voneinander lösten. »Nicht, dass du da drüben einen heißen französischen Arzt findest und dort bleibst.«

»Keine Sorge. Ich könnte Tobermory nie allein lassen«, versprach Melina und nickte mir zu, ehe sie ihren kleinen Handkoffer nahm.

Wir begleiteten sie nach draußen, wo Gordon auf sie wartete. Er hatte ihr versprochen, sie zur Fähre zu fahren, auch wenn es nur fünfzehn Minuten Fußweg waren, und so wie Melina strahlte, freute sie sich ehrlich über seine Begleitung.

Als wir am Vorabend ihren Abschied gefeiert hatten, war die halbe Ortschaft zusammengekommen, und der Pub platzte aus allen Nähten. Fast bis Mitternacht hatten wir bei leckeren Fish'n'Chips zusammengesessen und geredet. Gordon war das ein oder andere Mal an unseren Tisch getreten, um Melina zum Tanzen aufzufordern, was im vollbesetzten MacDonald's Arms zu engem Körperkontakt geführt hatte und sowohl ihr als auch ihm augenscheinlich nicht unangenehm gewesen war.

Ich blieb, bis der Wagen die Einfahrt heruntergefahren war, ehe ich zurück ins Gebäude ging.

»Jetzt sind Sie hier ganz allein«, merkte Aileen an. Sie meinte es nicht böse, war nur eine offene Seele, die aussprach, was ihr auf der Zunge lag. Dennoch ließen ihre Worte mich innerlich zusammenzucken. »Wollen wir heute Abend gemeinsam in den Pub? Brianna und ich gehen hin.«

»Das ist lieb, danke. Aber ich denke, ich werde zu Hause bleiben«, erwiderte ich, als wir wieder am Tresen standen. »Und du kannst mich gern Christina nennen. Wenn wir schon die nächsten Monate eng zusammenarbeiten, dann können wir uns auch mit Vornamen ansprechen.«

Aileens Augen leuchteten kurz auf, als hätte ich ihr einen Schokoladenkuchen zum Nachtisch versprochen. »Danke, Christina. Dann musst du mir aber auch versprechen, dass du demnächst mal mitkommst. Ich musste Melina mein Wort geben, dass du nicht vereinsamst.«

»Natürlich hat sie dir das Versprechen abgenommen.« Ich schaute zur Eingangstür zurück und lächelte. Melina war eine zu gute Seele. »Ja, wir können gern etwas zusammen unternehmen. Aber jetzt müssen wir uns erst mal auf die Arbeit konzentrieren. Was steht heute noch an?«

»In einer Stunde kommt Aidan, also Mr Cooper. Allerdings ist er meistens nicht pünktlich. Soll ich schon mal die Abrechnungen für diesen Monat erstellen?«

»Ja, gern. Und ich schaue die Vorräte durch. Ruf mich, wenn was ist.«

Tatsächlich waren die Bestände innerhalb weniger Minuten geprüft, denn Melina hatte das erst vor ein paar Wochen erledigt, sodass ich nicht genau wusste, was ich tun sollte. Im

Krankenhaus hätte ich jetzt mit den Kollegen geplaudert, aber außer Aileen war niemand hier, und sie war in die Abrechnungen vertieft, sodass ich sie nicht stören wollte.

Also kramte ich das Handy hervor und schaute bei WhatsApp nach, ob eventuell jemand online war, mit dem ich schreiben konnte. Leider fand sich niemand.

Mit meinen Eltern hatte ich gleich nach meiner Ankunft telefoniert, um sie wissen zu lassen, dass ich heil angekommen war. Viel mehr hatten sie gar nicht wissen wollen, außer, ob Steffen auch mitgekommen war. Ich hatte ihnen unsere Trennung noch nicht gestanden, denn sie liebten ihn wie einen Sohn und warteten sehnlichst darauf, dass wir endlich heirateten. Dass er künftig nicht mehr zu den Familientreffen kommen würde, würde ihnen das Herz brechen. Also schob ich es vor mir her, die Bombe platzen zu lassen, denn auf weitere Dramen konnte ich aktuell gut verzichten.

Auch Steffens Chatfenster war stumm. Er war nicht online und er hatte mir seit meiner Abreise nicht eine Nachricht geschrieben. Ich wusste nicht, ob mich das enttäuschte oder ob ich froh war. Mich quälte das Gefühl, dass das zwischen uns nicht vollendet war. Als ob wir noch nicht miteinander abgeschlossen hatten. Dass ich mich als Erste bei ihm meldete, kam trotzdem nicht infrage. Selbst jetzt, als ich nur daran dachte, mit ihm reden zu müssen, wanderten meine Gedanken automatisch zu dem Grund, der mich hergeführt hatte. Zwei Kinder, die ich verloren hatte, bevor sie das Licht der Welt erblicken konnten.

Das Gefühl der Unzulänglichkeit kehrte zurück und Tränen rannen mir über die Wangen, die ich hastig beiseite wischte. Ungern wollte ich Mr Cooper mit verheulten Augen entgegentreten.

Also tat ich das Einzige, das ich seit einigen Wochen wirklich beherrschte: verdrängen. Ich starrte aus dem Fenster und genoss den Anblick des Sound of Mull, der von hier aus hinter den Häuserreihen zu erkennen war. Dahinter erstreckte sich die raue, wilde Natur. Zerklüftete Klippen und jede Menge Hügel, die ich vorhatte, an den Wochenenden zu erkunden.

Eine halbe Stunde später meldete sich Aileen, dass sie den ersten Schwung Abrechnungen erstellt hatte und meine Unterschrift dafür brauchte. »Soll ich sie ins System einspeisen oder willst du das üben?«

»Lass mich das mal ruhig machen. Ich muss wirklich noch lernen.« In Deutschland waren die Abrechnungssysteme relativ gut strukturiert, nicht unbedingt einfach zu bedienen, aber logisch aufgebaut. Hier lag die Sache anders. Es gab mehrere Programme, in denen man unterschiedliche Meldungen abgeben musste, ehe man seine Rechnung an die Krankenkassen stellen konnte.

»Gut. Aidan ist gerade vorgefahren. Soll ich ihn durchschicken oder brauchst du noch einen Moment?«

»Schick ihn durch.« Ich richtete mich auf und legte mein Handy beiseite. Wenn ich mich recht entsann, hatte ich Mr Cooper an meinem ersten Abend vor anderthalb Wochen kennengelernt, als er in mich hineingelaufen war. Zumindest war das der einzige Aidan, von dem Melina mir erzählt hatte.

Ich öffnete seine digitale Krankenakte, um mich vorzubereiten. Er war 32 Jahre alt, also vier Jahre älter als ich, und litt an Diabetes. Heute hatte er seinen vierteljährlichen Kontrolltermin. Bisher schien er gut mit der Krankheit klarzukommen, denn seine Werte waren zwar leicht erhöht, blieben aber konstant.

Als er eintrat, stand ich auf, um ihn zu begrüßen. Hier im kleinen Untersuchungsraum erschien er mir viel größer als im Pub. Dort war er nur ein Mann gewesen, der in mich hineingerannt war. Nun stellte ich fest, dass er zwischen den dicht aneinandergedrängten Schränken mit den immer gleichhohen Schubladen und dem schmalen Schreibtisch, auf dem kaum etwas anderes Platz fand als mein Monitor und die Tastatur, wie ein Riese wirkte, der sich in der Höhle geirrt hatte. Sein blauschwarz-kariertes Holzfällerhemd hing locker und geöffnet über seinen Gürtel. Wie am ersten Abend trug er darüber eine Strickjacke, seine Füße steckten in Stiefeln. Seine schulterlangen Haare waren zerzaust, aber nicht unnatürlich wirr zurechtgemacht. Eher so, als gehörten sie so.

Ich überlegte, ob ich ihn am Vorabend ebenfalls im Pub gesehen hatte, doch er war mir nicht aufgefallen. Vielleicht war er später gekommen. Da Melina heute früh aufgestanden war, um die letzten Sachen zu packen, hatten wir den Pub um Mitternacht verlassen.

»Guten Tag, Mr Cooper. Schön, Sie wiederzusehen«, sagte ich und ging um den Schreibtisch, um ihn mit Handschlag zu begrüßen.

Statt einer sozial akzeptablen Antwort kam nur ein grummeliges Grunzen von ihm, bevor er zur Untersuchungsliege hinüberging.

Ich seufzte leise und zog meine Hand wieder ein, die ich ihm freundlich entgegengereckt hatte.

»Ich möchte mich erst einmal vorstellen. Mein Name ist Dr. Christina …«

»Das brauchen Sie nicht. Jeder weiß, wer Sie sind. Machen Sie einfach hinne!« Aidan wedelte ungeduldig mit der Hand, während er sein Hemd auszog.

Ich nickte und sagte: »In Ordnung. Wie fühlen Sie sich heute?«

Er hob den Kopf, als ich vor ihn trat. Obwohl er auf der Liege saß, war er mit mir auf Augenhöhe, sodass sich der verschlossene Blick, den er mir zuwarf, in mich hineinbohrte. Seine dunklen Augen waren so kalt wie das Eis auf einem Gletscher und reflektierten alles zurück, was auf ihn strahlte. Als wollte er nicht mal den kleinsten Lichtstrahl in sich hineinlassen.

Mir stockte fast der Atem, als mir klar wurde, dass vor mir jemand saß, der ebenso mit seinen inneren Dämonen zu kämpfen hatte wie ich. Dabei tat er nichts weiter, als vor mir zu sitzen und mich mit diesem harten, eisigen Blick zu bedenken.

»Wie soll es mir schon gehen?«, antwortete er mit einer melodischen, klaren Stimme, die ich ihm nicht zugetraut hätte. Sie passte so gar nicht zu seinem waldschratigen Aussehen. Gleich darauf räusperte er sich und legte mit rauerem, belegtem Tonfall nach: »Bringen wir es hinter uns. Ich habe heute noch anderes zu tun, als hier rumzusitzen.«

Ich zog die Stirn in Falten, ließ mir sonst jedoch nichts anmerken. Zu oft hatte ich Patienten gehabt, die mich beleidigten oder sogar angriffen, und längst nahm ich so etwas nicht mehr persönlich. Als Ärztin half es, sich klarzumachen, dass man es mit kranken Menschen zu tun hatte. Und auch Aidan wirkte wie ein unruhiger, großer Bär, dem es nicht gut ging.

»Wie Sie wünschen, dann also der Schnelldurchlauf. Sie kennen das ja bereits. Ich entnehme Ihnen Blut, und wir bestimmen den Zuckerwert.« Ich warf einen Blick auf die Uhr und runzelte die Stirn. »Sie wissen, dass diese Untersuchung eigentlich nüchtern erfolgen muss, damit sie aussagekräftig ist?«

»Ja«, erwiderte er stumpf. »Ich habe heute noch nichts gegessen.« Er hielt mir die nackte Armbeuge hin. Auf seinen muskulösen Armen prangte eine Vene, die ich gut anvisieren konnte. Im Krankenhaus übernahmen die Schwestern solche Tätigkeiten für mich, doch hier war ich auf mich allein gestellt. Aileen besaß keinerlei medizinische Qualifikation und erledigte ausschließlich die Verwaltung. Tatsächlich konnte sie nicht mal Blut sehen, wie sie mir gleich am Anfang erklärt hatte. Die Blutproben, die sie wegschicken musste, verpackte Melina und nun ich also stets in Watte, bevor Aileen sie in die Hände bekam.

»Aber keine Sorge«, hatte mir Melina in einer ruhigen Sekunde zugeraunt, nachdem ich meine Bedenken geäußert hatte bezüglich einer Sprechstundenhilfe, die derart empfindlich war. »Im Notfall kannst du dich auf sie verlassen.«

»So lange Zeit nichts zu essen, ist für einen Diabetiker keine gute Idee«, dozierte ich. »Sie haben Glück, dass Sie nicht umgekippt sind.« Mr Cooper schwieg und stierte an mir vorbei, als habe er mich nicht gehört. Ich verkniff mir ein Seufzen. »Hatten Sie in letzter Zeit denn irgendwelche Beschwerden durch den Diabetes?«

»Nur den üblichen Kram.«

Ich presste die Lippen aufeinander und atmete leise tief ein. Solche Patienten waren mir echt die liebsten. Sagten nichts und behielten alles für sich, selbst wenn sie sich in den Arm gesägt hatten. Markierten den toughen Mann und hatten natürlich keine Schmerzen. Hatte Melina nicht gesagt, dass Aidan ein Einzelgänger war? Vielleicht kam er nicht so oft mit anderen Menschen in Berührung und verhielt sich so abweisend, weil er es nicht besser wusste.

»Haben Sie noch genügend Tabletten? Oder soll ich Ihnen ein neues Rezept ausstellen?«, erkundigte ich mich, während ich in seinen Arm stach und das Blut fließen ließ. Klar und schnell strömte es in die Phiole, die es auffing.

»Neu«, entgegnete er nur.

Ich drückte einen gefalteten Tupfer auf die Einstichstelle und klebte einen Tapestreifen darüber. »Lassen Sie das bitte drauf, bis es nicht mehr blutet.«

Aidan zog sich wieder an und schloss die untersten Knöpfe seines Hemds. Mit einem abgehackten Nicken in meine Richtung machte er sich auf den Weg nach draußen.

»Moment, Mr Cooper«, hielt ich ihn auf. »Haben Sie sonst etwas auf dem Herzen?«

Auch wenn er kaum zehn Worte gesprochen hatte, wurde ich das Gefühl nicht los, dass ihn etwas bedrückte. Zuerst wollte ich ihn ziehen lassen, doch ich hatte mir geschworen, in dieser Ortschaft den Sinn für Achtsamkeit und Prävention zu wecken. Sei es nun gegen den Alkoholgenuss oder Depressionen. Und von Letzteren schien Aidan nicht weit entfernt.

Er zögerte, die Hand an der silbernen Türklinke. Dann wandte er den Kopf und starrte mir in die Augen. So tief, dass ich glaubte, er wolle mir durch seinen Blick allein die Antwort eintrichtern. Oder mich alternativ bis an die Wand drücken, um mir klarzumachen, dass er nicht mit mir reden wollte.

Ich blieb standhaft und schenkte ihm ein herzliches Lächeln, von dem ich nicht wusste, wo ich es hernahm. Das schien ihn so sehr zu verwirren, dass er zumindest aufhörte, mich anzustieren. Er strich sich durch die Haare und schüttelte den Kopf.

»Nichts, wobei Sie mir helfen könnten! Ich warte draußen.« Er riss die Tür auf, ging hinaus und ließ das Türblatt beinahe lautlos in Schloss fallen.

Ich starrte ihm hinterher, bis mir bewusst wurde, dass ich immer noch an der Liege stand und er vorn auf die Freigabe des Rezepts wartete. Rasch ging ich zum PC, stellte es aus und hörte den Drucker bei Aileen am Empfang rattern.

Kurz darauf kam sie herein. »Aidan ist weg. Mann, hatte der heute wieder eine Laune.«

»Ist der immer so?«, fragte ich, nachdem ich im Flur niemanden sitzen sah, der uns hätte hören können. Es war nicht meine Art, über Patienten zu tratschen, aber etwas an Aidan Cooper ließ mich nicht los.

Aileen zuckte mit den Schultern. »Meistens. Jedes Mal, wenn ich ihn hier sehe. Allerdings kommt er selten in den Ort. Üblicherweise bleibt er draußen auf seinem Hof.«

»Ach, er wohnt gar nicht in Tobermory?«

»Irgendwie schon.« Aileen lehnte sich auf ein Bein und legte den Kopf schief. »Sein Hof gehört zur Gemeinde, liegt aber nicht im Ortsgebiet.«

Vielleicht sollte ich in den nächsten Tagen mal ein paar Spaziergänge in die Umgebung unternehmen, um mir ein Bild von den geographischen Gegebenheiten zu machen.

»Okay. Danke. Was steht als Nächstes an?«

Lediglich acht Patienten besuchten an diesem Tag die Praxis, sodass ich mich fragte, wovon Melina ihren Lebensunterhalt bestritt.

»Ist es hier immer so ruhig?«, erkundigte ich mich bei Aileen, als sie gegen siebzehn Uhr verkündete, das sei alles für heute gewesen.

Sie lachte. »Nein, das ist bloß die Scheu der Leute.«

»Die Scheu der Leute? Wie meinst du das?«

»Sie sind skeptisch wegen ihrer neuen Ärztin.« Aileen zuckte mit den Achseln. »In Tobermory mag man Beständigkeit, und als Melina mitteilte, dass sie für eine Weile weggehen und sich vertreten lassen wird, kam der Großteil unserer Patienten angerannt und hat alles erledigt, was im nächsten halben Jahr an Routineuntersuchungen anstand. In den letzten Wochen, bevor du kamst, war hier die Hölle los.« Aileen lachte, als sie mein verstörtes Gesicht erblickte. »Keine Sorge«, sie tätschelte meine Hand, die ich auf dem Tresen abgelegt hatte, »sie sind rau und mitunter grob. Aber sie haben ein gutes Herz. Wirst sehen, in ein paar Wochen haben sie sich abgefunden und kommen wieder her, bloß weil sie sich mit dem Hammer auf den Daumen gehauen haben.«

Obwohl Aileen sich alle Mühe gab, mir ein unbeschwertes Gefühl zu geben, breitete sich Beklommenheit in mir aus. Dass ich nicht einfach herkommen, die Praxis übernehmen und erwarten konnte, von allen mit offenen Armen empfangen zu werden, war mir klar gewesen. Doch dass sich die Leute scheuten, sich mit harmlosen Routineangelegenheiten an mich zu wenden, ohne mich überhaupt kennengelernt zu haben, versetzte mir einen Stich. Insofern durfte ich Mr Coopers mürrisches Auftreten wohl fast schon als sympathisches Wohlwollen interpretieren.

»Gut, dann sehen wir uns morgen früh wieder, in Ordnung?«, sagte ich zu Aileen, nachdem ich meine Enttäuschung überwunden hatte.

Sie winkte mir, ehe sie die Praxis verließ. Kurze Zeit später schloss ich ab und ging die wenigen Schritte bis zu Melinas, nein, bis zu *meiner* Wohnung.

Die Vermieterin nebenan war in ihrer Küche zugange und buk vermutlich einen ihrer Pies. Von Melina wusste ich, dass Mrs Spencer – Lizzy – es liebte, für ihre Freundinnen zu backen. Montags traf sich ihre Bridge-Runde bei ihr, die ziemlich laut wurde, wenn sich die Damen über die Politik des Landes aufregten.

Als ich den Flur betrat, war es seltsam leer ohne Melina. Bislang war immer jemand hier gewesen, mit dem ich hatte reden können, um die Gedanken in meinem Kopf zu übertönen. Aber jetzt?

Ehe ich mich im Gefühl der Einsamkeit verlieren konnte, beschloss ich, meine Koffer auszupacken, die wir im Wohnzimmer abgestellt hatten. Ich hängte den Schlüssel an den Haken und zog meine Jacke aus, den geborgten Anorak, der mir inzwischen ans Herz gewachsen war.

Auf dem Wohnzimmertisch lag ein kleiner Brief, der mir beim Hinausgehen heute Morgen gar nicht aufgefallen war. Vermutlich hatte Melina ihn hier abgelegt, bevor Gordon sie abgeholt hatte. Zumindest erkannte ich ihre Handschrift auf dem offenen Umschlag.

Mein Blick wanderte zwischen den Koffern und dem Brief hin und her. Auspacken konnte warten, entschied ich. Also legte ich mich auf die cremefarbene, geblümte Couch, die Melina von der Vermieterin übernommen hatte, und zog mir eine dünne Decke über die Füße, ehe ich den Umschlag öffnete.

Liebe Christina,

ich weiß, du denkst sicher, dass es für dich nicht so schlimm ist, jetzt allein in der Wohnung zu sitzen. Aber ich kenne dich und deine Gedanken und irgendwie ist es dir gelungen, in den ganzen Tagen, die wir gemeinsam hatten, nicht mit mir über deine fehlgeschlagenen Schwangerschaften zu sprechen.

Ich musste den Brief beiseitelegen, weil mir sofort die Tränen kamen und Übelkeit in mir aufstieg. Mit einer Hand strich ich über meinen Bauch. Die körperlichen Schmerzen nach der Ausschabung hatten mich ein paar Tage begleitet, waren jedoch inzwischen abgeklungen. Die seelischen quälten mich noch immer, sobald das Wort fiel. Fehlgeburt.

Mühsam atmete ich durch, versuchte, den Fluss aufzuhalten, der in mir anschwoll und aus meinen Augen zu stürzen drohte.

So sehr, wie ich Abschiede hasse, so sehr sperrst du deine Gefühle ein. Wenn du nicht reden möchtest, okay. Aber bitte, bitte schließ dich nach Feierabend nicht in der Wohnung ein. Finde ein paar Freunde, auch wenn du nur neun Monate hier bist. Genieße das Leben und versuche, deinen Kopf freizubekommen. Der Weg durch den Aros Park ist immer eine Wanderung wert. Also tu mir den Gefallen und igel dich nicht ein.

Und falls du einen netten Segler triffst, sag nicht nein. Die sind zuvorkommend zu Frauen, wenn sie eine Zeit lang auf See waren. ☺

Liebe Grüße
Melina

Bei den letzten Worten spürte ich ein kleines Schmunzeln unter meinen Tränen, obwohl ein Mann das Letzte war, das ich aktuell gebrauchen konnte. Und ganz sicher würde ich nicht mit einem dahergesegelten Kerl schlafen.

Dennoch dachte ich darüber nach, was mich in dieser Ortschaft erwartete. Und ganz von allein kehrten meine Gedanken zu Aidan zurück, der mit mieser Laune davongefahren war. Als Ärztin sollte man den Zustand des Patienten verbessern und nicht verschlechtern. Ob es ihm wirklich schlechter ging nach dem Besuch in meiner Praxis, konnte ich nicht sagen, aber besser sicherlich nicht.

Die Bewohner von Tobermory schienen sehr eingefahren, und ich fragte mich, ob ich in den kommenden neun Monaten in der Lage sein würde, ihr Vertrauen zu gewinnen, wie es Melina gelungen war. Vermutlich nicht. Aber eventuell konnte ich sie dazu bringen, sich wenigstens mit mir zu unterhalten.

Wieder dachte ich an Aidan, der so traurig wirkte und gleichzeitig so distanziert, dass man sich nicht traute, sich ihm zu nähern. Ich hätte sauer auf ihn sein können, weil er mich so abweisend behandelt hatte, stattdessen tat er mir leid und machte mich neugierig. Warum wohl ließ er niemanden an sich heran? Und diese starken, muskulösen Arme …

Ich schüttelte den Kopf. Körperliches war mir nie wichtig gewesen. Steffen war kein Adonis, und ich hatte ihn dennoch geliebt. Seinen kleinen Bauchansatz, die etwas zu schiefe Nase. Alles egal, solange wir seelisch zueinander passten und gemeinsam die Ewigkeit verbringen wollten.

Allerdings wollte ich das inzwischen gar nicht mehr. Nicht nach dem Verlust, den wir erlitten hatten, und der vorwurfsvollen Enttäuschung, mit der Steffen mir seitdem begegnete.

Erneut drückte es in meinem Hals, und ich konnte nicht verhindern, dass der Brief vor meinen Augen verschwamm. Ich legte ihn beiseite und meinen Kopf auf ein Kissen. Langsam, wie in Zeitlupe, schloss ich die Lider und gab mich der Trauer hin. Das erste Mal, seitdem ich hier war. Bei Melina hatte ich mich wohlgefühlt und die Stimmung nicht zerstören wollen, indem ich losflennte. Fast zwei Wochen lang hatte ich meine Tränen unterdrückt, jetzt war ich allein. Niemand konnte mich sehen oder mich mit Mitleid bedenken, das mir nicht half. Niemand würde meinen Schmerz lindern können, indem er mich in den Arm nahm. Niemand würde mich trösten, indem er mir einen Tee kochte, und erst recht würde mir niemand helfen, wenn er mir immer wieder ins Gedächtnis rief, was ich verloren hatte.

Ich sah Steffen vor mir, wie er mit den Händen rang und mich anflehte, mit ihm zu reden. Aber ich konnte nicht. Warum nur hatte er das nicht verstanden? Wieso hatte er mich nicht einfach alleingelassen? Das war meine einzige Bitte gewesen, und er hatte sie ignoriert. Bis er mich ignoriert hatte.

Die Tränen flossen nun hemmungslos. Für jeden Tag, den

meine Kinder nicht lebten, brannte sich eine Träne meine Wangen hinab. Sie drangen aus mir heraus, und ich hielt sie nicht länger auf. Wünschte mir so hart, dass ich die Zeit zurückdrehen konnte, dass mir schlecht wurde. So sehr wollte ich, dass ich wieder schwanger war. Nicht ein weiteres Mal, sondern mit meinem ersten Kind. Ich hielt mir den Bauch, schluchzte laut und versuchte zu atmen.

Kapitel 6

»Was möchtest du trinken, Schätzchen?«, fragte mich die Wirtin, die hinter dem Tresen stand und gerade ihre Hände an einem Handtuch abtrocknete, das locker an ihrem Gürtel hing.

»Ein Bier für den Anfang«, sagte ich und lächelte. Sie sollte nicht auf die Idee kommen, dass ich traurig war. Seit meinem emotionalen Zusammenbruch vor zwei Tagen hatte ich mich wieder im Griff. Ich glaubte sogar, dass das nötig gewesen war, um solch einen Absturz nicht auf einmal mitten in der Praxis zu erleben. Lieber in meinem persönlichen kleinen Kämmerlein, wo es niemand sah.

»Kommt sofort.« Mac, wie alle die Wirtin als Kurzform von Mackenzie nannten, ging zur Zapfanlage, an der es drei Hähne gab. An den goldenen Zuläufen prangten Schilder der Biersorten, die ich allesamt nicht kannte. Vermutlich waren es Marken aus der Gegend, die ich in nächster Zeit durchprobieren würde.

»Und hast du dich schon eingelebt, Schätzchen?«, fragte Mac, während sie Bier jener Sorte in ein Glas laufen ließ, auf dessen Hahn ich willkürlich gezeigt hatte.

Ich nickte nur, weil ich nicht lügen wollte. Ich mochte die Landschaft, genoss die frische Luft und das Ungewohnte an sich. Zu Hause fühlte ich mich in Tobermory allerdings noch nicht, was vor allem am Gebaren der Einwohner lag. Zwar begegneten sie mir nicht feindselig, von ein paar grummeligen Alteingesessenen mal abgesehen, doch trafen mich ständig skeptische Blicke; in der Praxis sowieso, aber auch außerhalb, draußen auf der Straße, im Supermarkt, beim Bäcker. Als traute man mir nicht zu, Melina adäquat zu vertreten, oder schlimmer noch, als hielten sie es für möglich, dass ich ihre Gesundheit aus Dummheit oder sogar absichtlich ruinierte.

»So siehst du aber nicht aus.« Mac stellte das Bier vor mir ab und stemmte dann eine Hand in die Hüfte, mit der anderen stützte sie sich an der Spüle ab, die hinter dem Tresen zu sehen war.

Ich presste die Lippen aufeinander und schaute sie durch meinen Pony hindurch an. »Ist das so offensichtlich?«

»Du sitzt allein am Tresen und redest mit mir.« Sie zuckte die Achseln. »Mehr Hinweise brauche ich nicht. Ärgern dich die alten Haudegen hier?«

»Nein«, sagte ich ehrlich und hob den Kopf, um sie direkt anzusehen. »Das ist es nicht. Es ist hier nur so ganz anders als in meiner Heimatstadt.«

Mac lachte tief und rau, und augenblicklich spürte ich ein Lächeln auf meinem Gesicht. Die Fröhlichkeit der Wirtin war so ansteckend wie Windpocken bei ungeimpften Kindern. »Das höre ich öfter. Schätzchen, lass dir eines gesagt sein: Wenn du in den nächsten Monaten in Tobermory bleiben willst, wovon ich mal ausgehe, dann musst du dir abgewöhnen, alles zu vergleichen. Einen Ort wie diesen wirst du nirgendwo finden.«

Ich hob eine Augenbraue und sah Mac an. Das sagte vermutlich jeder von seiner Heimatstadt, und es gab sicher Dutzende schottische Inselstädtchen wie dieses.

»Schau nicht so. Wir destillieren den besten Gin ganz Schottlands«, sagte Mac und lachte erneut. »Du wirst schon noch sehen, dass Tobermory wirklich anders ist als alles, was du aus deinem Deutschland kennst. Zumindest behauptet Melina das ständig.«

»Sie ist inzwischen eine von euch, oder?«, fragte ich. Bereits kurz nach meiner Ankunft hatte ich das Gefühl gehabt, dass meine Freundin seit einer Ewigkeit in Tobermory lebte und nicht erst seit drei Jahren.

Mac nahm das Handtuch und deutete damit auf mich. »Melina ist die beste Ärztin, die wir je hatten. Sie hat verstanden, wie das bei uns läuft.«

»Dann habe ich große Fußstapfen, in die ich treten muss«, murmelte ich und fühlte mich der Herausforderung augenblicklich nicht mehr gewachsen. Dabei ging es lediglich um eine Praxis, in der nicht viel passierte. Es gab die gleichen Wehwehchen, die überall vorkommen: Schlaganfallpatienten, deren Medikamente ich regelmäßig neu einstellen musste. Herzkranke, Diabetiker, ein paar gebrochene Knochen oder Platzwunden, weil jemand bei zu starkem Seegang aufs Meer hinausgefahren war, um die Fangkörbe einzuholen. Routineangelegenheiten, wie ich sie zu Hause täglich behandelte.

»Quatsch, Schätzchen. Du gehst gefälligst deinen eigenen Weg«, sagte Mac und winkte einer Gruppe Segler, die gerade eintrat und es sich an der Tischgruppe an der Wand bequem machte. »Wir reden nachher weiter.« Sie kam hinter dem Tresen hervor und trat zu den Männern und Frauen hinüber, die sie mit lautem Rufen herzlich begrüßten.

Neben mir am Tresen saßen Old Sam, der Polizist, und Seebär Leroy, die sich über Politik unterhielten und welche Maßnahmen sie verteufelten. Hauptsächlich meckerten sie über Schottlands nicht existierende Unabhängigkeit und behaupteten, dass sie augenblicklich in den Krieg ziehen würden, wenn es darum ginge, das Land zu befreien. Daneben hockte ein Mann, der durch seinen gelben Friesennerz auffiel. Ich glaubte, dass sein Name Ben lautete und er der Sohn eines kürzlich verstorbenen Fischers aus Tobermory war, der das Familiengeschäft übernommen hatte. Seine Schultern hingen herunter, und ich vermutete, dass sein Verlust und die damit einhergehende Verantwortung immer noch schwer auf Ben lasteten.

Rasch wandte ich den Blick ab, wollte nicht an Verlorenes denken, nicht hier.

Da betrat Aidan den Pub und setzte sich auf den einzig freien Hocker – neben mich. Er ignorierte mich und wartete darauf, dass Mac zurückkam und sich hinter den Tresen stellte. Mit ihm zusammen wehte der herbe Geruch von Stroh und Tieren herein, der ihn bereits in der Praxis umgeben hatte.

»Mr Cooper«, begrüßte ich ihn, ohne nachzudenken.

Er drehte sich zu mir, als nehme er mich jetzt erst wahr. Dann nickte er mir zu und wandte sich wieder ab.

Ich schnaubte. Höflichkeit gehörte scheinbar grundsätzlich nicht zu seinem Repertoire.

»Geht es Ihnen gut?«, versuchte ich es erneut. In meinen Gedanken schwirrte die absurde Idee herum, dass er sich im Ort genauso fremd fühlte wie ich und wir deswegen etwas gemeinsam hatten. Zumindest begründete ich damit die Tatsache, dass ich immer mal an ihn denken musste.

»Ja«, erwiderte er mürrisch und warf einen Blick über die Schulter, um nach Mac zu suchen. Die war allerdings gerade nach hinten in die Küche verschwunden, um dem Koch die Bestellungen durchzugeben.

Ein paar weitere Gäste betraten den Pub. Darunter Aileen, ihre Freundin Brianna, einige junge Männer und eine Frau, die ich bisher noch nie gesehen hatte.

Mac kam schließlich zurück, und Aidan hob die Hand. Mir fielen ein paar Kratzer auf dem Rücken auf.

»Soll ich mir das mal ansehen?«, fragte ich und deutete darauf. Zwar verheilten die Risse bereits, doch die Wundränder waren leicht gerötet.

»Nein, das ist nur eine kleine Schramme«, brummte Aidan und ließ die Hand sinken, legte sie auf dem Tresen ab.

Vermutlich hatte er sich bei seiner täglichen Arbeit verletzt. Auf so einem Bauernhof gab es schließlich immer viel Arbeit, und man musste sich buchstäblich die Hände schmutzig machen. Für mich als Stadtkind hingegen bedeuteten Bauernhöfe in erster Linie Ferien. Als ich sieben gewesen war, hatten wir Urlaub im Stroh gemacht und auf einem Heuboden geschlafen. Ich erinnerte mich bis heute, wie sehr mich die Halme gekitzelt hatten, sodass ich fast den gesamten Urlaub über müde gewesen war, weil ich einfach keinen Schlaf fand. Meine Geschwister hatten es geliebt, und im Jahr darauf war meine Familie erneut dorthin gefahren. Zum Glück konnte ich meine Eltern davon überzeugen, dass ich solange bei meinem Patenonkel übernachten durfte. Der wohnte bei uns um die Ecke, und ich konnte mich regelmäßig mit meinen Freunden treffen, statt zu wenig zu schlafen.

Der Geruch nach Stroh, den ich dank Aidan in der Nase hatte, brachte die Erinnerung augenblicklich zurück.

»Was ist denn passiert?«, fragte ich, während er auf sein Bier wartete.

Er drehte sich zu mir und starrte mir auf seine eigentümliche Weise in die Augen. Wieder fühlte ich mich, als ob er versuchte, seine Gedanken in meinen Kopf zu pflanzen, ohne etwas sagen zu müssen. Zugleich versperrte er mir den Zugang zu sich.

»Ich habe mich gekratzt, es hat kurz geblutet, ich habe die Wunde ausgewaschen und vorgestern verbunden. Es heilt.«

Ich nickte. »Das ist gut. Als Diabetiker sollte man besonders darauf achten, dass die Wunden gut heilen, denn die Wundheilung kann beeinträchtigt sein.«

Er zog die Augenbrauen zusammen und schnaubte. »Das ist mir bewusst. Danke.«

»Natürlich. Entschuldigung.«

Mac stellte sein Bier vor ihm ab und schaute zwischen uns hin und her, ehe sie mit einem breiten Grinsen in Richtung Küche verschwand, weil ihr Mann nach ihr rief.

Eine Weile saßen wir schweigend nebeneinander und tranken unser Bier. Es fühlte sich merkwürdig an, jemanden so nah neben mir zu spüren, ohne mit ihm zu reden. Aber nicht schlecht. Eher wie ein gemütlicher Abend vor dem Fernseher, bei dem ich mich zurücklehnen konnte und mir keine Gedanken über den Tag und die Ereignisse machen musste. Ich schloss für einen Moment die Augen, stellte mir vor, wie es wäre, wenn wir nicht in einem lauten Pub säßen, sondern bei mir zu Hause auf der Couch.

Erschrocken riss ich die Augen wieder auf. Nein, so etwas durfte ich nicht denken. Wollte ich nicht. Er war ein Patient von mir, und auf keinen Fall würde ich ihn zu mir in die Wohnung einladen.

Mein Verstand dachte das, doch mein Mund sagte schließlich: »Kann ich Sie vielleicht auf ein Bier einladen?«

Aidan sah mich an, schaute dann über die Schulter, als ob er sich nicht sicher war, dass ich ihn gemeint hatte. Kurz blieb sein Blick an dem älteren Herrn mit dem Gehstock hängen, der soeben den Pub betrat, ehe er sein Glas nahm, es leerte und anschließend auf den Tresen knallte. »Nein danke. Es ist mir zu voll hier.« Damit rutschte er vom Hocker, drehte auf dem Absatz um und verschwand aus dem Arms, bevor ich noch etwas erwidern konnte.

Peinlich berührt, widmete ich mich meinem eigenen Glas und starrte in die trübe Flüssigkeit. Auf meinen Wangen brannte es.

»Denk dir nichts dabei, Schätzchen«, hörte ich Mac in diesem Moment sagen. Sie lehnte sich zu mir über den Tresen, sodass sie leise mit mir sprechen konnte, ohne dass jemand ihre Worte verstand. »Aidan ist ein alter Grantelkopf. Der meint das nicht so.«

»Sicher?«, fragte ich, während ich zur Tür schaute. Der alte Mann setzte sich auf einen frei gewordenen Hocker zu Leroy und Old Sam an den Tresen und nickte Mac zu. »Bisher hatte ich nicht das Gefühl, dass er ein freundlicher Mensch ist.«

»Das täuscht. Im Grunde seines Herzens ist Aidan ein guter Mann. Auch wenn er seine Manieren schon vor Jahren im Sound versenkt hat.« Mit diesen Worten räumte Mac Aidans Glas ab und zwinkerte mir zu. »Irgendwann wird er freundlicher. Wenn er dich länger kennt.«

Das bezweifelte ich zwar, nickte aber dennoch, um Mac nicht vor den Kopf zu stoßen.

Lange Zeit, um über Aidan nachzudenken, blieb mir nicht, denn kaum war der Platz neben mir frei, kam Aileen herüber und rutschte auf den Hocker. »Hey, Christina, sag mal, wie gut ist dein Allgemeinwissen?«

»Vorzeigbar, würde ich sagen, wieso?«, fragte ich verwirrt nach.

»Heute Abend ist Pubquiz-Abend und wir haben einen Ausfall in unserem Team. Wäre super, wenn du aushelfen könntest.«

»Ein Pubquiz?« Entfernt klingelte es in meinem Hirn, doch bevor ich mich blamierte, wollte ich lieber wissen, auf was ich mich einließ.

»Es gibt verschiedene Teams, die versuchen, Macs Fragen zu beantworten. Es darf immer nur eine Antwort gegeben werden. Je schneller man ist, desto besser. Für jede richtig beantwortete Frage gibt es einen Punkt, und das Team mit der höchsten Punktzahl gewinnt eine Freirunde oder eine Flasche vom besten Whiskey für jedes Teammitglied.«

Ich schnaubte. War ja klar, dass es um Alkohol ging. »Und was muss ich dabei machen?«

»Du setzt dich zu uns an den Tisch und besprichst mit uns die Antworten. Wenn wir uns einig sind, geben wir sie an Mac weiter.« Aileen griff in die Schale mit den Erdnüssen, die neben uns auf dem Tresenrand stand.

Einen Moment lang überlegte ich. Wenn es um medizinische Details ging, war ich natürlich spitze. Bei Filmen und Serien hingegen wäre ich sofort raus, denn in den letzten Jahren hatte ich mir selten Zeit genommen, um mich auf eine regelmäßig wiederkehrende Show einzulassen. Stattdessen hatte ich Musik gehört – eventuell wäre ich in dieser Kategorie also brauchbar. Es lag mir fern, mich zu blamieren, immerhin war ich die Ärztin des Ortes und würde sicherlich an Vertrauen verlieren, wenn ich die einfachsten Dinge nicht wusste.

Mir kamen Melinas Zeilen in den Sinn. *Finde ein paar Freunde, igel dich nicht ein.* Mit den Zähnen spielte ich auf meiner Unterlippe und fragte mich, ob ich mich darauf einlassen konnte. Was, wenn es um Kinder ging? Würde ich dann anfangen zu heulen? Mitten im Pub? Zuerst wollte ich ablehnen, doch Aileen sah mich mit so einem flehenden Blick an, dass ich nicht anders konnte. »In Ordnung. Was kann schlimmstenfalls denn schon passieren?«

»Klasse. Das freut mich sehr. Brianna und ihr Freund sind in unserem Team. Normalerweise ist auch Gordon dabei, aber der hat heute Abend was anderes vor. Hat ganz geheimnisvoll getan, dabei weiß ich genau, dass er mit Melina skypen will.«

Überrascht hob ich eine Augenbraue. »Wirklich?«

»Na ja, man muss nur eins und eins zusammenzählen. Sie hat mir gestern geschrieben, dass sie heute Abend nicht live dabei sein kann. Sonst ist sie nämlich ebenfalls im Team, und da Gordon auch abgesagt hat, was er sonst nie tut, kann es nur einen Grund geben.«

Ich lächelte und schüttelte den Kopf. »Vor dir kann man wohl nichts geheim halten oder, Sherlock?«

»Sie haben es erfasst, Watson.« Aileen zwinkerte mir zu, während sie mich gleichzeitig vom Hocker und zu der kleinen Sitzecke zog.

»Leute, das ist Christina, meine Chefin. Seid lieb zu ihr. Es ist ihr erstes Pubquiz.« Damit deutete sie auf den freien Platz auf der schwarzen lederüberzogenen Bank an der Wand neben Brianna.

»Hi, schön, dich kennenzulernen. Aileen hat einiges von dir erzählt.« Wenn Aileen schon mit deutlich italienischem Akzent sprach, dann war Briannas noch mal deutlich stärker, und ich hatte Mühe, ihre englischen Worte zu verstehen. Vermutlich klang ich in ihren Ohren nicht viel besser.

»Ich hoffe, nur Gutes.« Ich setzte mich, und der bullige Mann neben Brianna reichte mir seine fleischige Hand und packte kräftig meine.

»Hugh!«, sagte er, was wie das Grunzen eines Hausschweins klang.

»Hallo«, erwiderte ich und entzog ihm meine Hand. Brianna und Hugh musterten mich mit neugierigem Blick und deuteten dann auf den Tresen.

»Du hast mit Aidan geredet, oder? Kennt ihr euch näher?«, fragte Brianna. Neugier schwang in ihrer Stimme mit.

»Nein, er ist ein Patient von mir und ich wollte lediglich wissen, wie es ihm geht«, antwortete ich wahrheitsgemäß. Dass er mich hatte abblitzen lassen, als ich ihn auf ein Bier eingeladen hatte, musste ich ja nicht erwähnen.

Hugh langte nach den Pommes, die auf dem Tisch standen, und tunkte eine davon in einen Berg aus Mayonnaise.

»Hat sicher sehr ausführlich geantwortet«, grinste er und lachte. Es hörte sich an, als ob in seiner Kehle Ketten rasselten, aber das Lachen kam von Herzen und steckte an.

»Nun ja, ich habe schon mitbekommen, dass er nicht der Gesprächigste ist«, erwiderte ich diplomatisch. Immerhin wusste ich nicht, ob ich hier nicht vor Freunden von Aidan saß.

»Wenn ich ihm nicht regelmäßig Stroh liefern würde, hätte er vermutlich gar keine menschlichen Kontakte«, erklärte Hugh und deutete auf die Tür. »Nicht mal hier spricht er mit irgendwem. Kommt nur ab und an auf ein Bier rein und geht nach Hause, kaum dass er's ausgetrunken hat.«

»Und warum?«, fragte ich nach. »Ist das einfach seine Art oder steckt mehr dahinter?«

Hugh zuckte mit den Schultern und senkte den Kopf, als ob er mir nicht in die Augen sehen wollte. »Ich kenne ihn nicht anders. Seit ich vor zehn Jahren hergekommen bin, ist er so. Musst mal die Alteingesessenen fragen. Die können vielleicht mehr sagen.«

Es wunderte mich, dass Hugh nach der langen Zeit kaum etwas über Aidan wusste, denn ich hätte erwartet, dass es in so einer kleinen Ortschaft, die kaum tausend Einwohner zählte, allenfalls offene Geheimnisse gab, über die man hinter vorgehaltener Hand tuschelte. In einer derart überschaubaren Gemeinschaft machten Neuigkeiten doch rasch die Runde – und zwar innerhalb von Minuten, wenn ich daran dachte, wie schnell sich in meiner Heimatstadt herumgesprochen hatte, dass ich mit Alex, dem Nachbarsjungen, im Wald geknutscht hatte. Jemand aus der Straße war mit seinem Hund spazieren gegangen und hatte uns gesehen, und es dauerte nicht einmal zwei Tage, bis mich die ganze Nachbarschaft schief ansah, weil alle glaubten, dass ich sexuell schon aktiv war. Mit damals gerade mal dreizehn. Meine Eltern hatten daraufhin ein Gespräch mit mir geführt, das ich bis heute gern verdrängte. Im Nachhinein betrachtet hätte ich vielleicht etwas besser zuhören sollen, denn dann wäre ich nicht bereits mit achtzehn schwanger geworden.

Ich strich mir über die Augen und schob den Gedanken beiseite. Wenn ich damit erst anfing, würde ich sicher in einigen Minuten ins Bier weinen. Ich straffte mich und fixierte einen Punkt oberhalb des Tresens, während die drei Freunde sich unterhielten. Brianna erzählte von einem Künstler, der in ihrer kleinen Pension am Südufer des Sound of Mull eingecheckt hatte und sie mit ständig neuen Wünschen nervte. Hugh aß weiter Pommes und Aileen hörte zwar Brianna zu, beobachtete allerdings mich dabei.

»So, ihr Lieben, es ist wieder so weit. Ihr wisst, was euch erwartet«, tönte auf einmal eine laute Stimme direkt über mir. Da erst bemerkte ich den Lautsprecher, der nicht größer als eine Taschentuchpackung war und neben einem Bild hing.

»Jaaa«, kam es aus mehreren Dutzend Mündern. Mittlerweile hatte sich das Arms gefüllt und alle Tische waren belegt.

»Sehr gut, denn ich habe euch heute wieder Fragen mitgebracht, die euch ordentlich herausfordern werden.«

Brianna lehnte sich zu mir und eine sanfte Honigwolke umfing mich. Ihr Parfum legte sich auf meine Zunge, sodass ich das Bienengold beinahe schmeckte. »Das sagt sie immer, aber wir kriegen sie fast alle raus.«

»Zuerst einmal: Handys hier hinein!« Mit einem kleinen Mikrofon in der Hand trat Mac hinter dem Tresen hervor und ließ einen geflochtenen Korb rumgehen.

Ich hielt mein Telefon unschlüssig in den Händen. Wollte ich das wirklich? Mein Smartphone einfach so abgeben? Als ich mich umschaute, stelle ich fest, dass niemand außer mir Bedenken hatte – jeder folgte Macs Anweisung, ohne zu zögern, und der Korb füllte sich rasch. Also gut, ich wollte nicht die deutsche Spielverderberin sein, schaltete den Ton meines Handys an, falls ein Notfall reinkam, und legte mein Telefon zu den anderen, als der Korb unseren Tisch erreichte.

»Keine Angst, du bekommst es nachher wieder«, sagte Hugh, der mein Unbehagen offensichtlich bemerkt hatte. »Wir wollen nur verhindern, dass jemand schnell die Antwort googelt.« Er gab den Korb an Mac zurück.

»Gut, damit hätten wir die Einnahmen des Pubs für den Abend gesichert«, scherzte die und stellte den Korb hinter den Tresen, während alle lachten. »Also, die Regeln kennt ihr. Wer die Antwort weiß, blökt sie in den Pub. Kein Melden wie in der Schule, keine Zettel wie in Salen.« Sie verzog das Gesicht, als bereite allein der Name ihr Schmerzen.

Ich lehnte mich zu Aileen herüber, aber die winkte ab. »Alte Feindschaft. Erwähne Salen nie, solange Mac es nicht tut. Erklär ich dir später.«

»Und vor allem will ich hier keine teamübergreifenden Schummeleien sehen, verstanden Tom?«, rief Mac in Richtung eines Teams, das aus Tom Berringer, einem Rentner aus Tobermory, Old Sam, Leroy und Angus, dem Hafenmeister, bestand.

»Wenn sie es uns doch so leichtmachen.« Leroy, der mit seinem Vollbart und der tiefen, kratzigen Stimme tatsächlich wie ein echter Seebär daherkam, drehte am Hörgerät in seinem Ohr.

»Untersteh dich, sonst werdet ihr wieder disqualifiziert!«, erklärte Mac und ermahnte ihn mit dem Zeigefinger. Wie ein Unschuldiger hob Leroy die Hände und nickte demütig.

Brianna stieß mich an und sagte: »Sie tun es trotzdem und fliegen jedes Mal kurz vor Ende raus. Ist quasi Tradition.«

»Zumindest habe ich noch nie erlebt, dass sie nicht disqualifiziert wurden«, stimmte Hugh zu. »Und ich mache seit fünf Jahren jeden zweiten Mittwoch im Monat mit.«

»Also, seid ihr bereit?«, rief Mac ins Mikrofon, sodass mir fast die Ohren abfielen.

Wieder johlte der ganze Pub, nur um gleich darauf so leise wie eine Schulklasse zu werden, wenn der Lehrer den Raum betritt.

Mac schaute einmal in die Runde und vergewisserte sich der Aufmerksamkeit aller. Ich war überrascht, dass ein Pub, der sonst vor Stimmen, Gelächter und Geschirrgeklirr nur so surrte, derart still sein konnte. Jeder hing gebannt an Macs Lippen.

»Die erste Frage lautet: Welcher Doktor hat eine Tochter, die mit einem seiner Nachfolger verheiratet ist?«

Ich runzelte die Stirn, unsicher, ob ich die Frage richtig verstanden hatte. Ging es nicht um Allgemeinwissen? Woher sollte ich bitte wissen, welche Ärzte auf der Insel Töchter hatten, die ihrerseits mit einem Mediziner verheiratet waren?«

»Das muss was mit *Doctor Who* sein, oder Hugh?«, fragte Brianna mit erwartungsvollem Blick zu ihrem Freund.

»Das ist eine Fernsehserie, oder?« Dunkel erinnerte ich mich daran, dass Melina sie früher gern gesehen hatte, während mir die Story zu abgedreht gewesen war. Ein Außerirdischer, der in einer blauen Notrufzelle durch das All flog. Oder so ähnlich.

Hugh zog die Augenbrauen hoch. »Okay, du hast gerade ein Dutzend Sympathiepunkte bei allen Schotten verloren«, sagte er.

Entschuldigend hob ich die Arme und hielt mich bei der Frage raus. Dennoch lauschte ich neugierig. Obwohl der ganze Pub summte wie ein Bienenstock, verstand ich nicht ein Wort, weil alle die Köpfe zusammensteckten und aufgeregt flüsterten.

»Es kann eigentlich nur Peter Davison sein. Seine Tochter

ist mit David Tennant verheiratet, der ebenfalls ein Doc war«, erklärte Hugh leise, und beide Frauen nickten.

Im nächsten Moment rief Brianna wie ein Marktschreier auf dem Hamburger Fischmarkt: »Peter Davison!«

»Peter Davison!«, brüllte der alte Tom sofort darauf.

Mac deutete auf Brianna und nickte. »Sehr gut. Das ist korrekt. Georgia Davison, mittlerweile Tennant, ist seine Tochter und mit David Tennant verheiratet. Ein Punkt für euch.«

Ein bärtiger, grauhaariger Mann hinter dem Tresen, vermutlich der Wirt Donald, machte einen Strich auf einer Kreidetafel, die alle vier teilnehmenden Teams gut sehen konnten.

»Das ist doch geschummelt. Sie war nur lauter, aber wir waren schneller«, schimpfte Tom und wedelte mit der Faust in der Luft.

»Mecker nicht, du Kauz. Wenn ihr nicht so alt wärt, könntet ihr mit uns mithalten«, rief Aileen, und der Pub johlte. Tom hingegen winkte nur ab.

»Nächste Frage für alle.« Mac brauchte nicht zu schreien. Sobald ihre Stimme aus den Lautsprechern ertönte, verstummten alle. »Wir haben das Jahr 2022 – welches Jahr hatten wir vor 7400 Tagen?«

Mein Verstand war augenblicklich wie elektrisiert. Mathe. Mathe mochte ich. Wie automatisch folgte ich dem einfachen Rechenweg und flüsterte einen Moment später: »2002. 7400 durch 365 sind etwa zwanzig plus minus ein paar Tage.«

Brianna sah zu Aileen, doch die zuckte nur mit den Schultern, ebenso wie Hugh.

»Vertraut der schlausten Frau hier am Tisch«, sagte meine Sprechstundenhilfe schließlich.

Brianna brüllte die Antwort. Diesmal lange vor den restlichen Teams. Ich wartete gespannt, rechnete in Gedanken noch zweimal nach und kam auf dasselbe Ergebnis.

»Das ist natürlich richtig. Sehr gut. Wieder ein Punkt für euer Team. Tom, du musst deinen alten Verstand anstrengen, wenn du eine Chance gegen das Junggemüse haben willst.«

Tom schnaubte. »Genauso gut könntest du einfach mal Fragen stellen, die unserem Alter angemessen sind, und nicht nur diesen neumodischen Kram.«

Leroy und Angus nickten, während Old Sam sein Bier hinunterkippte und lediglich brummte.

Mac grinste. »Ich denke, Pythagoras und all die anderen Mathematiker hätten Einwände, dass du Mathe als ›neumodischen Kram‹ bezeichnest«, sagte sie, und alle im Pub feixten.

Tom verschränkte die Arme vor der Brust und grummelte etwas in seinen Bart.

Es folgten einige Fragen, bei denen die anderen Teams Punkte einfuhren, und zwei, die niemand beantworten konnte. Tom und sein Team lieferten beständig Grund zu lauten Heiterkeitsausbrüchen, und je länger ich dabeisaß, desto mehr entspannte ich mich. Ja, zu meiner eigenen Verwunderung fühlte ich mich wohl.

Als wir am Ende den zweiten Platz belegten, freute ich mich umso mehr, dass ich mit Brianna, Aileen und Hugh ein paar Menschen in Tobermory gefunden hatte, die keine Ahnung von dem hatten, was ich durchmachte. Bei denen ich mich für eine Weile normal fühlen konnte. Es war so schön, dass ich sogar für ein paar Stunden die peinliche Begegnung mit Aidan vergaß, die mir beinahe den Abend versaut hätte.

Als ich weit nach Mitternacht unter der Dusche stand und mir den rauchigen Duft des Pubs abwusch, ging ich wie so häufig meinen Tag durch, und dabei tauchte Aidans Gesicht wieder auf. Wenn ich meine Augen schloss, sah ich seine vor mir aufblitzen. Der eiskalte Blick, der wie eine Mauer funktionierte und niemanden zu ihm durchließ. Vermutlich hätte ich mich abgestoßen fühlen sollen von Aidans Art, und mich schlicht auf das konzentrieren, was für mich als seine Ärztin relevant war. Das wäre professionell gewesen. Und dennoch. Ich spürte, wie ein Teil meiner Seele sich diesem Schrat von Mensch verbunden fühlte und seinen Schmerz nachempfand, worin auch immer der begründet sein mochte.

In dieser Nacht schlief ich zum ersten Mal, seitdem ich in Schottland angekommen war, nicht mit Tränen in den Augen ein.

Kapitel 7

»Hast du mir Toms Krankenakte schon rausgesucht? Ich wollte seine Blutwerte noch nachtragen«, rief ich aus dem Büro hinaus nach vorne.

Doch von Aileen kam keine Antwort. Da fiel mir ein, dass sie sich vor einer Viertelstunde in die Mittagspause verabschiedet hatte. Sie hatte etwas von einem Date gemurmelt und war mit hochrotem Kopf hinausgelaufen.

Ich schaute mich um und überlegte, ob ich ebenfalls eine Pause machen sollte, beschloss jedoch, lieber durchzuarbeiten und mir dafür am Abend im MacDonald's Arms ein paar Fish'n'Chips zu gönnen. So konnte ich vielleicht den Rückstand der Rechnungen aufholen, der sich in den letzten zwei Wochen angehäuft hatte, seitdem ich allein für die Praxis verantwortlich war. Aileen half mir zwar, wo sie nur konnte, aber auch sie hatte ein eigenes Leben. Deswegen beeilte ich mich, selbst klarzukommen. Alles konnte ich ihr schließlich nicht aufbürden.

Auf einmal hörte ich ein lautes Krachen im Flur, als ob jemand die Tür eingetreten hätte. Erschrocken fuhr ich zusammen. Draußen stürmte es zwar, doch nicht stark genug, um eine Tür mit Schloss aus den Angeln zu reißen. Im nächsten Moment stöhnte ein Mann. Schmerzhaft.

Ein Notfall.

Sofort spulte mein Verstand die möglichen Szenarien durch: Herzinfarkt, Knochenbruch, Schwindelanfälle, stark blutende

Wunde. In diesem Moment kamen mir mein Instinkt und das Training aus der Assistenzzeit, mich zu jeder Tages- und Nachtzeit auf plötzliche Hektik einzustellen, zugute. Während ich aufsprang und in den Flur lief, fühlte ich mich für alles gewappnet.

Auf den Anblick, der sich mir bot, hätte mich allerdings keine Ausbildung der Welt vorbereiten können. In meinem Praxisflur stand ein Fohlen. Oder besser gesagt: Ein Mann mit blutverschmiertem Hemd trug es im Arm. Das Tier konnte höchstens ein paar Tage alt sein. Es war klein, aber schwer genug, dass der Mann schwer keuchte.

»Was ist passiert?«, fragte ich und zuckte zusammen, als ich erkannte, dass es Aidan Cooper war, der mit dem Tier auf dem Arm auf mich zuwankte. Zuerst dachte ich, dass er verletzt war, denn seine Hände und das offene Hemd sowie das darunterliegende weiße Shirt waren rot gefärbt und über den Boden zog sich eine getröpfelte Blutspur. »Wo sind Sie verletzt, Aidan?«

»Nicht ich blute, sondern Ballerina«, stöhnte er und deutete mit dem Kopf auf das Fohlen.

Verwirrt hielt ich inne. »Ich bin keine Tierärztin. Der praktiziert nebenan. Warten Sie, ich halte Ihnen die Tür auf.«

»Nein, der ist unterwegs zu einem Notfall und die Praxis ist nicht besetzt. *Sie* müssen mir helfen«, sagte Aidan und stapfte Richtung Behandlungsraum.

»Moment!« Ich wollte ihn aufhalten, doch er war an mir vorbei, ehe ich ihn zu packen bekam. »Das ist absolut nicht steril, wenn ich in demselben Raum Menschen und Tiere behandle!«

»Das ist mir scheißegal. Ballerina hat eine tiefe Fleischwunde und stirbt, wenn Sie ihr nicht helfen, also bewegen Sie Ihren Ärztearsch hierher und tun Sie Ihren Job. Helfen Sie!«

Ich wollte Aidan zurechtweisen. Ihm sagen, dass er so nicht

mit mir reden könne, bevor ich mir eingestand, dass es lächerlich wäre, ein Lebewesen sterben zu lassen, nur weil ich angepisst war. Zudem sah ich in diesem Moment eine Chance. Wenn ich ihm half, würde sich das herumsprechen, und das konnte mir helfen, das Vertrauen der Tobermoryer zu erlangen und ihre Bedenken mir Fremden gegenüber zu zerstreuen.

»Mir fehlt das richtige Equipment, um ein Pferd zu behandeln«, murmelte ich und rieb meinen Hinterkopf. Das war doch verrückt. »Außerdem habe ich keine Ahnung von tierischer Anatomie.«

»Wenn Sie mir nicht helfen, versuche ich es selbst«, entgegnete Aidan und legte Ballerina, die kläglich wieherte, auf der Rolltrage ab, auf der ich sonst Bäuche abtastete, Reflexe prüfte, Herzschläge und Lungen abhörte.

Ich sah mich kurz um, schaute mir an, wie die Beine des Fohlens über die Tischkante ragten. Meine gesamte Ausstattung war nicht darauf ausgelegt, einem Tier zu helfen. Dann blickte ich zu Aidan. Seine Hände zitterten und er wirkte nicht gerade, als könne er eine Wunde nähen, egal wie entschlossen er es angehen würde.

»Nicht hier«, erklärte ich und trat ans Kopfende der fahrbaren Liege. »Wir bringen Ballerina in die Praxis rüber. Da kann ich ihr vielleicht helfen.«

»Vielleicht?« Aidan zog eine Augenbraue hoch.

»Hey, *Sie* sind zu mir gekommen«, erwiderte ich nur, lockerte die Bremsen und bedeutete ihm, das Fohlen festzuhalten. »Passen Sie auf, dass sie nicht durchdreht, während wir uns durch die Räume bewegen.«

Mein Herz raste, als mir klar wurde, was ich im Begriff war zu tun. Ein Tier versorgen. Als wir am offenstehenden Medizinschrank vorbeikamen, griff ich rasch hinein und drückte Aidan zwei sterile Tücher in die Hand. »Halten Sie die auf die

Wunde, bis wir drüben sind, und sorgen Sie dafür, dass sie ruhig bleibt.«

Aidan nickte und folgte meinen Anweisungen, obwohl ich selbst nicht sicher war, ob ich das Richtige tat. Ein Fohlen. Aber ich musste es versuchen. Im schlimmsten Fall ginge es fürchterlich schief – genauso wenn ich nichts tat.

Aidan lehnte sich neben Ballerinas Kopf und streichelte ihr mit der freien Hand über die Nüstern, während er mit der anderen die Tücher auf die blutende Stelle an ihrem Bauch drückte. Sie zuckte und strampelte mit ihren viel zu dünnen Beinen. Ich fragte mich, ob Aidan Pferde züchtete und das Fohlen bei der Geburt so schwer verletzt worden war.

Auf dem Weg nach draußen wiederholte ich die Frage, mit der ich ihn begrüßt hatte. »Was ist genau passiert?«

»Ballerina hat sich von ihrem Strick losgerissen und ist an einem abgesplitterten Zaunpfosten hängengeblieben. Ich wollte ihn schon seit Tagen reparieren, aber …«

Ballerina zuckte erneut, und Aidan brach ab und ignorierte mich, um sich um das Pferdekind zu kümmern.

Das Tier schien ihm viel zu bedeuten. Ich konnte in seinen Augen die Angst sehen, die ihn erfasst hatte. Er wollte das Fohlen nicht verlieren. Mit sonorer Stimme sprach er leise in Ballerinas Ohr, das sich sanft bewegte. Ich konnte nur vereinzelte Worte verstehen, da die Rollen auf dem Fliesenboden zu laut ratterten, doch die Tritte des Fohlens ebbten ab und schließlich lag es ruhig da.

Eine Minute später standen wir in der Praxis, die der Tierarzt nie abschloss. Allgemein hatte ich festgestellt, dass in Tobermory nur wenige Menschen ihre Läden verriegelten. Ob es daran lag, dass wir uns auf einer Insel befanden, sodass ein Dieb mindestens bis zur Abfahrt der nächsten Fähre warten musste, bis er davonkam, oder ob hier einfach jeder jedem vertraute, wusste ich nicht. Für mich als Deutsche aus der misstrauischen Großstadt fühlte es sich jedenfalls befremdlich an, und ich sperrte Melinas Praxis jeden Abend ab, wenn ich Feierabend machte.

»So, jetzt müssen Sie mir helfen. Aileen, meine Sprechstundenhilfe, ist zu Mittag. Normalerweise würde sie mir assistieren.« Ich zuckte mit den Schultern und warf Aidan zwei Handschuhe zu, die in einer offenen Packung neben dem Behandlungstisch bereitlagen. »Sind Sie dem gewachsen?«

»Ich habe Ballerina hierhergebracht, da werde ich sicher nicht kneifen und sie Ihnen allein überlassen«, brummte er.

»In Ordnung. Dann schnallen Sie sich die Schürze da vorne um.«

»Soll ich etwas halten?«, fragte er, während er tat, wie ihm geheißen, und wirkte auf einmal eingeschüchtert. Ich vermutete, dass er es in seinem Einsiedlertum einfach nicht gewohnt war, von jemandem gesagt zu bekommen, was als Nächstes passieren sollte.

»Gleich. Sobald ich alles gefunden habe. Bis dahin einfach das Tuch weiter auf die Wunde pressen«, erklärte ich und suchte mir alles zusammen, was ich für die Behandlung eines Menschen gebraucht hätte. Was blieb mir übrig, als zu hoffen, dass Lebewesen gleich Lebewesen war? Zum Glück hatte der Tierarzt einen Beschriftungsfimmel und jeden Regalboden in seinem Medizinschrank mit den Kategorien beschriftet, in die die jeweiligen Utensilien und Medikamente fielen.

Aidan redete währenddessen erneut mit Ballerina, und ich bewunderte, dass seine Stimme so bedacht klang, obwohl seine Finger zitterten. Wenn das Fohlen mir so viel bedeutet hätte – ich wusste nicht, ob ich so ruhig geblieben wäre.

»So, ich denke, ich habe alles«, sagte ich schließlich und wandte mich meiner Patientin zu. Mit einem Desinfektionsmittel säuberte ich die Wunde, die zahlreiche Holzsplitter durchzogen. Der Riss war wirklich tief.

»Sicher, dass sie sich nicht den ganzen Pfahl reingerammt hat?«, hakte ich nach.

Aidan wischte sich mit der Hand, die nicht die Tücher umklammerte, um sie jeden Augenblick wieder auf die Verletzung zu drücken, über die Augen. »Ich kann es nicht genau sagen, bin mir nicht sicher, wie es passiert ist. Der Holzpfosten ist auf jeden Fall voller Blut gewesen. Und Ballerina war nur schwer zu beruhigen. Ich …«

»Schon gut. Jetzt ist sie ja hier. Wir schaffen das schon. Atmen Sie tief durch, Aidan, und dann müssen Sie diesen Sauger bereithalten, in Ordnung? Wir müssen erst einmal die Blutung stoppen. Dafür muss ich herausfinden, welches Blutgefäß verletzt ist, ja?«

»Betäuben Sie Ballerina nicht?«, wollte er wissen, während er dem Fohlen über die Nüstern strich.

Ich hob ein kleines Fläschchen hoch. »Doch. Ich werde die Wunde nähen müssen, und das würde schwierig werden, wenn Ballerina bei Bewusstsein bliebe. Wie viel wiegt sie in etwa?«

»Sie ist vor drei Tagen geboren und wog da 47 Kilo«, erklärte Aidan mit deutlich ruhigerer Stimme. Sobald er über Ballerina sprach, schien er sich zu fokussieren. Also machte ich da weiter.

»Ist sie bei Ihnen auf dem Hof geboren?«, fragte ich, während ich ausrechnete, wie viel des Narkosemittels ich mit der Spritze aufziehen musste.

»Nein, ich habe sie von einem Hof in Calgary«, erwiderte Aidan so selbstverständlich, als ob ich wusste, wo das lag. Er bemerkte meinen fragenden Gesichtsausdruck, während ich wartete, dass die Narkose anschlug. Die Augen des Fohlens wurden bereits glasig und gleich darauf schloss es die Lider. »Das ist eine kleine Ortschaft im Westen der Insel. Ein Bekannter von mir arbeitet dort und hat mir Ballerina überlassen.«

»Sollten Fohlen die erste Zeit nicht bei ihrer Mutter sein?«, warf ich ein, obwohl ich nur mit halbem Ohr zuhörte.

Die Tatsache, dass vor mir ein Tier lag, hielt meinen Adrenalinspiegel in beständiger Höhe, und ich hatte Mühe, mich auf etwas anderes zu konzentrieren. Mir durfte kein Fehler unterlaufen. Wenn das arme Ding starb, würde ich mir das nicht verzeihen. Nicht, weil ich in Tobermory dann, gelinge gesagt, verschissen hätte, sondern weil ein Lebewesen unter meinen Fingern verstorben wäre. Schon wieder.

»Die Mutter hat es verstoßen«, murmelte Aidan, bevor er etwas in Ballerinas Ohren flüsterte, das ich nicht verstand.

»Oh, die Arme.« Mitleid regte sich in mir, das ich sofort unterdrückte, um mich nicht von meinen Emotionen ablenken zu lassen. Es stand zu viel auf dem Spiel. Ich wusste nicht, wie viel Blut Ballerina verloren hatte, und noch immer tropfte es aus ihrem Bauch. Wenn ich nicht bald die Ader fand, die so stark blutete, würde sie nicht überleben.

Bei dem Gedanken wurde mir schlecht, und ich musste einmal tief durchatmen. Aidan sah auf. Diesmal lag keine Kälte in seinen großen, dunklen Augen. »Sind Sie sicher, dass Sie das schaffen?«

»Haben wir eine Alternative?« Ich zuckte mit den Schultern, während ich mich über Ballerina beugte und ein OP-Tuch aus dem Vorrat im Schrank über ihr ausbreitete. »Vertrauen Sie mir einfach. Ich will ihr helfen.«

»Das ist alles, was für mich zählt«, brummte Aidan und hielt den Sauger bereit, den ich ihm in die Hand gedrückt hatte.

»Als Erstes muss ich die Wunde verschließen«, erklärte ich und machte mich daran, der offenen Verletzung mit Nadel und Faden zu Leibe zu rücken. Während ich hantierte, blieb

Aidan so ruhig wie eine alte Ruine. Längst zerstört, aber immer noch interessant anzusehen. Sein Kopf war meinem nah, weil er sich ebenso wie ich dicht über die Verletzung beugte, um meine Handlungen beobachten zu können. Ich musste mich dazu zwingen, meinen Blick von ihm abzuwenden und mich auf Ballerina zu konzentrieren. Etwas an Aidan wirkte wie ein Magnet auf mich.

Es dauerte nicht lange und wir hatten es geschafft. Die Wunde war verschlossen, und ich merkte, dass ich die letzte Minute vermutlich die Luft angehalten hatte, so wie sich meine Lunge über den nächsten Atemzug freute. Aidan seufzte, gleich nachdem ich Entwarnung gab.

»Wir müssen sie jetzt noch ein bisschen beobachten und warten, wie sie die Narkose vertragen hat, aber zumindest blutet sie nicht mehr.«

»Gott sei Dank. Ich hätte es nicht verkraftet, sie zu …« Abrupt hielt er inne und sah mich an, als würde ihm jetzt erst klar, dass ich kein Kumpel war. Dass er nicht frei vor mir sprechen konnte.

»Sie werden sie nicht verlieren«, murmelte ich und zog meine Handschuhe aus, um ihm eine Hand tröstend auf den Unterarm zu legen. Dabei versuchte ich es mit einem milden, warmherzigen Lächeln. Allerdings fühlte es sich an, als ob es mir grandios misslang, denn Aidan zog seinen Arm sofort weg und wandte sich von mir ab.

»Danke schön«, sagte er hölzern. »Wie lange dauert es, bis ich sie mitnehmen kann?«

»Das kann ich nicht genau sagen. Wir müssen abwarten, wie die Narkose bei ihr ankommt.« Ich deutete auf das abgemagerte Fohlen. »Sie ist nicht im besten Zustand.«

»Deswegen hat mein Bekannter sie zu mir geschickt. Er hat zwei Tage versucht, sie selbst großzuziehen, aber ihm fehlen die

Kapazitäten. Ich habe Ballerina gestern erst bekommen. Heute Morgen hat sie die Flasche von mir akzeptiert, und ich wollte sie auf die Weide bringen, als sie sich losgerissen hat.«

»Das klingt fürchterlich«, sagte ich und unterdrückte den Impuls, ihn erneut zu berühren.

»Das ist der Kreislauf des Lebens. Wenn eine Mutter ihr Fohlen nicht akzeptiert, dann gibt es nur zwei Möglichkeiten. Entweder es nimmt die Flasche an oder es stirbt.« Er zuckte mit den Schultern, klang gelassen, aber seine verkniffenen Lippen und die angestrengt arbeitenden Kiefermuskeln verrieten, dass er es nicht so einfach hinnahm, wie er tat. Als ich ihn betrachtete, entdeckte ich einen einzelnen Strohhalm in seinem Haar. Hatte er die Nacht in Ballerinas Box verbracht?

Vermutlich. Die Kleidung war zerknautscht und wirkte nicht frisch und unter seine Augen hatten sich tiefe Augenringe gegraben.

Nein, dieser Mann tat alles, nur nicht den Kreislauf des Lebens akzeptieren. Sein Blick erinnerte mich daran, wie ich mich das erste Mal nach der Fehlgeburt im Spiegel betrachtet hatte. Die Scham, die Angst, die Wut. Dazu die Trauer, die mich an den Rand des Abgrunds trieb. Genauso hatte Aidan ausgesehen, als er meine Praxis mit dem Fohlen auf dem Arm betreten hatte. Ich fragte mich, ob er ebenfalls einen Verlust erlitten hatte. Sein Lieblingspferd aus Kindheitstagen? Manche Tiere waren wie Kinder für Menschen, die selbst keine hatten.

Ich schnaubte. Vielleicht sollte ich mir eine Katze zulegen, wenn ich zurück in Deutschland war. Wenigstens irgendeine Art von schutzbefohlenem Lebewesen, wenn ich sonst schon zu keinem Nachwuchs in der Lage bin, dachte ich bitter.

Um mich abzulenken, wollte ich Aidan weiter zu Ballerina ausquetschen, als auf einmal Aileen hereingestürmt kam. Sie sah das Fohlen auf der Trage, das Blut auf dem silbern schimmernden Metall und uns beide davor.

»Was ist denn hier los?«, fragte sie verwirrt und blieb mitten in der Tür stehen.

»Das interessiert mich ebenfalls«, erklang eine raue Männerstimme hinter ihr. Aileen drehte sich um und hielt sich die Hand aufs Herz.

»Dr. Mellard, haben Sie mich erschreckt! Ich bin selbst gerade erst reingekommen. Aber ich denke, Ihre Hilfe wird benötigt.«

Der Tierarzt drückte sich an Aileen vorbei und stellte seine Tasche, in der zahlreiche Medizinfläschchen klirrten, auf den Schreibtisch.

»Doc, es war wegen Ballerina.« Aidan zeigte auf die Nahtstelle, die noch immer blutverschmiert war, da ich es bislang versäumt hatte, den hellen Pferdebauch zu säubern.

Sofort kam Dr. Mellard zu uns an den Tisch, und ich machte ihm Platz.

»Wie genau sind Sie vorgegangen, um die Wunde zu versorgen?«, fragte er an mich gewandt, nachdem er den Bauch abgetastet hatte.

Mit knappen Worten gab ich ihm meine Behandlung wieder, und er nickte schließlich. »In Ordnung, wenn Sie alles so gemacht haben, wie Sie sagten, sollte es Ballerina bald wieder gut gehen.« Er drehte sich zu Aidan um und schlug ihm auf die Schulter. »Gut gemacht, Junge.«

Etwas irritiert fragte ich mich, warum er Aidan lobte und nicht mich, aber vermutlich meinte er damit die Tatsache, dass der Pferdewirt sofort in die Praxis gekommen war und nicht selbst Hand angelegt hatte.

Als Nächstes wandte sich Dr. Mellard mir zu und deutete auf die Trage. »Die wollen Sie sicher wiederhaben, oder?«

»Ja, sobald Ballerina wach ist, hole ich sie ab.«

»Nein, schon gut«, winkte der Veterinär ab und lächelte das erste Mal, seitdem er seine Praxisräume betreten hatte. »Ich bring sie rüber und klau mir dann einen Kaffee. Meine Maschine ist schon seit Wochen kaputt, und nach dem Notfall eben könnte ich einen Wachmacher gebrauchen.«

»Darf ich bei Ballerina bleiben?«, fragte Aidan und setzte sich demonstrativ auf die Trage. Als ob er klarstellen wollte: Mich kriegen sowieso keine zehn Tierärzte hier raus.

»Selbst wenn ich dir sagen würde, dass sie Ruhe braucht, würdest du nicht auf mich hören, Aidan, also sei einfach still und rühr dich nicht, während ich hier aufräume.«

»Dabei helfe ich natürlich«, sagte ich rasch. »Immerhin habe ich Ihre Vorräte durchwühlt.«

Dr. Mellard hob die Hand und winkte ab. »Vergiss es, Kindchen. Ich kümmere mich schon selbst darum. Guck lieber, dass du rüber in deine Praxis kommst. Der alte Tom saß eben davor und meckerte, dass er einen Termin hätte, die neue Ärztin es wohl aber nicht für nötig halte, diesen wahrzunehmen.«

Erschrocken schaute ich auf die Uhr, während Aileen bereits auf dem Absatz kehrtmachte.

»Mist«, rief sie und schickte einen italienischen Fluch hinterher, der sich allein vom Klang her derb anhörte.

Verdammt, ich hatte Tom vergessen? Der alte Mann war so etwas wie ein stiller Bürgermeister. Er bekleidete das Amt zwar nicht und hatte nie etwas Vergleichbares innegehabt, dennoch hörte jeder im Ort auf ihn, weil jeder seine Meinung schätzte, egal wie grummelig sie daherkam. Wenn Tom eingeschnappt war und herumerzählte, dass ich meine Termine nicht einhielt, würde es mir nie gelingen, in Tobermory Fuß zu fassen.

»Tom«, sprach ich ihn auf dem Flur an und sah, dass Aileen bereits auf ihn einredete.

»Ach, hör mir auf mit deinem Gewäsch«, knarzte der Alte mit seiner kratzigen Stimme, die man wohl bekam, wenn man sein Leben lang auf dem Meer unterwegs gewesen war und beständig gegen die Naturgewalten angeschrien hatte. »Was interessiert mich so ein Pony? Habt ihr jetzt Zeit oder soll ich wieder nach Hause dackeln?«

»Nein, kommen Sie rein, Tom. Wir sind jetzt für Sie da. Ich ziehe mich nur kurz um.« Im Umkleideraum, der nichts anderes als eine Rumpelkammer mit Putzutensilien war, zerrte ich mir den mit Blut verschmierten Pullover über den Kopf, schlüpfte in eine saubere Bluse und warf mir eine Strickjacke über. Zum Glück hatte mich die Erfahrung schnell gelehrt, grundsätzlich Ersatzklamotten bereitliegen zu haben.

Eine halbe Stunde später war ich mit Toms Untersuchungen durch und lehnte mich in meinem Stuhl zurück, um zum ersten Mal seit Aidans Ankunft wirklich durchzuatmen und zu rekapitulieren, was ich geleistet hatte. Den alten Brummbär beruhigt, obwohl er anfangs vor lauter Unmut über meine Verspätung lediglich halbe Silben mit mir gesprochen hatte. Schließlich war es mir gelungen, seine Griesgrämigkeit zu knacken, indem ich behauptete, wie nobel ich es von ihm fand, dass er sich beim Pubquiz stets selbst absichtlich disqualifiziere, um denen den Ruhm des Sieges zu überlassen, die ihn nötig hatten. Darin zeige sich nicht nur der Gentleman, sondern auch wahre Größe. Ja, eine Halbwahrheit. Verdammt, aber wenigstens hatte Tom danach zum Abschied die Hand gehoben und mir zugenickt, bevor er die Praxis verließ, was ich als gutes Zeichen nahm.

Tja. Und ich hatte ein Fohlen gerettet. Zumindest hoffte ich das. Ich musste daran denken, wie Aidan plötzlich in meiner Tür gestanden hatte, die Hilflosigkeit in seinem Gesicht und das Flehen in seinen Augen. Ballerina, die schlapp in seinen Armen hing. Ob alles gut gegangen war?

Bevor ich weiter nachdenken konnte, erhob ich mich und ging an Aileen vorbei. »Bin mal kurz drüben.« Als ich den Flur der Tierarztpraxis betrat, hörte ich ein leises Schnauben und schielte ins Behandlungszimmer. Noch benommen und offensichtlich verwirrt wackelte Ballerina mit den Ohren, und ihr Schweif peitschte unruhig. Dennoch schien sie die Narkose gut überstanden zu haben.

Erleichterung flutete mein Herz, und ich wollte umkehren, als Aidan nach seinem Fohlen griff, es vorsichtig von der Trage hob und mit ihm aus dem Behandlungszimmer trat. Vor mir blieb er stehen und starrte mich an. Sekundenlang war da nichts anderes als mein Herzschlag, der in meinen Ohren pochte. Etwas an ihm hatte sich verändert, seitdem ich ihn das erste Mal gesehen hatte. Ich konnte nicht sagen, was es war, doch ihm gegenüberzustehen fühlte sich anders an.

Dann räusperte Aidan sich, und ich blinzelte einmal, zweimal, um mich auf seine Worte zu fokussieren statt auf seine Wirkung auf mich.

»Ich wollte danke sagen«, murmelte er und vermied Augenkontakt, als wäre es ihm unangenehm, sich zu bedanken.

»Dafür nicht. Es hat mich zwar einiges an Angstschweiß gekostet, aber ich bin froh, dass ich helfen konnte«, erwiderte ich.

»Kann ich mich dafür erkenntlich zeigen?« Aidan blickte noch immer auf Ballerina hinab und nicht zu mir, aber er sprach weiter. »Vielleicht mit einem Essen?«

Ich schmunzelte. Diese vier Worte hatten ihn vermutlich mehr Überwindung gekostet, als die Tür zu meiner Praxis einzutreten und nach Hilfe zu fragen. »Gern. Ich wollte heute Abend sowieso im Arms essen gehen.«

»Gut, ich hole Sie gegen 19 Uhr ab.« Für den Bruchteil einer Sekunde schaute er mir in die Augen, ehe er Ballerina höher auf seinen Arm schob und mit ihr an mir vorbeiging. Aidan drehte sich nicht mehr um, trug das Fohlen durch die Tür hinaus auf den Flur und aus meinem Sichtfeld.

»Na, das war mal was Neues!«, hörte ich im nächsten Augenblick Dr. Mellards Stimme hinter mir.

»Wie bitte?«, fragte ich, denn sein starker Akzent machte es mir schwer, ihn zu verstehen.

»Mich hat der Bursche noch nie zum Dank zum Essen eingeladen.« Vielsagend nickte der Tierarzt, ehe er sich in seinen Behandlungsraum zurückzog. Bevor er die Tür schloss, rief er: »Die Trage kriegen Sie gleich wieder. Warten Sie kurz.«

Ich nickte, obwohl er mich schon nicht mehr sehen konnte. Aidan hatte mich zum Essen eingeladen. Ich sollte froh sein, denn das bedeutete, dass er mich akzeptierte. Und das wollte ich doch, oder nicht? Wieso aber fühlte ich mich dann auf einmal so seltsam? Als stülpe sich mein Innerstes nach außen? Als hausten in meinem Bauch kleine, wütende Schmetterlinge, die sich mit ihren Flügeln ihren Weg herausschlagen wollten?

Kapitel 8

Was meinst du damit, er hat dich zum Essen eingeladen? Melinas Nachricht war mit einigen fassungslosen Smileys versehen.

Es ist nur ein Dankesessen. Nichts Wildes, antwortete ich und schlüpfte aus der Bluse, um unter die Dusche zu gehen. Auch wenn ich die Kleidung gewechselt hatte, wollte ich sichergehen, dass kein Blut mehr an mir klebte, wenn ich später das Arms besuchte. Ich legte das Handy beiseite und zog mich rasch aus. Es war bereits halb sieben. In einer halben Stunde wollte Aidan hier sein, und ich war weit davon entfernt, fertig zu sein. Wobei ich mich fragte, warum ich so aufgeregt war. Es war kein Date. Ich musste mich nicht hübsch machen, um ihm zu gefallen. Ich war seine Ärztin und erst seit vier Wochen von Steffen getrennt. Es war nicht der Moment in meinem Leben, um jemanden Neuen einzulassen. Nein, auf gar keinen Fall. Ich hatte zu viel erlebt. Aidan war nur ein Patient, dem ich über das Übliche hinaus geholfen hatte, und jetzt bedankte er sich.

Als ich mit dampfender Haut aus der Dusche trat, fühlte ich mich erfrischt und von allen seltsamen Gedanken befreit. Vor dem Kleiderschrank stand ich dann allerdings doch unschlüssig herum und musste mich selbst davon überzeugen, nur willkürliche Klamotten rauszusuchen und nicht gezielt nach jener Bluse zu greifen, die meine Taille betonte.

»Aidan interessiert sich sowieso nicht für den Schnitt deiner Kleidung«, sagte ich zu mir selbst. »Und für Menschen scheint er nur das Nötigste übrigzuhaben.«

Bei diesem Gedanken stockte ich. Worüber sollte ich mit ihm reden? Klar, über Ballerina, aber dann? Wir konnten schlecht eine ganze Mahlzeit lang über das Fohlen sprechen; das wäre aufgesetzt und dumm.

»Ach was!«, widersprach ich mir selbst. »Wenn mir meine Eltern eines beigebracht haben, dann, wie man Smalltalk führt. Das kriege ich hin, sogar auf Englisch!«

Gerade, als ich mir die Socken anzog, klopfte es, und ich lief mit einem nackten Fuß zur Tür, um Aidan hereinzulassen. »Hi, entschuldigen Sie, ich bin gleich fertig.«

»Schon gut. Ich bin zu früh dran. Machen Sie ganz in Ruhe«, sagte er und blieb draußen stehen. Da es am Nachmittag angefangen hatte zu regnen und immer noch nieselte, bat ich ihn herein. Er tat es, wenn auch nur zögerlich, und er ließ die Tür offen stehen.

»Wie geht es Ballerina?«, fragte ich, während ich gegen die Wand gelehnt in die zweite Socke schlüpfte.

»Gut so weit. Im Moment schläft sie in ihrer Box, und ein Kumpel passt auf sie auf, bis ich wieder da bin.«

Ich hörte sein Zögern und sah ihn an. »Sie müssen das nicht machen. Wirklich. Wenn Sie lieber bei Ihrem Fohlen sein wollen, dann gehen Sie, ich verstehe das.«

Aidan hob den Kopf. In dem schwachen Licht der Flurlampe starrte er mich mit seinen dunklen Augen an. Er runzelte die Stirn, als wäre er nicht sicher, ob ich das ernst meinte.

»Nein, ich habe es versprochen. Und was ich verspreche, halte ich«, erklärte er nach ein paar Sekunden und nickte mehr sich selbst als mir zu.

»In Ordnung. Haben Sie denn wenigstens Ihr Handy dabei, damit Ihr Kumpel Sie jederzeit erreichen kann, falls was ist?«

»Ich besitze kein Handy«, brummte Aidan, während er sich im Flur umsah.

Abrupt richtete ich mich auf und stieß mich von der Wand ab. »Kein Handy? Wie geht das?«

Aidan beendete seine visuelle Erkundungstour und sah mich an. »Indem man sich aktiv dazu entscheidet.« Er zuckte mit den Schultern.

»Aber was, wenn Ihre Angestellten Sie mal anrufen müssen?«, hakte ich nach, während ich den Anorak vom Haken nahm und den Haustürschlüssel in die Tasche gleiten ließ.

»Ich habe keine Angestellten«, erklärte er und vergrub seine Hände in seiner Jeans. Er trug keine Jacke, sondern nur einen dicken Pullover, der seinen Oberkörper verbarg und doch zeigte, dass mehr darunter steckte, als man im ersten Moment ahnte.

»Sie arbeiten ganz allein auf dem Hof?«, vergewisserte ich mich, griff nach dem Regenschirm und zur Sicherheit auch nach dem Autoschlüssel.

»Ja.« Aidan deutete auf den Regenschirm. »Den brauchen Sie nicht, Doktor. Der Regen hört gleich auf.«

Ich schmunzelte. »Sagt Ihnen das Ihre jahrelange Erfahrung als Hofbesitzer?«

Er schnaubte. »Nein, der Wetterbericht.«

Unwillkürlich lachte ich. »Also darauf habe ich mich das letzte Mal als Kind verlassen. Bei uns in Hannover kam das nie hin. Scheinbar wohne ich im Wetter-Bermuda-Dreieck. Es kam immer anders als angekündigt.«

»Tja, jetzt wohnen Sie hier. Unser Wetterbericht ist zuverlässig, weil er von der Insel stammt.« Aidan trat nach draußen. Es regnete schon nicht mehr so heftig, dennoch nahm ich den Regenschirm mit.

»Du kannst übrigens Christina zu mir sagen«, schlug ich vor und hoffte, dass ich damit keine Grenze überschritt.

»Aidan«, sagte er und nickte mir zu. »Sollen wir mit dem Wagen fahren oder zu Fuß gehen?«

»Wir können zu Fuß gehen, falls dein Kumpel genug Zeit hat.«

»Ich habe ihm nicht gesagt, wo ich hingehe. Das geht ihn nichts an«, brummte Aidan in seinen Bart. »Wenn was mit Ballerina ist, hat er die Nummer vom Doc. Aber sie ist ein starkes Fohlen und wird's schon schaffen.«

Obwohl er das selbstbewusst sagte, hörte ich die Zweifel in seiner Stimme.

»Wirklich, Aidan, wenn du möchtest, gehen wir ein anderes Mal essen.«

»Nein, wie gesagt: Versprochen ist versprochen«, beharrte er und unterstrich seine Worte mit einem brennenden Blick.

Einen Moment lang schwiegen wir, gingen die kleine Straße hinunter, die zur Innenstadt führte. Ich presste die Lippen aufeinander und legte dann den Kopf schief.

»Wenn du mir unbedingt ein Essen ausgeben möchtest, aber auch bei Ballerina sein, dann habe ich die perfekte Lösung. Vor ein paar Tagen habe ich gesehen, dass Mac Essen to Go anbietet. Wir holen uns was, fahren zu dir und essen bei Ballerina im Stall.«

Aidan zog die Stirn in Falten. Offensichtlich suchte er nach einem Gegenargument, doch genauso wie ich wusste er, dass ich recht hatte. Er wollte bei Ballerina sein und fühlte sich nur seinem Ehrgefühl verpflichtet.

»Meinetwegen«, stimmte er schließlich muffelig zu und erinnerte mich dabei an einen Freund, mit dem ich als Siebzehnjährige zusammen gewesen war. Der hatte stets so getan, als ob er vieles bloß deshalb tat, weil ich es vorgeschlagen hatte. Dabei mochte er meine Vorschläge und wollte nur nicht eingestehen, dass sie besser waren als seine. Aidan schien ähnlich gestrickt. Zugeben, dass er bereute, mich für denselben Abend noch zum Essen eingeladen zu haben, kam nicht infrage. Das hätte ihn vermutlich in seiner Männlichkeit gestört. Oder etwas in der Richtung.

»Gut, dann ist es beschlossene Sache. Wir nehmen deinen Wagen, holen Fish'n'Chips, und nachher bringst du mich wieder zurück.« Im selben Augenblick wurde mir klar, dass ich nicht wusste, wo sein Hof lag, sondern lediglich, dass sich das Anwesen außerhalb von Tobermory befand. Was für New York ebenso wie für jeden anderen Ort auf der Welt galt.

Ich atmete die frische Luft tief ein und schloss die Zweifel, die mich plötzlich befielen, aus. *Wenn ich mich für immer in dieser Wohnung verstecke, werde ich nie in eine Art von Normalität finden.* Also ergriff ich die Chance, die sich mir mit diesem Abend in Gesellschaft bot, und wollte nicht daran denken, was gewesen war, sondern nur, was sein könnte.

Ich wünschte mir so sehnsüchtig, normal zu leben. Nicht jeden Moment daran denken zu müssen, was ich verloren hatte. Nein, den heutigen Abend würde ich genießen und einfach abschalten.

»In Ordnung«, sagte Aidan schließlich und schmunzelte leise. »Wenn du dir was in den Kopf gesetzt hast, bist du schwer davon abzubringen, oder?«, fragte er, während er seine Autoschlüssel herauskramte.

Ich zuckte nur mit den Schultern. »Ist so eine Jobsache. Ich treffe ständig Entscheidungen, zu denen ich hinterher stehen muss. Entschuldige, wenn das zu forsch rüberkommt. Falls du lieber allein sein willst, kann ich das gut verstehen.«

»Ich sage es noch ein letztes Mal: Versprochen ist versprochen und wird auch nicht gebrochen.« Dabei sah er mich so ernst an, dass er beinahe böse wirkte.

»Wenn du das so sagst, fühle ich mich erst recht nicht, als ob du den Abend mit mir verbringen möchtest«, erklärte ich.

Er blieb vor seinem Wagen stehen und starrte mich an. »So

sollte das nicht wirken«, murmelte er und senkte den Blick. »Tut mir leid. Ich versuche nur, alles richtig zu machen. Aber das ist nicht so leicht, wenn zu Hause ein verletztes Fohlen wartet.«

Ich lächelte ihn an. »Aidan, das verstehe ich vollkommen. Wirklich. Es ist nur ein Abendessen. Ein Lebewesen geht immer vor.«

Einen Moment lang schien Aidan zu überlegen, was er erwidern sollte, dann schaute er mich an, und ich erstarrte ob der Unsicherheit, die in diesem großen, breitschultrigen Mann steckte. »Willst du wirklich mitkommen und nach Ballerina schauen? Dann holen wir das Essen ab und machen es so, wie du vorgeschlagen hast.«

Ich nickte ihm zu und freute mich, dass er sich dafür entschieden hatte, tatsächlich mit mir zu essen. Genauso gut hätte er ablehnen und sein Fohlen vorschieben können. Genug Brücken hatte ich ihm schließlich gebaut. So aber hatte ich das Gefühl, dass er mich und meine Arbeit tatsächlich wertschätzte.

Wir fuhren schweigend bis zum Pub, und er holte das Essen, während ich im Wagen wartete.

Als er zurückkam, grinste er breit. Seine Wangen leuchteten rot von der Wärme des Arms und in seinen Augen funkelte ein Schalk, den ich nie an ihm vermutet hätte.

Unwillkürlich musste ich ebenfalls lächeln. »Was ist los?«, fragte ich.

»Du hättest Macs Gesicht sehen müssen, als ich zwei Portionen Fish'n'Chips bestellt habe«, sagte er. Gleich darauf verdunkelten sich seine Gesichtszüge so schnell, wie sie kurz aufgeleuchtet hatten. »Als sei es abwegig, dass ich Besuch habe.«

Zuerst überlegte ich, ob ich nachhaken sollte. Es war ein ernstes Thema, von dem ich nicht wusste, ob er darüber reden wollte. Andererseits war er derjenige, der es angesprochen hatte. »Ist das denn so ungewöhnlich?«

Er schloss die Fahrertür und krallte die Finger ums Lenkrad. »Ist das erste Mal seit 'ner Weile.«

»Wirklich?«, entfuhr es mir, und ich hätte mich dafür ohrfeigen können. »Es tut mir leid. Das wollte ich so nicht sagen.«

»Schon gut. Ich bin halt der seltsame Kerl mit Hof und Fohlen«, brummte Aidan und startete den Motor. Da er nichts weiter sagte und ich nicht ins nächste Fettnäpfchen treten wollte, schaute ich hinaus und versuchte, mir den Weg zu merken. Eine Weile fuhren wir an den typischen bunten Häusern vorbei, bevor wir die Ortsgrenze passierten. Dahinter lag eine Fabrik am Weg, die Baustoffe auf dem Hof lagerte, ansonsten tauchten nur noch vereinzelte Gebäude am Straßenrand auf. Es musste gemütlich sein hier draußen, eingebettet zwischen dem Hügel auf der rechten Seite und dem Sound of Mull auf der linken. Die bunten Fassaden der Häuser jenseits des Sees leuchteten in der untergehenden Sonne bis zu uns herüber, und der farbige Anblick zauberte mir sofort ein Lächeln auf die Lippen.

Schließlich ließen wir das letzte Haus hinter uns und fuhren weiter gen Osten. Grüne Bäume, Büsche und einige Bäche zierten den Wegesrand. Nach kurzer Fahrt bog Aidan nach links ab. Dass er dabei nicht die gegenüberliegende Fahrbahn kreuzen musste, irritierte mich immer noch, auch wenn ich inzwischen meist daran dachte, beim Überqueren der Straße zuerst nach rechts zu schauen.

Wir tauchten in ein Waldgebiet ein, das augenblicklich das letzte Licht des Tages schluckte. Beklommenheit erfasste mich, und ich schlang unbewusst die Arme um meinen Körper. Aidan schien das zu merken und drehte die Heizung in seinem Wagen höher.

»Nein, mir ist nicht kalt. Es ist nur dieser Wald«, murmelte ich. »Der wirkt so düster.«

»Als ich das erste Mal hier entlanggefahren bin, um mir den Hof anzusehen, dachte ich das auch. Ich wollte damals direkt wieder umdrehen. Gut, ich hätte vielleicht nicht im Winter abends um 18 Uhr hier langfahren sollen«, sagte er, den Blick konzentriert auf die Straße gerichtet.

»Aber dann bist du doch weitergefahren«, ermunterte ich ihn weiterzusprechen. Er schien freier und entspannter zu werden, je näher er seinem Zuhause kam. Als ob ihn die Enge der Ortschaft einzwängte und er die Weite des Landes brauchte, selbst wenn sie von Bäumen umstellt war.

»Ja, und ich bereue es keine Sekunde lang.« Ein Schmunzeln kroch um seine Mundwinkel.

»Das sieht man dir an. Wie kam es dazu, dass du hier draußen Pferde züchtest?« Dieser Mann war interessant und zum Teil ein Spiegel von mir. Auch ich hatte Mauern errichtet, durch die ich niemanden hindurchließ, weil ich nicht wollte, dass jemand die Ruine dahinter sah. Ich verbarg mich hinter einer hohen, glatten Wand. Dessen war ich mir bewusst, machte es mit voller Absicht. Denn es half mir. Dass Aidan offensichtlich genauso war, faszinierte mich. Etwas an ihm zog mich an, und ich ahnte, dass es diese Ähnlichkeit war.

»Ich züchte keine Pferde«, sagte er stirnrunzelnd. »Wie kommst du darauf?«

»Ach so, entschuldige. Ich dachte, weil du ein Fohlen gebracht hast, dass du dich damit auskennst. Was machst du denn dann? Hast du einen Reiterhof?«

Unwillkürlich dudelte eine naive Melodie durch meinen Kopf, begleitet von *Das sind Bibi und Tina …* Was hatte ich die Serie geliebt und jedes Abenteuer der beiden Mädchen mitverfolgt! Allerdings hatte sie mir, wie vermutlich vielen anderen Fans, eine verklärte Sicht auf Reiterferien beschert, denn als ich mit zehn selbst einmal zwei Wochen auf einem Ponyhof verbringen durfte, war nicht mal im Ansatz so viel passiert. Im Gegenteil. Die Besitzer waren langweilig gewesen und hatten sich kaum um uns Ferienkinder gekümmert.

»Nein, keinen Reiterhof«, brummte Aidan und unterbrach damit meine nostalgischen Gedanken. »Ich kümmere mich um kranke oder verlassene Fohlen.« Er setzte den Blinker und bog auf eine Auffahrt.

»Wow!«, entfuhr es mir. Das hatte ich nicht erwartet. Wobei sich nun seine besondere Sorge um Ballerina erklärte. Und sein guter Umgang mit ihr. Ich dachte daran, wie er das aufgeregte Tier allein mit seinen Worten beruhigt hatte. »Das ist beeindruckend.«

Ein leuchtend roter Briefkasten stand am Eingang der Hofeinfahrt. Dahinter öffnete sich der Wald und zeigte ein weitläufiges Gelände mit Koppeln, einer großen Scheune, einer etwas kleineren und einem Wohngebäude. Ein LED-Strahler flammte auf und beleuchtete den Weg, kaum dass wir auf den Hof zwischen Haus und Scheune fuhren.

»Nicht beeindruckender als dein Job. Du rettest Menschenleben.«

»Und manchmal auch das von Fohlen«, grinste ich.

Aidan parkte das Auto, drehte sich das erste Mal zu mir und lächelte. »Und manchmal auch das von Fohlen. Noch einmal danke dafür.«

Er griff die Tüte aus dem MacDonald's Arms und stieg aus. Als ich meine Tür ebenfalls öffnete und den Wagen verließ, fiel mir ein Van auf, der neben uns parkte und den Aufdruck eines Fisches trug. Offensichtlich war Aidans Kumpel Fischer oder arbeitete zumindest für einen.

»Wollen wir gleich in die Scheune und Trevor auslösen oder erst im Haus essen?«

»Fish'n'Chips lassen sich auch im Stall verspeisen, oder?«,

schlug ich vor, denn ich konnte das Drängen spüren, das Aidan in Richtung der Pferde trieb.

Er nickte erleichtert und deutete auf das hell angestrahlte Scheunentor. Während wir hinübergingen, fiel mir auf, wie still es auf dem Hof war. Kein Motorenlärm drang von der Straße auf der anderen Seite des Waldes bis hierher und auch sonst kein Geräusch der Zivilisation. Einzig der Wind, der durch die Bäume strich und das Rauschen des Sound of Mull übertönte, war zu hören.

»Wir müssen leise sein. Falls die Fohlen schlafen, will ich sie nicht wecken. Einige sind noch ganz jung, so wie Ballerina«, flüsterte Aidan.

»Verstanden«, murmelte ich und machte eine Bewegung, als ob ich einen Reißverschluss über meinem Mund verschloss.

Lautlos öffnete Aidan das Tor der dunkelbraun gestrichenen Scheune. Im Innern leuchtete ein schwaches Licht, das aus einer der Boxen in der Mitte in den Gang drang. Aidan winkte mich hinter sich her. Kurz bevor wir ankamen, schnalzte er mit der Zunge und erhielt das gleiche Geräusch als Antwort.

»Sie schläft tief und fest«, hörte ich gleich darauf eine raue, etwas zu hohe Stimme für einen Mann sagen. »Kannst ruhig reinkommen.«

In der Ecke der breiten Box saß ein korpulenter Endvierziger, der gerade sein Tablet ausschaltete und sich von einem Strohballen aufrappelte. Vor ihm im Heu lag Ballerina, die Beine von sich gestreckt, die Augen geschlossen. Unter dem Verband, der im spärlichen Licht weiß glänzte, hob und senkte sich der Bauch des Fohlens in einem langsamen Rhythmus. Der friedliche Anblick rührte mich.

»Nanu, hast du nicht gesagt, dass du ein paar Stunden weg sein würdest?« Die Frage riss mich aus meiner Betrachtung, bevor der Blick des Mannes auf mich fiel. »Oh, Ma'am, Entschuldigung, ich wusste nicht, dass Sie mit herkommen würden.«

Ma'am? Fehlte nur noch, dass er seine Schiffermütze hob. Kaum dachte ich es, tat er genau das. Ich unterdrückte ein Schmunzeln, hob die Hand zum Gruß und erwiderte leise: »Hallo, ich bin Christina.«

»Ah, die deutsche Ärztin. Aidan, das hast du mir verschwiegen. Dachte, du hättest dir eine aus dem Dorf geangelt.«

Aidan presste die Lippen aufeinander, bevor er erklärte: »Das ist kein Date. Es ist das Dankeschön, dass sie Ballerina gerettet hat.«

Obwohl ich seine Einladung ebenso betrachtete wie er, stachen die Worte im ersten Moment dennoch seltsam in mein Herz. Hatte ich mir etwa mehr erwünscht? Dabei war mir doch klar gewesen, dass es nur ein Essen war. Nicht mehr und nicht weniger.

»Schon gut, schon gut. Wollt ihr hierbleiben oder habt ihr nur was vergessen?«, fragte Aidans Kumpel und klopfte sich einige Strohhalme von der Hose.

»Wir bleiben hier.«

»Konntest nicht ohne dein Fohlen, was?« Der Mann grinste und wandte sich an mich. »Ehrlich, der wird noch mal als alte Jungfer sterben, wenn er sich weiter so sehr für diese Biester einsetzt.«

»Danke, Trevor, für deine Hilfe«, unterbrach Aidan seinen Kumpel, ehe der weiterreden konnte. »Ging alles gut?«

Trevor klopfte Aidan auf die Schulter und nickte. »War ein ruhiger Abend bisher. Die Kleine hat nur einmal kurz im Schlaf gezuckt. Ich leg mich dann mal bei dir ins Gästezimmer, in Ordnung? Bei der Finsternis will ich lieber nicht mehr fahren.«

»Schon klar. Der Whiskey steht im Schrank. Kennst dich ja aus.«

Trevor tippte sich zum Abschied an die Mütze, bevor er aus der Box humpelte. Als er an mir vorbeikam, nahm ich einen sanften Geruch von Alkohol wahr, der ihn umgab, und ich war dankbar, dass dieser Mann nicht mehr fuhr. So wie er roch, musste er heute schon ein, zwei Mal öfter in die Flasche geschaut haben.

»Hoffentlich ist das Essen noch warm«, sagte Aidan. »Sonst stelle ich es in die Mikrowelle.«

»Das wird schon gehen. Macs Pommes sind auch kalt bestens zu genießen.«

»Du scheinst dich hier bereits gut eingelebt zu haben, wenn du das weißt«, schmunzelte Aidan und holte beinahe lautlos die Styroporverpackung mit unserem Abendessen aus der Tüte.

»Ja und nein. Ich habe nicht das Gefühl, dass man hier schnell akzeptiert wird, wenn man als Ausländerin herkommt«, erwiderte ich ehrlich und schnappte mir eins der Remouladentöpfchen, die Mac dazugelegt hatte.

»Das hat nichts mit Ausländern zu tun. Eher mit der Tatsache, dass wir Insulaner gern unter uns sind. Selbst die Leute vom Festland werden kritisch beäugt.« Aidan reichte mir eine Flasche Wasser, die er ebenfalls im Pub gekauft hatte.

»Ah, wenn man also länger hier ist, dann wird es irgendwann besser?«, fragte ich und merkte, dass mehr Verzweiflung in meiner Frage mitschwang als geplant.

Aidan sagte einen Moment lang nichts, hockte sich an die Rückwand der Box neben Ballerinas Kopf und aß ein paar Happen aus seiner Verpackung. »Ist es denn so wichtig, wie gut man angenommen wird? Sollte es nicht eigentlich egal sein, was andere von einem denken?«, murmelte er schließlich.

Ich schluckte, während ich mich auf dem Strohballen niederließ, auf dem Trevor gesessen hatte. Was hatte Aidan erlebt, dass er so verbittert klang? »Grundsätzlich gebe ich dir recht, allerdings ist Vertrauen für mich als Ärztin immens wichtig. Und das erhalte ich nicht, wenn ich in der Gemeinschaft nicht akzeptiert bin. Deswegen war ich so froh, dass du mit Ballerina zu mir gekommen bist.«

»Das war ehrlich gesagt nur eine Notlösung. Ich wollte nicht selbst in Doc Mellards Praxis einbrechen, abgesehen davon, dass du als Ärztin viel besser weißt, wie man eine Wunde vernünftig verschließt.«

»Oh, okay. Na ja, besser die Notlösung als nichts.«

Aidan schluckte seinen Bissen rasch herunter und hob entschuldigend die Arme. »Wenn es dich beruhigt: Du bist besser mit der Situation umgegangen, als ich dachte. Nachdem ich gehört hatte, dass du aus einer Großstadt kommst, hätte ich nicht damit gerechnet, dass du so souverän mit meinem Bauernhofproblem klarkommst.«

»Weil Großstadtärzte per se keine Ahnung vom Landleben haben?«

»So war das nicht gemeint. Ich habe es einfach nur nicht erwartet. Umso überraschter war ich, dass du es so locker geschafft hast.«

Ich fragte mich, ob ich ihm seine Einschätzung, mit der er mich indirekt beleidigt hatte, übelnehmen sollte, entschied mich schließlich jedoch dagegen, weil er es nicht böse meinte und ehrlich zu mir war. »Danke schön. Es scheint ihr schon besser zu gehen.« Ich deutete auf das schlafende Fohlen.

»Ja, Doc hat mir einen Saft für sie mitgegeben. Sie sollte die Nacht durchschlafen.«

Eine Weile saßen wir nur da, aßen Fritten und Fisch und beobachteten Ballerina beim Schlafen. Ihre gleichmäßige Atmung und die Friedlichkeit, die sie ausstrahlte, hatten etwas seltsam Beruhigendes.

Mit der letzten Pommes lehnte ich mich an die Wand der

Box und seufzte wohlig. »Das war so lecker. Als ich entschieden hatte, herzukommen, war das das Erste, worauf ich mich gefreut habe, Fish'n'Chips! Und Mac's sind einfach genial. Diese Remoulade.«

»Ist hausgemacht. Das Rezept verrät sie niemandem. Ich habe ein paar Mal danach gefragt.« Aidan nahm seine Flasche und trank einen Schluck. »Wie kam es eigentlich, dass du die Vertretung für Melina machst?«

Augenblicklich spürte ich, wie mir schlecht wurde. Nicht jetzt. Nicht *das* Thema. Ich wollte nicht darüber reden, wollte die gemütliche Atmosphäre nicht zerstören, indem ich traurig im Stroh saß und heulte.

»Das ist eine lange Geschichte«, versuchte ich Aidan abzubügeln.

Er sah mich mit undurchdringlichem Blick an. Seine Augenbrauen wanderten enger zusammen, als probierte er, mich zu durchleuchten. »Ich habe heute Abend nichts weiter vor, und Ballerina ist eine ausgezeichnete Zuhörerin«, sagte er bedächtig.

Ich wandte den Blick von ihm ab, da ich befürchtete, mich andernfalls darin zu verlieren und doch anfing zu weinen. Nicht, weil ich an meine Erlebnisse dachte, sondern weil mir in seinen Augen die gleiche Traurigkeit begegnete.

Eine Weile schwieg ich, starrte das Astloch in einer der Holzlatten an und grübelte vor mich hin. Ich wollte nicht daran denken. Wollte nicht erinnert werden. Und doch war da diese kleine Stimme in mir, die mir zuraunte, dass er mich vielleicht verstehen könnte. Es war mehr ein Gefühl als Gewissheit, denn genau genommen kannte ich Aidan ja gar nicht. Seine Krankenakte, ja, mehr aber nicht. Andererseits hatte ich vorhin erfahren, dass er verletzten und verstoßenen Fohlen half. Im Grunde seines Herzens schien er also ein guter Kerl zu sein. Doch warum hatte er sich in dieser Einsamkeit außerhalb von Tobermory niedergelassen und war kein Mitglied der Ortsgemeinschaft? Musste ich mich ihm gegenüber öffnen, damit er mir von sich erzählte?

Es wäre nur fair, dachte ich, trotzdem fiel es mir so unendlich schwer, eine Tür in meiner Mauer zu öffnen. Und sei es nur einen winzigen Spalt breit. Was, wenn Aidan mich danach nur mit Mitleid betrachtete wie so viele andere? Was, wenn er es nicht verstand? Konnte ein Mann überhaupt nachvollziehen, was in mir vorging?

»Hast du Lust, einen kleinen Verdauungsspaziergang zu machen?«, fragte Aidan auf einmal.

Ich strich über meinen Bauch und nickte. »Aber dann ist Ballerina allein.«

»Wir gehen nicht weit weg. Und ich höre die Fohlen, wenn was ist.« Er stand auf und trat aus der Box, nur um gleich darauf wiederzukommen. In den Händen hielt er zwei Geräte, die offensichtlich modifiziert worden waren, denn aus der weißen Plastikverpackung ragten ein paar Drähte und eine Antenne. »Das ist ein Babyphon mit besonders großer Reichweite. Wenn wir uns nicht weiter als fünfhundert Meter entfernen, höre ich, wenn eins unruhig wird.«

»Hast du das gebaut?«, fragte ich überrascht.

»Ich habe öfter Fohlen hier, die besonderer Pflege bedürfen, aber ich kann nicht jede Nacht im Stall schlafen. Also habe ich mir geholfen«, sagte er leise, da Ballerina anfing zu zucken. Aidan winkte mich aus der Box, nahm die Verpackungen vom Essen heraus und hängte das Babyphone in eine Vorrichtung über der Box, die mit Seilen hoch genug gespannt war, um beim Erwachen des Fohlens nicht gegen dessen Kopf zu schlagen.

»Ich muss sagen, das ist ganz und gar nicht das, was ich erwartet habe, als ich hörte, dass du mit Pferden arbeitest.«

Aidan zuckte mit den Schultern, löschte die LED-Lampe und folgte mir dann Richtung Ausgang. Draußen atmete er tief durch, schaltete das Elternteil des Babyphons an und steckte es in seine Hosentasche.

»Kaum jemand weiß, dass Stuten ihre Kinder nicht immer annehmen. Manche Fohlen werden einfach nicht akzeptiert oder kurz nach der Geburt verstoßen. Die Pflege, die dann für das Fohlen nötig ist, können sich die wenigsten leisten.«

»Und wie finanzierst du das?«, fragte ich, während wir auf den Hof traten.

»Ich bekomme ein paar Spenden aus der Umgebung, und für den Rest suche ich größere Finanziers, die für eine gute Sache etwas geben wollen. Das klappt mal besser, mal schlechter.« Aidan deutete auf das Haus. »Ich hole eine Taschenlampe, dann können wir am Sound spazieren gehen.«

Ich nickte, während ich die Arme um die Brust schlang. Es war kalt geworden, jetzt, wo die Sonne weg war, und ein kühler Wind fuhr mir unter den Anorak. Am inzwischen sternenklaren Himmel leuchtete der fast runde Mond.

»Soll ich dir eine dickere mitbringen?«, fragte Aidan mit Blick auf meine Jacke, und ich nickte.

»Ich hätte nicht gedacht, dass es noch so frisch ist.«

»Schottische Frühlinge«, meinte Aidan lapidar, bevor er zum Haus lief und im Inneren verschwand.

Während ich wartete, betrachtete ich den Hof und seine Umgebung, die das Mondlicht in ein unwirkliches Licht tauchte. Laubbäume, die sich im Wind verneigten und sich immer wieder zurückzogen, als wollten sie das Licht zu mir durchlassen, umsäumten das Anwesen. Neben dem Wohnhaus begann ein schmaler Trampelpfad, der sich in den Wald hineinschlängelte. Er wirkte wie der Beginn einer verwunschenen Geschichte. Ein Märchen, das in einem dunklen Wald anfängt und über verwinkelte Wege zum Happy End führt. Als Kind liebte ich diese Geschichten.

Die Haustür ging auf und Aidan trat heraus. »Ich habe nur eine dicke Strickjacke gefunden, ich hoffe, das reicht. Oder willst du doch lieber drinnen sitzen?«

»Nein«, sagte ich und nahm die Jacke, die Aidan mir entgegenhielt, dankbar entgegen. Sie roch nach Lavendel und einem Hauch Minze, und ich atmete tief ein. »Nach einem Tag in der Praxis und dem Essen tut Bewegung ganz gut. Was gibt's hier denn im Umkreis von fünfhundert Metern zu sehen?«

Aidans Augen leuchteten auf. »Lass dich überraschen.«

Er führte mich zu dem Trampelpfad, und kaum hatten wir den Saum des Waldes erreicht, wurde es schlagartig dunkel um uns herum. Aidan knipste seine Taschenlampe an und leuchtete uns den Weg, damit wir nicht stolperten.

»Also, warum bist du hier?«, fragte er auf einmal.

»Weil du mir ein Essen ausgeben wolltest«, erklärte ich, und es klang eher wie eine Frage als alles andere.

Er blieb stehen und richtete die Taschenlampe nach oben, sodass ihr Schein auf unsere Gesichter fiel. Dann hob er eine Augenbraue, und in diesem Zwielicht wirkte es noch ausdrucksstärker als sonst. »Das meinte ich nicht.« Er setzte sich wieder in Bewegung.

Ich seufzte. »Eigentlich möchte ich nicht darüber reden. Ist was Persönliches.«

»In Tobermory kann man kein Geheimnis bewahren«, sagte er verbittert. »Irgendwer findet immer alles heraus.«

Ich griff nach dem Strohhalm, den er mir hinhielt, und hoffte, dass ich ihn damit ablenken konnte. »Klingt nicht so, als ob dir das gefallen würde.«

»Tut es nicht, aber es ist ein kleiner Ort. Man hat nicht viel Abwechslung.«

»Und warum sollte ich dir dann davon erzählen?«, fragte ich und atmete tief die frische Luft ein. Sie roch nach Salz und nasser Erde. »Dann wüsstest du es und könntest es rumerzählen.«

»Sowas tue ich nicht«, antwortete er mit einem Schulterzucken, als ob das alles erklären würde.

»Wie kommt's?«, wollte ich wissen. »Wenn alle tratschen, warum du nicht?«

»Eben genau deswegen. Nenn mich einen Rebellen, aber ich glaube, dass manche Dinge privat bleiben sollten.«

Kaum hatte er die Worte ausgesprochen, suchte ich vielsagend seinen Blick, und er winkte ab. »Ja, hab schon verstanden.« Er schnalzte mit der Zunge und schwieg.

Ich erinnerte mich an meine Gedanken, den Wunsch, mich Aidan zu öffnen, um hinter seine Fassade schauen zu können. Außerdem redete ich mir ein, dass ich, wenn ich ihn für mich als Ärztin gewinnen konnte, es mir auch mit dem Rest der Ortschaft gelang.

»In den letzten anderthalb Monaten trafen ein paar Dinge zusammen, die mich schlussendlich dazu brachten, hierherzukommen«, murmelte ich schließlich und starrte auf den Weg vor uns. »Hauptsächlich aber bin ich weggelaufen.«

»Ich verstehe das.« Aidan wurde nicht langsamer, änderte weder seine Blickrichtung, noch stockte sein Atem. Stattdessen fragte er: »Willst du darüber reden?«

Es kostete mich viel Kraft und ich musste die Augen schließen, um mir selbst vorzumachen, dass ich allein wäre. Dass niemand zuhörte, wenn ich es aussprach. Diese Umgebung, der Wald und die Geräusche des Wassers nicht weit von uns. Es fühlte sich richtig an, hier und jetzt über die Geschehnisse zu sprechen, und doch brauchte es Überwindung.

Also sagte ich nur: »Mein Lebensgefährte und ich haben uns gestritten, weil …« Ich hielt inne und schluckte den Kloß hinunter. »… weil ich vor etwas mehr als einem Monat eine Fehlgeburt hatte.«

Nun stockte Aidan doch und blieb stehen. »Du hast dein Baby verloren und bist deshalb nach Schottland gekommen, um Urlaubsvertretung für eine Freundin zu machen?«, hakte er nach. Kein Vorwurf, nur eine knappe Zusammenfassung der Ereignisse. Ich konnte nur nicken. »Das ist beeindruckend.« Er ergriff meine Hand, nur um gleich darauf weiterzugehen.

»Beeindruckend ist nicht unbedingt das Wort, das ich verwenden würde«, erklärte ich, verwirrt darüber, dass er einfach so meine Hand genommen hatte und sie nun nicht mehr losließ.

»Du hast einen Verlust erlitten und dich nicht eingeigelt, nicht versucht, dich jeden Tag mit Whiskey abzuschießen, um den Schmerz zu vergessen. Ich nenne das verdammt beeindruckend«, murmelte Aidan, ohne mich anzusehen. Die Wärme, die von seinen Fingern ausging, lenkte mich immer noch davon ab, dass er und ich solch eine körperliche Nähe gar nicht haben dürften. Immerhin war er ein Patient. Nicht mein Date.

»Es fühlt sich nicht sehr beeindruckend an«, erwiderte ich leise. »Eher, als ob ich jeden Augenblick zusammenbreche, wenn ich nicht weitermache oder schreie.«

Wieder blieb Aidan stehen, packte mich fester und zog mich gleich darauf weiter. »Wenn du schreien willst, dann tu es. Komm mit.«

»Wohin?«, fragte ich verwirrt.

»Zum perfekten Ort dafür.«

Wir folgten dem Trampelpfad eine Weile, und ich stolperte ein paar Mal, weil Aidan so ungestüm voraneilte, ohne meine Hand loszulassen. Schließlich blieb er stehen, und ich rannte in ihn hinein, weil ich nicht damit gerechnet hatte.

»Bitte schön. Schrei, so laut du kannst. Die Einzigen, die dir antworten werden, sind die Möwen«, sagte Aidan, ließ endlich meine Hand los und trat einen Schritt beiseite, sodass ich allein dastand. Mir klappte der Mund auf, und ich brauchte eine Sekunde, um den Anblick vor mir zu verarbeiten. Direkt vor meinen Füßen brach die Uferlinie des Sound of Mull etwa zehn Meter steil ab. Am Fuß der Kante breitete sich bis zum Wasser ein steiniger Strand aus. Im hellen Mondlicht entdeckte ich einige Vögel, die zwischen den Steinen brüteten und leise mit ihren Schnäbeln klapperten.

Vorsichtshalber machte ich einen Schritt nach hinten. Gleich darauf hob ich den Blick und atmete tief ein. Der Mond schimmerte auf der Wasseroberfläche und glitzerte, als ob es kein Morgen gab. Der Wind trieb die salzige Meeresluft bis hier in die Bucht hinein, und plötzlich spürte ich die Freiheit, die ich mir erhofft hatte.

In diesem Moment wollte ich alles, bloß nicht schreien. Weinen, mich auf eine Decke setzen und den Sternen bei ihrer Ewigkeit zusehen.

Irgendwann drehte ich mich zu Aidan um, der ebenfalls auf den Sound of Mull hinausschaute.

»Kommst du öfter her, wenn du die Welt anschreien willst?«, brachte ich mit brüchiger Stimme hervor. Ich wusste, wie kläglich ich klang, doch das war mir egal. Das war nur eine Unterhaltung am Rand einer Klippe. Ich hatte schon oft an meinem eigenen Abgrund gestanden, war vor fünf Wochen sogar über seinen Rand gestolpert und tief hinuntergefallen.

Das hier fühlte sich anders an. Sicherer. Weil ich wusste, dass ich nicht abstürzen konnte? Weil Aidan da war? Wer weiß.

»Manchmal. Meistens fehlt mir aber die Zeit, um die Welt anzuschreien.« Aidan starrte auf die dunkle Fläche weit unter uns.

»Zeit heilt alle Wunden«, sagte ich schnaubend. »Ich hoffe nur, dass dieser Spruch ein Körnchen Wahrheit enthält. Wenn ich in acht Monaten nach Deutschland zurückkehre, wartet dort ein sehr ernstes Gespräch auf mich.«

»Mit dem Vater deines Kindes?«

Überrascht sah ich ihn an. »Woher weißt du das?«

»Na ja, es gab zwei Möglichkeiten. Da du geflohen bist, vermute ich, dass du der Konfrontation mit deinem Mann aus dem Weg gegangen bist.«

»Er ist nicht mein Mann«, brummte ich und wickelte mich enger in Aidans Strickjacke. »Er hätte es werden sollen, aber irgendwie ...«

Ein Vogel startete auf dem Wasser und brachte die still daliegende Oberfläche in Aufruhr. Das Spiegelbild des Monds zerfaserte in ein Dutzend kleine Wellen. Genauso fühlten sich meine Gedanken an, sobald ich an Steffen oder die ungeborenen Kinder dachte. Zerfasert, durch Wellen weit hinweggetragen, damit ich mich auf keinen Fall mit ihnen beschäftigte. »... irgendwie sollte es anders kommen.«

Ich sah zu Aidan. Er war ein merkwürdiger Zeitgenosse. Seine ruhige und gleichzeitig abweisende Ausstrahlung machte es mir leicht auszusprechen, was ich normalerweise vor der Welt verbarg.

»Das Schicksal hält manchmal seltsame Wege bereit.«

»Wieso klingt das bei dir, als ob du selbst genügend Erfahrungen damit gemacht hast?«

Er zuckte mit den Schultern und fuhr sich gleich darauf durch die schulterlangen Haare. Gerade, als er antworten wollte, hörte ich das leise Wiehern eines Pferdes. Im ersten Moment schaute ich mich um, weil ich glaubte, es wäre in der Nähe, aber dann zog Aidan das Fohlenphon hervor und deutete hinter sich. »Ich denke, wir sollten zurückgehen.«

Ich nickte, sog erneut den Anblick der Weite ein, um ihn zu verinnerlichen. Denn das hier war ein Ort, zu dem ich gern bei Tageslicht wandern wollte. Dann drehten wir uns um und eilten durch den Wald zurück, ohne noch ein Wort zu wechseln.

Kapitel 9

»Deswegen musst du versuchen, den Verband draufzulassen, bis dein Finger verheilt ist, okay?«, erklärte ich dem Sechsjährigen, der vor mir auf dem Stuhl saß und bereits wieder an dem weißen Mull nestelte.

»Danke, Doktor«, sagte die Mutter und verabschiedete sich.

Es war mein letzter Patient für heute, und ich ging davon aus, dass er den Verband spätestens am Folgetag abgeknibbelt haben würde. Seit drei Tagen kamen sie zu mir, um den Verband jedes Mal zu erneuern. Die Mutter hatte es zunächst selbst versucht, doch ihr Sohn wollte sich ausschließlich vom Arzt behandeln lassen. Da der Junge autistische Züge aufwies und es auf der gesamten Isle of Mull keinen Kinderarzt gab, hatte ich zugestimmt, die Versorgung seiner Wunde zu übernehmen, bis es vielleicht irgendwann auch seine Mutter durfte. Auch wenn ich rein rechtlich eine Grauzone betrat, wenn ich Minderjährige behandelte.

»Aileen, haben wir noch was zu erledigen?«, rief ich nach draußen.

Sofort kam meine Assistentin um die Ecke geschossen und schüttelte den Kopf. »Für heute nicht. Morgen sind die Versicherungsmeldungen für die Woche dran, aber der Server ist mal wieder abgestürzt. Ich kriege nur eine Fehlermeldung. Ich versuche es morgen früh noch mal.«

»Danke dir. Dann wünsche ich dir einen schönen Feierabend«, sagte ich und winkte.

»Kommst du heute Abend nicht in den Pub?« Aileen machte keine Anstalten zu gehen und lehnte sich in den Türrahmen. »Heute ist Thirstyday. Alle Biere zum halben Preis.«

»Ist lieb, aber ich denke, ich setze heute mal aus. In der Buchhandlung habe ich einen tollen Roman gefunden, den ich endlich anfangen möchte.« Abgesehen davon war es heute exakt zwei Monate her, dass ich die Nachricht über meine zweite Fehlgeburt erhalten hatte, und da wollte ich nicht unter Menschen sein. Zu viele Emotionen für einen fröhlichen Pub.

»Na, dann bis morgen.«

Aileen hob die Hand zum Gruß, und ein paar Minuten später hörte ich, wie die inzwischen reparierte Tür ins Schloss fiel. Aidan hatte einen Handwerker geschickt, der das Türblatt nach kurzer Begutachtung komplett ausgetauscht hatte.

Mein Rechner fuhr bereits herunter und ich packte die letzte Akte zurück in den Schrank, als mein Handy klingelte. Unbekannter Anrufer.

»Hallo?«

»Christina, hier ist Aidan.« Die rauchige Stimme hätte ich überall erkannt. Selbst mit dem schnarrenden Geräusch, das die Verbindung störte.

»Ah, hallo. Alles in Ordnung?« Ich wunderte mich, woher Aidan meine Nummer kannte, bis mir einfiel, dass ich sie selbst unter »im Notfall« ans Schwarze Brett im Rathaus gepinnt hatte.

»Ja, und bei dir?«

»Ich komme so durch den Tag, danke. Warum rufst du denn an? Brauchst du ein neues Insulinrezept?«

»Nein, der Vorrat reicht noch für ein paar Tage. Danke. Ich wollte fragen, ob meine Jacke bei dir ist?«

Siedend heiß fiel mir ein, dass ich mir das Strickteil, das er mir für den Spaziergang überlassen hatte, auch noch für die

Heimfahrt ausgeliehen hatte, weil es im Auto so schweinekalt gewesen war. Beim Absetzen hatte ich dann nicht daran gedacht, sie zurückzugeben.

»Oh, Mist. Ja, entschuldige. Ich hatte mir fest vorgenommen, sie die Tage rumzubringen, aber irgendwie habe ich es vergessen. Sie liegt auf dem Rücksitz. Wann soll ich sie dir vorbeibringen?« Ich nahm die Schlüssel und schulterte meine Handtasche.

»Wie wäre es mit heute Abend? Hast du mal Wildschwein probiert?«, fragte er, und ich konnte das Lächeln bis durch das Telefon hören.

»Bis jetzt noch nicht. Wieso?«

»Ein Bekannter von mir ist Jäger und hat heute eins erlegt. Er hat mir ein wenig vom Fleisch abgegeben. Ich wollte daraus Stew machen. Für mich allein ist es zu viel, und ich dachte, vielleicht …« Aidan brach ab.

»Vielleicht fragst du die immer hungrige Ärztin, ob sie dir deine Jacke rumbringt, und tust was Gutes, indem du sie bei der Gelegenheit durchfütterst?«, half ich ihm aus.

Einen Moment lang schwieg er. »Genau das. Also, hättest du Zeit?«

Ich musste schmunzeln und spürte eine gewisse Wärme in mir aufsteigen, die ich darauf schob, dass Aidan mich zum Essen eingeladen hatte. Unter einem mehr als fadenscheinigen Grund zwar, aber das störte mich nicht. Im Gegenteil, war es nicht sogar irgendwie süß?

In den letzten drei Wochen hatte ich immer wieder an den Abend mit ihm gedacht. Nach unserem Spaziergang saßen wir noch lange im Stall, hatten uns unterhalten und das schlafende Fohlen betrachtet. Und auch wenn Aidan nur wenig von sich preisgab, so war er ein verdammt guter Zuhörer. Ich hatte ihm von Steffen erzählt und wie wir auseinandergegangen waren.

Aidan hatte zwar keinen Rat für mich, doch das brauchte ich gar nicht. Allein darüber zu reden, hatte mir gutgetan.

»Ich habe gerade Feierabend gemacht und kann gleich rumkommen, wenn das okay ist.«

»Findest du den Weg?«

»Ich habe deine Adresse in der Kartei und ein Navi im Wagen. Das sollte klappen.«

»Wunderbar. Dann bis gleich.«

Bevor ich mich verabschieden konnte, legte er auf, und ich steckte das Handy in die Hosentasche. Als ich zur Tür hinausging, merkte ich, dass ich lächelte.

Die Praxis abzuschließen und zu meiner kleinen Wohnung eine Straße weiter zu gehen, fühlte sich schon so vertraut an, dass ich mich fragte, ob ich wirklich erst etwas über einen Monat hier war. Es kam mir länger vor. Und das im positiven Sinne. Mit Aileen und Brianna traf ich mich regelmäßig im Pub oder am Wochenende in der Eisdiele am Hafen. Allerdings verhielten sich die anderen Einwohner weiterhin zurückhaltend mir gegenüber, und es kostete mich immer wieder Mühe, mich davon nicht entmutigen zu lassen.

Mit Aidan war es anders. Seitdem ich mich ihm anvertraut hatte, fühlte ich mich zu ihm hingezogen. Sein Blick war zwar immer noch distanziert, aber ohne das Eis, was ich als Hoffnungsschimmer nahm, eines Tages doch noch hinter seine Mauern blicken zu dürfen. Vielleicht bekam ich ja heute Gelegenheit dazu.

Ich parkte den Wagen vor seinem Haus. Der Weg hierher war kurvig und weit weniger angenehm, als ich ihn von meinem ersten Abend auf dem Hof in Erinnerung hatte. Tatsächlich überfiel mich trotz guter Sicht ein paar Mal das Gefühl, im nächsten Moment in den Wald zu brettern, weil die Straße nicht asphaltiert, sondern ein geschotterter Waldweg war. Bei unserer gemeinsamen Fahrt hatte ich das gar nicht bemerkt.

Dankbar, heil angekommen zu sein, freute ich mich auf das warme Essen, das hoffentlich schon auf mich wartete. Draußen war es noch hell, auch wenn die Sonne bereits hinter den Baumkronen verschwand. Die Bäume rund um das Gelände warfen Schatten, die mit langen, mit Blättern beladenen Armen nach mir griffen.

In der Dunkelheit neulich war mir das nicht aufgefallen, doch nun stellte ich fest, dass Aidans Liebe und Zugewandtheit, die er in die Pflege des Stalls investierte, nicht für sein eigenes Haus reichte. Moos wucherte über das Dach, und die weiße Farbe der Fensterrahmen blätterte ab. Die Scheiben hatte seit Jahren niemand geputzt, überall in den Vertiefungen zwischen den Holzbalken, aus denen das Haus gebaut war, spannten sich Spinnweben. Irgendwie erwartete ich, dass ich mich unwohl fühlen müsste. Dass mich bei dem traurigen Anblick des Gebäudes Beklommenheit überfiel.

Doch mir gefiel das Haus und ich hatte nicht das Gefühl, mich in einem Horrorfilm zu befinden. Viel eher wollten mich die Schattenarme der Bäume umarmen, mich willkommen heißen. Und auch das Haus wirkte gemütlich und sympathisch auf mich. Wie die schief gewachsene und nie vernünftig gestutzte Ulme im Garten meiner Großeltern, auf die ich so manches Mal geklettert war, weil ihre Äste bis hoch in den Himmel reichten. Zumindest hatte ich das als Kind geglaubt.

»Christina, schön, dass es geklappt hat.« Aidan stand in der Tür, wie lange schon konnte ich nicht sagen. Ich hatte ihn nicht bemerkt.

Ich öffnete die hintere Tür meines Wagens und holte die Strickjacke heraus. »Es tut mir wirklich leid, dass ich das vergessen habe. Entschuldige bitte.«

Aidan winkte ab und nahm mir die Jacke ab. »Schon gut. So dringend war es dann doch nicht.« Er verbarg eine Hand in seiner Hosentasche. Dabei spannte sich sein nur von einem kurzärmeligen Shirt bedeckter Oberarm an und zeigte seine Muskeln, die ich unter den weiten Klamotten bislang lediglich erahnt hatte. Die Arbeit mit den Fohlen musste mehr Kraft erfordern, als ich vermutet hatte.

»Das Stew braucht noch eine Weile. Soll ich dir solange den Rest des Hofes zeigen? In der Nacht konntest du ja kaum was sehen.«

»Ist das denn noch nicht alles?«, fragte ich und deutete um mich herum.

»Nicht ganz. Es gibt noch einen kleinen Schuppen hinter der Scheune und die Koppeln, wenn man kurz durch den Wald geht.«

»Dann sind die Fohlen nicht nur im Stall?« Kaum hatte ich es ausgesprochen, merkte ich, dass die Frage ziemlich dumm war. »Nein, natürlich nicht. Sie müssen sich ja auch bewegen.«

»Genau. Sobald sie so weit genesen oder aufgepäppelt sind, dass sie allein draußen herumlaufen können, kommen sie auf die Koppeln.« Aidan deutete eine leichte Verbeugung an, und ich ging in die Richtung, in die er zeigte. »Ich muss noch zwei Fohlen holen und für die Nacht reinbringen. Es wird manchmal etwas zu frostig für die Kleinen.«

»Das kann ich bestätigen. Ohne deine Jacke wäre ich in deinem Wagen wohl erfroren«, erklärte ich und meinte es so.

»Ups, sorry.« Aidan klang zerknirscht. »Dann umso mehr gern geschehen für die Jacke. Meine Heizung ist schon vor langer Zeit ausgefallen und ich komme nie dazu, sie reparieren zu lassen.« Er zuckte mit den Schultern. »Mir fällt es schon gar nicht mehr auf, tut mir leid.«

»Kein Ding.« Ich winkte ab. »Hab's ja überlebt.«

Für einen Augenblick sah es so aus, als setze Aidan zu einer Erwiderung an, bevor er es sich offensichtlich anders überlegte und schwieg. Wir schlenderten durch einige Baumreihen, die dicht genug standen, um sie als Wald zu bezeichnen. Die Koppeln dahinter waren weitläufig und hätten eine ganze Herde ausgewachsener Pferde aufnehmen können. Stattdessen grasten dort nur zwei Fohlen.

»Wie alt sind die beiden?«

»Fast ein Jahr. Sie verlassen den Hof in einem Monat«, erklärte Aidan und hielt vor dem Zaun, der aus drei übereinanderliegenden, unter Strom gesetzten Stahlseilen bestand. Aidan löste die Haken, mit denen sie befestigt waren, und trat auf die Wiese.

»So früh schon? Warum bleiben sie nicht hier?« Ich folgte ihm, blieb jedoch hinter ihm, weil ich nicht wusste, wie die Fohlen auf eine Fremde reagieren würden. Außerdem beschränkten sich meine Begegnungen mit Pferden seit der negativen Erfahrung auf dem Ponyhof auf Filme und Serien.

»Dafür fehlt mir der Platz. Im Schnitt bekomme ich ein Fohlen pro Monat, habe aber nur zwölf Boxen. Wenn ich die Fohlen nach einem Jahr also abgebe, ist immer genug Platz.«

»Spannend. Verkaufst du sie oder was passiert mit ihnen?«

»Manchmal gebe ich sie an die ursprünglichen Besitzer zurück. Meistens wollen die das Fohlen aber nicht mehr, weil es später zu Kämpfen kommen könnte, wenn die Mutter ihr Kind schon bei der Geburt abgelehnt hat.« Aidan zuckte mit den Achseln, als wollte er sagen: So ist es eben, das ist die Natur. »Die meisten Fohlen gehen zur weiteren Pflege auf Pferdehöfe, damit sie dort später für den Reitunterricht genutzt werden können. Ein paar wenige verkaufe ich und auch nur dann, wenn es notwendig ist, um den Hof zu finanzieren.« Aidan schloss die Umzäunung hinter uns.

»Und du machst das alles ganz allein?«, erkundigte ich mich, weil er nie einen Angestellten erwähnt und ich nirgendwo Spuren eines anderen Menschen entdeckt hatte. Von Trevor einmal abgesehen, doch dessen Einsatz neulich schien eine Ausnahme gewesen zu sein.

»Im Sommer habe ich manchmal ein paar Helfer. Ich biete Work and Travel an, allerdings kommt nicht jedes Jahr jemand.«

Je länger Aidan erzählte, desto kleiner fühlte ich mich. Bisher hatte ich Work and Travel ausschließlich mit Australien assoziiert, aber logischerweise gab es solche Angebote überall auf der Welt.

»Dann gibt es Jahre, in denen du die ganze Arbeit allein stemmst? Und mir sagst du, dass meine Flucht hierher beeindruckend ist?«

»Es ist nur mein Job.«

Ich musste lachen. »Das nenne ich mal die Untertreibung des Jahrhunderts. Wenn es nur ein Job wäre, würdest du nicht so sehr an den Tieren hängen.« Mit dem Kopf deutete ich auf das heranlaufende braunweiß gescheckte Fohlen, das mir schon jetzt die Haare vom Kopf fressen konnte, wenn es das gewollt hätte. »Sie kommen ja von allein zu dir gelaufen.«

»Interpretiere nicht zu viel hinein.« Aidan setzte ein Grinsen auf, das jedoch sofort zu einer zärtlichen Miene schmolz, als das Fohlen ihn mit der Nase anstupste und seinen Kopf an Aidans Brustkorb rieb. »Sie spüren, dass es heute Abend wieder kalt wird. Im Stall sind sie in Sicherheit vor dem nasskalten schottischen Wetter.« Er kraulte das Fohlen zwischen den Ohren, bevor er einen Strick mit einem Haken am Zaumzeug befestigte. »Hier, halt mal bitte kurz. Moana ist sehr zutraulich, aber Maui ist ein kleiner Sturkopf, der zwar weiß, was gut für ihn ist, es aber nicht immer wahrhaben will.«

»Maui und Moana? Schaust du gerne Disneyfilme?«, fragte ich, während er durch das ungemähte Gras zu dem zweiten Fohlen hinüberging, einem jungen Hengst, der uns aus sicherer Entfernung beäugte und unruhig mit den Ohren wackelte.

»Nicht ich«, rief Aidan über die Schulter, während er sich dem Tier näherte. »Die beiden sind Zwillinge und wurden von ihrem ursprünglichen Besitzer so genannt. Leider starb die Mutter bei der Geburt, sodass sie zu mir kamen.«

»Oh, das tut mir leid«, murmelte ich und streichelte Moanas weiche Nüstern. Sie schnaubte in meine Handfläche und stupste die Seite meiner Jacke an. »Ich habe leider nichts für dich, aber wenn ich das nächste Mal herkomme, dann bringe ich dir eine saftige Möhre mit, einverstanden?«

Es dauerte nicht lange, da hatte Aidan das zweite Fohlen eingefangen und brachte es zu mir. »Führst du Moana zum Stall?«

»Ich? Was, wenn sie bockt und abhaut?« Zweifelnd sah ich zu dem Weg, der durch den Wald zum Hof führte. Dort gab es keinen Zaun. Keine Sicherheit.

»Geh einfach immer einen Schritt vor ihr und halt die Führungsleine fest, dann passiert nichts. Ich bleibe hinter euch.«

»Okay«, sagte ich und wusste, dass man mir den Zweifel anhörte.

Aidan schaute mir tief in die Augen und nickte. »Du schaffst das schon. Es ist nur ein kleines Fohlen.«

Sein Vertrauen ehrte mich, und mir fiel ein, was ein kluger Assistenzarzt zu mir gesagt hatte, als ich meine erste eigenverantwortliche Visite durchführen sollte und gleich drei schwierige Patienten auf der Liste warteten. Allen voran ein Getränkehändler, der sich vor seinem Zimmergenossen produzieren wollte, indem er nicht nur jede Schwester anmachte, sondern sich grundsätzlich nichts von weiblichem Personal sagen ließ.

Frauen dienten lediglich seiner Bespaßung, wie er gern durch die Station posaunte.

»Es liegt in Ihrer Hand, ob der Typ Sie respektiert. Wenn Sie da reingehen wie eine Anfängerin, wird er Sie wie eine behandeln.«

Mir hatte der Einwand auf der Zunge gelegen, dass ich ja tatsächlich eine Anfängerin sei, doch der Assistenzarzt hatte mich nicht zu Wort kommen lassen. »Das Geheimnis jeder Souveränität ist, dass Sie selbst daran glauben.«

Es stimmte. Wer eine Führungskraft sein wollte, musste sich wie eine verhalten. Also straffte ich die Schultern und überspielte meine Nervosität mit selbstbewussten Schritten. Einfach gehen, immer weiter, redete ich mir ein, und Moana folgte mir anstandslos. Trotzdem atmete ich erst wieder durch, als wir im Stall ankamen. Meine Hände waren schweißnass. Wie damals nach der Visite beim Getränkehändler, dessen Sprüche über mein Aussehen ich schließlich damit abgebügelt hatte, indem ich ihn vor die Wahl stellte, sich von mir oder vom Klinikfriseur behandeln zu lassen.

»Das war super«, lobte Aidan mich, was mich ein wenig an die Reitstunden auf dem Pferdehof erinnerte. Lob ihn mal, hatte die Trainerin immer gesagt, wenn wir mit dem Pferd in der Reithalle übten.

»Danke schön. Ist ein seltsames Gefühl, aber irgendwie auch schön, so ein Pferd zu führen«, sagte ich und dachte über die Parallele zwischen Mensch und Tier nach. Mach dich zum Anführer, und das Rudel wird dir folgen.

»Wollen wir reingehen? Das Essen dürfte bald fertig sein.«

»Gern.« In meinem Magen rumorte ein dumpfes Grollen, denn wie so oft hatte ich das Mittagessen ausfallen lassen, weil ich keine Zeit gehabt hatte. Nicht unbedingt das, was ich meinen Patienten raten würde, doch es lohnte sich. Allmählich sah ich Licht am Ende der Arbeit und merkte, dass sich so etwas wie Routine einstellte. Noch ein oder zwei Monate und ich würde auf Melinas Stand sein.

Als wir den Stall verließen, waberte am Rande des Hofs sanfter Abendnebel über die Felder, der die Umgebung in diesiges Zwielicht tauchte, das sich irgendwie heimelig anfühlte. Als sei die Welt in Watte verpackt und nur ein kleiner, schützender Raum.

Aidan öffnete seine Haustür, und ich folgte ihm in sein Heim. Ich weiß nicht, was ich erwartet hatte. Eine Männerbude vielleicht, schließlich schien Aidan bereits seit längerem Single zu sein. Klamotten überall, eine Spielekonsole und ein Schrank voll unterschiedlich großer Gläser für verschiedene Alkoholsorten.

Stattdessen betraten wir einen sauber aufgeräumten Windfang, der Aidan offenbar als Schuhlager diente. Es gab ein kleines Regal, in dem sich Sneaker neben Gummistiefeln und Wanderschuhen reihten, sowie ein Schmutztablett für dreckige Schuhe. In der Ecke stand ein Kleiderständer einsam und ungenutzt, sodass ich mich fragte, ob der Kerl neben der Strickjacke, die er mir geliehen hatte, nur noch jene besaß, die er selbst trug. Tatsächlich machte Aidan keine Anstalten, sich seiner Jacke zu entledigen, während ich aus meinem Anorak schlüpfte und ihn über den Kleiderständer hängte.

Durch eine weiße Tür führte Aidan mich in ein gemütliches, mit hellbraunen, rosengemusterten Fliesen ausgelegtes Wohnzimmer. Auf der gegenüberliegenden Seite der Wand ragte ein aus dunklen Backsteinen gemauerter Kamin auf, neben dem sich ein Stapel Holzscheite türmte. In der Feuerstelle glomm es sanft.

»Ich hoffe, es ist warm genug für dich.« Aidan trat hinüber und griff nach einem Scheit. Kaum hatte er es in den Kamin geschoben, züngelten Flammen aus der Glut und es knisterte.

»Ja, danke.« Da erst fiel mir der Mangel an Heizkörpern auf. Scheinbar heizte Aidan ausschließlich mit dem Kamin. Was ich gemütlich fand, hatte meinen Vater bei einem Urlaub in Norwegen einmal fast wahnsinnig gemacht. Denn der Vermieter des Ferienhauses hatte das Brennholz nicht vorgeschnitten, sondern im ganzen Stamm gelagert, sodass mein Vater den halben Urlaub damit verbringen musste, Holz zu spalten, wenn er nicht wollte, dass wir alle vor Kälte bibberten. Während der anderen Hälfte ließ er sich von uns pflegen, weil sein Muskelkater in den Armen schmerzte.

»Schau dich ruhig um, wenn du magst. Ich muss kurz nach dem Stew sehen.« Durch einen Halbbogen, der mit verschiedenen Blumenschnitzereien verziert war, verschwand Aidan in der Küche. Ich trat an ein mahagonifarbenes Regal, das neben dem Durchgang stand, und warf einen Blick auf die Bücher darin. Es waren nicht viele und durchweg Krimis. Darunter gab es eine Reihe nur mit Pferdelexika, und auf dem untersten Brett standen Schallplatten von Künstlern, die mir nichts sagten.

»Hörst du gern Musik?«, fragte ich laut genug, um die klappernden Geräusche, die aus der Küche drangen, zu übertönen.

»Manchmal, wenn mir danach ist. Aber in letzter Zeit nicht so oft. Und du?«

»Wer tut das nicht?«, erwiderte ich und beäugte als Nächstes einen Apothekerschrank mit vielen kleinen Schubladen und Fächern, die allerdings unbeschriftet waren, sodass ich nicht sagen konnte, ob Aidan ihn tatsächlich für medizinische Dinge nutzte oder seinem ursprünglichen Zweck entfremdet hatte.

Vor dem Kamin blieb ich stehen und schaute auf das einfach gezimmerte Regal darüber. Darauf standen Fotos von Menschen jeder Altersklasse. Vermutlich Aidans Familie.

Die Flammen in der Feuerstelle schlugen inzwischen höher,

und die Wärme erreichte meine Wangen und trieb Röte in sie. Ich setzte meinen Rundgang durchs Wohnzimmer fort, vorbei an einem Kabinett, in dem tatsächlich einige Sorten Whiskey und Gin standen. Fast ausschließlich aus der hiesigen Destillerie.

Schließlich setzte ich mich auf eine Dreiercouch, die etwas durchgesessen aussah, aber durchaus gemütlich war, und ließ mich in die sympathisch schief darauf abgelegten Kissen sinken. Während ich wartete, fiel mir ein kleiner, quadratischer Holztisch in der Ecke neben dem Kücheneingang auf. Zwei Gedecke standen dort bereit. Offensichtlich hatte Aidan Vorbereitungen getroffen.

»Kann ich dir helfen?«, fragte ich, als ich ihn leise fluchen hörte, gleich nachdem etwas heruntergefallen war.

»Nein, das war nur eine Gabel. Bin gleich bei dir«, beeilte er sich zu sagen. »Setz dich ruhig schon an den Tisch, wenn du möchtest. Trinkst du Wein zum Essen?«

»Nein, ich muss noch fahren, danke.«

Aidan schaute aus der Küche. »Du trinkst gar nicht, wenn du fährst?«

Ich schüttelte den Kopf. »Nicht einen Tropfen. Ist so eine Angewohnheit. In meinem ersten Jahr als Assistenzärztin musste ich eine Weile in der Notaufnahme helfen, und da kamen zu viele Betrunkene rein, die gegen Bäume gefahren sind. Oder anderen Leid zufügten, nachdem sie zu tief ins Glas geschaut hatten und die Kontrolle verloren. Damals habe ich mir geschworen, nicht mehr zu fahren, wenn ich auch nur einen Tropfen Alkohol getrunken habe.«

»Kein schlechter Vorsatz«, kommentierte Aidan mit ernster Miene und zog sich in die Küche zurück, bevor ich mich fragen konnte, wieso er das so sehr befürwortete.

»Du kannst aber gern was trinken, wenn du möchtest.«

Aidan antwortete nicht, sondern trat mit einem großen, schwarzen Topf aus dem Durchgang. Kaum hob er den Deckel an, dampfte es und ein Irish Stew kam zum Vorschein, das einen scharfen Duft von Zwiebeln, eingelegten Gurken und Bacon verströmte. Dazu benebelte ein schwerer Fleischgeruch meine Sinne. Mir lief das Wasser im Mund zusammen.

»Das riecht fantastisch.«

»Danke schön. Ich hoffe, es schmeckt auch so.« Obwohl er das Wort »hoffen« verwendet hatte, ging ich davon aus, dass Aidan das Gericht nicht zum ersten Mal gekocht hatte, denn es sah perfekt aus. Die Kartoffeln und die Paprika waren unter das Fleisch gehoben und am Rand lag etwas Suppengrün zur Dekoration.

»Davon gehe ich aus. Wo hast du kochen gelernt? Das sieht aus wie aus einem 4-Sterne-Restaurant.«

»Nur vier?« Aidan spielte den Empörten. »Was fehlt deiner Meinung nach für den fünften Stern?«

»Ich weiß nicht. Goldenes Besteck?«

Aidan schaute mich verdutzt an und nickte dann. »Okay, akzeptiert. Beim nächsten Essen gibt es goldene Gabeln.« Er setzte sich hin, streckte mir seine Hand entgegen und verlangte stumm meinen Teller, doch ich starrte ihn nur überrascht an.

»Was ist denn?«, fragte er und hielt in seinen Bewegungen inne, die Hand über dem dampfenden Stew.

»Beim nächsten Essen?«, fragte ich, bevor ich nachdenken konnte. Die Aussage hatte mich irgendwie auf dem falschen Fuß erwischt. Bisher war ich davon ausgegangen, dass das hier eine einmalige Sache wäre. Eine schöne, aber nichts, was zur Gewohnheit würde.

Aidan entglitten für einen Moment die Gesichtszüge und gleich wandte er sich ab. »Entschuldige. Das ist mir nur so rausgerutscht. Ich wollte damit nicht sagen, dass du noch mal kommen musst. Nur, falls wir uns nochmal zum Essen treffen, dann …« Er hielt inne und stand auf, um in die Küche zu gehen und eine Schöpfkelle zu holen, die er vergessen hatte. Als er zurückkam, fragte er: »Soll ich dir was auffüllen?«, als wenn er sich nicht wenige Sekunden zuvor an seinen eigenen Worten verhaspelt hätte.

»Gern. Danke.« Ich brauchte einen Augenblick, um wieder klar denken zu können. Irgendwie hatte ich es geschafft, die gemütliche Situation zu einer unbehaglichen Angelegenheit werden zu lassen, und es tat mir leid. Offensichtlich hatte Aidan mich unter irgendeinem Vorwand hierher eingeladen in der Hoffnung, dass mehr daraus würde. Scheinbar schätzte der sonst so zurückgezogen lebende Einzelgänger meine Gesellschaft, und nun hatte ich ihn vor den Kopf gestoßen.

Stumm füllte er die Teller auf. Während ich darüber nachgrübelte, wie ich die Situation retten konnte, nahm ich einen Bissen. Das Stew schmeckte genauso lecker, wie es duftete, und das brachte mich auf eine Idee. »Also, wenn du Lust hast, können wir gern regelmäßig zusammen kochen. So wie es aussieht«, ich deutete auf den Topf, »kann ich einiges von dir lernen. Das Stew ist vorzüglich.«

Aidans Augen leuchteten für den Bruchteil einer Sekunde auf, auch wenn er sich sonst nichts anmerken ließ. »Danke schön. Das ist eine tolle Idee.«

»Ich koche so selten für mich allein, da wäre so ein gemeinsames Event eine gute Gelegenheit für eine warme Mahlzeit.«

Während wir schweigend aßen, konnte ich die Erleichterung in Aidans Gesicht sehen. Er schien nicht viele Menschen zu haben, mit denen er etwas unternahm, was mich zunehmend verwunderte. Immerhin steckte hinter dem Brummbären, den er gern vor sich hertrug, ein netter und sympathischer Kerl.

Nach meiner dritten Portion, die ich nicht hatte ausschlagen können, weil es so lecker schmeckte, kugelte ich zur Couch hinüber. Aidan bestand darauf, den Abwasch zu machen.

»Hast du keinen Geschirrspüler?«, fragte ich und atmete tief durch. Hätte ich einen weiteren Bissen zu mir genommen, wäre ich vermutlich geplatzt.

»Doch, aber wenn ich den anschalte, fliegen die Sicherungen raus, und der Sicherungskasten ist im hintersten Keller«, rief er aus der Küche. Wie er nach diesem Essen noch so leicht auf den Beinen sein konnte, war mir schleierhaft. Selbst wenn im nächsten Moment das Haus eingestürzt wäre, hätte ich mich beim besten Willen nicht aufrappeln können.

Es dauerte nicht lange, bis Aidan aus der Küche kam und sich neben mich auf die Couch setzte.

»Kannst du die Leitungen nicht reparieren lassen?«

»Schon, aber das würde viel Geld kosten, und das investiere ich lieber in Tierarztrechnungen oder gutes Futter. Mich stört es nicht, wenn ich zwischendurch mal ein paar Teller und Tassen abspülen muss. Ist schnell gemacht.«

»Du lebst wirklich für diese Fohlen, oder?«

Aidan nickte. »Hier auf der Insel gibt es sonst niemanden, der sich um sie kümmert. Ich kann nicht zulassen, dass sie sterben, weil niemand für sie da ist.«

Wir unterhielten uns eine ganze Weile über seinen Hof und welche Arbeiten er täglich zu verrichten hatte. Vom Füttern übers Striegeln bis zur Gewöhnung an andere Tiere und Menschen.

Als die Uhr über dem Kaminregal auf einmal Mitternacht anzeigte, erschrak ich. »O Gott, so spät?«, rief ich etwas zu laut und hob entschuldigend die Arme.

»Musst du schon los?« Aidan blieb locker, seitlich mir zugewandt sitzen, die Hände auf seinen Knien ruhend.

»Ich fürchte ja. Morgen früh muss ich die Praxis aufmachen, weil Aileen einen Termin hat.« Zerknirscht erhob ich mich, denn eigentlich hatte ich keine Lust zu gehen.

Er half mir in meine Jacke und begleitete mich bis zur Tür. »Nächste Woche wieder gemeinsam kochen?«, fragte er schüchtern und wagte es nicht, mir in die Augen zu sehen.

»Gern. Ich freue mich schon darauf.« Ich lächelte und meinte es ernst. Das überraschte mich an diesem Abend am meisten. Ein ernst gemeintes Lächeln, frei von Sorgen und Ängsten. Viel zu lange war es her, dass ich einmal nicht an die Fehlgeburten gedacht hatte. Doch heute, mit Aidan, nicht ein einziges Mal. Aus einem Gefühl heraus beugte ich mich vor und gab ihm einen Kuss auf die Wange. Er kratzte etwas, aber die Haut, die ich unter den Bartstoppeln spürte, war warm und weich, lud dazu ein, ihn länger zu küssen.

Abrupt riss ich mich los. Was sollte denn dieser Gedanke? »Danke schön«, murmelte ich. »Also für das Essen. Wir sehen uns.«

Aidan öffnete mir die Tür. Als ich auf den Hof eilte, hob er die Hand zum Gruß und winkte mir hinterher. »Fahr vorsichtig. Der Nebel zieht vom Wasser auf.«

»Mhm«, antwortete ich nur und versuchte, schleunigst in mein Auto zu kommen, um dem Gefühl, das langsam, aber sicher Wurzeln in meinem Verstand schlug, davonzurasen.

Kapitel 10

Ich ging die Main Street entlang, vorbei an der Tobermory Evangelical Church und dem Café, das fast genauso aussah wie die Kirche zwei Häuser zuvor. Rechts von mir erstreckte sich eine langgezogene Parkreihe vor dem Sound of Mull, der heute ruhig und ohne Wellengang unter einer schweren Wolkendecke auf die Segler wartete.

Ein paar Segelschiffe dümpelten vor dem Pier herum. Auf dem gemauerten Wellenbrecher standen große Eimer, Kartons und Fischerkörbe, wobei ich noch nicht herausgefunden hatte, ob sie nur der Dekoration dienten oder einen praktischen Zweck erfüllten. Im Moment reichte das Wasser nicht hoch, aber wenn die Flut ihren höchsten Stand erreichte, war der kleine Strand, der sich aktuell am Ufer erstreckte, komplett verschwunden. Einer der Gründe, warum das Hinabsteigen verboten war, wie ein Schild am Anfang des Piers warnte.

Eine meiner Patientinnen kam mir entgegen, lief, ohne ein Wort zu sagen, an mir vorbei. Sie trug eine Tüte vom Tobermory Bakery and Tea Room, der einige Häuser weiter lag. Brianna hatte mich am Sonntag vor ein paar Tagen dorthin mitgenommen, und ich musste zugeben, dass der Laden urgemütlich war. Nicht besonders groß, wie jedes Geschäft hier, dafür mit einem gewissen Charme.

Mittlerweile war ich es gewohnt, dass mich die Einwohner nur grüßten, wenn sie zu mir in die Praxis kamen. Umso überraschter war ich, als ich den alten Tom an der Hafenuhr sitzen sah. Er starrte hinaus aufs Wasser, als wartete er auf jemanden. Als er mich entdeckte, ruckte er mit dem Kopf kurz hoch und runter und grunzte leise.

Für seine Verhältnisse kam das einer stürmischen Umarmung gleich. »Ihnen auch einen schönen Tag«, rief ich mit einem freundlichen Lächeln auf den Lippen zu ihm hinüber.

Bevor er noch etwas erwidern konnte, falls er das denn vorgehabt hatte, erreichte ich mein Ziel. Den Pier, oder besser gesagt, den Grocery Store gegenüber. Wie verabredet wollte ich mich morgen erneut mit Aidan zum Essen treffen, diesmal bei mir in der Wohnung. Allerdings neigten sich meine Vorräte dem Ende zu, und ohne Zutaten würde es ein kurzer Abend werden. Wir hatten abgesprochen, dass wir gemeinsam kochten, was ich sehr befürwortete, da sich meine Kochkünste auf Hausmannskost und einfaches Risotto beschränkten.

Ich betrat den Laden, und augenblicklich kroch mir der Geruch von frischem Fisch und Obst in die Nase, das in den Auslagen direkt im Eingang lockte. Ein Mann nickte mir im Vorbeigehen zu, und ich runzelte die Stirn. War das der zweite Einwohner, der mich grüßte? Was war heute los?

Auf jeden Fall hob die kleine Geste meine Laune, denn auch wenn es nur ein freundliches Nicken war, bedeutete es für mich so viel mehr. Die Akzeptanz in einer derart eingeschworenen Inselgemeinschaft zu erlangen, war verdammt schwer, und ich wünschte mir sehr, als mehr betrachtet zu werden als eine Fremde. Tobermory war mir ans Herz gewachsen. Die schmalen Gassen, die salzige Luft und der Ausblick waren einfach atemberaubend, und ich konnte mich bis heute nicht daran sattsehen. Alles war so viel kleiner, gemütlicher und beschaulicher als in Hannover, so anders. Und genau das war es, was ich an diesem Punkt meines Lebens brauchte. Ein Teil von mir fühlte sich hier tatsächlich heimisch.

»Doctor Christina!«, hörte ich da jemanden aus einem der Gänge rufen.

Überrascht schaute ich mich um und bemerkte eine Bewegung zwischen den offenen Regalböden. Hinter der Milch auf der anderen Seite des Gangs entdeckte ich schließlich meine Vermieterin Mrs Spencer.

»Guten Morgen, Lizzy«, sagte ich zu ihr und winkte durch das Regal. »Sie hätten doch was sagen können, dann hätte ich für Sie eingekauft.«

»Ach, Kindchen. Wenn ich nicht alle paar Tage mal in den Laden komme, würde ich einrosten und mit meinem Sessel verschmelzen.«

Das bezweifelte ich zwar stark, denn für ihre fast achtzig war die Frau agil genug, um den halben Gemüsegarten zu bewirtschaften, dennoch nickte ich lächelnd. »Kaufen Sie für Ihren Spieleabend ein?«

»Ja, aber nur das günstige Zeug«, meckerte sie und winkte ab. »Das letzte Mal hat Mimmy mich übers Ohr gehauen mit ihren Karten. Das werde ich ihr heute mit Knoblauchcrackern heimzahlen. Gerade richtig für diese grantelige Giftschachtel.«

Ich unterdrückte ein Lachen. Obwohl sie regelmäßig schimpfte wie ein Rohrspatz, war Mrs Spencer im Grunde ihres Herzens die netteste Frau, die mir in Tobermory begegnet war. Nicht einmal die immer fröhliche Aileen kam gegen Lizzys Herzensgüte an. Es war keine Stunde nach Melinas Abreise vergangen, da hatte sie mir bereits bedingungslose Nachbarschaftshilfe angeboten und ihre Worte mit einem frischen Salat aus dem Eigenanbau unterstrichen.

»Sie mögen Ihre Freundinnen sehr, oder?«, fragte ich amüsiert und zwinkerte ihr zu.

»Ich bin nur ehrlich. In meinem Alter ist keine Zeit mehr

für Lügen.« Sie winkte mir zum Abschied und marschierte zur kleinen Kasse am Ausgang des Ladens.

Während ich durch die Reihen stromerte und hier und dort ein paar Zutaten einpackte, von denen ich mir manchmal nicht sicher war, worum es sich genau handelte, spürte ich ständig beobachtende Blicke anderer Einkäufer auf mir. Skeptische Blicke, die mir klarmachten, dass ich noch immer die Fremde war, obwohl es mir hier von Tag zu Tag besser gefiel. Das Verschlafene, das über den Gassen Tobermorys hing, wirkte wie ein beruhigender Tee auf meine Seele.

Vor dem Regal mit den Milchflaschen blieb ich stehen. Diese entspannende Wirkung hatte sich sogar schon so weit in mir ausgebreitet, dass mir jetzt erst auffiel, wie lange ich nicht mehr an mein Leben in Hannover gedacht hatte. An den Moment, der mich hergetrieben hatte, dachte ich jeden Tag, nicht jedoch an mein übriges Leben in Deutschland, meine Arbeit in der Klinik. Offenbar vermisste ich sie nicht. Und dass ich seit über einer Woche keinen Gedanken an Steffen verschwendet hatte, war wohl genauso bezeichnend.

»Kann ich Ihnen helfen?«, fragte auf einmal eine freche Männerstimme hinter mir.

»Gordon«, entfuhr es mir, und ich drehte mich erschrocken um. »Was machst du denn hier? Solltest du nicht arbeiten?«

Macs rothaariger Sohn schüttelte den Kopf. »Samstags haben wir normalen Angestellten frei. Immerhin schuften wir den Rest der Woche.« Er lehnte sich an das Kühlregal hinter sich und grinste mich an. »Machst du deinen Wocheneinkauf oder bist du einfach verdammt hungrig?«

»Wie kommst du darauf?« Ich schaute in meinen Einkaufskorb. Bisher hatte ich nur Fleisch, Gemüse und ein paar Gewürze hineingelegt.

Er deutete auf die Auswahl. »Zwei Steaks?«

»Ja, ich bekomme heute Abend Besuch«, sagte ich und hütete mich davor, konkreter zu werden, weil ich nicht wusste, ob Aidan unsere Treffen publik machen wollte.

»Tatsächlich?« Gordons Grinsen wurde zu einem Feixen. »Kenne ich ihn?«

»Wieso denkst du, dass es ein Er ist?«, gab ich den Ball zurück und wandte mich dem Obst zu, das links von mir in Kisten sortiert lag.

»Ich habe da so ein Gerücht gehört. Es kam von weit her zu mir geflogen und zwitscherte mir, dass du mit einem gewissen Hofbesitzer regelmäßige Dates hast.« Er flüsterte die Worte nur, für mich klangen sie jedoch, als ob er sie durch den Laden brüllte.

Ich verengte die Augen zu Schlitzen, bis mir einfiel, von wem er das haben musste. Ich seufzte. »Melina?« Ihr hatte ich mich als Einziger anvertraut, dachte ich doch, dass sie weit genug weg war von Tobermory, um Getratsche zu vermeiden. Weit gefehlt.

»In der Tat, Mylady.« Gordon verneigte sich, sah mich aber die ganze Zeit mit einem breiten Grinsen an. »Aber keine Sorge. Melina hat mich dazu genötigt, zu schweigen und es niemandem zu erzählen. Ansonsten verprügelt sie mich, wenn sie wiederkommt.«

Gegen meine anfängliche Empörung musste ich lachen. »Danke. Ja, und das würde sie wirklich tun. Während unseres Studiums hat sie mir einen Typen vom Hals gehalten, der ein wenig zudringlich wurde. Nachdem Melina mit ihm fertig war, hat er mit Sicherheit nie wieder in einer Bar eine Frau angequatscht.«

»Diese Frau kann verdammt furchteinflößend sein.« Gordon hob die Hand und strich sich verlegen über den Hinterkopf. »Und das, obwohl sie tausende Kilometer entfernt ist. Was sagt das wohl über mich kleinen Feigling aus?«

»Nur, dass du sie gernhast«, erwiderte ich mit einem Zwinkern. »Aber wenn du schon mal hier bist: Kannst du mir eine schöne Wanderstrecke empfehlen? Ich möchte endlich mal die Gegend erkunden.«

»Dann fang mit dem Aros Park an. Da gibt's viele schöne Ecken. Ist ein guter Startpunkt.« Gordon griff nach einer Tiefkühlpizza und winkte mir. »Ich muss los. Will heute noch mit einem Kumpel mit dem Boot raus.«

»Deine Mutter hat einen Pub, in dem es auch Mittagessen gibt, und du holst dir eine Pizza?«, rief ich ihm nach.

»Nichts geht über das triefende Fett auf einer Fertigpizza. Dagegen kommt nicht mal Mac an.« Gordon lief zur Kasse und bezahlte, ehe er zur Tür stürmte und draußen verschwand.

Gut, vielleicht war Mrs Spencer nicht die Einzige, die mich hier bedingungslos willkommen hieß. Bei Gordon war ich mir allerdings nicht sicher, ob er mich um meinetwillen mochte oder ob es an meiner Freundschaft mit Melina lag.

Ich beendete meinen Einkauf und kehrte in meine Wohnung zurück. Anfangs hatte ich größtenteils aus dem Koffer gelebt, weil ich erst nach und nach dazu gekommen war, meinen Kram auszupacken und ordentlich zu verstauen. Inzwischen lagen die Koffer unter dem Bett, und auch sonst hatte ich mich heimisch eingerichtet, um das Gefühl loszuwerden, in einer Ferienwohnung zu leben. Ich hatte mir ein paar Kerzen besorgt und in Melinas leere Glasdekorationen gesteckt. Frische Blumen standen auf dem Tisch im Wohnzimmer ebenso wie auf dem Küchenfensterbrett.

Eine halbe Stunde später schmierte ich mir einige Brote und war bereit, die Gegend zu erkunden. Da das Wetter heute durch Unbeständigkeit glänzte, nahm ich zur Sicherheit einen Regenschirm und einen Regenmantel mit. Kurz überlegte ich, ob ich mit dem Auto zum Park fahren sollte, aber weil die

Grünanlage nur etwa einen Kilometer entfernt lag, entschied ich mich dagegen.

Als ich den Waldrand erreichte, regnete es seicht von der Wasserseite her. Die Bäume boten mir zwar Schutz, doch nicht genug, um ohne Regenschirm zu spazieren. Ich atmete tief, genoss das Salz auf meiner Zunge und fühlte mich mit jedem Schritt, den ich machte, befreiter. Noch vor wenigen Wochen hätte ich jedem, der danach gefragt hätte, gesagt, dass ich glücklich war mit meinem Leben, erfüllt von meinem Beruf und Teil einer wundervollen Beziehung. Erst jetzt, während ich einen Fuß vor den anderen setzte und das weiche Gefühl des Bodens unter den Sohlen genoss, drang die Gewissheit in mein Bewusstsein, was für ein Trugschluss das gewesen war. Die beruflichen Herausforderungen hatten mir keine Zeit für anderes gelassen, mich zwischen Tag- und Nachtschicht zerrieben, mich vergessen lassen, was ein gutes Essen wert war, eine Seite in einem fesselnden Roman oder eben der Geruch nach Draußen. Und die Beziehung zu Steffen … Nun ja, nach all den Jahren war sie irgendwie zur Selbstverständlichkeit geworden. Nichts, über das sich noch staunen ließ oder das Schmetterlinge aufstob. Aus dem wilden Flattern war monotones Hintergrundrauschen geworden.

Ein bitterer Geschmack kroch mir auf die Zunge, als ich daran dachte, dass ich erst ein Kind hatte verlieren und fliehen müssen, um zu erkennen, wie sehr ich in einem Alltag gefangen war, dem es an so vielem fehlte. Die Routinen in einer ländlichen Hausarztpraxis mochten weniger herausfordernd sein als eine Nachtschicht in der Uniklinik, doch dafür war ich so viel näher dran an dem, was ich immer gewollt hatte und weshalb ich mich gegen den Willen meiner Eltern dazu entschlossen hatte, Ärztin zu werden: Menschen zu helfen, statt sie lediglich zu behandeln.

Obwohl – oder gerade weil – die Tage hier langsamer verliefen als zu Hause, weniger Menschen um mich herumwuselten und nicht ständig neue Patientengeschichten meine Aufmerksamkeit erforderten, fühlte sich das Leben hier voller an, reicher.

Einen Moment lang senkte ich den Regenschirm und ließ den Niesel mein Gesicht bedecken. Ich schloss die Augen und genoss die Abkühlung auf meinen durchs stetige Laufen erhitzten Wangen.

Als ich mich wieder in Bewegung setzte, arbeiteten die Erkenntnisse der letzten Minuten in mir, schraubten sich in mich hinein und begannen zu wispern. Ist ja alles schön und gut, flüsterte es in meinem Kopf. Und doch fehlt dir etwas.

Ja, es stimmte. Neben der Freiheit, die ich spürte, der Zufriedenheit, der Ruhe, gab es etwas, das sich dumpf anfühlte, wie eine Wunde, die zwar nicht klaffte, aber beständig pochte. Mal mehr, mal weniger intensiv. Und je länger ich lief, je mehr die Landschaft um mich herum in mich hineinwuchs, desto klarer wurde mir, dass mir jemand an meiner Seite fehlte. Jemand, mit dem ich all das teilen konnte. Mit Steffen war ich viel unterwegs gewesen – ein Wanderurlaub im Harz gehörte zu meinen schönsten Erinnerungen mit ihm.

Hier war ich allein. Mir blieben nur noch sechseinhalb Monate in Tobermory, bevor ich zurückmusste. Zurück in ein Leben, das ich inzwischen manchmal sogar vergaß.

Ich erreichte eine Lichtung, auf der eine alte, knorrige Eiche stand und die wie ein magischer Platz für Pixies und andere wunderliche Fabelwesen wirkte. Das Moos wuchs nicht nur an der Nordseite am Stamm empor, sondern rundherum, sodass der Baum wie angezogen aussah.

Der Anblick erinnerte mich an ein Picknick, zu dem Steffen mich vor einigen Jahren an einem ähnlich »magischen« Ort geführt hatte. Er kannte ihn aus Kindertagen, ein runder Platz neben einem sich dahinschlängelnden Bach, unter dem Vorhang einer Trauerweide. Dort hatten wir unsere Decke ausgebreitet, und Steffen hatte eine Köstlichkeit nach der anderen aus dem Korb gezogen, um unseren Jahrestag zu feiern. Den fünften. Damals hatten wir Pläne für die Zeit nach dem Studium geschmiedet. Überlegt, wie wir eine Zukunft aufbauen konnten, in der unsere Arbeit und Kinder Platz fanden.

Nach dem Picknick hatte Steffen die Zweige unserer Trauerweide wie einen Vorhang zurückgebunden, sodass wir hinauf in den freien Sternenhimmel blicken konnten, der sich über uns spannte. Die halbe Nacht waren wir draußen geblieben, hatten uns unter dem Baum geliebt und waren im ersten Morgengrauen glücklich nach Hause gefahren. Damals.

Aber heute? Mein Bauch krampfte sich zusammen, als ob er mich an die Gefühle erinnern wollte, die ich seit Wochen zu verdrängen suchte. Schmerzen, Panik und Verlust. All das prasselte auf mich ein wie der Regen auf meinen Schirm.

Ich lief an der Eiche vorbei, entdeckte auf der anderen Seite der Lichtung einen Pfad, der auf die Hügel führte. Aufwärts, mich auspowern. Das war ein gutes Ziel. Ich wollte nicht wieder zurückfallen und nur hinabschauen. Lieber jeden Tag ein Stück voranschreiten.

Der Anstieg machte es mir leicht, die Gedanken auszublenden. Mein Körper konzentrierte sich darauf, sich durch Büsche und wild gewucherte Hecken den Weg hinauf auf den Hügel zu bahnen, sodass meine Hände bald zerkratzt waren vom ständigen Beiseiteschieben irgendwelcher Äste und stachliger Ranken.

Zwei Stunden später war ich immer noch nicht oben angelangt, dafür trieften meine Schuhe, und auch durch den Regenmantel kroch inzwischen die Nässe. Am Rand des Hügels kam ich an einer Höhle aus Steinquadern vorbei, vielleicht konnte ich mich dort für einige Zeit unterstellen, denn der Regen fiel inzwischen wie Bindfäden.

Von der Anhöhe, auf der ich stand, konnte ich den gesamten Sound of Mull überblicken; so weit der Regen es zuließ jedenfalls. Zumindest die kleine, vorgelagerte Insel, die sich in Privatbesitz befand, ließ sich zwischen den Nässeschleiern ausmachen, und ich erkannte das einzige Haus darauf.

Einen Teil von Tobermory konnte ich von hier ebenfalls ausmachen. Die bunten Gebäude, die wie ein wildgeworfenes Mikadospiel das Bild der Ortschaft prägten, riefen ein Gefühl von Wärme in mir hervor.

Ich lehnte mich an die kühlen Steine, die vermutlich schon seit hunderten, wenn nicht tausend Jahren stoisch hier ihren Dienst taten. Ich wusste nicht, ob sie einem Zweck dienten, stellte mir aber vor, dass sie aus der Zeit der Druiden stammten und für ein geheimes Ritual benutzt worden waren.

Kaum atmete ich ruhiger, überkamen mich erneut die dunklen Gedanken. Meine Einsamkeit hier oben wurde mir erst richtig bewusst, als sich die Weite des Landes vor mir ausbreitete.

Steffen hätte es hier gefallen, dachte ich auf einmal.

Sofort stockte ich. Wieso dachte ich an ihn? Hatte ich nicht gerade erst festgestellt, dass uns all der Zauber abhandengekommen war, das Feuer? Ich hatte Steffen aus meinem Leben verbannt, um einen Neuanfang hinzubekommen. Wie sollte mir das gelingen, wenn er plötzlich in meinen Gedanken auftauchte?

Oder war ich so weit, mich mit ihm auseinanderzusetzen? Hatte ich die Ruhe gefunden, die ich gesucht hatte, und das Heraufbeschwören seines Bildes war der Versuch meines Verstands, mich darauf aufmerksam zu machen, dass ich ihn mal anrufen sollte?

Minutenlang starrte ich in den Regen hinaus, versuchte herauszufinden, was ich tun sollte. Wenn ich ihn anrief und er mich nicht sprechen wollte, was ich vollkommen verstehen könnte, würde es mich zurück in das Loch stoßen, aus dem ich mich gerade mühsam befreite.

Aber was, wenn er ranging und wir uns so unterhielten wie damals bei dem Picknick? Wenn die Zeit allen Bedenken zum Trotz tatsächlich Wunden heilen konnte, wie lange brauchte sie dann wohl, um den Bruch, der sich durch unsere Beziehung zog, zu kitten?

Die Fragen boxten mir in die Magengrube und erinnerten mich daran, warum ich überhaupt erst geflohen war. Sein Unverständnis. Seine Hilflosigkeit im Angesicht meiner Gefühle.

Nein, es war gut, dass ich gegangen war. Keine Ahnung, was sonst passiert wäre. Dennoch nagten diese kleinen Bedenken an mir: Was wäre, wenn. Mit Steffen hätte ich einen Partner, mit dem ich mich austauschen, Schönes teilen, mich anlehnen konnte. Der mich liebte und mir Sicherheit bot.

Ich wusste nicht, wie lange ich grübelnd unter dieser Felsformation gestanden hatte, ehe ich wieder aufschaute und bemerkte, dass es langsam dunkel wurde. Seufzend machte ich mich auf den Rückweg und versuchte, die düsteren Gedanken loszuwerden, die mich mit eisigen Fingern umklammerten.

Kapitel 11

An meiner Tür klingelte es. Überrascht schaute ich von meinem Buch hoch zur Uhr. Es war Donnerstag und ich erwartete niemanden. Vielleicht brauchte Lizzy etwas. Seit ein paar Tagen litt sie unter Hüftproblemen, und das Laufen fiel ihr schwer, weswegen der Weg in den Ortskern zum Einkaufen nicht klappte. Allerdings war sie zu stur, um mich um Hilfe zu bitten, und plünderte stattdessen meine Vorräte.

»Aidan«, sagte ich überrascht, als ich die Tür öffnete. »Habe ich eine Essensverabredung vergessen?«

»Nein, ich wollte fragen, ob du spontan Zeit hast.«

»Jetzt?« Ich sah an mir herunter, trug nur eine Jogginghose und ein T-Shirt, weil ich nicht mit Besuch gerechnet hatte. »Muss ich mich dafür menschentauglich machen?«

Seit knapp über einem Monat trafen wir uns wöchentlich am Sonntag, um gemeinsam zu kochen. Es tat gut, Zeit mit Aidan zu verbringen. Auch wenn ich mir sicher war, dass ich ihn immer noch nicht richtig kennengelernt hatte, was meine Neugier umso mehr befeuerte. Außerdem lenkten mich unsere Gespräche immer wieder davon ab, zu sehr in der schmerzhaften Vergangenheit zu verweilen.

»Es wäre schon gut, wenn du dich anziehen würdest. Nur, wenn du willst, natürlich.« Er selbst trug ein dünnes blaues Hemd. Seine Haare schienen frisch gewaschen, denn sie glänzten noch feucht an den Spitzen.

»Was hast du denn vor?«

»Heute eröffnet ein Restaurant in der Memorial Road«, sagte er und knetete seine Finger, bis sie weiß wurden.

»Davon habe ich gar nichts mitbekommen«, erwiderte ich und winkte ihn herein.

»Kannst du auch nicht. Ist ein Geheimtipp, den wir nicht an Touristen weitergeben. Der Besitzer ist Koch an Bord von Containerschiffen und nur für vier Monate im Jahr zu Hause. Also zwei mal zwei Monate, um genau zu sein. Und seit gestern ist er wieder im Lande.«

»Wow, das klingt interessant. Gib mir einen Moment, dann bin ich da.«

Fünf Minuten später saß ich in Aidans Wagen, trug eine Jeans und ein frisches, weniger ausgeleiertes T-Shirt. »Will der Koch keinen Urlaub machen?«, fragte ich. »Das Leben an Bord stelle ich mir stressig genug vor.«

»Wenn Baxter nicht kocht, ist er nicht glücklich. Deswegen öffnet er sein Restaurant immer, wenn er zu Hause ist. Allerdings hat er keine geregelten Öffnungszeiten, sondern macht auf und zu, wie es in sein Leben passt«, erklärte Aidan und bog ab, um in den Norden der Ortschaft zu fahren.

»Und woher weiß man, wann er wieder da ist? Gibt es ein heimliches Zeichen, das von einem zum nächsten weitergetragen wird? Ein Hahnenschrei im Morgengrauen?« Bei der Vorstellung musste ich kichern, Aidan sah mich nur mit einer hochgezogenen Augenbraue an. »Was denn? Willst du behaupten, dass Tobermorys Einwohner keine eingeschworene Bande sind? Sonst wäre es bekannter, dass es dieses Restaurant gibt.«

»Das stimmt wohl. Aber Baxter will das, glaube ich, gar nicht. Es gibt nicht so viele Tische, sodass er einem Trupp von Ausflüglern vermutlich nicht gewachsen wäre. Ich habe einen Tisch reserviert.«

»Bevor du mich gefragt hast?«

Aidan bog in eine Allee ab, die ich bei meinen Rundgängen durch den Ort bisher nicht durchquert hatte. »Wenn du keine Zeit gehabt hättest, wäre ich allein gegangen. Das Essen lohnt sich allemal.«

Als er kurze Zeit darauf in eine Einfahrt bog, das Auto parkte und »Da sind wir« verkündete, stockte mir der Atem. »Wow, das ist ja wunderschön!«

Vor uns erhob sich ein prachtvolles Herrenhaus mit vielen kleinen Balkonen hier und dort, umsäumt von einem steinernen Zaun. Links und rechts des Hauptportals mit seiner breiten Treppe schraubten sich zwei uralte Bäume bis zum Dach empor; dunkelgrüne, rund geschnittene Hecken legten sich rings um das Grundstück. Strahlend weiße Fensterrahmen durchbrachen die dunkle Fassade, und auf der rechten Seite des Gebäudes wölbte sich eine halbrunde Erkerfensterfront, die sofort die Fantasie einer mit Kissen und Decken ausstaffierten Leseecke in mir weckte. Vor dem Haus erstreckte sich hellgrüner, sauber gestutzter Rasen, auf dem ein gutes Dutzend Kinder Fußball spielen konnte, ohne dass sie sich auf die Füße traten. Ein schmaler Kiesweg führte hindurch bis zu den Stufen der Eingangstreppe.

Mit den Händen in den Hosentaschen stand Aidan neben mir und freute sich offensichtlich über mein Staunen. »Baxter hat es vor vier Jahren gekauft, da war es halb verfallen. Er hat's instand setzen lassen. Und ich muss zugeben, dass er ein Händchen dafür hat.«

»Allerdings«, pflichtete ich ihm bei, ohne meinen Blick losreißen zu können. »Solch einen Prachtbau vermutet man gar nicht in diesem Gässchen.«

»Warte, bis du das Innere siehst.« Aidan zog die Hände aus den Taschen, und für einen Moment hatte ich das Gefühl, dass er nach meiner Hand greifen wollte, um mich hinter sich herzuziehen, doch er ließ es bleiben und nickte nur in Richtung Kiesweg. »Komm.«

Die Steinchen knirschten unter unseren Sohlen, als wir uns in Bewegung setzten. Vor dem Haus parkten zwei weitere Wagen. Die Haupteingangstür stand offen, sodass wir einfach hineingingen, was mir im ersten Moment seltsam vorkam, weil die Villa von außen ausschließlich nach Wohnhaus aussah und mit keinem Zeichen verriet, dass sich drinnen ein Restaurant verbarg.

Als wir über die Schwelle traten, hielt ich ein weiteres Mal die Luft an, denn augenblicklich fühlte ich mich wie im Innern eines Märchenschlosses. Blanker Marmor erstreckte sich unter unseren Füßen, in einer riesigen Bodenvase blühte ein herrlicher Herbststrauß von der Üppigkeit eines halben Blumenladens und von der meterhohen Decke hing ein Kronenleuchter, dessen hunderte Kristallelemente glitzerten und funkelten wie ein Becken voller Diamanten im Sonnenlicht. Eine breite Treppe führte ins obere Stockwerk. Leuchtend roter Teppich lag darauf und schluckte die Schrittgeräusche eines schlanken Mannes Mitte vierzig, der gerade die Stufen herunterkam. In seinen Ohren steckten ein halbes Dutzend Piercings und seine Haare glänzten knallgrün. Dazu trug er ein kariertes Hemd und ein Muster-Shirt, auf dem Worte in einer fremden Sprache standen. Seine Jeans wies einige Löcher auf, die sicher beabsichtigt waren.

»Baxter«, begrüßte Aidan den Mann, und mir fiel die Kinnlade herunter.

Dieser Mann war der vielgepriesene Koch? Müsste er nicht eigentlich in der Küche stehen? Ich hatte ihn für einen Gast gehalten … Ich legte den Kopf schief und beobachtete Baxters legeren Gang und die lockere Art, mit der er Aidan umarmte. Ich brauchte einen Moment, um meine Überraschung abzuschütteln. Bei diesem Ambiente hatte ich vermutlich einen Prinzen erwartet.

»Aidan, mein Lieber. Wie ich sehe, hast du es einrichten können. Ist das die besagte Dame?« Baxters Stimme war weich und hell. Ein starker Kontrast zu seiner grellen Erscheinung. Was mich jedoch noch mehr irritierte, war die Tatsache, dass Aidan mich entgegen seiner Behauptung im Auto, es handle sich um eine spontane Einladung, scheinbar angekündigt hatte.

Ich sah ihn erwartungsvoll an, doch Aidan zuckte lediglich mit den Schultern, ehe er an Baxter gewandt sagte: »Das ist Christina, Melinas Vertretung.«

»Es ist mir eine Ehre«, entgegnete Baxter in fast akzentfreiem Deutsch, nahm meine Hand und hauchte einen Kuss darauf.

»Danke schön«, antwortete ich ein wenig verlegen ebenfalls auf Deutsch. »Wo haben Sie meine Sprache gelernt?«

»Erst einmal bin ich Baxter. Und dann habe ich einen deutschen Ersten Offizier an Bord, dessen Englisch so schlecht ist, dass mir gar nichts anderes übrig blieb, als seine Sprache zu lernen. Kommt mit.«

Aidan bot mir seinen Arm an, als Baxter an uns vorbeiging, um uns durch die Eingangshalle zu einem Nebenraum zu führen, der an einen Ballsaal erinnerte. Die Wände zierte beigefarbener, sich in verschnörkelten Ranken windender Stuck, der in eine zartrosa Wandfarbe überging. Weiße Säulen ragten alle paar Meter hinauf, mit dünnen Efeublättern überzogen, von denen ich nicht sagen konnte, ob sie echt waren oder nicht.

Fünf quadratische Tische standen in dem Raum verteilt. Weit genug voneinander entfernt, um jedem Grüppchen seine Privatsphäre zu lassen. Aus gut verborgenen Boxen, zumindest konnte ich nirgendwo welche entdecken, rieselte seichte asiatische Musik.

An einem der Tische saß ein älteres Pärchen, das ich aus der Praxis kannte und dem ich schon öfter im Ortskern begegnet war, ohne dass sie mich je gegrüßt hätten, und auch jetzt starrten sie Aidan und mich an, als ob wir Aussätzige wären.

»Worauf habt ihr denn Hunger, ihr Turteltäubchen?«

»Wir sind nicht …«, begannen Aidan und ich zeitgleich, schauten uns an, stockten und sahen dann weg.

Baxter blickte von mir zu Aidan und zurück zu mir. »Wenn ihr das sagt.« Er zuckte die Achseln, als seien wir gähnende Kinder, die soeben verkündet hatten, überhaupt gar nicht müde zu sein, sodass ich mich fragte, als was Aidan mich bei seiner Reservierung angekündigt hatte. »Also, was darf's sein? Ich habe Kugelfisch mit Seetang aus Japan mitgebracht. Oder ein chinesisches Reisgericht, dessen Namen ich nicht aussprechen kann, das dafür aber zwei Dutzend Zutaten beinhaltet?«

Baxter schob uns zu einem Tisch, der am Rande des Saals neben einem hübschen Gingko-Bonsaibäumchen auf uns wartete, und Aidan hielt mir den Stuhl bereit, sodass ich mich setzen konnte, ehe er selbst Platz nahm.

»Ich vertraue deinen Kochkünsten, aber Kugelfisch ist mir dann doch ein wenig zu giftig«, meinte er. »Ich versuche es mit dem chinesischen Gericht.«

»Ich ebenfalls, danke schön.«

»Zweimal das Unaussprechliche. Kommt sofort.« Baxter verbeugte sich, drehte auf dem Absatz um und schlenderte davon.

»Mit solch einer Auswahl hätte ich jetzt nicht gerechnet«, gab ich ehrlich zu und griff nach der zu einer kunstvollen Blüte gefalteten Serviette vor mir. »Irgendwie dachte ich an traditionell schottische Küche.«

»Baxter fährt international und bringt jedes Mal neue Gerichte mit«, erklärte Aidan. »Vor zwei Jahren bot er Philippinisch an, weil sein damaliger Kochgehilfe aus Manila stammte. Und letztes Jahr gab es viele ukrainische Spezialitäten, da er sich gut mit einem Ingenieur verstanden hatte, der ihm von seinen Lieblingsessen vorschwärmte. Die Deko passt er jedes Halbjahr neu an.«

»Das heißt, es gibt nie das Gleiche?« Ich staunte und ließ meinen Blick durch den Raum schweifen auf der Suche nach Details, die zu den angekündigten Spezialitäten passten. Tatsächlich entdeckte ich in einer Ecke einen japanischen Wandschirm mit dem typischen Aufdruck eines Astes in voller Kirschblüte, während an einer anderen Wand die Statue eines chinesischen Drachen im Schein einiger roter Laternen glänzte. »Solch ein Restaurant wird auf jeden Fall nicht langweilig«, murmelte ich, während ich unwillkürlich daran dachte, dass Steffen stets dieselben vier Gaststätten vorschlug, wenn wir beschlossen, essen zu gehen: Grieche, Italiener, Jugoslawe oder Thai. Und egal für welches Lokal wir uns entschieden, stets wusste ich bereits vorher, was ich von welcher Speisekarte wählen würde.

»Alles in Ordnung?«, fragte Aidan leise.

Seine Frage schreckte mich aus meinen Gedanken. »Ähm, natürlich.« Hektisch legte ich das Besteck von einer Seite auf die andere.

»Du wirkst nicht so, als ob du dich hier wohlfühlst. Sollen wir wieder gehen? Baxter versteht das sicher.«

»Nein, es ist nur …« Ich atmete tief durch. Mir blieben zwei Optionen. Entweder log ich Aidan an. Was ich nicht tun wollte. Oder ich sagte ihm die Wahrheit. Dass ich an Steffen gedacht hatte und wie es mit ihm gewesen war. Dass ich Routinen immer gemocht hatte und nun feststellte, dass Unvorhergesehenes auf eine Art aufregend war, die sich neu anfühlte und die ich nicht einordnen konnte. Ich betrachtete Aidan inzwischen als guten Freund, der die Wahrheit verdiente. »… ich musste gerade an Steffen denken.« Ich schielte unter meinem Pony hervor in Aidans Richtung. Hatte er kurz gezuckt? »Versteh das bitte nicht falsch. Es hat nichts damit zu tun, dass ich jetzt lieber mit ihm hier wäre«, erklärte ich rasch. »Es sind nur diese vielen Kleinigkeiten, die immer mal hochkommen und mich durcheinanderbringen.«

»Du brauchst dich nicht zu erklären«, erwiderte Aidan und faltete die Hände vor sich auf dem Tisch. »Christina, sei bitte ehrlich. Möchtest du lieber woanders hin? Ist dir das hier zu viel?«

Ich schüttelte den Kopf. »Nein, die Ablenkung tut mir gut. Es hilft mir, wenn ich nicht allein zu Hause sitze und nachdenken muss. Glaube ich«, schob ich nach, denn ganz sicher war ich mir nicht.

Zwei ältere Frauen, leicht beschwipst, betraten den Saal und setzten sich nicht weit von uns. Auch von ihnen erntete ich skeptische Blicke, während sie Aidan ignorierten. Es war ein seltsames Gefühl. Ausgerechnet Aidan und ich, der brummige Einsiedler und die ausländische Ärztin, saßen hier gemeinsam. Na, wenn das in den nächsten Tagen nicht für Klatsch sorgte. Zum Glück hatte ich Aileen, die mir alle Gerüchte brühwarm berichten würde, sodass ich wenigstens im Bilde war. »Ich bleibe gern.«

Eine Weile plauderten wir über die Geschichten, die Baxter Aidan von seinen Reisen erzählt hatte, und ich gestand, dass ich absolut keine Ahnung von Schifffahrt hatte. Bis das Essen kam, war mein peinlicher Steffen-Aussetzer längst vergessen. Wir lachten, diskutierten über das Gesundheitssystem Schottlands und wie es sich verbessern ließe. Gerade Aidan als Diabetiker wünschte sich mehr Unterstützung bei chronischen Erkrankungen.

»Das war köstlich«, sagte ich schließlich und schob den Teller von mir. »Hoffentlich ist Baxter nicht beleidigt, weil ich nicht aufgegessen habe, aber es ist einfach viel zu viel für eine Person.«

»Er ist schwerarbeitende Seemänner gewohnt. Kein Wunder, dass er sich erst wieder an normale Portionen gewöhnen muss«, erklärte Aidan mit einem Augenzwinkern, strich aber selbst über seinen Bauch, der unter seinem Hemd kaum zu sehen war.

»Meinst du, er packt mir den Rest ein?«, flüsterte ich, als der Koch auf unseren Tisch zukam.

»Frag ihn. Er sieht es sicher als Kompliment.« Aidan zuckte mit den Schultern und deutete auf Baxters legeren Gang. »Er ist ein exzellenter Koch, aber ohne die ganzen Allüren, die man erwarten mag.«

Meine Sorge war unberechtigt – Baxter reagierte begeistert auf meine Bitte und besorgte aus der Küche eine kleine Pappschachtel, denn »Plastik ist eine Ausgeburt der Hölle«, wie er es treffend formulierte.

Als wir auf dem Weg nach draußen waren, seufzte ich wohlig. »Das war ein toller Abend. Gibt es noch mehr solcher geheimer Treffpunkte, die nur die Tobermoryaner kennen?«, fragte ich und stieß Aidan in die Seite. »Wenn ja, will ich sie alle kennenlernen.«

»Die volle Dröhnung?« Unter einer hochgezogenen Augenbraue musterte er mich, und ein schelmischer Ausdruck trat in seine Augen. Viel zu selten sah ich ihn so entspannt. Die meiste Zeit war er zwar aufmerksam und höflich, doch so sehr wir uns auch angefreundet hatten – ein Rest Verschlossenheit blieb, und besonders in den vergangenen zwei Wochen war ich das Gefühl nicht losgeworden, dass er etwas Wesentliches vor mir verheimlichte. Gab es irgendwo auf der Welt vielleicht eine Frau, die auf ihn wartete? Oder hatte er einen Verlust erlitten, der ähnlich schwer wog wie meiner? Immerhin hatte ich von Anfang an diese Verbindung zwischen uns gespürt. Aber jedes Mal, wenn ich ihn fragte, wich er aus oder der Zufall befreite ihn aus seiner misslichen Lage.

»Ja, bitte. Ich will alles wissen.« Aidan hielt mir die inzwischen geschlossene Eingangstür auf und ließ mich vorgehen. »Damit ich am Ende sagen kann, dass ich Tobermory wirklich kenne.«

»Alles wirst du nicht sehen können in der kurzen Zeit, die du uns hier beehrst. Oder ist dir beispielsweise schon mal die Tobermory Cat begegnet?«

Ich blieb auf der Auffahrt stehen und starrte ihn an. »Der Ort hat eine eigene Katze oder ist das so ein Urban Myth wie die Krokodile in der Kanalisation von New York?«

Aidan lachte, und für einen Moment hatte ich das Gefühl, dass er sich frei fühlte. Frei genug, um mir die Emotionen zu zeigen, die er sonst hinter seiner Mauer verbarg.

»Die Katze ist so echt wie du und ich. Frag mal Mac dazu beim nächsten Besuch im Pub. Oder Gordon. Der hat sie nämlich beinahe mal überfahren.«

»Dieser Ort wird immer seltsamer«, kommentierte ich.

»Du hast ja keine Ahnung!« Aidan schmunzelte geheimnisvoll.

Auf dem Weg zum Wagen kam uns ein am Stock gehender Mann entgegen, der offensichtlich ein spätes Abendessen einnehmen wollte. Bisher war ich ihm einmal begegnet, irgendwann in meinen ersten Tagen, als ich mit Melina den Pub besucht hatte. Er war mir ins Auge gesprungen, weil er so fürchterlich hinkte, dass ich bereits damals gedacht hatte, dass der arme Kerl wohl nicht oft vor die Tür kam. Er trug einen Hut und ging gebeugt, als hätte das Leben es nicht gut mit ihm gemeint.

Als der Mann uns bemerkte, blieb er stehen. »Hallo, Aidan«, krächzte er mit brüchiger Stimme, starrte ihn an und ignorierte mich.

Aidans Schmunzeln gefror auf seinen Lippen, und er senkte den Kopf, um dem Blick des Mannes zu entgehen.

»Willst du …«

»Nein, will ich nicht.« Aidan wandte sich an mich: »Würdest du bitte im Auto warten?«

Ohne auf eine Antwort zu warten, reichte er mir den Schlüssel. Überrumpelt griff ich danach und machte den ersten Schritt. Inzwischen stierten der alte Mann und Aidan einander an, als ob sie sich gleich duellieren wollten. Obwohl die Sonne schon tief hinter den Häusern stand, war es taghell um uns herum, da Bewegungsmelder das Grundstück des Herrenhauses in alle Richtungen erleuchteten.

Ich stieg ein und sah, wie Aidan zu reden begann, kaum dass ich die Tür geschlossen hatte. Allerdings verstand ich kein einziges Wort. Kurz überlegte ich, das Fenster einen Spalt weit zu öffnen, um zu lauschen, doch mein Anstand verbot es mir.

Wer war der Mann?

Der Alte nahm seinen Hut ab, und ich konnte grau meliertes, schütteres Haar erkennen. Vielleicht war er nicht so alt, wie seine Körperhaltung es vermuten ließ. Er kratzte sich am Hinterkopf, während Aidan ihn mit wütenden Blicken bedachte. Gleich darauf begannen beide ausschweifend zu gestikulieren, während sie zeitgleich redeten. Vereinzelte Wortfetzen drangen zu mir durch, aber nichts, das sich in einen sinnvollen Zusammenhang bringen ließ.

Nun, da ich das gesamte Gesicht des Fremden sehen konnte, fielen mir Ähnlichkeiten auf. Die gleiche hohe Stirn, das gleiche markante Kinn. Ob der Mann mit Aidan verwandt war? Bisher hatte ich niemanden seiner Familie kennengelernt, und er sprach nie von einem Verwandten. Ob das sein Vater war? Oder sein Onkel? Wieso war Aidan so sauer auf ihn? Verbarg sich hier der Grund, aus dem Aidan wie ein Einsiedler lebte?

Auf einmal kam Bewegung in die beiden, und Aidan machte nur eine abschätzige Geste, ehe er den alten Mann stehen ließ. Der drehte sich zu ihm um und schüttelte wütend den Kopf. Irgendetwas sagte er noch, aber auch das verstand ich nicht. Einzig Aidans geballte Fäuste verrieten mir, dass es nichts Freundliches gewesen sein konnte.

Er riss die Tür auf und stieg ein. Ich reichte ihm den Schlüssel und fragte: »Alles okay bei dir? Das sah … lebhaft aus.«

»Ja, alles bestens.« Aidans Halsmuskeln arbeiteten ebenso wie sein Kiefer und straften seine Worte Lügen, doch ich wollte nicht nachbohren. Die Hitze, die von ihm ausging, strahlte bis zu mir herüber. Er startete den Motor und fuhr rückwärts die Auffahrt hinunter.

Ich rechnete mit quietschenden Reifen oder aggressivem Gangwechsel, doch Aidan fuhr so ruhig und sicher wie eh und je. Ich war erstaunt, dass er seinen Fahrstil im Griff hatte, obwohl sein Zorn so offensichtlich in ihm brodelte. Lediglich das Lenkrad litt unter seinen Händen, sodass das Leder manchmal kurz quietschte.

»Sicher?«, hakte ich schließlich doch nach und sah ihn an. Aidan starrte unbewegt auf die Straße. »Das sah ziemlich emotional aus.«

Wir bogen von der Allee auf die Hauptstraße ein, und Aidan atmete tief durch. »Entschuldige, dass du das mitansehen musstest.« Er nickte sich selbst zu, als hätte er eine Entscheidung getroffen. »Es ist wohl besser, wenn ich dich nach Hause bringe.«

Ich wollte ihn ausfragen, wollte wissen, was ihn an diesem Mann aufregte, aber seine Reaktion ließ keinen Zweifel, dass ich keine Antworten bekommen würde. Also beließ ich es dabei und ließ mich stumm von ihm zu Melinas Wohnung fahren.

Kapitel 12

Auf dem Weg vom Pubquiz nach Hause stieß Aileen mir in die Seite und grinste. Es war ein gemütlicher Abend gewesen, den wir wie inzwischen regelmäßig mit Brianna und Hugh verbracht hatten. Die Uhr zeigte halb zehn, und ich war vom Gewinn des Quiz vollkommen aufgedreht. Wir hatten Toms Team haushoch geschlagen, und Aileen freute sich immer noch wie ein kleines Kind darüber.

»Sein Gesicht war unbezahlbar. Das werde ich mir in meinen Erinnerungen einrahmen und aufhängen«, sagte sie, die Nase hoch in die Luft gereckt, und seufzte wohlig.

»Beim nächsten Mal wird er umso verbissener kämpfen, das weißt du, oder?« Seit fast drei Monaten lebte ich nun in Tobermory, und es war mein drittes Quiz gewesen.

»Lass mir meinen Erfolg. Vier Wochen lang werde ich ihn auskosten.« Aileen hakte sich bei mir unter. »Soll ich dich nach Hause bringen oder willst du noch auf ein Bier zu mir kommen? Ich habe Knabberkram da. Du hast ja nicht mal was gegessen bei Mac.«

Ich zögerte. Es stimmte, ich hatte tatsächlich weder Fish'n'Chips noch sonst eine von Macs Köstlichkeiten bestellt. Weil ich mit Aidan verabredet war. Wir hatten abgesprochen, dass ich vorbeikam, falls das Quiz nicht zu lange dauerte. Er würde einen Mitternachtssnack für mich bereithalten, wie er versprochen hatte. Da der erste Patient für morgen erst um halb elf im Kalender stand, sodass ich getrost einmal etwas später anfangen konnte, war die Einladung zu verlockend gewesen, um abzusagen. Jedes Mal, wenn ich zu ihm kam, kochte Aidan etwas, das ich nicht kannte oder nie selbst versucht hatte, und jedes Mal begeisterte es mich.

Allerdings hielten wir unsere Treffen mehr oder minder geheim. Seitdem wir vor zwei Wochen vor Baxters Haus dem alten Mann begegnet waren, hatten wir uns nicht mehr öffentlich getroffen, sondern beschränkten die Verabredungen auf unsere sonntäglichen Kochabende. Ich wusste nicht, ob es Aidan peinlich war, mit mir gesehen zu werden, oder ob er nur nicht das Klatschthema des Tages sein wollte. Auf den Abend bei Baxter hatte mich jedenfalls niemand angesprochen, was mich arg verwunderte. Aber vielleicht waren ausgerechnet die Personen aus Tobermory mit uns dort gewesen, die nicht gern tratschten.

»Ist lieb gemeint, aber ich werde lieber nach Hause gehen. Ein anderes Mal gern.« Vor anderthalb Wochen war ich mit Aileen nach Schließung des Pubs noch mit zu ihr gegangen – und wusste nicht mehr viel von dem Abend. Nur dass ich am nächsten Morgen mit einem Gefühl auf der Zunge aufgewacht war, das mich an einen fusseligen Lappen erinnerte.

»Willst du etwa schon wieder ein Buch lesen? Irgendwann musst du doch alle durchhaben, die du mitgebracht hast«, meckerte Aileen jetzt und entzog mir ihren Arm. »Außerdem habe ich noch nie jemanden gesehen, der so glücklich darüber war, Romane verschlingen zu dürfen.«

»Deswegen kaufe ich jetzt englische Bücher. So lerne ich die Feinheiten der Sprache, und es ist ein schöner Zeitvertreib«, entgegnete ich und winkte ihr. »Wir sehen uns morgen in der Praxis.«

Aus zu Schlitzen verengten Augen sah sie mich an. »Wenn ich es nicht besser wüsste, würde ich behaupten, dass du das mit den Büchern nur vorschiebst.«

Es kostete mich einige Mühe, das Lächeln auf meinen Lippen nicht entgleiten zu lassen, weil sie mit ihrer Aussage voll ins Schwarze getroffen hatte. Ich überlegte, Aidan heute Abend auf die Umstände unserer Freundschaft anzusprechen, um diesem Versteckspiel ein Ende zu bereiten. Immerhin gab es nicht einmal etwas zwischen uns, das Männer und Frauen üblicherweise erst einmal geheim hielten.

Ich ließ Aileens Aussage unkommentiert und zuckte nur mit den Schultern. »Gute Nacht!«

Nachdem ich mich frisch gemacht hatte, stieg ich in den Wagen und machte mich auf den Weg. Obwohl ich die Strecke inzwischen kannte, fuhr ich beinahe im Schritttempo durch den Wald zu Aidans Hof, denn Nebel zog auf und ließ mich kaum erkennen, wo die Straße verlief. Als ich endlich parkte, waren meine Hände schweißnass und ich musste einmal tief durchatmen.

»Schön, dass du es geschafft hast«, begrüßte Aidan mich und gab mir einen sanften Kuss auf die Wange. Seine Bartstoppeln kratzten über meine Haut, aber ich mochte das Geräusch, das sie dabei erzeugten.

»Ich hatte es ja versprochen.« Wie immer zog ich Schuhe und Jacke aus. Der Kamin brannte bereits hell und tauchte das Wohnzimmer in einen roten Schein. »Was hast du denn diesmal vorbereitet?«

»Tatsächlich gar nicht so viel. Ich habe heute ein Fohlen dazubekommen. Es ist erst eine Woche alt und frisst einfach nicht. Deswegen werde ich immer wieder in den Stall gehen müssen.« Entschuldigend hob er die Schultern. »Ich habe versucht, dich auf dem Handy zu erreichen, aber du hast nicht abgenommen.«

Verwirrt zog ich das Smartphone aus der Tasche. »Oh,

tatsächlich. Entschuldige. Mac sammelt sie immer ein, wenn Quizabend ist, und danach habe ich vergessen draufzuschauen. Soll ich wieder fahren?«

»Nein.«

Ich musste schmunzeln, so schnell hatte er das Wort von sich gegeben. Fast, als hätte er Angst, dass ich gehen könnte, wenn er sich nicht beeilte. »Nein, du kannst gern bleiben. Wenn es dich denn nicht stört, dass ich ab und an mal im Stall verschwinde.«

»Iwo.« Ich schüttelte den Kopf. »Was hast du denn zu essen vorbereitet? Wenn es nicht zu kompliziert ist, kann ich es fertig machen, während du nach dem Fohlen siehst.«

»Es sind tatsächlich nur Nachos mit Käse überbacken und dazu Jalapeños. Die müssen noch geschnitten, der Rest in den Ofen geschoben werden.« Er vergrub die Hände in den Taschen und schaute beschämt zu Boden. »Ich weiß, das ist nicht das, was du dir vielleicht erhofft hast, aber mehr ging nicht.«

»Ganz ehrlich, Aidan, du musst dich nicht dafür rechtfertigen, dass du dich um die Fohlen kümmerst. Das Leben der Tiere geht vor«, sagte ich und scheuchte ihn nach draußen. »Ich kenne deine Küche inzwischen. Geh du in den Stall.«

An der Tür drehte Aidan sich noch einmal um. »Ist das wirklich …?«

»Geh!«, rief ich lauter und deutete zur Scheune. Dabei sah ich ihn mit ernstem Blick an. »Wenn das Essen fertig ist, komme ich zu dir rüber.«

»Danke.«

Kopfschüttelnd sah ich, wie er sich die Strickjacke vom Kleiderhaken schnappte und nach draußen ging. Wie konnte er nur so schüchtern sein und in anderen Momenten seine berühmte selbstbewusste Scheißegal-Haltung ausstrahlen?

Ich kümmerte mich ums Essen, und während ich anschließend darauf wartete, dass der Käse zerlief, ging ich in die kleine Vorratskammer, in der Aidan die Getränke aufbewahrte. Von einem Regalbrett angelte ich eine Flasche mit einem verwaschenen Etikett. Es sah aus wie der Holundersaft, den wir vor drei Wochen getrunken hatten, bis unsere Zungen blau gewesen waren. Der würde bestimmt gut zu den Nachos passen. Also stellte ich zwei Gläser auf ein hölzernes Tablett und schließlich den Teller mit dem Berg von überbackenen Nachos dazu. Es duftete nach warmem Cheddar, als ich das Haus verließ. Hoffentlich würde der Geruch das Fohlen nicht verwirren.

»Soll ich es erst mal abstellen?«, flüsterte ich, als ich den Stall betrat. Aidan hockte in einer Box neben einem schwarzen Fohlen, das im Stroh lag und zu schlafen schien, obwohl es immer wieder zuckte. Er saß am Kopf des Tiers und streichelte behutsam über dessen Nüstern. Dabei sang er etwas, das ich nicht verstand.

Mit Handzeichen machte er mir klar, dass ich das Tablett auf einem Strohballen abstellen sollte und er gleich käme. Ein paar Minuten später, die Nachos waren inzwischen heruntergekühlt, setzte er sich zu mir an den improvisierten Tisch, vor den ich zwei Schemel gestellt hatte.

»Wie heißt es denn?«, erkundigte ich mich leise. »Und woher hast du es?«

»Sie heißt Saphira und kommt vom Festland. Der Pferdewirt hat sie heute Nachmittag mit der Fähre hergebracht. Sie hat die Überfahrt gut mitgemacht, aber seitdem trinkt sie nicht mehr.«

»Hat der Tierarzt sie sich angesehen?«, fragte ich instinktiv. Wenn jemand nicht aß und trank, war das meiner fachmännischen Meinung nach ein Fall für den Mediziner.

»Den rufe ich immer erst, wenn es gar nicht anders geht. Normalerweise sind es die Ankunft auf der Welt und die Verstoßung der Mutter, die das Fohlen fertigmachen. In diesem Fall hat sich die Mutter bei der Geburt so schwer verletzt, dass sie eingeschläfert werden musste. Saphira hat die Liebe ihrer Mutter also mitbekommen und vermisst sie jetzt offenbar.«

»Also versuchst du, ein Muttерersatz für sie zu sein?«

»So in etwa. Ja. Es ist nicht leicht, das Vertrauen eines Fohlens zu gewinnen, das die ersten Tage von der Mutter gesäugt wurde. Aber ich muss es versuchen.« Seufzend griff er nach einem Nacho und packte sich eine Jalapeño drauf.

Einen Moment lang aßen wir stumm vor uns hin, bis ich die eine Frage stellen musste, die mir auf der Zunge brannte. »Sterben auch einige der Tiere hier?«

»Ab und an. Zum Glück nur selten. Von den zwölf Fohlen, die ich pro Jahr pflege, stirbt im Schnitt nur eines, weil es nicht mehr zu retten ist.« Auch wenn er sich darum bemühte, sämtliche Emotionen aus seinen Worten zu verbannen, konnte ich an Aidans sich gegenseitig knetenden Fingern erkennen, dass er alles war, aber nicht emotionslos.

»Ich wünschte, ich könnte helfen.«

Aidan hob den Kopf und sah mich an. »Dass du hier bist und ich bei Saphira sein darf, ist mir schon Hilfe genug«, erwiderte er und lächelte.

Das war der Moment, in dem ich zum ersten Mal spürte, wie sehr ich Aidan mochte. Dass er ein Geheimnis vor mir hatte, war mir klar, aber das spielte keine Rolle, solange er mich in seine Nähe ließ. Seine anfängliche schroffe Art war in den letzten Wochen immer mehr einer einfühlsamen, fast zarten Seite gewichen, und ich fragte mich, ob dies seine wahre Identität war. Und ob er mir und aller Welt nur deshalb eine Fassade zeigte, weil er glaubte, dass ich sie brauchte.

Seit er von den Fehlgeburten wusste, hatte er mich nicht weiter danach befragt und mich nicht anders behandelt als zuvor, mich weder mitleidig angesehen noch in anderer Weise irgendwie Rücksicht auf mich genommen und mich sozusagen in Watte verpackt, was ich ihm hoch anrechnete. Vielleicht wollte er mir nicht länger die kalte Schulter zeigen, weil er selbst einen Verlust erlitten hatte und wusste, wie das war. Da fiel mir wieder ein, dass ich ihn etwas fragen wollte.

Ich öffnete gerade den Mund, als aus der Box ein leises Wiehern kam. Der kurze Moment, den ich als geradezu intim empfand, war sofort dahin. Aidan sprang auf und lief zu Saphira.

Auch ich erhob mich, klopfte mir den Staub vom Hintern, der auf dem Hocker lag, und folgte ihm in die Box. »Kann ich helfen?«

»Wenn du möchtest, kannst du ihren Kopf streicheln, während ich es noch mal mit einer Flasche versuche. Vielleicht hat sie endlich Hunger.« Aidan machte mir Platz, und ich übernahm den Kopf des Fohlens. Es hatte die Ohren flach angelegt, und ich redete beruhigend auf das Tier ein. Auf Deutsch zwar, doch das störte Saphira vermutlich nicht.

Aidan verließ die Box kurz, was dem Fohlen sofort auffiel. Es reckte den Hals und schaute ihm hinterher. Da ich jedoch weiter auf es einredete, blieb es liegen. Oder es war zu kraftlos. Saphiras Rippen zeichneten sich klar unter der dünnen Haut ab.

»Hier, willst du versuchen, sie zu füttern?«, fragte Aidan, als er zurückkehrte, und reichte mir eine Flasche mit Gummisauger. Sie war größer als die, die ich von Babys kannte.

»Meinst du, sie lässt das zu?« Ich griff danach, streichelte Saphiras zottelige Mähne, zupfte ein paar Strohhalme heraus. »Ganz ruhig«, murmelte ich und hielt ihr den Nuckel zum Schnuppern hin.

Ich weiß nicht, ob es meine mütterlichen Instinkte waren oder ob sie einfach Kohldampf hatte, aber kaum roch Saphira die Milch, leckte sie mit ihrer Zunge über die Flasche und nahm gleich darauf einen kräftigen Schluck.

Die Freude, die in dem Moment meinen Körper flutete, glich purer Euphorie. Überall kribbelte es, und ich zitterte vor Glück. Saphira trank tatsächlich. Und das von mir, die sie gar nicht kannte.

»Du hast ein Händchen dafür«, sagte Aidan leise und strich dem Fohlen über den Bauch, über den sich ein langer Striemen zog. Vermutlich eine Verletzung, die sie bei der Geburt erlitten hatte.

»Das ist doch nur Glück«, erwiderte ich, strahlte jedoch wie ein Honigkuchenpferd. Meine Wangen glühten, und ich musste mich darauf konzentrieren, nicht laut zu schluchzen, so glücklich war ich auf einmal.

Es war, als ob all die Anspannung der letzten Monate, die sich um meine Brust geschnürt hatte, seitdem ich die Nachricht von der Fehlgeburt erhalten hatte, plötzlich von mir abfiel. Als ob das Füttern dieses Babys dafür sorgte, dass ich mit dem Verlust meines eigenen besser klarkam. Wie konnte das sein? Es war ein Fohlen und es lebte. Wie konnte ich mir da verzeihen, dass ich zwei Menschenkinder verloren hatte? Und doch saß ich hier und war so selig wie schon lange nicht mehr.

Aidan nahm meine freie Hand und drückte sie. »Das ist kein Glück. Sie spürt, dass du ihr helfen willst.«

War es das? Registrierte mein Verstand, dass ich einem Baby half, und entließ mich deshalb aus der Schuld? Unwillkürlich schluchzte ich doch, obwohl ich lächelte. Ein Gefühlschaos brannte in mir, das ich nicht zu löschen imstande war. Abgesehen davon, dass ich es nicht löschen wollte. Das Feuer brannte, vernichtete alles, doch zugleich spürte ich, wie dadurch Nährboden entstand, Platz für Neues. Raum für andere Gefühle.

Für Emotionen jenseits der Trauer. Ich atmete tief durch, während Aidan dasaß und mir tröstend die Hand streichelte.

»Das ist ein wunderbares Gefühl«, sagte ich schließlich mit tränenerstickter Stimme.

»Jetzt verstehst du, warum ich all das auf mich nehme, oder?« Er deutete um uns herum in die Scheune.

Ich nickte und wischte mir mit der Schulter die Tränen von den Wangen. »Einfach unglaublich. Vorher habe ich dich bewundert. Jetzt beneide ich dich.«

»Bewundere mich nicht. Heute ist ein guter Tag. Den verankere ich in mir. Aber es gibt auch weniger schöne, schlimme Erlebnisse, die man nicht vergessen darf. Es gehört alles dazu.«

Ich sah Aidan in seine dunklen Augen und erkannte, dass er nicht nur von der Arbeit mit den Fohlen redete. Er umfasste das ganze Leben. Ob nun seines oder meins, konnte ich nicht sagen, doch das spielte keine Rolle. Er hatte recht, und das verschaffte mir plötzlich eine innere Ruhe, die ich lange nicht gespürt hatte.

Aidans Berührung prickelte auf meiner Haut, und ich wollte mehr davon. Kaum gestand ich mir das ein, spürte ich mein Verlangen wie einen Zug durch meinen Körper rauschen. Der Fahrtwind riss alles mit, was in seiner Nähe war, und ich musste aufpassen, dass ich mich nicht ebenfalls erfassen ließ.

Das erste Mal, seitdem ich von der zweiten Fehlgeburt erfahren hatte, verspürte ich wieder so etwas wie die Lust nach körperlicher Nähe. Ich hätte mit vielem gerechnet, aber nicht damit, dass ausgerechnet ein brummiger Pferdehofbesitzer dieses Verlangen in mir weckte.

Obwohl Aidan den Blickkontakt nicht eine Sekunde unterbrach, konnte ich nicht erkennen, was in ihm vorging, ob er spürte, was in mir passierte. Die Barriere hinter seinen Augen war zu hoch, um darüber hinwegzusehen. Gleichgültig. Im Augenblick wollte ich mich sowieso nicht darauf konzentrieren, ihn zu analysieren, sondern den Moment in mich aufnehmen.

Da lehnte er sich auf einmal vor, und das zaghafte Prickeln in mir wuchs zu einem ausgedehnten Vibrieren, das meine Fingerspitzen ebenso erfasste wie meine Zehen. Wollte er mich küssen?

Bevor ich noch lange überlegte und alles zerdenken konnte, beugte ich mich ebenfalls vor. Vorsichtig, ganz zart, legten sich unsere Lippen aufeinander, und ich spürte die Wärme, die von ihm ausging. Er glühte förmlich. Er schmeckte nach dem Paprikapulver der Nachos, gepaart mit einer gewissen Schärfe der Jalapeños, die mich kitzelte.

Ich wollte mehr von dieser feurigen Mischung! Und als ob er meine Gedanken lesen konnte, wurde sein Kuss leidenschaftlicher. Er packte meinen Kopf und fuhr mir mit dem Daumen über die Wange. Seine Finger vergrub er in meinen Haaren. Ich verlor mich in seinen Berührungen, fühlte mich aufgedreht. Mit der Hand, über die er eben noch gestreichelt hatte, griff ich seine Strickjacke und zog ihn näher heran.

Umständlich krabbelte er um die Beine des Fohlens herum, ohne den Kuss zu unterbrechen. Erst als er direkt vor mir hockte, hielt er inne und sah mich aus seinen wunderschönen Augen an.

Es war die Rückversicherung, ob ich das wirklich wollte. Er suchte die Bestätigung in meinem Blick.

Auf keinen Fall wollte ich, dass er aufhörte, also war es diesmal ich, die den Kuss wachsen ließ. Ich schlang meine Arme um ihn, drang mit meiner Zunge in seinen Mund ein, umspielte seine und schmeckte die herbe Mischung unseres Abendessens.

Mit meiner Hand fuhr ich unter das hauchdünne Shirt, das er trug. Hitze glühte dort, und die Muskeln heizten mein Verlangen weiter an. Genau die richtige Kombination aus trainiert und weich genug, um sich fallen zu lassen. Ich wollte mehr davon fühlen, wollte seine nackte Haut auf meiner spüren.

Vorsichtig strich ich das Shirt nach oben, als ich auf einmal in die Rippen gestoßen wurde. Diese unverhoffte Bewegung brachte mich aus dem Gleichgewicht, und ich fiel zur Seite. Ich stieß einen überraschten Schrei aus, auch wenn Aidan mich auffing, bevor ich mit dem Kopf gegen die Wand der Box knallen konnte.

Saphira hatte mich umgeworfen und schnappte mit ihrem Maul nach der Hand, in der ich die Flasche hielt.

Da lachte ich laut los. »Ja, natürlich kriegst du mehr zu trinken. Entschuldige bitte.«

Aidan gluckste ebenfalls leise und half mir wieder auf. Dabei ließ er mich nicht los, sondern blieb dicht bei mir sitzen, legte einen Arm um meine Schulter.

Ich lächelte verstohlen zu ihm, während ich das Fohlen fütterte. Wenn sie nicht dazwischengegangen wäre, hätte ich mich vermutlich auf ihn gestürzt. Gleich hier. Gleich jetzt. War das ein Zeichen, dass ich zu schnell vorging? Oder war Saphira einfach nur hungrig?

Wie auch immer – ich war enttäuscht und hätte mir mehr von diesem Augenblick gewünscht.

»Alles in Ordnung?«, fragte Aidan nach ein paar Minuten, die wir in schweigsamer Eintracht verbracht hatten.

Ich sah zu ihm auf. »Und bei dir?« Ich wusste nicht, was ich erwartet hatte, aber das Lächeln auf seinen Lippen beruhigte meinen Herzschlag ungemein. Dabei hatte ich nicht einmal bemerkt, wie es vor Aufregung schneller geschlagen hatte.

»Möchtest du darüber reden?«, murmelte er und schmunzelte gleich darauf bübisch. »Oder es wiederholen?«

»Das mit dem Wiederholen hört sich ziemlich gut an«, erwiderte ich und lehnte mich an seine Schulter. »Aber ich denke, damit warten wir, bis Saphira eingeschlafen ist.«

Aidan gab mir einen Kuss auf die Nasenspitze und nickte. »Sehr gern. Solange können wir die restlichen Nachos essen, wenn du möchtest.«

Saphira lag zwischen uns und beobachtete ganz genau, was wir machten. Ihre Augen schienen sagen zu wollen: keine Chance. Solange ich wach bin, werdet ihr nicht mehr knutschen. Amüsiert richtete ich die Flasche neu aus und nahm mir selbst einen Nacho vom Teller, den Aidan aus dem Boxengang geholt hatte.

»Darf ich dir eine Frage stellen?« Ich schaute Aidan an, unsicher, ob ich nicht die Spannung zerstörte, die sich immer weiter zwischen uns aufbaute, während wir gemeinsam an der Wand der Box lehnten.

»Du darfst mich alles fragen, was du willst«, erwiderte er und streichelte meinen Handrücken.

»Hast du schon mal eine Freundin hier in Tobermory gehabt und das lief nicht gut?«

Aidan runzelte die Stirn. »Wie kommst du darauf?«, fragte er verwirrt.

»Na ja, jedes Mal, wenn wir uns treffen, ist das hier bei dir oder bei mir. Bis auf das eine Mal bei Baxter gehen wir nicht durch den Ort. Magst du nicht, was die Leute von dir denken könnten?«

Aidan verkrampfte sich ein wenig, ließ mich aber nicht los. Dann seufzte er schwer. »Nein, es ist mir herzlich egal, was die Leute von mir denken. Ich will nur nicht, dass *du* darunter leidest.«

»Leiden? Warum sollte ich darunter leiden? Gewiss tratschen sie genug über die deutsche Ärztin.«

»Wie dir vielleicht aufgefallen ist, habe ich nicht den besten

Ruf im Ort. Und ich wollte nicht, dass dein Ruf auch noch Schaden nimmt, wenn du mit mir gesehen wirst.«

Ich beugte mich vor, um den Kopf zu drehen und ihm ins Gesicht blicken zu können. »Danke, dass du so rücksichtsvoll sein wolltest, aber ich allein entscheide, wen ich in mein Leben lasse und wen nicht. Und wenn ich beschließe, dass du an meiner Seite sein sollst, dann ist mir egal, was andere dazu sagen oder welche Konsequenzen das für meinen Ruf hat.«

»Das sagst du jetzt noch«, murmelte er.

»Hör zu, Aidan. Es ist mir wirklich egal, was die Leute über mich denken. Oder über dich. Interessiert es *dich*?« Ich kuschelte mich zurück an seine Schulter und strich ihm mit meiner freien Hand über das Knie.

»Nein, überhaupt nicht. Ich will einfach nur für mich leben und gut ist. Aber manchmal ist das nicht so leicht, wenn man das Gesprächsthema des Ortes ist. Ob man will oder nicht.« Bitterkeit schwang in seiner Stimme, mit einer Intensität, die mich schaudern ließ.

Eine kleine Weile schwiegen wir, bevor ich sagte: »Ich bin noch etwa sechs Monate hier. Wer weiß, was dann passiert. Ich muss zurück nach Deutschland und du bist hier mit deinem Hof beschäftigt. Lass uns doch einfach den Moment genießen, was hältst du davon?«

Er zögerte, als wäre ihm gerade erst bewusst geworden, dass ich nicht dauerhaft in Tobermory wohnen würde, und als ich mich zu ihm umwandte, konnte ich die Enttäuschung auf seinem Gesicht erkennen, die er gleich darauf hinter seiner ewigen Mauer verbarg. »Du hast natürlich recht. Genießen wir es.« Damit lehnte er sich zu mir herunter und gab mir einen erneuten Kuss. Diesmal weit weniger stürmisch, jedoch mindestens genauso leidenschaftlich.

Kapitel 13

Ich saß im Auto auf dem Weg zu Aidan, als mich ein Notruf erreichte. Ein Segler war an Deck gestürzt und hatte sich den Arm gebrochen. Da ich die einzig verfügbare Ärztin in der Nähe war, sollte ich mir den Bruch ansehen und entscheiden, ob er operiert oder nur geschient werden musste.

»Der Mann ist schon etwas älter und ein wenig redselig«, begrüßte Aileen mich, als ich zehn Minuten später in die Praxis stürmte. Sie hielt mir die Röntgenaufnahme hin, die sie gemacht hatte, während ich umgedreht und zurückgefahren war. Ich hatte noch keine Zeit gehabt, um Aidan anzurufen, aber das konnte warten. Notfälle gingen vor.

»Damit komme ich klar. Danke dir.« Rasch zog ich mir meinen Kittel über und eilte zum Behandlungsraum. Auf dem Weg sah ich mir die Röntgenaufnahmen an, die einen komplizierten Bruch zeigten.

»Guten Abend, Frau Doktor«, begrüßte der Segler mich in radebrechendem Englisch.

Ich hielt inne. Der harte Akzent kam mir bekannt vor. Rasch schaute ich auf den Namen, der auf dem Umschlag mit den Röntgenbildern stand. Wesselsmüller. Ich lächelte den Mann an und erwiderte auf Deutsch: »Ebenfalls einen guten Abend, Herr Wesselsmüller. Sie haben sich also beim Segeln verletzt?«

Die Augen des Mannes leuchteten auf vor Erleichterung, als ihm klar wurde, dass ich aus Deutschland kam. »Und ich dachte schon, ich müsste mit Händen und Füßen erklären, was passiert ist. Kindchen, das war vielleicht ein Abenteuer. Mit einem Arm zu segeln, ist eine Erfahrung, die ich nicht noch einmal machen muss.«

»Sind Sie ganz allein unterwegs?«, fragte ich, während ich mir die Schwellung an seinem Arm ansah.

»Meine Tochter wollte erst mitkommen, bevor sie beschloss, doch lieber schwanger zu werden, statt mit mir und der *Windfänger* die Weltmeere zu erkunden.«

Bei seinen Worten stockte ich kurz, hielt den Blick auf seinen Arm gerichtet und tat so, als ob ich die Verletzung weiter untersuchte. Verstohlen atmete ich ein paarmal tief ein. Die Tatsache, dass mich die Erwähnung seiner schwangeren Tochter so sehr aus meiner vermeintlich emotional stabilen Welt riss, hatte ich nicht erwartet. Konnte ich denn immer noch nicht ertragen, wenn andere Frauen Babys erwarteten? Nach der Euphorie, die ich in Saphiras Box empfunden hatte, war ich davon ausgegangen, den Verlust endgültig überwunden zu haben, hatte mich geerdet gefühlt und heil.

Scheinbar war ich einem Irrtum aufgesessen. Ich spürte die Tränen in meinen Augen brennen und schluckte hart. Der Gedanke, dass anderen Frauen ein Kind vergönnt war und mir nicht, machte mich immer noch wütend. Die Wunde riss auf, und ich musste mich von Herrn Wesselsmüller abwenden und zum Schreibtisch gehen, damit er meine Tränen nicht sah.

»Allein ist aber auch keine gute Idee«, sagte ich gepresst. Mein Hals brannte und der Kloß, der sich darin befand, drückte gegen meine Kehle. Ich räusperte mich und spielte ein leichtes Husten.

Herr Wesselsmüller winkte ab. »Ach, wissen Sie, ich mache das schon seit vierzig Jahren. Mit fünfundzwanzig bin ich das erste Mal allein gesegelt. Irgendwann war dann die Familie dabei, aber die haben inzwischen Besseres zu tun. Der Wind und ich sind alte Freunde. Das ist das erste Mal, dass ich mich wirklich verletzt habe.« Er plapperte noch einen Moment, was mir die Möglichkeit gab, mich zu fangen, während ich so tat, als müsste ich im PC etwas nachsehen. Einige Augenblicke später hatte ich mich wieder so weit unter Kontrolle, dass ich ihm entgegentreten konnte.

»Herr Wesselsmüller, Sie haben ja selbst schon festgestellt, dass Sie sich den Arm gebrochen haben. Leider ist es kein glatter Bruch, den ich selbst behandeln könnte.« Ich hielt ihm die Röntgenaufnahme hin und zeigte darauf. »Es sind gleich zwei Bruchstellen, sodass ich Sie ins nächste Krankenhaus überweisen muss. Haben Sie Ihre Familie schon angerufen?«

»Mist. Nein, bisher nicht. Ich wollte sie nicht verunsichern. Aber jetzt wird sich die Reise wohl verzögern, was?«

Ich nickte. »Vermutlich um einige Tage, und ehrlich gesagt glaube ich nicht, dass Sie die Reise überhaupt fortsetzen können. Vermutlich müssen Sie operiert werden.«

»Doppelter Mist.« Herr Wesselsmüller schüttelte den Kopf. »Gut, dann werde ich wohl mal meine Frau anrufen. Hoffentlich meckert sie mich nicht wieder an. Aber wissen Sie, was mich auf jeden Fall erwartet?«

»Ein Donnerwetter?«

»Nein, sie wird mir sagen: ›Ich hab's dir doch gesagt.‹ Sind Sie verheiratet, Frau Doktor?«

Ich schüttelte den Kopf.

»Na, dann freuen Sie sich drauf. Irgendwann erreicht man den Status in einer Ehe, bei dem man darauf wartet, dass der Partner einen Fehler macht, nur um endlich mal recht zu haben.« Seine Erklärungen klangen zwar ernst, aber Herr Wesselsmüller grinste dabei und zwinkerte mir zu. »Bei allen sieben Weltmeeren, ich liebe meine Frau, aber mit ihrer Rechthaberei treibt sie mich noch in den Wahnsinn.«

Ich schmunzelte, während ich ihm eine Armschiene anlegte, um ihm die Fahrt mit dem Rettungswagen so angenehm wie möglich zu gestalten. »Nun, genau genommen hat Ihre Frau ja tatsächlich recht. Allein mit einem Boot unterwegs zu sein, ist nicht ungefährlich.«

»Fangen Sie nicht auch noch damit an. Bis eben mochte ich Sie.«

Ich füllte einen Überweisungsschein aus, und wir unterhielten uns ein wenig über Deutschland. Herr Wesselsmüller stammte aus Aurich und hatte beschlossen, Großbritannien zu umsegeln.

Schließlich kam der Rettungswagen, der ihn aufs Festland ins nächste Krankenhaus bringen sollte. Ich räumte ein wenig auf, ehe ich mich zum zweiten Mal heute von Aileen verabschiedete. Mittlerweile hatte sich mein Inneres so weit beruhigt, dass ich die Begegnung mit dem alten Segler in Ruhe durchgehen konnte.

Der Weg zu Aidan war nicht lang und entsprechend war ich noch immer tief in Gedanken versunken, als ich bei ihm ankam. Zum ersten Mal seit Wochen quälte mich die eine Frage: Würde ich jemals Kinder kriegen? Oder auch das nächste verlieren, sollte ich mich eines Tages trauen, einen neuen Versuch zu starten? Hatte ich vielleicht meine einzige Chance vertan, indem ich mich mit achtzehn selbst gegen mein Baby entschieden hatte?

Ich dachte daran, dass auch Aidan keine Kinder hatte. Wir waren jetzt seit etwa zwei Wochen zusammen, und in der Zeit hatte ich nur drei Nächte in meiner eigenen Wohnung verbracht. Eine davon war Aidan bei mir gewesen. Wir teilten jede freie Sekunde miteinander, und es fühlte sich absolut richtig an. Meinen Genießen-wir-den-Moment-Gedanken zum Trotz, grübelte ich darüber nach, was in fünfeinhalb Monaten sein würde, wenn ich nach Hause reiste.

Aidan trat aus seinem Haus, kaum dass ich auf den Hof gerollt kam. Offensichtlich hatte er am Fenster gestanden und auf mich gewartet. In seinen Augen lag eine Rastlosigkeit, die ich immer dann sah, wenn ich später eintraf als verabredet, und manchmal wurde ich das Gefühl nicht los, dass er sich zwingen musste, in seinem Haus zu bleiben und mir nicht entgegenzufahren. Vielleicht täuschte ich mich auch. Er klammerte nicht und besuchte mich tagsüber nicht in der Praxis, sondern arbeitete auf dem Hof. Erst wenn ich abends zu ihm kam, ließ er mich nicht mehr los.

»Entschuldige. Es kam ein Notfall rein. Ein Segler hatte sich den Arm gebrochen«, begrüßte ich ihn und wollte an ihm vorbeischlüpfen, um mir die Schuhe und die dünne Jacke auszuziehen.

Aidan hielt mich auf und schlang seine Arme um mich. »Ich bin froh, dass du da bist.« Seine weichen Lippen legten sich auf meine, und er küsste mich voller Leidenschaft. Mit einer Hand strich er meinen Rücken entlang, während er mit der anderen meine Wange streichelte. Seine Berührungen waren jedes Mal wie ein Streichholz – ein Funke genügte, und ich brannte lichterloh.

»Ganz ruhig. Ich war doch nur arbeiten«, murmelte ich in einer Atempause und versuchte, mich aus seinem Arm zu lösen.

Aidan grinste mich an und drückte mich an sich. »Das hindert mich nicht daran, dich fest in meinen Armen zu halten und dich nie wieder loszulassen.«

Ich hörte auf, mich aus seinem Griff winden zu wollen, und sah ihn keck an. »Bei solch einer Drohung brauche ich aber bessere Argumente, um nicht doch zu gehen.«

Hatte ich im Auto noch gegrübelt und mich gefragt, wie meine Zukunft aussehen mochte, war nun alles weggeküsst. Aidan hatte diese Wirkung auf mich, dass all meine Gedanken und Sorgen einfach verschwanden, sobald er seine Arme um mich schlang. Als hätten sie nicht existiert. Allerdings wusste ich auch, dass sie später umso heftiger zurückkehren würden.

»Stärkere Argumente? Die liefere ich dir gern.« Erneut küsste er mich, und ich konnte seine Erregung an meiner Hüfte fühlen. Ehe ich michs versah, standen wir nackt in seinem Flur. Die Klamotten flogen von uns und wir liebten uns hier und jetzt. Obwohl der Weg ins Schlafzimmer nur wenige Schritte gedauert hätte.

Schließlich sackten wir schnaufend zusammen, so intensiv hatten wir uns geliebt. Aidan küsste die Kuhle an meinem Hals, hielt mich in seinen Armen, bis ich langsam an der Wand, an der ich lehnte, hinunterrutschte.

»Das Essen ist übrigens fertig«, flüsterte er in mein Ohr und schickte damit eine erneute Welle der Liebe durch meinen Körper.

Ich lachte. »Wirklich? Daran denkst du gerade?«

Aidan ließ mich los und gab mir einen weiteren Kuss auf die Nasenspitze. »Sex mit dir macht hungrig«, sagte er und klaubte seine und meine Klamotten vom Boden auf. Mit einer leichten Verbeugung reichte er mir meine Hose und das Oberteil.

»Das kann ich nur zurückgeben.« Ich schlug ihm auf den nackten Hintern und folgte ihm in die Küche. Bevor er hineinschlüpfen konnte, stibitzte ich ihm sein Hemd und zog es selbst an. Es war lang genug, um bis über meine Hüfte zu reichen.

»Du willst wohl, dass ich nackt bleibe«, grinste Aidan, während er in seine Hose stieg und an den Herd trat.

»Klar.« Ich stellte mich hinter ihn und schlang meine Arme um ihn. Er war so warm, dass ich selbst im tiefsten Winter nicht frieren würde. »Was gibt es denn Schönes?« Ich lehnte meine Wange an seine Haut und strich über seinen muskulösen Oberkörper. Ich liebte die winzigen Narben, die er sich als Kind zugezogen hatte, denn zu jeder dieser hellen Hautstellen gab es eine Geschichte, und die zeigten mir mehr von ihm. Mehr von seiner Vergangenheit, die er sonst gern im Dunkeln ließ.

»Ich habe eine Käse-Lauchsuppe mit Gemüse gemacht.«

»Das duftet fantastisch. Wenn du weiter so gut kochst, werde ich mehr Sport machen müssen.«

»Du brauchst keinen Sport, um mein Essen zu genießen«, erwiderte Aidan und rührte im Topf herum. »Falls du glaubst, dass du zu dick wirst, lass dir eines gesagt sein: Das ist Wohlfühlspeck. Wenn du also abnimmst, weiß ich, dass du mich nicht mehr so sehr magst.«

In gespielter Empörung löste ich mich von ihm. »Erpresst du mich gerade damit, Gewicht zuzulegen, um dir zu beweisen, dass ich dich gernhabe?«

Aidan schaute über die Schulter und grinste. »Vielleicht?«

»Frechheit, du bist ein hundsgemeiner Verbrecher«, schimpfte ich und schlug ihm auf den Hintern.

Aidan drehte sich um, drückte mich an sich und fesselte meine Arme an meinen Körper. »Und was macht man mit gemeinen Verbrechern?«, fragte er mit seiner dunklen, tiefen Stimme, ehe er mich erneut küsste.

Diesmal jedoch ließ ich mich nicht von ihm verführen. »Wir essen erst einmal. Der Abend ist noch jung.«

Aidan sah mich mit traurigem Blick an, ließ jedoch von mir ab. »Nur, weil du so unwiderstehlich bist und ich dir keinen Wunsch abschlagen kann.«

Nach dem Essen lagen wir halb angezogen auf seinem Sofa und kuschelten miteinander. Das Kaminfeuer prasselte, und ich genoss die Stille, die zwischen uns herrschte. Mit Aileen in der Praxis hatte ich immer jemanden zum Reden, und sie liebte es zu quatschen. Sie und Herr Wesselsmüller hatten sich bis zu meiner Ankunft sicher gut unterhalten.

Kaum dachte ich an meinen Patienten, kamen die Gedanken hoch, die mich auf der Fahrt zu Aidan beschäftigt hatten, und ich seufzte.

»Woran denkst du gerade?«, fragte Aidan sofort.

Ich drehte mich zu ihm und sah ihm in die Augen. »Stellen nicht normalerweise Frauen genau diese Frage, wenn die Männer nicht reden wollen?«

»Du hast gerade so herzzerreißend geseufzt, dass ich nicht anders konnte«, sagte er und streichelte meine Oberschenkel, die über seinen Beinen lagen. »Also, möchtest du darüber reden?«

»Ich will die Stimmung nicht verderben«, erklärte ich und presste die Lippen aufeinander.

»Wenn dich etwas bedrückt und du nur so tust, als ob es dir gut geht, ist das nicht ehrlich. Also, komm schon. Wenn du nicht bei mir ehrlich sein kannst, bei wem dann?«

»Du hast ja recht.« Auch wenn ich es liebte, mit ihm dazuliegen und den Augenblick zu genießen, würde ich mich sowieso nur den ganzen Abend mit meinen Gedanken herumärgern. Also konnte ich sie genauso gut mit ihm teilen. Denn es stimmte: Außer ihm gab es hier niemanden, dem ich mich anvertraut hätte. Obwohl ich mich gut mit Aileen und Brianna verstand und sie als Freundinnen empfand, vermied ich es, in ihrer Gegenwart ernste Themen anzuschneiden. Mit ihnen verabredete ich mich, wenn ich abschalten und Spaß haben wollte; da hatten meine düsteren Gedanken keinen Platz, und die zeitliche Begrenzung meines Aufenthalts machte es mir leicht, keine allzu engen Bindungen einzugehen. Was im Umkehrschluss dazu führte, dass ich tatsächlich ein wenig einsam war, wenn es um sowas ging wie Freundschaft durch dick und dünn.

Sehnsucht nach Deutschland und meinen Freundinnen dort machte sich in mir breit, und ich glaubte, dass das ein guter Aufhänger war, um das Gespräch zu starten. Also sagte ich genau das.

»Vielleicht können dich deine Freunde mal besuchen kommen«, schlug Aidan vor.

»Ach, sie haben doch alle Jobs und werden sicher nicht einfach herkommen, wenn ich tagsüber arbeiten muss. Das kann ich nicht verlangen.«

»Und wenn du für ein paar Tage nach Hause fliegst?«

»Dann wäre die Praxis unbesetzt. Nein, das geht nicht. Ich bleibe noch sechs Monate hier, und dann sehe ich alle wieder. Solange habe ich WhatsApp und das Telefon.«

Aidan streichelte mein Knie und umrundete es immer wieder. »Du willst also wirklich zurückgehen, wenn Melina wiederkommt?«, fragte er nach einer Weile ein wenig zu unbeteiligt.

»Ich denke, ich muss.« Ich spielte mit dem Saum seines Hemds herum. »Ich habe meinen Job im Krankenhaus. Die halten meine Stelle so lange frei, bis ich zurückkomme.«

Aidan sah mich nicht an, aber an seinen schneller werdenden Streichelbewegungen erkannte ich, dass er etwas fragen wollte. Und dann kam es.

»Hast du schon mal überlegt, hier zu bleiben?«

Ich ließ ein paar Sekunden verstreichen, in denen ich mir eingestand, dass mir der Gedanke tatsächlich schon einmal gekommen war, während ich in seinen Armen einschlief. Trotzdem hörte ich mich antworten: »Wie soll das gehen? Nach Melinas Rückkehr habe ich weder einen Job noch eine Wohnung. Und ich würde meine Stelle in Hannover verlieren.«

»Du könntest bei mir wohnen«, flüsterte Aidan mit einem Kuss auf meinen Scheitel.

Ich lächelte. »Und was würde ich hier machen? Wäre ich deine Freundin und kümmerte mich um den Haushalt? Irgendwann kriegen wir Kinder und ich wäre Hausfrau und … Mutter?« Es fiel mir schwer, das Wort auszusprechen, und ich musste das Zusammenkrampfen meines Magens ignorieren. Aber ich durfte das Thema nicht länger verdrängen.

»Diesbezüglich kann ich dir eine Sorge nehmen«, sagte Aidan und streichelte erneut über meinen Oberschenkel. »Ich will keine Kinder haben.«

Unwillkürlich zuckte ich zusammen. »Gar keine? Nie?«

»Nein. Es passt einfach nicht in mein Leben.« Aidans Stimme klang ausweichend. »Sie würden meinen Diabetes erben, und ich weiß selbst, wie scheiße das für ein Kind ist. Das will ich nicht noch einer Generation antun.«

»Na hör mal.« Ich richtete mich auf und schob mich ein Stück von ihm, um ihn ansehen zu können. »Es gibt heutzutage doch gute Behandlungsmethoden. Selbst für dich. Du merkst doch kaum etwas von der Insulinpumpe, oder?«

Er wich meinem Blick aus und antwortete nicht. Er wollte keine Kinder. Bisher hatte ich mir keine Gedanken darüber gemacht, ob ich welche mit ihm wollte, so weit waren wir schließlich längst nicht. Doch nun, da er mir den Weg verbaute, dachte ich ganz automatisch darüber nach. Und die Vorstellung tat mir tatsächlich in der Seele weh. Ich mochte Aidan, und obwohl ich wusste, dass unsere gemeinsame Zukunft ohnehin an meiner Rückkehr nach Deutschland scheiterte, hegte ein kleiner Teil von mir offensichtlich trotzdem die Hoffnung, dass irgendetwas geschah, damit wir ein Paar bleiben konnten. Eine Enthüllung, die es mir augenblicklich schwer machte, klare Gedanken zu fassen.

»Die Pumpe hilft, aber sie ist auch eine Beeinträchtigung bei der Arbeit, und ich muss ständig alles überprüfen und überwachen, statt einfach nur zu leben. Das ist nicht schön. Deswegen will ich keine Kinder haben.«

Ich schwieg und sah ihn nur an. In mir rumorte es. Je länger ich darüber nachdachte, desto mehr setzte ich mich damit auseinander, dass ich ihn mehr mochte, als ich sollte. Er war nicht nur ein kleiner Zeitvertreib während meines Aufenthalts in Schottland. Seine Worte hatten mich wachgerüttelt, mich daran erinnert, dass ich mir eben doch eine Zukunft vorgestellt hatte. Tief in mir drin.

»Ich dachte, du als Ärztin könntest das vielleicht verstehen«, murmelte er.

»Mhm.«

»Bist du jetzt enttäuscht?« Er strich mir eine Strähne aus dem Gesicht.

»Irgendwie schon«, gab ich zu. »Ja.« Ich biss mir auf die Unterlippe.

»Aber du gehst doch in ein paar Monaten wieder. Dann bin ich hier allein und du in Hannover. Das hätte keine Zukunft«, flüsterte er.

»Ich weiß. Deswegen bin ich selbst gerade verwirrt über meine Reaktion.«

»Heißt das, du kannst dir doch vorstellen, vielleicht hierzubleiben?« Aidan suchte meinen Blick, und ich war mir sicher, dass er sich bemühte, seine Hoffnung zu verbergen. Doch ich spürte, wie sie in ihm pulsierte.

»Ich weiß nicht genau. Offenbar schon. Aber es hängt so viel daran. Und ich bin unsicher …« Ich hielt den Atem an und seufzte schwer. »Ich denke nicht, dass ich dir darauf heute eine endgültige Antwort geben kann.«

»Das ist in Ordnung. Lass dir Zeit.« Er lehnte sich zu mir

und küsste meine Stirn, meine Wange und blieb schließlich bei meinem Mund hängen. »Allerdings kann ich dir noch ein paar Entscheidungshilfen geben.« Aidan knabberte an meiner Unterlippe, fuhr dann mit seinen Lippen mein Kinn hinab zu meinem Hals und küsste mich immer weiter.

»Das ist Bestechung. Sowas muss geahndet werden«, erwiderte ich und zog ihn wieder zu mir herauf, wo wir uns in einem leidenschaftlichen Kuss verloren. Während mein Verstand nach einer Lösung für meine wirren Gedanken suchte, verlangte mein Körper nach etwas vollkommen anderem. Und ich gab ihm nach. Denn es war der leichtere Weg. Keine Gedanken, keine Sorgen. Einfach nur Aidan fühlen.

Kapitel 14

Seitdem Aidan mir den Floh ins Ohr gesetzt hatte, dass ich in Schottland bleiben könnte, wurde ich diesen Gedanken nicht mehr los. Trotzdem war ich mir sicher, dass meine Zukunft in Deutschland lag. Dort hatte ich einen Job, eine Wohnung, Steffen, der auf mich wartete. Immer noch hatte ich keinerlei Kontakt mit ihm gehabt und mir keine Gedanken darüber gemacht, ob er oder ich die Wohnung nahm, wenn ich zurückkehrte. Er könnte mich auszahlen und dort wohnen bleiben, dachte ich jetzt. Vielleicht sollte ich Kontakt zu ihm aufnehmen, damit wir diese Dinge klären konnten. Denn wenn ich ehrlich zu mir war, wusste ich inzwischen, dass die Trennung von Steffen endgültig war. Die Gefühle für ihn gingen nicht weiter als bis zu einer Freundschaft und der Tatsache, dass wir eine gemeinsame Vergangenheit hatten.

Und was hatte ich hier? Einen Job und eine Unterkunft, die ich verlieren würde, sobald Melina zurückkam. Unsicherer ging es kaum, und ich hasste solche Ungewissheiten.

Oder konnte ich die Praxis mit Melina zusammen führen? Was, wenn ich mich auf Operationen spezialisierte? Zu Hause führte ich kleinere Eingriffe hin und wieder selbst durch, und es machte mir Spaß. Melina könnte die Allgemeinmedizin übernehmen, während ich mich um solche Knochenbrüche wie bei Herrn Wesselsmüller kümmerte, den wir dann nicht aufs Festland schicken müssten. Auf der Insel gab es nur zwei Ärzte, wie ich mittlerweile wusste, und mein Kollege, den ich ein-, zweimal bei Mac getroffen und flüchtig kennengelernt hatte, war ein gemütlicher Mann Anfang sechzig, der auf der Südseite lebte und praktizierte. Ewig würde der nicht mehr arbeiten. Vielleicht konnte ich seine Praxis übernehmen. Von Aidan aus hätte ich dann zwar einen weiten Arbeitsweg, aber zumindest konnte ich hierbleiben.

Dass ich mich so eingehend damit beschäftigte, nach Möglichkeiten suchte und Wegzeiten von Aidans Hof aus berechnete, zeigte mir, dass ich es mir mehr als nur vorstellen konnte, in Tobermory zu leben. Offensichtlich wünschte ich es mir.

Ich saß an meinem Schreibtisch über einer Patientenakte und hielt inne, als mir das bewusst wurde. Wie eine Blume musste dieser Wunsch in mir langsam Triebe geschlagen haben, um sich jetzt immer weiter auszubreiten und Blüten in meiner Seele sprießen zu lassen.

»Christina?« Aileen steckte den Kopf zur Tür herein. »Dein Zwölf-Uhr-Termin ist da. Soll ich sie reinschicken?«

»Ja, bitte. Ich bin bereit. Bringst du mir die Medikamente und die Spritze?«

»Schon alles vorbereitet im Kühlschrank. Bin gleich da.« Aileen öffnete die Tür weiter und ließ eine Mutter mit ihren beiden Kindern herein.

»Guten Morgen, Ms Kincade«, begrüßte ich die Alleinerziehende, bevor ich mich zu der großen Tochter hinunterbeugte. »Guten Morgen, Emily. Schön, dass du hier bist.«

Das Mädchen grinste mich an. »Sie hören sich lustig an.« Mit ihren vier Jahren besaß es schon eine klare Aussprache.

»Ja, das liegt daran, dass ich nicht in diesem Land geboren wurde. Ich komme aus Deutschland.«

»Das kenne ich nicht. Ich habe eine Glitzerspange von Feuerwehrmann Sam. Guck mal.« Sie zeigte auf das Schmuckstück, das eine Strähne ihres braunen Haars bändigte, und ich bewunderte es gebührend. »Wenn ich groß bin, werde ich Feuerwehrfrau«, plapperte Emily, während die Mutter sie zum Behandlungstisch führte.

»Sie ist etwas aufgeregt.« Ms Kincade setzte sich mit der kleineren Tochter, zwei Jahre alt, auf den Stuhl, während Emily auf die Liege kletterte.

»Heute werde ich geimpft, hat Mama gesagt. Sie hat das mit mir geübt. Ich kann ganz toll Spritzen bekommen.«

»Sehr gut.« Ich lachte. »Ah, da ist auch schon Aileen mit der Spritze. Bevor ich sie dir geben kann, muss ich aber sicher sein, dass du gesund bist.«

»Ich habe keinen Husten«, erwiderte Emily prompt und machte den Mund auf.

Ich schmunzelte. »Das ist super. Dann kann ich gleich mal nachschauen.«

Zwei Minuten später war klar, dass Emily kein Fieber hatte und auch sonst keine Infektionsanzeichen. Also gab ich ihr die Impfung, und sie biss tapfer die Zähne zusammen.

»Hat gar nicht wehgetan!«, jubelte sie, nachdem ich das Kinderpflaster mit den Krokodilen und Giraffen auf die Einstichstelle geklebt hatte.

»Das freut mich. Und das hast du wirklich super geübt.« Ich zeigte ihr den Daumen rauf, was Emily so großartig fand, dass sie das Zeichen gleich an ihre kleine Schwester weitergab, die daraufhin fröhlich winkte. Währenddessen wandte ich mich an Ms Kincade. »Damit haben wir alle Impfungen, die sie aktuell haben muss. Gibt es außerdem etwas, das Sie wissen möchten?«

»Im Moment nicht, danke. Sonst sagt man ja, hoffentlich sehen wir uns bald wieder, aber in diesem Fall wünsche ich Ihnen, dass wir Sie nicht so schnell wieder behelligen müssen.« Ms Kincade lächelte verlegen. »Der letzte Winter hat uns oft genug hergeführt.«

»Bleiben Sie gesund«, verabschiedete ich die drei.

Emily winkte mir zum Abschied, und ich ging wieder zum Schreibtisch, um die Impfung in der Datei zu vermerken. Eine niedliche Familie. Wie ich aus der Patientenakte wusste, war der Vater vor einem Jahr bei einem Autounfall ums Leben gekommen, aber die Kinder schien das nicht großartig zu beeinträchtigen. Vielleicht waren sie einfach zu jung, um ihren Vater zu vermissen.

Während ich die Daten eintrug, merkte ich auf einmal, dass sich mein Magen gar nicht krampfhaft zusammengezogen hatte wie sonst immer, wenn ich auf Kinder traf. Ich lehnte mich in meinem Stuhl zurück und dachte darüber nach. Hatte ich diesen einen Gedanken verworfen? Hatte ich mich damit abgefunden, nie eigene Kinder zu haben? Weil sich mein Körper anscheinend weigerte, eines zu akzeptieren. Und weil ich nicht den Mut besaß, noch einmal einen Abgang zu riskieren …

Ich drehte mich mit dem Stuhl herum, schaute aus dem hinteren Fenster des Behandlungsraumes und konnte die Hügelkette auf der anderen Seite der Bucht erkennen. Dort war ich vor zwei Monaten gewandert und hatte versucht, den Kopf freizubekommen. Damals war ich todtraurig gewesen, sobald ich nur an Kinder gedacht hatte. Aber jetzt?

Was hatte sich geändert? Lag es an Aidan? Dass er keine Kinder wollte? Ich jedoch ihn? Mein Herz machte einen Purzelbaum, und ich lächelte.

»Na, du bist aber fröhlich«, kommentierte Aileen, die auf einmal neben meinem Schreibtisch stand.

Erschrocken fuhr ich zusammen. »Ich habe nicht mitbekommen, dass du reingekommen bist.«

»Das habe ich gemerkt, als ich dich gerufen habe, du aber nicht geantwortet hast. Was macht dich so fröhlich?« Aileen zwinkerte mir zu. »Oder sollte ich eher fragen, wer?«

Ich presste die Lippen aufeinander. Auch wenn Aidan und ich uns fast jeden Tag trafen, hatten wir unsere Beziehung nicht offiziell gemacht. Er blieb bei seinen Bedenken bezüglich meines Rufs, der angeblich Schaden nehmen würde, sobald er mich öffentlich als seine Freundin herumführte. Und ich war mir immer noch nicht sicher, ob es zu mehr als nur einem langen Urlaubsflirt taugte. Zumindest redete ich mir das ein. Deswegen trafen wir uns zwar nicht heimlich, machten unser Zusammensein jedoch auch nirgendwo zum Thema.

»Was wolltest du denn?«, versuchte ich abzulenken, aber Aileen war wie ein kleiner bissiger Terrier. Einmal die Witterung aufgenommen, ließ sie nicht mehr los.

»Nur wissen, ob du noch etwas brauchst. Wir haben sonst heute keine Termine mehr am Vormittag.« Sie verschränkte die Arme vor der Brust. »Wir könnten zusammen essen gehen, wenn du Lust hast. Oder bist du bereits verabredet?«

»Nein, ich habe nichts vor, allerdings habe ich mir Salat mitgebracht.« Ich öffnete die Schublade in dem Schreibtisch, die ich für mein Essen und für die kleine Ration Süßigkeiten benutzte, um an betriebsamen Tagen nicht verrückt zu werden.

Aileen schielte hinein. »Ah ja. Die Dose ist neu«, kommentierte sie und begutachtete meine Salatbox, als sei sie Sherlock Holmes. »Gebraucht, aber du benutzt sie das erste Mal.«

»Du achtest auf meine Brotdosen?«, fragte ich und schüttelte den Kopf. »Du brauchst eindeutig ein neues Hobby, Aileen.«

Sie biss an, und ich atmete erleichtert auf, dass sie von mir abließ. »Ich habe ja überlegt, ob ich es mal mit Surfen probieren sollte. Im Süden der Insel gibt's diese Bucht, in der es vor allem morgens super klappen soll. Allerdings käme ich dann zu spät zur Arbeit.«

»Wie kommst du denn auf Surfen?«, hakte ich nach, um

sie weiterhin von mir abzulenken. »Nicht gerade der typische Volkssport der Schotten.«

Aileen strich sich die Haare hinter die Ohren und lächelte. »Ich habe da einen Typen kennengelernt. Er ist Australier und arbeitet aktuell hier für seine Firma. Er will es mir beibringen.« Ihr Augen leuchteten auf, als sie davon erzählte. Da Aileen sich jedoch alle paar Monate neu verliebte, war ich mir sicher, dass ihr Hobbywunsch nicht von langer Dauer sein würde. Denn mit jedem neuen Mann wechselten auch ihre Interessen. Einen Moment lang beneidete ich sie, dass sie das Leben so leichtnahm. Dann kam mir eine Idee.

»Australien?« Vielleicht konnte Aileen mir helfen, meine Gedanken zu ordnen. »Wie kommst du damit klar, dass du jemanden magst, der in ein paar Monaten wieder nach Hause geht, sodass du ihn nie wiedersiehst?«

Sie zuckte mit den Schultern. »Ich lebe einfach. Wenn ich immer nur an die Zukunft denken würde, könnte ich das Heute nicht genießen. Ich werde schon sehen, was morgen kommt. Entweder wir halten Kontakt oder er wird dauerhaft hierher versetzt oder wir sehen uns nie wieder. Alles ist möglich.« Sie grinste und zwinkerte mir zu. »Bezog sich die Frage eigentlich auf mich oder auf dich?«

Ich konnte nicht anders und schmunzelte. »Das war dann alles, Aileen«, sagte ich und winkte ihr demonstrativ.

»Schon verstanden. Großes Geheimnis. Aber lass dir gesagt sein: Mir entgeht nichts.«

»Das ist mir klar. Und geh ruhig in die Mittagspause, wenn du willst. Wir sehen uns nachher.«

Als Aileen kurz darauf die Praxis verließ, dachte ich über ihre Worte nach. Sie hatte nicht unrecht. Viele Entscheidungen meines Lebens hatte ich weit im Voraus getroffen, und der Entschluss zur Abtreibung war der wohl am längsten in die Zukunft gedachte. Und gerade ihn bereute ich so unendlich. Genauso wie den Kauf der Wohnung, die Steffen und ich als Investition betrachtet hatten. In eine gemeinsame Zukunft. Ha. Ein bitteres Lachen entfuhr mir.

Beide Entscheidungen, so wohlüberlegt sie einst auch gewesen sein mochten, hatten mich schließlich zu einem Punkt nahe der Klippen gebracht, und es hatte nicht viel gefehlt, und ich wäre abgestürzt.

Vielleicht war es also an der Zeit, mich zur Abwechslung mal ins Ungewisse zu werfen. Mir einzugestehen, dass ich es mir leisten konnte hierzubleiben, weil zu Hause nichts Wichtiges auf mich wartete. Dass ich mich damit abfand, keine Kinder zu bekommen. Und mir somit eine Zukunft eröffnete, auf der weniger Druck lastete. Eine Zukunft, der ich ungewiss entgegenblickte.

Es kribbelte in meinem Magen, als ich mich an den Gedanken gewöhnte, tatsächlich einfach so in den Tag zu leben. Seit meiner Ankunft in Tobermory merkte ich, wie ich mit jedem Tag mehr entschleunigte, und nun hatte ich offenbar den Punkt erreicht, an dem sich auch meine Ängste von mir lösten und ich mich fallen lassen und genießen konnte.

War das möglich? Konnte ich hier in Schottland wirklich das gefunden haben, was ich mir erhofft hatte? Auch wenn es etwas völlig anderes war, als ich ursprünglich angenommen hatte? Schließlich war ich hergekommen, um nach dem Aufenthalt zu Steffen zurückzukehren, gemeinsam mit ihm zu versuchen, eine Familie aufzubauen. Und in meinem Job so gut zu werden, dass ich eines Tages zur Chefärztin aufsteigen würde. Aber jetzt?

Jetzt stellte ich mir eine Zukunft vor, in der ich kinderlos blieb, weil der Mann, der mich glücklich machte, keine wollte. Und ich überlegte, in einem Land zu bleiben, in dem ich eine

Fremde war und in dem Kinder von mir sagten, dass ich mich komisch anhörte. Ich grinste.

Ein Hochgefühl erfasste mich, das meine Finger kribbeln ließ. All das fühlte sich gut an. Als ob mein Verstand endlich begriffen hatte, was mein Körper längst wusste. Natürlich wollte ich hierbleiben. Bei Aidan. Egal was die Zukunft brachte. Für den Augenblick war ich glücklich, und warum sollte ich mir das versauen?

Ich griff nach dem Telefon und wählte Aidans Nummer. Er brauchte eine Weile, um ranzugehen. Vermutlich war er in der Scheune, aber schließlich nahm er ab.

»Aidan, ich will heute Abend mit dir tanzen gehen. Gibt's in der Gegend was Passendes?«, fragte ich geradeheraus, ohne ihn groß zu begrüßen.

»Nanu, so stürmisch, kleine Sidhe?« Er hatte mir den Spitznamen verpasst, weil er wusste, dass es mich ärgerte. Er bezeichnete ein schottisches Märchenwesen, eine schöne Feenfrau, was ich maßlos übertrieben fand. Ein gewöhnlicher Kosename wie Engel oder Schatz wäre mir lieber gewesen.

»Ach was, so heißen doch alle«, hatte Aidans Einwand gelautet.

»Ich möchte heute Abend feiern«, sagte ich nun zu ihm. »Kommst du mit?«

»Gern. In Craignure gibt's eine kleine Bar, in der abends Tanzmusik läuft. Wenn das für dich nicht zu weit ist?«

»Nein, das ist in Ordnung. Ich fahre, falls du ein Bier trinken möchtest. Holst du mich ab?«

»Du meinst in der Praxis?« Aidan klang verwundert. Und unsicher.

»Ja.« Ich wartete auf seine Reaktion. »Und du kannst gern reinkommen«, sagte ich, als er schwieg.

»Bist du dir sicher?«

»Würde ich es sonst vorschlagen?« Manchmal konnte seine Rücksichtnahme auf mich wirklich nervig sein, aber ich ließ mir davon nicht die Laune verderben. Ich wollte feiern. Ich wollte Spaß haben. Und ich hatte mich zumindest für den Augenblick entschieden, einfach zu genießen. Dazu gehörte auch, dass ich mich nicht mehr nur heimlich mit dem Griesgram der Gemeinde traf. Sollten sie sich die Mäuler zerreißen. Sollten sie gaffen. Es war mir egal.

»In Ordnung. Dann hole ich dich nachher ab«, sagte er schließlich, ohne überzeugt zu klingen.

Als ich auflegte, sah ich ihn vor meinem inneren Auge mit Sonnenbrille und Kapuzenhoodie eintreten, damit niemand ihn erkannte. Doch als er am Abend die Praxis betrat und an Aileen vorbei direkt zu mir Richtung Behandlungszimmer spazierte, trug er nichts von beidem, sondern ein Shirt und ein langärmliges Hemd darüber. Seine Haare waren nach hinten gekämmt und glänzten feucht. Vermutlich war er im Stall gewesen und hatte danach geduscht. Er sah mal wieder so verführerisch aus, dass ich ihn am liebsten sofort geküsst hätte. Aber Aileen hielt ihn auf.

»Entschuldige, Aidan, aber hattest du heute einen Termin?«, fragte sie verwirrt. »Eigentlich haben wir schon geschlossen.«

Ihre Reaktion ließ keinen Zweifel daran, dass er nicht auf ihrer Liste meiner möglichen Freunde stand. Bei der Vorstellung, was sie gleich sagen würde, wenn sie begriff, breitete sich ein Schmunzeln auf meinem Gesicht aus.

Ich schaltete Computer und Bildschirm aus und stand auf. »Nein, Aileen, hat er nicht«, rief ich, bevor ich in den Flur trat und Aidan in den Arm nahm, um ihm einen Kuss zu geben.

Er reagierte zurückhaltend, schlang nur zögerlich seine Arme um meinen Rücken, aber schließlich ließ er es zu und küsste mich so wie immer. Mit der genau richtigen Mischung aus Zärtlichkeit und Leidenschaft, die mich so sehr an ihn band.

»Nein!«, hörte ich nur langgezogen von Aileen neben mir. »*Ihr* beide?«

Langsam löste ich mich von Aidan und zwinkerte ihn an. Nachdem Aileen nun Bescheid wusste, würde es in kürzester Zeit der gesamte Ort wissen.

»Doch, Aileen.« An ihrer Miene konnte ich ablesen, wie sie versuchte, die Info zu verarbeiten.

»Wow, das hätte ich nicht erwartet«, brachte sie ein paar Sekunden später hervor. »Ich freu mich für euch.« Sie grinste und nickte mir zu. »Jetzt verstehe ich deine Frage von vorhin.«

Aidan hob die Brauen und sah mich fragend an.

»Erzähl ich dir später.« Ich griff nach seinem Arm und zog ihn zur Tür. »Hab du einen schönen Abend mit deinem Australier«, rief ich über die Schulter.

»Morgen schuldest du mir ein paar Erklärungen«, entgegnete Aileen. »Aber bis dahin habt viel Spaß.« Aus dem Augenwinkel bemerkte ich, dass Aileen breit grinste und gleich darauf zu ihrem Handy griff. Entweder rief sie ihren Australier an oder Brianna, um ihr brühwarm von der Sensation des Tages zu erzählen. Sollte sie doch. Ich wollte leben.

Kapitel 15

»Wir müssen nur kurz bei mir anhalten. Ich will was Luftigeres anziehen.«

»Dann hätte ich dich genauso gut bei dir abholen können«, brummte Aidan. »Du wolltest also, dass Aileen uns zusammen sieht, richtig?«, kombinierte er.

»Korrekt.« Ich nickte und unterdrückte das Grinsen, das das feine Kribbeln in meiner Magengegend hervorlockte.

Aidan fuhr die paar Meter bis zu meiner Wohnung, parkte an der Straße und drehte sich zu mir. »Heißt das …«

Ich stieg aus dem Wagen, und er tat es mir gleich, sah mich über das Dach seines Autos hinweg erwartungsvoll an.

»Es heißt, dass ich den Moment lebe. Ich kann dir nicht sagen, was ich für die Zukunft will, aber ich möchte den Augenblick genießen und entspannen. Und das bedeutet, dass ich – so wie ich mich bei dir wohlfühle – hier bleibe.«

Bevor ich noch etwas sagen konnte, war Aidan ums Auto herum, schlang seine Arme um mich und küsste mich auf offener Straße. Scheinbar war es ihm egal, dass Lizzy vermutlich aus dem Fenster blickte oder jemand an uns vorbeifahren und uns sehen konnte. Er küsste mich mit solcher Leidenschaft, dass ich befürchtete, er würde mich nie wieder loslassen.

Schließlich schob ich ihn sanft von mir. »Das ist kein Versprechen für die Ewigkeit.«

»Das verstehe ich, kleine Sidhe. Aber für den Augenblick reicht es mir. Mehr wünsche ich mir gar nicht.«

Er ließ mich los, und ich verschwand im Haus, um mich umzuziehen. Eine halbe Stunde später erreichten wir die Ortschaft Craignure und betraten eine Bar.

»Wenn du möchtest, kannst du gern trinken. Ich fahre.«

Erst wollte ich ihm den Vortritt lassen, aber dann spürte ich erneut dieses Kribbeln im Bauch und nickte mir selbst zu. »Danke. Dann nehme ich einen Cocktail.«

Auf der Tanzfläche bewegten sich drei Paare zu den sanften Rhythmen eines schottischen Folksongs. Im Hintergrund tönten dezente Dudelsackklänge, die das Ambiente der Bar unterstrichen, denn an den Wänden hingen mindestens zwanzig der traditionellen Instrumente.

»Was hat es damit auf sich?«, fragte ich Aidan und zeigte darauf.

»Das sind die Instrumente, mit denen die Bewohner von Craignure jedes Jahr an einem Wettbewerb teilnehmen. Jeder dieser Dudelsäcke gehörte einst einem Gewinner«, erklärte er. »Ist so eine Tradition hier im Ort.«

»Wow, dann gibt es die Bar schon ein paar Jahre länger oder in den letzten zwanzig Jahren gab es nur Gewinner von hier.«

Die Barfrau hinter dem Tresen stellte mir meinen Cocktail hin und deutete mit dem Daumen auf sich. »Dritte Generation bereits, Kindchen. Und die nächste macht oben gerade Hausaufgaben. Zumindest, wenn ihr Vater sie nicht wieder am Tablet spielen lässt.«

Sie musste ein paar Jahre älter sein als ich, wirkte mit ihren Sommersprossen und den feuerroten Haaren jedoch deutlich jünger. Ich unterhielt mich eine Weile mit ihr, während Aidan zur Musikanlage ging, um sich einen Song auszusuchen.

Kurz darauf kam er zurück und reichte mir die Hand. »Bereit für einen Tanz?« Seine Stimme in meinen Ohren ließ einen Schauer über meinen Rücken laufen.

»Mit dir immer«, raunte ich und griff nach meinem Glas, in das Winnie, die Barfrau, nach kurzer Beratung einen Edinburgh Summer gemixt hatte, einen sanft grünen Cocktail mit Scotch Whiskey, Limettensaft und Minze.

Nachdem ich einen Schluck gekostet hatte, nahm Aidan mir das Glas ab. »Du kannst das hier stehen lassen. Glaub mir, da passiert nichts.« Er nickte Winnie zu und zog mich auf die Tanzfläche.

Ich weiß nicht, was ich erwartet hatte. Vielleicht, dass er mich im Discofox über das Parkett schob, stattdessen packte er mich einfach und wirbelte mich herum, dass mir schwindelig wurde. Seine und meine Haare flogen in alle Richtungen, peitschten mir bei seinen abrupten Richtungswechseln immer wieder ins Gesicht. Schon nach einer halben Stunde klebten sie mir schweißnass auf der Stirn, aber ich war so glücklich wie lange nicht mehr.

In einer kurzen Atempause leerte ich den Edinburgh Summer, während Aidan den nächsten für mich bestellte, mich allerdings zurück auf die Tanzfläche schob, bevor Winnie ihn gemixt hatte.

Als wir die Bar Stunden später verließen, legte sich tiefe Nacht über uns. Dankbar sog ich die frische Luft ein. Nach dem zweiten Cocktail, dessen Mischungsverhältnis eindeutig der Scotch Whiskey gewonnen hatte, war ich auf Wasser umgestiegen, sodass mir jetzt nicht schwindelig wurde. Berauscht und ein wenig beschwipst war ich dennoch. Ich tänzelte zu Aidans Wagen und summte dabei eine Melodie, zu der wir ein paar Mal getanzt hatten.

»Dir scheint die schottische Musik zu gefallen«, kommentierte er mit einem breiten Grinsen.

»Vielleicht war es auch nur die Gesellschaft, die mir solchen Spaß gemacht hat«, erklärte ich und lachte befreit. Die Sterne leuchteten hell in dieser Nacht, und ich wollte nichts mehr, als für immer in diesem Gefühl der Freude zu verweilen. Tief schloss ich diesen Abend in meine Erinnerungen ein und nahm mir vor, von ihm zu zehren, wenn mich das nächste Mal Dunkelheit übermannte.

Während der Rückfahrt lehnte ich meine heiße Stirn gegen die kühle Fensterscheibe, schaute hinaus auf die Felder, Moore und Wälder, die wir passierten und die sich als große schwarze Flächen neben der Straße ausbreiteten.

Im Hintergrund spielte Musik, irgendwann ließen wir die Küste hinter uns und waren fast schon zu Hause.

Zu Hause.

Ich ließ mir das Wort auf der Zunge zergehen. Aidans Hof fühlte sich immer mehr danach an.

Ein Blinken im Augenwinkel ließ mich die Stirn von der Scheibe nehmen. Einige hundert Meter vor uns sah ich ein seltsames Schimmern, das abseits der Straße lag.

»Siehst du das auch?«, fragte ich Aidan, der geradeaus guckte, so wie immer, wenn er Auto fuhr.

»Was meinst du?«

»Na, das da.« Ich deutete auf das rote Leuchten. Beim Näherkommen erkannte ich im schwachen Mondlicht die Umrisse eines Rücklichts. »Ich glaube, da ist ein Unfall passiert. Du musst anhalten.«

Aidan reagierte nicht. Sein sonst konzentriert auf die Straße gerichteter Blick wirkte auf einmal ganz glasig, als hätte er Drogen genommen.

»Aidan? Hörst du mich?« Er rührte sich nicht. »Wir müssen anhalten. Wenn da jemand verletzt ist, muss ich helfen.« Ich fasste ihn an die Schulter, vorsichtig, um ihn nicht zu erschrecken. Doch noch immer sagte er nichts und bremste auch nicht.

»Aidan!«, brüllte ich ihn an, als wir auf gleicher Höhe mit dem Licht waren.

Da erst blinzelte er und trat auf die Bremse. Was war nur los mit ihm? Selbst als wir kurz hinter dem gegen einen Baum gekrachten Auto zum Stehen kamen, starrte er geradeaus.

»Da scheint jemand im Inneren zu sitzen. Die Person bewegt sich nicht. Ruf bitte den Krankenwagen, ja?« Ohne seine Antwort abzuwarten, sprang ich aus dem Auto, nahm mir die Taschenlampe, die stets im Wagen lag, und lief zu dem Unfallwagen. Der Motor lief noch, stotterte jedoch.

Auf dem Fahrersitz saß eine junge Frau, die vermutlich erst vor kurzem ihren Führerschein gemacht hatte. Sie hatte eine Platzwunde am Kopf und war bewusstlos. Vorsichtig versuchte ich, die Tür zu öffnen, ohne Erfolg. Die Karosserie war verzogen. Rasch rannte ich zu Aidan zurück, der unverändert dasaß und das Lenkrad umklammerte.

»Aidan?«, fragte ich verwirrt. »Hast du schon angerufen? Ich könnte deine Hilfe bei der Tür gebrauchen. Die klemmt.«

Er blinzelte nicht einmal. Ich folgte seinem Blick, aber da war nichts zu sehen außer der Straße, die im Scheinwerferlicht seines Wagens glänzte. Damit ich überhaupt eine Reaktion von ihm bekam, boxte ich ihn gegen die Schulter. Aidan zuckte zusammen, öffnete dann die Tür und stieg aus.

»Danke. Ich kriege die Fahrertür nicht allein auf. Kannst du …?«

Als Aidans Blick auf das verunglückte Fahrzeug fiel, weiteten sich seine Augen. Im nächsten Augenblick drehte er sich von mir weg und rannte los. Direkt in den Wald hinein, durch den man zu seinem Hof kam.

»Aidan!«, brüllte ich mehrmals, aber er kam nicht zurück. Mir wurde übel und ich schüttelte den Kopf. »Verdammt noch mal, was ist denn jetzt mit ihm los?«

Mir blieb keine Zeit, darüber nachzudenken. Da war eine Patientin, die meiner Hilfe bedurfte, und warum auch immer – ich war auf mich allein gestellt. Ich kramte mein Handy aus dem Wagen und setzte einen Notruf ab.

Gleich darauf holte ich den Verbandskasten aus Aidans Kofferraum, krabbelte durch die Beifahrertür des Unfallwagens, die sich zumindest einen Spalt breit öffnen ließ, ins Innere und versorgte grob die Wunde am Kopf der Frau, um die Blutung zu stoppen. Ohne Ausrüstung konnte ich nicht mehr ausrichten und hoffte, dass die Frau kein schwerwiegendes Schädelhirntrauma erlitten hatte. Der Gedanke daran brachte die Übelkeit zurück. Verdammt, ich hätte den zweiten Cocktail nicht leeren sollen. Die Rechnung bekam ich nun, da ich so abrupt auf den Boden der Tatsachen zurückgeholt wurde.

Auf einmal stöhnte meine Patientin auf.

»Hallo?«, sprach ich sie leise an. »Können Sie mich hören?«

»Was …?« Benebelt wollte die Frau sich an den Kopf fassen, aber ich senkte ihre Hände wieder.

»Sie hatten einen Autounfall. Wissen Sie noch, was passiert ist?« Ich erinnerte mich an meine kurze Zeit im Rettungsdienst während meines Studiums und formulierte stille Worte des Dankes für diese Erfahrung, die mir jetzt zugutekam. Nicht nur einmal hatte ich mit benommenen Personen zu tun gehabt. Immer strukturiert fragen, niemals mit Emotionen in der Stimme. Das holt Patienten am ehesten zurück.

»Da … da war ein Tier«, murmelte die Frau und legte ihren Kopf gegen die Scheibe. Als sie die Augen schloss, rüttelte ich leicht an ihrer Schulter.

»Reden Sie bitte weiter mit mir!«, sagte ich laut. Falls sie wirklich eine Schädelverletzung hatte, wollte ich sichergehen, dass sie mir nicht wieder wegdämmerte. »Was war das für ein Tier?«

Fragen, einfach weiter Fragen stellen, die die Frau beschäftigten. Und nicht daran denken, dass Aidan mich hier gerade vollkommen allein zurückgelassen hatte. Mitten in der Nacht. Auf einer dunklen Landstraße in Schottland. Mit einem Unfallopfer, das es zu versorgen galt.

»Ich glaube, es war ein Wildschwein. Habe ich es erwischt?«

»Nein, Sie sind von der Straße abgekommen und gegen einen Baum gefahren.«

»Das Auto?« Die Frau nuschelte und lehnte sich schwankend vor, versuchte, aus der Fahrertür auszusteigen. Doch die klemmte zum Glück immer noch.

»Beruhigen Sie sich. Das Auto ist nebensächlich. Von wo kamen Sie denn?«

Nach Alkohol roch es nicht im Wagen, also war die junge Frau in keiner Kneipe oder einem Pub gewesen. Da ich sie noch nie in Tobermory gesehen hatte, ging ich davon aus, dass sie nicht aus der Gegend stammte, sondern sich auf der Durchreise befand.

Ich schaute mich um, suchte die Nacht nach Blaulicht oder einem Anzeichen von Aidan ab, aber keins von beidem war zu sehen. Dieser Kerl hatte mir einiges zu erklären, wenn er mir das nächste Mal gegenübertrat. Wieso war er abgehauen?

»Ich war arbeiten, wollte nach Hause.«

Die nächsten Minuten unterhielten wir uns über ihre Tätigkeit im Büro einer kleinen Firma, die elektrische Gartengeräte vertrieb. Mit jedem Augenblick wurde sie klarer, und als der Rettungswagen endlich eintraf, konnte sie fast schon eigenständig über den Beifahrersitz klettern und aussteigen.

Während ich eine Übergabe mit den Sanitätern machte, was mein Verstand wie von allein abspulte, grübelte ich darüber nach, was mit Aidan sein mochte. War er nach Hause gelaufen? Die Richtung stimmte.

Doch warum? Er war im Wald verschwunden, das war nichts, was man einfach so tat. Nicht, wenn man gerade einen wunderschönen Abend miteinander verbracht hat. Ich sah zu, wie die Sanitäter meine Patientin im Rettungswagen unterbrachten, bevor das Fahrzeug davonbrauste und nichts als zwei rot leuchtende Punkte und ein rotierendes Blaulicht zurückließ, die sich rasch entfernten. Ich starrte ihnen nach, bis sie in der Dunkelheit verloschen, ehe ich mich selbst hinter das Steuer setzte.

Inzwischen war mir ein wenig übel von den beiden Edinburgh Summers, und ich wusste nicht, ob ich fahrtüchtig war. Dass ich mich aufgrund von Aidans Verhalten dennoch ins Auto setzen musste, machte es mir verdammt schwer, nicht sauer auf ihn zu sein. Ich fuhr nicht, wenn ich getrunken hatte. Bislang war das eine eiserne Regel gewesen.

Ein Blick nach draußen sagte mir jedoch, dass ich trotz der milden Temperaturen heute Abend nicht allein durch den Wald laufen sollte, um Aidan oder den Hof zu suchen. Mir blieb nur eine Wahl, und die sorgte nicht dafür, dass ich auf Aidan besser zu sprechen war.

Kapitel 16

Ich parkte vor dem Haus. Im Innern brannte Licht. Aidan musste also zu Hause sein. Ich ließ mir Zeit beim Aussteigen, wischte mir den Schweiß von der Stirn. Nachts durch diesen Wald zu fahren, machte keinen Spaß. Vor allem, wenn man mit den Gedanken woanders und leicht beschwipst war.

Die Tür stand einen Spalt breit offen, sodass ich vom Windfang aus ins Wohnzimmer sehen konnte, wo Aidan vor dem schwelenden Kamin stand. Er starrte die Wand vor sich an, rührte sich nicht, als er mich hörte.

»Aidan?« Mit festen Schritten trat ich auf ihn zu. Als ich ihn an der Schulter packte, reagierte er nur langsam. »Ist dir eigentlich klar, was du gerade getan hast?«, fragte ich laut.

»Entschuldige«, murmelte er nur, bevor er die Küche ansteuerte, ohne mich anzusehen.

»Nein, das nehme ich nicht an. Du hast mich gerade mitten in der Nacht auf einer Landstraße stehenlassen. Mit einem Unfallopfer, das Hilfe brauchte. Glaubst du wirklich, dass ich dich ohne Erklärung davonkommen lasse?« Ich folgte ihm und trat ihm in den Weg. »Das kannst du vergessen.«

Erst jetzt merkte ich, dass ich zitterte. Nicht vor Kälte, sondern vor Wut.

»Was willst du hören?«, fragte Aidan und fuhr herum. Erst da bemerkte ich das Glas in seiner Hand. Eine goldbraune Flüssigkeit schwappte darin. Vermutlich hatte er bereits davon getrunken.

»Ich möchte eine Erklärung, warum du mich allein gelassen hast. War es der Unfall? Da war kaum Blut, falls dich das abgeschreckt hätte«, sagte ich und ging ihm hinterher, als er seinen Weg in die Küche fortsetzte.

»Wenn ich kein Blut sehen könnte, hätte ich wohl kaum Ballerina neulich in deine Praxis gebracht«, erwiderte er mit einer wegwerfenden Handbewegung, die mich umso wütender machte. Noch immer sah er mich nicht an, stellte sein Glas auf der Spüle ab und hielt sich an der Arbeitsplatte fest.

»Was ist es dann? Du sahst aus, als ob du einen Geist gesehen hättest. Rede mit mir.« Ich blieb ein paar Schritte hinter ihm stehen, unschlüssig, ob ich näher kommen sollte.

Statt mir zu antworten, leerte Aidan sein Glas, bevor er anfing, es zu reinigen.

»Du willst also nicht mit mir darüber reden?« Frustriert warf ich die Arme in die Luft. »Warum nicht? Was kann denn bitte so schlimm sein, dass du es mir nicht sagen willst?«

»Lass es einfach gut sein, Christina«, murmelte er, stellte das Wasser ab und das Glas zum Trocknen auf die Spüle.

Das war zu viel für mich. »Ist das dein Ernst?«, brüllte ich los. Ich wusste nicht, was schwerer wog. Die Enttäuschung darüber, dass er mich allein gelassen hatte oder dass er sich nun weigerte, mit mir zu reden. Das und die Hilflosigkeit, die ich im Wald zunächst verspürt hatte, explodierten in diesem Augenblick in mir. Und er sollte es wissen.

»Du willst, dass ich hier in Schottland bleibe? Du willst, dass ich bei dir lebe? So wird das nicht funktionieren, Aidan!«

Abrupt drehte er sich zu mir um, und in seinen Augen lag ein Ausdruck, der mich erschreckte, weil ich ihn nur zu gut von mir selbst kannte. Die Angst davor, einen Verlust zu erleiden. Erneut.

Diese Furcht in seinen Augen war es, die mir den Atem

raubte. Sie war wie ein Spiegel, in den ich sah. In seiner Bedrängnis erkannte ich mich selbst und wusste, dass er keine Ahnung hatte, wie sehr mich sein Verhalten schockte.

»Für die Frau im Auto habe ich funktioniert, weil ich es musste. Weil ich Ärztin bin und ihr als Einzige helfen konnte. Aber als Frau, als deine Freundin, bin ich maßlos enttäuscht und weiß wirklich nicht, ob ich auf der Grundlage deines Misstrauens mir gegenüber eine Zukunft hier aufbauen kann.«

»Christina, meinst du das ernst?« Seine Worte waren nicht mehr als ein kraftloses Flüstern.

»Was soll ich denn davon halten? Ich meine, ich habe dir gerade heute erst gesagt, dass ich mit dem Gedanken spiele, in Tobermory zu bleiben. Dass ich das tue, weil ich mich in das Land verliebt habe.« Ich schaute ihn ernst an. »In *dich* verliebt habe«, gestand ich. »Und du trittst all das mit Füßen, indem du mich ohne Erklärung einfach stehen lässt.«

Da presste er die Lippen zusammen. »Du hast mir nicht gesagt, dass du dich in mich verliebt hast«, erwiderte er mit kratziger Stimme, als ob er gleich die Kontrolle über seine Worte verlor.

»Was? Natür…« Ich dachte an unsere Unterhaltung zurück, die wir vor meiner Wohnung geführt hatten. *Das bedeutet, dass ich – so wie ich mich bei dir wohlfühle – hierbleibe.* Kein Wort von Liebe im eigentlichen Sinne. »Aber ich meinte es. Du gibst mir das Gefühl, am richtigen Ort zu sein, Aidan. Nur du allein. Deswegen sagte ich, ›so wie ich mich bei dir wohlfühle‹.«

»Das war mir nicht klar. Ich meine …« Aidan fasste sich an den Kopf, drehte sich einen Moment lang weg, bevor er mir zum ersten Mal seit meiner Ankunft ins Gesicht blickte, mich in den Arm nahm. »Du liebst mich wirklich?«

»Ist das so abwegig?« Ich befreite mich aus seiner Umarmung und hielt ihn auf Abstand. »Ich dachte, das wäre deutlich geworden in den letzten Wochen. Aber darum geht es mir gerade gar nicht. Verstehst du, wie sehr du mich mit deinem Weglaufen verletzt hast?«

Wieder lief er davon, ging an mir vorbei ins Wohnzimmer. Mit geballten Fäusten stapfte ich ihm hinterher. »Ist es so schwer, mit mir zu reden?«, rief ich wütend. »Ich bin hier und ich verlange nicht mehr als eine Erklärung.«

Aidan blieb vor dem Kamin stehen und nahm einen Bilderrahmen vom Kaminsims, starrte ihn an. Es war das Bild, auf dem seine Familie zu sehen war. Ich hatte ihn schon ein paar Mal darauf angesprochen, ohne je eine Reaktion zu erhalten.

»Und die sollst du bekommen«, flüsterte er. Seine sonst so kräftige, tiefe Stimme war kurz davor zu brechen. Als er den Kopf hob und ich Tränen in seinen Augen schimmern sah, stockte mir erneut der Atem. Was war nur mit ihm los? Was hatte er erlebt, dass er, das Raubein vom Dienst, *weinte*?

Aidan setzte sich auf die Couch, hielt das Foto weiterhin in der Hand und bedeutete mir, zu ihm zu kommen. Als ich mich neben ihm niederließ, reichte er mir das Bild.

»Das ist meine Familie«, sagte er leise und zeigte auf das Mädchen, das neben ihm und vor zwei Erwachsenen stand. Sie hatte die gleichen dunklen, geheimnisvollen Augen und musste ein paar Jahre jünger sein als er. Alle vier auf dem Bild lachten und zeigten eine zufriedene Familie an einem Strand. Ich betrachtete den Vater und versuchte, in dem glücklich dreinblickenden Mann jenen Herrn von der Straße zu erkennen, der uns nach unserem Essen bei Baxter über den Weg gelaufen war. Es fiel mir schwer, denn der aufrechte, damals bereits grauhaarige Mann, der einen Arm um seine deutlich jüngere Frau gelegt hatte und in die Kamera grinste, als gäbe es kein Morgen, hatte keine Gemeinsamkeit mit der gebeugten Gestalt.

Aidan sagte nichts mehr, tat, als ob das Foto alles erklärte, obwohl es mehr Fragen aufwarf, als welche zu beantworten. Warum hatte er damals so viel glücklicher ausgesehen als heute? Wieso hatte er seine Familie bisher nie erwähnt? Wo waren sie? Und welcher Zwist lag zwischen ihm und seinem Vater?

»Was ist mit deiner Familie?«, fragte ich irgendwann vorsichtig nach. Von meiner Wut war nichts mehr übrig. Seine Tränen hatten sie weggespült.

»Es passierte vor vierzehn Jahren«, murmelte er, während er mir das Foto wieder abnahm. Sein Daumen strich über die hellblonde Frau, die eine Sonnenbrille trug und den beiden Kindern über die Köpfe strich. »Ich war damals anders. Habe viel getrunken und war nachts oft lange weg, obwohl ich es nicht sollte. Nennen wir es eine Rebellenphase.« Er verzog das Gesicht, als ob die Erinnerungen ihm körperliche Schmerzen bereiteten.

»Die macht doch jeder Jugendliche durch«, versuchte ich ihn zum Weiterreden zu bewegen.

»Aber meine endete im Desaster«, erklärte er und legte das Foto vor uns auf den Tisch. »Ich war achtzehn und hatte mal wieder zu viel getrunken. Mein ursprünglicher Fahrer war frühzeitig aufgebrochen, und ich saß im Pub in Salen fest. Geld für ein Taxi hatte ich nicht mehr. Also habe ich meine Eltern angerufen. Wir wohnten damals in der Nähe von Baxters Haus.« Aidan schluckte schwer und brauchte einen Moment, um sich zu sammeln.

»Ich weiß nicht, warum sie alle losgefahren sind«, krächzte er schließlich. »Lily war zwölf und hätte allein zu Hause bleiben können. Oder meine Mutter wäre bei ihr geblieben, immerhin war es mitten in der Nacht. Aber sie sind alle im Auto gewesen. Ich habe im Pub gewartet. Habe noch ein Bier getrunken, weil ich mich darüber ärgerte, dass sie nicht kamen. Hab mich gefragt, was so lange dauerte, denn es sind ja nur etwa zwanzig Minuten Fahrt. Als nach einer Stunde immer noch niemand da war, wurde ich wütend und rief zu Hause an. Niemand ging ran. Ich glaubte, sie würden mich ignorieren, um mir eine Lektion zu erteilen. Also bin ich schließlich losgelaufen. Betrunken wie ich war, brauchte ich drei Stunden für den Weg, aber als ich zu Hause ankam, war dort niemand. Es war einfach niemand da. Also habe ich mich ins Bett geworfen und bin eingeschlafen.«

»Was war passiert?«, fragte ich sanft, strich über seinen Arm. Obwohl ich ahnte, worauf die Geschichte hinauslief, wollte ich es von ihm hören. Wollte, dass er aussprach, was ihn so quälte.

»Sie hatten einen Unfall. An genau derselben Stelle wie die Frau heute. Meine Mutter und Lily starben noch im Auto. Mein Vater erlitt eine schwere Beinverletzung.«

Ein Bild blitzte vor meinem Auge auf. Richtig, der Mann vor Baxters Haus hatte einen Gehstock gehabt. Und sah deutlich älter aus, als er sein konnte, stellte ich fest, als ich nachrechnete. Selbst wenn er erst spät Vater geworden war, so konnte er doch kaum älter als Mitte sechzig sein, allenfalls siebzig. Vorgekommen war mir Aidans Vater jedoch wie ein Greis.

»Als ich das verunglückte Auto vorhin sah … Die Erinnerung brach wieder auf. Ich weiß, ich war nicht bei dem Unfall dabei. Ich habe nichts gesehen. Erst am nächsten Tag, als die Polizei kam, um nach mir zu suchen, erfuhr ich, was passiert war.« Er ballte die Faust und strich sich damit hart über den Oberschenkel. »Und ich lag im Bett und schlief. Ich war wütend, dass sie mich nicht abgeholt hatten. Ich habe sie verflucht, weil ich so lange warten musste. Dabei haben sie in der Sekunde schon gar nicht mehr gelebt.« Seine Stimme brach, und ich nahm ihn in den Arm, als er laut aufschluchzte. Der Laut steckte so voller Trauer, dass mir selbst die Tränen kamen. Weil ich nun endlich verstand, warum er mir von Anfang an wie ein Spiegel vorgekommen war. Ein Mann, der genau das Gleiche durchmachte wie ich. Der an einem Verlust litt, den er nie verarbeitet hatte.

Minutenlang saßen wir einfach nur da und weinten um die Leben, die nicht gelebt wurden. Versanken in unserer Umarmung.

»Es ist nicht deine Schuld«, sagte ich schließlich, als wir uns langsam beruhigten.

Aidan wischte sich über die Augen. »Wäre ich nicht in dem Pub gewesen, hätte ich nicht so viel getrunken, wären sie nie ins Auto gestiegen.« Seine Stimme klang wieder gefasster, und ich spürte, dass er damit begann, die Mauer, die seinen Schmerz sonst vor allen verbarg, neu zu errichten.

»Lebst du deswegen so einsam und zurückgezogen?«, fragte ich. »Erledigst alles allein?«

Aidan nickte. »Ich will nicht dafür verantwortlich sein, wenn noch jemand durch mich stirbt.«

»Niemand wird sterben, weil du ihn in dein Leben lässt«, beeilte ich mich zu sagen. »Hör zu, ich bedauere zutiefst, was dir widerfahren ist. So etwas hat niemand verdient. Aber es bringt sie nicht zurück, wenn du dir nach so langer Zeit immer noch die Schuld daran gibst. Sieh nur, was passiert, wenn du dir selbst nicht verzeihst.«

»Es tut mir leid, dass ich dich habe stehen lassen. In mir ist eine Sicherung durchgebrannt. Ich kann nicht einmal sagen, warum. Wie gesagt, ich war nicht dabei, habe das kaputte Auto nie gesehen.« Er schüttelte den Kopf. »Vermutlich habe ich es mir in Gedanken zu oft vorgestellt. Und dieser Unfall …«

»Schon gut«, sagte ich und strich ihm durch die Haare, lehnte mich an ihn, und er schlang seine Arme um mich. »Ich verzeihe dir, Aidan.«

Er hielt mich so fest, dass ich zeitweise keine Luft bekam,

aber der Seufzer der Erleichterung, den er von sich gab, war es allemal wert. »Danke. Du bist die Erste, der ich davon erzähle.«

»Niemand sonst weiß von dem Unfall?«, fragte ich verwirrt. »Aber ihr kommt doch von hier.«

»Nein, vom Unfall weiß jeder. Aber nicht, dass ich daran schuld bin«, gestand er.

Mit meiner freien Hand strich ich über sein Shirt. »Meiden dich deswegen alle?«

Er zuckte mit den Schultern und lockerte seine Umarmung ein klein wenig. »Vermutlich eher, weil ich nach dem Unfall ein paar nicht ganz vernünftige Dinge getan habe. Aus Frust, aus Schuldgefühlen, aus Angst. Ein Jahr lang war ich unerträglich, bis ich mich selbst nicht mehr ausgehalten habe und schließlich weggezogen bin. Ich bin ein Jahr durch Schottland gereist und habe überall gearbeitet, wo Hilfe gebraucht wurde. Am Ende dieser Zeit hatte ich genug Geld zusammen, um den Hof zu erstehen. Du siehst ja, wie heruntergekommen er teilweise ist.« Aidan nahm das Foto in die Hand und strich wieder darüber. Ich beobachtete, wie sich seine Gesichtszüge erneut zu einer gequälten Miene verzogen. Ein paar Mal wechselte sein Blick zwischen mir und dem Bild hin und her. Minuten vergingen, dann senkte er den Rahmen und sah nur noch mich an. »Bleibst du hier?«

»Du meinst heute Nacht? Natürlich. Ich bleibe bei dir«, sagte ich sofort.

»Nein, für immer.«

Die Frage kam so abrupt, dass ich überrumpelt nach Luft schnappte. »Aidan, ich …« Ja, was sollte ich darauf antworten? Ich wollte bei ihm bleiben, sicher, doch war ein »für immer« etwas ganz anderes als ein »Lass es uns probieren«. Ich senkte den Blick und spielte mit der Decke, die ich mir über die Beine gezogen hatte. »Ich bin dir dankbar, dass du mir von deiner

Familie erzählt hast. Das erklärt einiges, aber die Rückfahrt ...« Ich suchte nach den richtigen Worten und nestelte an einem Faden an der Naht der Decke herum.

»... hat alles zerstört. Ich verstehe schon«, sagte er und wollte sich von mir lösen.

»Nein, verdammt. Sei doch nicht gleich so pessimistisch. Ich versuche nur, die richtigen Worte zu finden, die beschreiben, was ich im Augenblick fühle. Ich will bei dir bleiben, Aidan. An meinen Gefühlen für dich hat sich nichts geändert. Es ist bloß das Drumherum, das mich gerade verunsichert. Wir haben beide schlimme Dinge erlebt, die uns unvorhergesehen überrumpeln können. Was, wenn du noch mehr Geheimnisse hast, die ich nicht kenne? Und die irgendwann aufplatzen, wenn ich nicht damit rechne, und mich überfahren?« Er öffnete den Mund, um mich zu unterbrechen, aber ich hob meine Hand und legte ihm einen Finger auf die Lippen. »Oder, und das ist vielleicht das Wesentliche, dir passiert etwas und ich bin von einem auf den anderen Tag allein hier, in einem Land, in dem ich eine Fremde bin.« Ich seufzte und holte zweimal tief Luft, bevor ich weitersprach. »Als Ärztin sollte mir das ohnehin bewusst sein, aber der Unfall heute hat mir deutlich vor Augen geführt, wie schnell alles vorbei sein kann. Das hat nichts mit dir zu tun, sondern damit, dass ich mir über ein paar Dinge klar werden muss. Kannst du das akzeptieren?«

Aidan legte seinen Zeigefinger unter mein Kinn und hob meinen Kopf, damit ich ihn ansah. Lange blickte er mir in die Augen und mit jedem Moment verschwand mehr von seiner Angst und seinem Schmerz, wich jener weichen, zärtlichen Seite, die er in der Öffentlichkeit nie zeigte. »Meine kleine Sidhe, und ob ich das kann. Und ich versichere dir, dass es keine weiteren Geheimnisse von mir gibt. Ich bin der, den du hier siehst. Nicht mehr und nicht weniger.«

»Danke.« Ich gab ihm einen Kuss, in den ich so viel mehr legte als nur meinen Dank. In dieser Nacht liebten wir uns nicht körperlich, aber wir waren enger zusammengewachsen, als ich es mir zu Beginn des Abends hatte vorstellen können. Denn nun wusste ich genauso um seine schmerzvolle Vergangenheit wie er um meine.

Kapitel 17

Ich stocherte lustlos in meiner Lasagne herum. Irgendwie schmeckte sie heute fad, obwohl sie mir gestern noch zu stark gewürzt vorgekommen war. Seit der Nacht des Unfalls war ich nicht bei Aidan gewesen. Das war drei Tage her. Ich hatte ihn darum gebeten, mir diese Bedenkzeit zu geben. Um mir klar zu werden, was ich wollte, wie mein Leben aussehen sollte, brauchte ich Abstand von ihm, ohne dass mich seine Augen, die Haare und seine Küsse ablenkten.

Also war ich zurück in meine kleine Wohnung neben Lizzy gezogen und ging tagsüber zur Arbeit.

»Alles in Ordnung bei dir, Christina?«, fragte Aileen, die mit der Schulter an der Türzarge lehnte.

»Ja, alles gut. Danke. Willst du auch Mittag machen?«

Sie nickte und deutete nach hinten. »Mein Date wartet schon, aber weil ich dein Seufzen bis zu mir vorn am Tresen gehört habe, wollte ich kurz nach dir schauen.«

»Das liegt nur am Essen. Es schmeckt nicht.« Ich zuckte die Achseln. »Zum Trost gönne ich mir heute Abend was bei Mac, ehe ich nach Hause gehe.« Kaum dachte ich an die saftigen, salzigen Pommes, lief mir das Wasser im Mund zusammen.

»Du siehst ein bisschen blass um die Nase herum aus«, sagte Aileen und klopfte gleich darauf auf die Türzarge. »Ist wohl etwas spät geworden gestern, was?«

Ich runzelte die Stirn und fragte mich, was sie meinte. »Ich war zu Hause und habe gelesen.«

»Ah, dann sind es wohl die letzten Wochen, die dich ausgepowert haben.« Aileen zwinkerte mir zu. »Ja, ja, frische Liebe.«

»Schon klar.« Ich verzog das Gesicht. »Na los, verschwinde schon.«

»Bis später.« Aileen winkte mir und ließ mich allein. Ich schob das Essen von mir und beschloss, die medizinischen Geräte zu säubern, die ich bisher benutzt hatte. Ich nahm die Kiste, in der ich sie sammelte, und stellte mich ans Waschbecken. Die Bewegungen beruhigten meine Gedanken. Es war eine einfache Arbeit, die normalerweise Aileen übernahm, aber ich war ein Fan von effizientem Management – vielleicht konnten wir heute früher Feierabend machen, wenn das erledigt war.

Während ich putzte, schaute ich in den Spiegel und erschrak über meinen Anblick. Kein Wunder, dass Aileen meine Blässe angesprochen hatte. Ich war geradezu käsig. Schon seit dem Abend mit den beiden Cocktails ging es mir nicht gut. Am nächsten Tag hatte ich gedacht, dass es die Folgen des Alkohols waren, die mir zu schaffen machten. Gestern jedoch hatte ich immer noch ein flaues Gefühl im Magen gehabt, das zum Abend hin zwar abgeflaut, heute Morgen jedoch erneut aufgetreten war.

Abrupt hielt ich inne und starrte mich an. Konnte das sein? Hektisch trocknete ich meine Hände ab und ging zurück zum Schreibtisch. Dort stand ein Kalender. Ich zählte die Tage durch, seitdem ich das letzte Mal meine Periode gehabt hatte. Es lag mindestens sieben Wochen zurück. Vor drei Monaten hatte ich was mit Aidan angefangen.

Ich riss die Augen auf und schluckte schwer. Meine Gedanken purzelten durch meinen Verstand, und ich stolperte zum Ultraschallgerät hinüber. Ich brauchte Gewissheit. Wenn ich wirklich schwanger war … Das änderte alles. Einfach alles.

Vorsichtig legte ich mich auf die Liege, schaltete das Gerät an und verteilte Gel auf meinem Unterleib. Meine Finger zitterten so sehr, dass mir beinahe der Schallkopf aus der Hand fiel. Ich drehte den Bildschirm zu mir und zog das Bedienelement so nah an mich heran, dass ich alles steuern konnte.

Ich musste nur auf Start drücken. Ich zögerte. Was, wenn ich falschlag? Wenn ich nicht schwanger war, sondern nur etwas Verdorbenes gegessen hatte? Ich spürte, dass mich allein die unerwartete Möglichkeit, erneut ein Kind in mir zu tragen, so tief erfüllte, dass ich nicht wusste, wie ich auf eine eventuelle Enttäuschung reagieren würde. Oder was, wenn ich tatsächlich ein Kind erwartete und es dann doch wieder verlor? Gänsehaut kroch über meine Arme, als ich daran dachte. Ein drittes Baby zu verlieren, würde ich nicht verkraften. Noch einmal stand ich das nicht durch. Niemals. Ich würde innerlich absterben und zu einer gefühlskalten, abgestumpften Frau degenerieren, die ihr Dasein ohne jedes Empfinden fristete, dessen war ich mir sicher. Und meinen Beruf als Ärztin konnte ich mit solch einer Verfassung ebenfalls gleich an den Nagel hängen.

Ich schluckte trocken, wünschte mir, ich hätte ein Glas Wasser neben mir stehen, und überlegte, mir eines zu holen. Aber das zögerte nur das Unvermeidliche heraus. Ewig konnte ich hier nicht liegen, weil Aileen irgendwann von ihrer Pause zurückkehren würde und ich ihr ungern erklären wollte, warum ich mit freiem Bauch vor dem Ultraschallgerät lag.

»Komm schon. Du kannst das«, feuerte ich mich selbst an und schloss die Augen. Auch wenn ich keine Gynäkologin war, wusste ich, wonach ich suchen musste.

Mit dem Schallkopf fuhr ich über meinen Bauch, kreiste die Stelle ein, an der ich ein aussagekräftiges Bild erhalten würde, und öffnete dann die Augen. Noch sah ich nichts außer meinen Hautschichten und einigen weißen Punkten, die ich als Eileiter identifizierte. Also wanderte ich weiter hinunter und in die Mitte. Tatsächlich entdeckte ich den Uterus.

Ein Schwall eiskaltes Wasser floss über mich hinweg, und ich hatte Mühe, das Gerät in meinen Fingern ruhig zu halten. Immer wieder verrutschte es, weil ich zitterte. Zwei Mal atmete ich tief durch, versuchte, nicht zu sehr in den Bauch zu atmen, damit sich das Bild nicht erneut verschob.

Dann blickte ich auf den Bildschirm, unterdrückte die Aufregung, die mich erfasste. Was würde ich sehen? Wie groß wäre meine Enttäuschung, falls ich nicht schwanger war?

Und dann sah ich es. Das winzige Wesen, das sich trotz aller Widrigkeiten einen Weg in mein Innerstes gesucht hatte.

Die Glücksgefühle überrollten mich ungehindert. Ich wollte mich ihnen nicht in den Weg stellen, auch wenn mein Verstand mich davor warnte, mich zu sehr darauf einzulassen. Mein Körper brannte lichterloh bei der Erkenntnis, dass wirklich noch einmal ein Kind in mir wuchs.

Rasch stellte ich die Darstellung des Ultraschallgeräts auf Durchblutung um und erkannte die blauen und roten Linien des Blutflusses. Der Fötus hatte einen Herzschlag. Ich konnte es nicht verhindern, aber in der Sekunde, in der ich das kleine Herz pulsieren sah, flossen die Tränen bei mir. Das Baby lebte.

Minutenlang lag ich nur da und starrte das Bild an. Es war unglaublich. Immer wieder schüttelte ich den Kopf, schaute nach, ob ich mich nicht verguckt hatte. Doch das winzige Wesen war immer noch da. Und sein Herz schlug.

Wieso hier, fragte ich mich. Wieso jetzt?

Schottland war wunderschön und ich liebte die Verschlafenheit und Trägheit, die Tobermory ausstrahlte. Und diese Intensität, die man nur entdeckte, wenn man hinter die Fassade blickte. Wenn mir Gordon von irgendeinem versunkenen Schiff vor der Küste der Isle of Mull erzählte und hoch und heilig schwor, dass die toten Seeleute einmal im Jahr an Land kamen, um sich nach Gold umzusehen. Oder der Abend bei Baxter, der in zwei Wochen wieder in See stach und damit sein Restaurant zwischenzeitlich schloss.

War das der Grund, warum ich so leicht schwanger geworden war, nachdem bei den letzten Versuchen so viele Anläufe nötig gewesen waren, bis der Schwangerschaftstest endlich zwei Striche zeigte und nicht nur einen? War es die innere Ruhe, die ich hier gefunden hatte? Wenn ich mir den Bildschirm ansah, konnte der Fötus nicht größer als zwei Zentimeter sein. Also musste es vor etwa sechs Wochen passiert sein. Zwar traf ich mich mit Aidan schon länger, aber miteinander geschlafen hatten wir vor anderthalb Monaten zum ersten Mal. Und keiner von uns hatte an Verhütung gedacht. In meinem Kopf hatte das Thema überhaupt keine Rolle gespielt, weil ich mich mit Steffen so schwergetan hatte, schwanger zu werden. Und weil ich nach dem Tod meines zweiten Kindes irgendwie davon ausgegangen war, die letzte Chance vertan zu haben.

Warum Aidan, der immerhin absolut keine Kinder bekommen wollte, ebenfalls nicht nach Verhütung gefragt hatte, wusste ich nicht. Ging er davon aus, dass das Thema Frauensache war?

Wie dem auch sei – wunderbarerweise hatte ich ein Kind empfangen, und das war das Einzige, das zählte. Eventuell lag es ja schlicht an der potenten Luft, wie Lizzy ständig behauptete, wenn sie mir Fotos ihrer vier Kinder zeigte, und sich darüber beklagte, dass sie allesamt die Insel verlassen hatten, um Arbeit auf dem Festland zu finden.

Ich starrte aus dem Fenster, hielt weiterhin den Ultraschallknauf in der Hand und ließ ihn nicht los. Ein Teil von mir hatte Angst, dass das Baby, wenn ich es nicht jede Sekunde meines Lebens überwachte, starb wie seine Geschwister.

Bei dem Gedanken, dass ich es verlieren könnte, schnürte sich meine Kehle zu. Mühsam zwang ich mich, die depressive Eingebung nicht zuzulassen und mich auf den Moment zu konzentrieren. Etwas, das ich an der Isle of Mull zu schätzen gelernt hatte. Hier wurde nicht immer vier Jahre im Voraus geplant. Die Stimme vom alten Tom tönte in meinem Kopf, der beim letzten Pubquiz lauthals auf die neue Fischereiverordnung geschimpft hatte.

»Wenn es nicht die Regierung ist, dann ist es irgendeine Behörde. Und wenn die es nicht ist, dann ist es die Natur selbst. Nie kann man etwas planen, das länger als eine Woche in der Zukunft liegt.«

Obwohl ich mehr als eine Woche im Voraus dachte und entschied, musste ich Tom recht geben, denn ich spürte, wie sich diese Erkenntnis über die Unplanbarkeit des Lebens langsam, aber sicher in mir verwurzelte.

Ich fühlte mich wohl in meiner Haut. Mit Steffen hatte es bis zur ersten Schwangerschaft fast ein ganzes Jahr und beim zweiten beinahe sieben Monate gedauert. War es ein Zeichen des Universums, dass es dieses Mal nicht einmal einen Versuch gegeben hatte, sondern einfach passiert war? Sollte es so sein?

Ich seufzte, weil ich sowieso keine Antwort erhalten würde. Vor allem nicht hier allein in der Praxis. Außerdem musste ich schleunigst aufräumen, bevor Aileen aus ihrer Pause zurückkehrte. Schweren Herzens machte ich ein Foto von meinem Baby und druckte es aus. Ich würde zu einer Gynäkologin fahren müssen, um sicherzugehen, doch für den Augenblick war ich schwanger. Und ich musste mich damit abfinden, dass ich das Kind nicht jede Sekunde überwachen konnte.

Die Glücksgefühle perlten dennoch durch meinen Körper und verrieten mir, dass ich mit meinem Wunsch, Kinder zu bekommen, offensichtlich doch noch nicht abgeschlossen hatte, auch wenn ich mir das eingeredet hatte, während ich darüber nachdachte, bei Aidan zu bleiben.

Und dann blieb mir beinahe das Herz stehen, als mir ein weiterer Gedanke kam. Einer, der meine Finger von dem Ultraschallgerät löste und mich erneut zittern ließ. Doch bevor ich ihn zu Ende denken konnte, vibrierte das Handy in meiner Hosentasche und lenkte mich ab. Ich schaute auf das Display und runzelte die Stirn. Steffen.

Verwirrt sah ich von der Anzeige zum Bildschirm des Ultraschallgerätes, der jetzt schwarz war, und zurück. Das konnte kein Zufall sein. Nach all der Zeit, die inzwischen vergangen war, rief er ausgerechnet in der Sekunde an, in der ich feststellte, dass ich schwanger war?

Entweder spielte mir das Schicksal einen bösen Streich oder es war wirklich der größte Zufall aller Zeiten. Vor nicht einmal einer Minute hatte ich gedacht, vom Universum keine Antwort auf meine Fragen zu erhalten. War sie das vielleicht? Verdammt, ich wusste nicht, was ich tun sollte. Rangehen? Ihn wegdrücken?

Wenn Steffens Anruf die Antwort auf meine Fragen war, was genau sollte mir damit gesagt werden? Ich schloss die Augen, ließ das Telefon noch einen Moment lang klingeln, ehe ich mir einen Ruck gab und den Anruf entgegennahm.

Kapitel 18

»Hallo Steffen«, begrüßte ich ihn und biss mir gleich darauf auf die Zunge, um das Zittern aus meiner Stimme zu verbannen. Wieso zum Henker bebte ich immer noch?

»Christina«, sagte er, und ich konnte hören, wie er sich an dem einen Wort fast verschluckte. Scheinbar hatte er gerade etwas getrunken. »Schön, dass du rangehst. Ich war mir nicht sicher, ob du …«

Er klang unsicher. So kannte ich ihn gar nicht. War etwas passiert? Beinahe vier Monate lang hatten wir nicht miteinander geredet oder auf anderem Wege Kontakt gehalten. Vermisste er mich und unsere Zeit? Oder war das nur ein Anruf unter alten Freunden? Schließlich hatten wir uns nicht in Feindschaft getrennt.

»Schon gut. Ich mache gerade Mittagspause«, erwiderte ich, um die angespannte Stimmung aufzulockern.

Steffen seufzte erleichtert, bevor er tief Luft holte. »Wie läuft es denn in Schottland? Geht es dir gut?«

Seine Fragen verwunderten mich, und ich richtete mich auf der Liege auf, wischte mir mit der freien Hand das Gel vom Bauch und zog mich an. »Rufst du wirklich an, weil du wissen willst, wie es mir hier ergeht?«

Steffen lachte leise. »Ja und nein. Es gibt einen anderen Grund, aber um ehrlich zu sein, würde ich trotzdem gern wissen, ob es dir gut geht. Als du abgeflogen bist, hatten wir nicht unbedingt die beste Verabschiedung«, sagte er, und ich hörte, wie ein laut hupendes Auto an ihm vorbeifuhr. Vermutlich war er ebenfalls in der Mittagspause und auf dem Weg in den Park nicht weit von seinem Büro.

Ich strich mir über den Hals, als ich daran dachte, wie abweisend ich gewesen war. Wie sehr ich ihn aus meinem Leben und meinen Gefühlen ausgeschlossen hatte. Ich hatte ihm nicht gesagt, was in mir vorging, weil ich geglaubt hatte, dass er es nicht verstehen würde. Gerade, als ich ihm sagen wollte, dass es mir gut ging, fiel mir Aidan ein. Wie er sich seit über vierzehn Jahren von der Welt abschottete, weil er glaubte, es verdient zu haben. Wie er jeden von sich stieß, der ihm näherkommen wollte. Und alles nur, weil er ein traumatisches Erlebnis hinter sich hatte und es mit niemandem teilte. So wie ich und Steffen.

Ich schnaubte, als mir das bewusst wurde. »Es tut mir ehrlich leid, Steffen. Mir ist gerade erst klargeworden, dass ich dich komplett ausgeschlossen habe.«

»Nein, bitte. Du musst dich nicht entschuldigen, Christina. Es war kein Fehler von dir. Ich war schuld, deswegen habe ich mich auch so lange nicht bei dir gemeldet«, gestand er, bevor ich weitersprechen konnte. »Du hättest mehr Verständnis von mir gebraucht, mehr Zeit. Eindeutig, aber das habe ich erst später verstanden.«

Wir schwiegen, und ich hörte das Rauschen in meinen Ohren, während ich das Bild in meinen Händen betrachtete. Dieses winzige Wesen, das in mir wuchs und das ich jetzt schon mehr liebte als alles, das ich mir vorstellen konnte. Und das zugleich mein schlimmster Albtraum werden konnte.

»Da haben wir wohl beide ziemlichen Bockmist gebaut, was?«, sagte ich schließlich, weil er nichts mehr von sich gab.

Steffen lachte, und unwillkürlich fiel ich ein. Es war wie in alten Zeiten. Noch immer war seine Fröhlichkeit ansteckend.

»Wenn du das so ausdrückst, könnte man meinen, wir reden über ein falsch zusammengebautes Gartenhaus«, murmelte er.

Das ließ mich mein Lachen wieder verschlucken. »Aber das war es nicht. Es waren unsere Kinder«, erwiderte ich. Es fiel mir schwer, das auszusprechen, doch gleichzeitig ahnte ich, dass es der richtige Moment war, es zu tun.

»Möchtest du darüber reden?« Seine Stimme stockte, und ich war mir nicht sicher, ob er es wollte.

Ich schob das Ultraschallgerät zurück an seinen Platz und entfernte alles, was auf meine Selbstuntersuchung hindeutete. »Ich denke schon. Und du?«

»Wenn es für dich in Ordnung ist, würde ich schon gern ein paar Dinge loswerden«, entgegnete er, und ich hörte, wie es ruhiger um ihn herum wurde. Vermutlich war er im Park angekommen.

»Dann fang du an.« Vor vier Monaten hatte ich ihn ausgeschlossen, damit ich mich nicht auch noch mit seinen Emotionen auseinandersetzen musste. Das konnte ich jetzt wiedergutmachen, indem ich ihm den Vortritt ließ und ihm zuhörte.

»Ich weiß, dass ich nicht der beste Freund war, als wir unser zweites Kind verloren haben«, begann er, und ich konnte förmlich spüren, wie sich mein Magen bei seinen Worten zusammenzog. Ich musste mich dazu zwingen, zu atmen, damit ich nicht verkrampfte. »Es war nicht leicht für mich, um ehrlich zu sein, denn du hast dich komplett zurückgezogen und mich aus allem ausgeschlossen, aber ich habe auch zu viel von dir verlangt. Es tut mir wirklich leid, dass wir beide das erleben mussten. Manchmal glaube ich, dass es einfach nicht sein sollte. Dass das Universum testen wollte, wie viel unsere Beziehung aushalten konnte.«

»Ich glaube nicht, dass es uns testen wollte«, unterbrach ich ihn.

»Was meinst du damit?« Steffens warme, zu sanfte Stimme war Balsam für meine Seele. Auch wenn ich Aidans tiefes Timbre liebte, kratzte es immer ein wenig. Steffens Stimmlage hingegen war das, was ich in diesem Moment brauchte, um durchzuatmen. Halb im Spaß, halb ernst hatte ich ihm früher manchmal vorgeschlagen, Traumreisen einzusprechen und teuer an gestresste Businessleute zu verkaufen. Er hatte nur gelacht und es nie getan.

»Na ja, es gibt da etwas, das du nicht von mir weißt«, gestand ich ihm. Vorsichtig lugte ich zur Tür. Aileen war noch nicht zu sehen. Auch wenn sie kaum Deutsch verstand, wollte ich kein Risiko eingehen. »Bevor wir uns kennengelernt haben, war ich schon einmal schwanger. Das war kurz vor Beginn meines Studiums. Ich war gerade erst 18 Jahre alt geworden und es war der absolut falsche Zeitpunkt, um ein Kind zu bekommen.« Sofort verfiel ich in meine alte Gewohnheit, mich verteidigen zu müssen. Dabei war das gar nicht nötig. Steffen sagte nichts, machte mir keine Vorwürfe.

»Du hast schon ein Kind?«, fragte er verwirrt, als ich eine Pause machte, um durchzuatmen. Es laut auszusprechen, war nicht so leicht, wie ich gehofft hatte. Aber es musste sein.

»Nein, ich habe mich damals zu einem Abbruch entschieden, weil ich mir meine Zukunft nicht verbauen wollte. Es erschien mir richtig. Als wir allerdings unser zweites Kind verloren haben …« Ich konnte die Tränen nicht zurückhalten. Die Erinnerungen und die Schuldgefühle brachen über mir herein und erstickten mich.

»Gibst du dir deswegen die Schuld?«, hakte Steffen nach.

»Ja«, schluchzte ich. »Ja! Hätte ich damals dem Schicksal nicht unmissverständlich klargemacht, dass mir meine Karriere wichtiger ist als ein Kind, hätte es unsere Babys vielleicht zugelassen. Es ist meine Schuld, dass wir die beiden verloren haben.« Ein lauter Schluchzer ertönte, so voller Verzweiflung, dass es mich schüttelte, und ich brauchte einige Sekunden, um zu begreifen, dass es mein eigener war.

»Das kannst du nicht wirklich glauben, Christina«, sagte Steffen leise, und ich presste das Handy an mein Ohr, um mich an der Wärme seiner Stimme festzuhalten. »Es war einfach Pech, dass es nicht geklappt hat. Vielleicht lag es an mir, vielleicht an dir, vielleicht an den Umständen, aber niemals, niemals ist deine Entscheidung von damals daran schuld.«

»Woher willst du das wissen? Es heißt doch immer, dass jede Entscheidung Konsequenzen hat. Das hast du selbst oft genug betont. Und in unserem Fall waren es Konsequenzen, die ich sogar halbwegs nachvollziehen kann«, sagte ich bitter.

»Bitte, Christina, tu dir das nicht an. Ich weiß nicht, wie es dir da drüben in Schottland in den letzten vier Monaten ergangen ist, aber bitte tu dir das nicht an. Dich trifft keine Schuld. Ich weiß, dass du schwer vom Gegenteil zu überzeugen bist, wenn du dich erst mal auf etwas eingeschossen hast, aber denk noch mal nach, was du dir für eine Bürde aufládst. Du musst keinen Sündenbock finden. Viele Frauen verlieren ein Baby – bis zu zwanzig Prozent aller Schwangerschaften enden vorzeitig, habe ich gelesen.«

»Aber irgendetwas muss doch dafür verantwortlich sein«, beharrte ich und kramte in einer der Schreibtischschubladen nach einem Taschentuch.

»Wieso?«, fragte Steffen in ruhigem Tonfall. »Manche Dinge geschehen einfach, und ich bin mir sicher, tief in deinem Innern weißt du das auch.«

»So wie unsere Trennung?« Die Frage rutschte mir so heraus, und ich legte das Handy mit aktiviertem Lautsprecher beiseite, um mich zu schnäuzen.

Steffen hielt inne, und wir schwiegen einen Moment.

Schließlich meinte er: »Es ist vier Monate her, dass wir das letzte Mal gesprochen haben, und ich hatte sehr viel Zeit, um nachzudenken. Ich weiß nicht, ob ich dir jetzt zu viel zumute, aber ich denke, es war richtig, dass wir auseinandergegangen sind.«

Auch wenn ich mich neu verliebt hatte, taten seine Worte weh. Es war wie der Druck auf eine alte Wunde. Nicht tief, nicht schmerzhaft, doch es zwackte und war unangenehm.

»Ich weiß. Wir hätten uns nur gegenseitig zerfleischt und die Schuld zugeschoben. Zumindest hätte ich das gemacht, um mein eigenes Gewissen irgendwie reinzuwaschen. Wir hätten uns nicht gutgetan. Es wäre toxisch für uns beide geworden.«

»Ja, wahrscheinlich hast du recht. Als du weg warst, habe ich wochenlang dir die Schuld gegeben, dass es nicht funktioniert hat. Ich habe dich dafür verflucht, dass du weggegangen bist, ohne dass wir reden konnten. Aber weißt du was?« Steffen hielt kurz inne, und ich wischte mir die letzten Tränen von der Wange. »Es war gut so. Jetzt nach der Auszeit können wir darüber sprechen, ohne dass ich wütend bin. Es ist wohl gut so, wie es ist. Ich hoffe, du bist mir deswegen nicht böse.«

»Nein, Steffen«, sagte ich mit einem Lächeln auf den Lippen. »Und um genauso ehrlich zu dir zu sein: Ich habe hier jemanden kennengelernt.«

»Wirklich?« Seine Stimme klang überraschter, als ich erwartet hatte.

»Ja, das war nicht geplant und irgendwie ist es auch kompliziert, aber das ist erst mal nicht so wichtig.« Ich richtete mich auf und atmete tief durch. »Du hast vermutlich nicht angerufen, um mir beim Heulen zuzuhören, oder?«

Steffen zögerte. Offenbar schien ihn die Tatsache, dass ich mit jemandem angebandelt hatte, mehr zu beschäftigen. Ich wusste nicht, warum ich ihm das gesagt hatte. Eigentlich ging es ihn nichts an.

»Ich wollte dich etwas fragen. Es passt vielleicht gerade ganz gut für dich, keine Ahnung. Also …«

»Spuck schon aus, Steffen. Was ist los?«

»Hast du vor, nach deiner Rückkehr wieder in unserer Wohnung zu leben?«

Überrumpelt schnappte ich nach Luft. »Willst du sie denn weiterhin nutzen?« Meine Gedanken überschlugen sich. Wenn Steffen die Wohnung übernahm, musste er mich auszahlen, und ich hätte Startkapital, um mir eine Existenz aufzubauen, sollte ich hierbleiben. Ich stutzte. War es wirklich so einfach? Die Wohnung war mein erstes ganz eigenes Nest. Steffen und ich hatten sie gekauft, weil sie uns der Vorbesitzer zu einem günstigen Preis überlassen hatte. Es war viel dran zu machen gewesen, doch gemeinsam hatten wir sie zu unseren vier Wänden gemacht, zu einem wunderschönen Ort, den ich als mein Zuhause ansah. Bisher jedenfalls. In den letzten vier Monaten hatte ich kaum an die Wohnung gedacht und Aidans Hof gemeint, wenn ich sagte, dass ich nach Hause fuhr.

»Na ja, ich habe ein Angebot bekommen. Für die Wohnung. Es ist unverschämt hoch, und da wollte ich dich fragen, ob es in Ordnung ist, wenn ich den Kauf abwickle.«

Ich schluckte. »Du willst auch nicht mehr darin wohnen?«, fragte ich, um mir Zeit zu erkaufen. Eigentlich hatte ich damit gerechnet, wenigstens einen letzten Blick in mein altes Heim zu werfen, wenn ich nach Deutschland zurückkehrte, um meine Sachen abzuholen. »Wie hoch ist denn das Angebot?«

Da sich die Wohnung in bester Innenstadtlage befand, die in den letzten Jahren immer gefragter geworden war, vermutete ich, dass sich unser damaliger Kaufpreis um ein paar zehntausend Euro erhöht haben würde.

»Mein Chef will die Wohnung kaufen. Für Gäste aus dem Ausland. Er war vor kurzem hier und schwärmte von deiner Einrichtung. Er sagte, das wäre ideal, um potenzielle Kunden unterzubringen. Statt in unseren sterilen Büroräumen. Deswegen hat er mir sechshunderttausend Euro geboten.«

Mir blieb meine Antwort fast im Halse stecken. »Wie viel?«

Das war tatsächlich mehr, als wir bezahlt hatten. Mehr als das Doppelte. »Ja, so habe ich auch reagiert, aber mein Chef meint es vollkommen ernst. Der Kerl faselte etwas von Investition für die Firma, und ich war einfach nur platt.«

»Wow.« Die Summe war unglaublich. Damit wäre der Kredit, den wir aufgenommen hatten, bezahlt, und es bliebe sogar genug Geld übrig.

»Ja, er hat mir sogar schon einen möglichen Kaufvertrag geschickt«, sagte Steffen und klang noch immer genauso überrascht wie ich. »Es sieht alles echt gut aus. Und er übernimmt die Umzugskosten, die anfallen, wenn wir die Wohnung räumen.«

Ich schüttelte perplex den Kopf und wusste nicht, was ich erwidern sollte.

Steffen redete weiter und erzählte, was sein Chef mit der Wohnung vorhatte. Ich hörte nur halb hin, denn meine Gedanken waren bereits einen Schritt voraus. War es nicht das perfekte Zeichen? Schrie mir das Universum nicht geradezu zu: »Hier nimm! Da ist jemand, der deinen Umzug bezahlt und dir außerdem Geld gibt, damit du in Schottland klarkommst, bis du sicher gelandet bist. Selbst schuld, wenn du nicht zugreifst.« Konnte ich überhaupt nein sagen?

»Ich würde das Angebot gern annehmen. Für mich allein ist die Wohnung zu groß«, hörte ich ihn sagen. »Keine Ahnung, wie du es hinbekommen hast, alles immer so sauber zu halten.«

»Übung«, erwiderte ich geistesabwesend und wischte mir

über die Augen, um mich zurück ins Hier und Jetzt zu bringen. »Aber du hast recht. Das Angebot ist unglaublich, und wir wären ziemlich dämlich, wenn wir es ausschlügen. Allerdings frage ich deinen Chef lieber, ob er auch einen Umzug nach Schottland finanzieren würde – so ein Container kann ganz schön teuer werden.«

»Oh, du willst dortbleiben?« Steffen klang verblüfft. Im Hintergrund waren ein paar tobende Kinder zu hören. Vermutlich saß er auf seiner Lieblingsbank vor dem Spielplatz, schaute auf die Baumreihen dahinter und lauschte den Vögeln, die mittags im Sommer dort lauter waren als die Kinder.

»Ich weiß es noch nicht. Aber mir bleiben nur noch etwas mehr als vier Monate, bevor Melina wiederkommt, und nun ja. Es gibt gute Gründe hierzubleiben«, erwiderte ich, und hatte es damit zum ersten Mal laut ausgesprochen. Alles fügte sich zu einem perfekten Bild zusammen. Ich würde Geld bekommen, mit dem ich nicht gerechnet hatte, ich hatte einen Mann kennengelernt, der mich liebte und verstand und meine seelischen Narben hinnahm. Außerdem trug ich ein Leben in mir, das mich hoffentlich für immer begleiten würde.

Und trotzdem. Als ich in diesem Moment in mich hineinhorchte, fühlte ich mich nicht glücklich. Warum?

»Soll ich alles fertig machen?«, fragte Steffen in meine Gedanken hinein. »Ich frage meinen Chef, ob er auch einen Transfer nach Schottland bezahlen würde. Vermutlich hat er kein Problem damit, und wenn doch, zahlt er ja wenigstens den Teil dazu, den ein normaler Umzug kosten würde.«

»Gut, dann leg los. Und sag Bescheid, sobald du mehr weißt. Kannst du mir außerdem den Vertrag zuschicken und alle Rahmendaten? Dann sehe ich mir alles in Ruhe an.«

»Mache ich. Und danke, Christina. Danke, dass wir so offen reden konnten.«

Ich legte auf und saß da, starrte auf das Display, das langsam erlosch. Mit jedem Pixel, das dunkler wurde, war es, als ob meine Gedanken mit in die Finsternis stürzten. Denn jetzt, da ich nicht mehr mit Steffen redete, brach es über mich herein. Die Erinnerungen an die Dunkelheit in mir. Aber auch die Tatsache, dass ich ein Kind in mir trug, von dem der Vater nichts würde wissen wollen. Aidans Absage an Nachwuchs war deutlich gewesen.

Ich schnappte nach Luft, musste heftig darum kämpfen, ruhig zu atmen, denn komme, was wolle, ich würde dieses Baby nicht aufgeben. Doch wie sollte ich das Aidan beibringen? Was, wenn ich ihm heute noch mitteilte, dass ich zwar bei ihm bleiben würde, allerdings, ach übrigens, obendrein schwanger war? Verlor ich ihn dann? Ich bremste meine Gedanken, die sich überschlugen, sodass Übelkeit in mir aufstieg.

Wenn Aidan sich von mir abwandte, gab es keinen Grund für mich hierzubleiben. Im Gegenteil – alleinerziehend in einem fremden Land, noch dazu in einer eingeschworenen, tratschenden Gemeinde? Bestimmt nicht. Was sollte ich tun? Schottland konnte ich eventuell aufgeben, auch wenn mich die Landschaft hier beruhigte wie nichts anderes. Aidan jedoch nicht; auf ihn konnte ich nicht verzichten. Genauso wenig wie auf das Baby.

Da kam mir eine Idee. Sie war dumm und feige, das war mir sofort klar. Und doch erschien sie mir besser als die Alternative.

Ich starrte auf das Handy, das neben dem Ultraschallfoto lag. Ich würde Aidan vorerst nichts erzählen. Bis ich sicher war, dass das Leben in mir nicht verging. Bis die kritischen drei Monate hinter mir lagen.

Ich legte das Gesicht in die Hände. Das war keine Seite an mir, die mir gefiel, aber wenigstens hätte ich immer noch das Kind, falls Aidan mich nach der Offenbarung verließ.

Ein winzig kleiner Teil von mir hoffte sogar darauf, dass er die Nachricht nicht so negativ aufnehmen würde, wie ich annahm. Dass er sich im Gegenteil sogar genauso wie ich über das Wunder freuen würde, wenn er sich erst einmal an den Gedanken gewöhnt hatte. Er war so ein liebevoller Pfleger für die Fohlen, da musste er einfach auch ein guter Vater sein. Das Argument, er wolle keinem Kind dieser Welt ein Leben mit Diabetes zumuten, das er als Grund für seinen Wunsch nach Kinderlosigkeit vorgeschoben hatte, nahm ich ihm nicht ab. Vielmehr glaubte ich, dass ihn die Angst davor quälte, sich auf irgendeine Weise noch mehr Schuld aufzuladen, wenn er die Verantwortung für ein Kind übernahm. Weil ihm etwas zustoßen konnte und er das nicht ertragen würde. Ein ihm schutzbefohlenes Tier zu verlieren, war vermutlich das Äußerste, das er sich an Schmerz zu stemmen zutraute.

All das würde für mich allerdings nur relevant werden, wenn ich das Kind nicht verlor. Eine Angst, die meinen Brustkorb zuschnürte und von der ich genau wusste, dass ich sie nicht in mein Herz lassen durfte. Denn wenn sie mich von innen zerfraß, würde sie wie eine selbsterfüllende Prophezeiung wirken. Nein, ich musste mit aller Macht daran glauben, dass es diesmal klappte. Dass das Leben in mir nicht erlosch wie die anderen zuvor.

Das war die einzige Hoffnung, die mich hielt und antrieb weiterzumachen.

Als ich die Praxistür aufgehen hörte, gepaart mit einem »Bin zurück!«, zuckte ich zusammen, nahm rasch das Ultraschallbild vom Tisch und steckte es in meine Handtasche, damit Aileen es nicht aus Versehen sah. Ebenso schnell wischte ich mir mit der Hand noch einmal über das Gesicht.

»Na, hast du ein wenig schlafen können?«, fragte sie, als sie ihren Kopf reinsteckte. »Du siehst etwas erholter aus.«

»Ja, danke, fühle ich mich auch.« Um von der eigentlichen Beschäftigung während meiner Mittagspause abzulenken, fügte ich hinzu: »Ich habe ein paar gute Nachrichten bekommen und freue mich darüber.«

»Wirklich, was denn?«, wollte Aileen wissen, während sie sich einen Zopf flocht, den sie immer trug, wenn sie arbeitete, jedoch löste, sobald sie die Praxis verließ.

»Ich habe eine Eigentumswohnung, die wohl in den nächsten Monaten verkauft wird«, erklärte ich und lächelte. Mit dem Gedanken an finanzielle Sicherheit war es sehr viel leichter, mich auf eine ungewisse Zukunft einzulassen.

»Moment, deine Wohnung verkaufen? Wo willst du denn wohnen, wenn du nach Hause zurückgehst?« Aileen schaute mich mit großen Augen an, und ich konnte sehen, wie die Zahnräder in ihrem Kopf rotierten. Mit jeder Verknüpfung wanderte ihr Mundwinkel weiter nach oben. »Warte, willst du damit sagen …?«

Beschwichtigend hob ich die Hände. »Es ist noch nichts in trockenen Tüchern, Aileen. Deswegen wäre ich dir dankbar, wenn du niemandem etwas sagst.«

»Wurdest du also auch von der seelenverschlingenden Ortschaft Tobermory verschluckt«, lachte sie, kam auf mich zugelaufen und nahm mich so fest in den Arm, dass mir die Luft wegblieb. »Das freut mich wirklich. Wollen wir das heute Abend im Pub feiern? Also natürlich ganz heimlich?«

»Ich weiß zwar nicht, wie ausgerechnet du heimlich etwas feiern willst, aber ja, können wir gern machen.« Auch wenn ich keinen einzigen Tropfen Alkohol anrühren würde. Aileens Freude darüber zu sehen, dass ich hierblieb, erleichterte mein Herz und schickte ein paar der Sonnenstrahlen aus ihren Augen in mein Inneres. Dass sie sich so freute, bestärkte mich in meinem Entschluss und machte mir bewusst, dass ich *Freunde* in Tobermory hatte. Selbst wenn es mit Aidan nicht funktionieren würde, wäre ich nicht allein.

Ich genoss Aileens Umarmung und erwiderte sie herzlich. »Wenn Brianna und Hugh das erfahren, werden sie einen Freudentanz aufführen. Das Pubquiz-Team ist dann für allezeit unschlagbar. Du, Melina und wir? Da kann der alte Tom einpacken.«

»Schon klar. Aber noch wird niemandem etwas erzählt, okay?«, vergewisserte ich mich. »Ich muss alles erst mal für mich selbst klären.«

»Natürlich.« Aileen löste sich von mir, konnte sich jedoch nicht verkneifen nachzufragen: »Hat es etwas mit Aidan zu tun?«

Die Türglocke ging und enthob mich einer Antwort. »Darüber können wir später reden, wenn wir keine Patienten haben. Also los, ab an die Arbeit«, scheuchte ich meine Assistentin an ihren Empfangstresen.

Ich richtete meine Kleidung, strich mir die Haare aus dem Gesicht und versuchte, eine aufkommende Panikattacke zu unterdrücken. Hoffentlich würden die Termine den Tag füllen, damit ich mich mit der Arbeit ablenken konnte. Andernfalls wusste ich nicht, wie ich dem Gefühlschaos in mir Herr werden sollte.

Kapitel 19

»Kommst du heute zu unserem Kochabend?«, fragte Aidan am Telefon.

Noch immer war ich nicht zu ihm gegangen. Zwei weitere Tage waren vergangen, und ich war unsicher, was ich tun sollte. Mein Gefühl sagte mir, dass ich auf jeden Fall in Tobermory bleiben sollte. Komme, was wolle. Aber mein Verstand fing erneut an, gegen den Entschluss zu arbeiten. Was, wenn ich das Kind wirklich bekam, es hier aufwuchs und mich dann irgendwann das Heimweh nach Deutschland packte? Müsste es dann alle Zelte abbrechen? Gleichzeitig verurteilte ich mich dafür, dass ich schon wieder über Dinge nachgrübelte, die so weit in der Zukunft lagen, dass keine vernünftige Entscheidung möglich war, weil es zu viele Variablen gab. Warum also glaubte ich, solche Eventualitäten vorher bedenken zu müssen?

Aidans Frage kam mir da gerade recht. Vielleicht beruhigte mich ein gemütlicher Abend mit leckerem Essen und Kaminfeuer. Und mit Aidan.

»Gern. Soll ich was mitbringen?«, fragte ich und spielte mit dem Lesezeichen in meiner Hand. Es war Sonntag und ich hatte mir vorgenommen, endlich mein Buch fertigzulesen.

»Nein. Ich habe schon alles vorbereitet. Bring nur dich und genügend Appetit mit«, erwiderte Aidan und brummte noch etwas hinterher.

»Das kriege ich hin. Dann sehen wir uns heute Abend«, verabschiedete ich mich und legte mich zurück auf die Couch, um weiterzulesen. In dem Buch ging es um eine Frau, die einen niedlichen Blumenladen in Belleville führt, einem Stadtteil von Paris. Und um ihre wundervolle Freundschaft zu den Ladenbesitzern der Nachbarschaft. Ein Wohlfühlroman, den ich viel zu lange vernachlässigt hatte.

Am Nachmittag setzte ich mich nach draußen in den Garten und genoss die Sommersonne – wohl ein wenig zu lange, denn als ich abends in den Spiegel schaute, hatte ich mir einen Sonnenbrand eingefangen. Dafür hatte ich das Buch beendet, das in genau jenem Wohlfühlende gipfelte, das ich mir gewünscht hatte. Mehr noch, das Glück der Protagonistin hatte mich zu einer Entscheidung motiviert, die ich bisher vor mir hergeschoben hatte. Ich packte rasch ein paar Sachen für die Nacht, da ich bei Aidan bleiben und einiges mit ihm besprechen wollte.

Eine Stunde später saß ich im Auto vor seinem Haus, sah der Sonne zu, wie sie hinter dem Wäldchen verschwand, das neben seinem Grundstück lag und sich bis zu den Klippen erstreckte. Meine Finger lagen auf dem Lenkrad und umklammerten es. Mein Entschluss stand fest. Ich wollte mich auf Aidan einlassen. Es versuchen mit dem Abenteuer Schottland.

Dennoch zögerte ich, auszusteigen und das Haus zu betreten. Es war das erste Mal, dass ich Aidan traf, seitdem ich wusste, dass ich schwanger war.

Meine Hand löste sich vom Lenkrad und legte sich unwillkürlich auf meinen Bauch. Die Panik, dass etwas schiefging, begleitete mich überallhin, und ich wollte mich nicht zu sehr freuen. Andererseits erfüllte mich bereits jetzt die Liebe zu diesem Kind, dass ich mich wie in purem Glück gebadet fühlte. Wie konnte ich mich nicht freuen?

Meine Gedanken drehten sich im Kreis. Ich wusste, dass ich

Aidan nichts erzählen durfte. Nicht, wenn ich ihn nicht verlieren wollte. Ich war selbstsüchtig und ignorierte das schlechte Gewissen, das an mir nagte, weil ich ein derartiges Geheimnis vor ihm hatte.

»Christina?« Auf einmal hörte ich eine Stimme dicht neben mir. Während der Fahrt hatte ich das Fahrerfenster offengelassen, durch das Aidan nun besorgt hereinblickte. »Ist alles okay?«

»Was?«, entfuhr es mir ein klein wenig zu schrill. »Natürlich. Entschuldige. Ich habe nachgedacht.«

Aidan durchbohrte mich mit seinem undurchdringlichen Blick, und ich konnte nicht sagen, ob er mir glaubte. »Das sah nicht nach gutem Nachdenken aus.«

Ich zog den Schlüssel aus dem Zündschloss und stieg aus dem Mini aus. »Mach dir keine Sorgen. Hilfst du mir beim Tragen?«

»Du solltest doch nichts mitbringen«, brummte er und zog die Augenbrauen zusammen.

Ich öffnete den Kofferraum und reichte ihm eine Tasche mit Waschzeug. »Ist nur das Nötigste für die Nacht.«

»Du fährst nicht wieder?« Noch immer klang er wie ein Brummbär, dem man den Honig geklaut hatte und den man jetzt mit einem kleinen Klecks zufriedenstellen wollte.

»Nein«, sagte ich und drückte ihm mein Kopfkissen in den Arm. Dann blieb ich vor ihm stehen. Über uns flog ein Schwarm Gänse entlang und schnatterte laut. Die letzten Sonnenstrahlen tauchten Aidans Haar in goldenes Licht und brachten die feinen kupferfarbenen Stellen zum Vorschein. Sein dunkles Haar mochte ich besonders in diesen Momenten, und ich legte eine Hand hinein, fuhr hindurch. Es war so weich, wie es aussah, und ich wollte am liebsten mein Gesicht darin versenken und nie wieder auftauchen. Stattdessen sah ich ihn mit einem angedeuteten Lächeln an. »Wenn du möchtest, fahre ich nie wieder.«

Ich beobachtete ihn, um zu sehen, wie er reagierte, aber bevor ich michs versah, riss er mich von den Füßen und wirbelte mich herum. »Wirklich?«

Ich nickte, und gleich darauf küsste er mich innig. Mein Kissen und die Waschsachen fielen unbeachtet zu Boden, während Aidan mich mit einer Leidenschaft bedachte, die die bisherigen Wochen in den Schatten stellte. Es war, als brächen alle Dämme und als wolle er mich komplett in sich aufnehmen.

Seine Lippen strichen über meine, als er mich hochhob. Ich schlang meine Beine um ihn, sodass mein Rock emporrutschte. Aidan legte eine Hand an meinen Hintern und hielt mich fest. Seine Zunge streichelte über meine, und ich war augenblicklich gewillt, ihn hier und jetzt zu lieben. Aidan schien das Gleiche zu denken, denn seine Finger fuhren aufwärts, meinen Rücken entlang, wo die Schleife saß, die das Wickelkleid zusammenhielt.

Zuerst wollte ich ihn aufhalten, ihn ins Innere des Hauses lotsen, aber wir waren allein. Niemand würde uns zusehen. Nur die Bäume und Tiere um uns herum.

Aidan hielt inne, bedachte mich mit einem Feuer im Blick, das lichterloh zu brennen schien und in mir alles entzündete, das noch nicht loderte. Bevor er eine Frage stellen konnte, küsste ich ihn erneut und begann an seiner Hose zu nesteln. Er tat einen Schritt vorwärts und drückte mich gegen die Heckklappe des Wagens. Ich spürte das aufgeheizte Metall in meinem Rücken, während Aidan das Kleid von mir wickelte.

Wir liebten uns kurz und heftig. Es war, als fegte ein Hurrikan über meinen Körper hinweg, der alles mit sich riss. Meine Sorgen waren wie weggeblasen, und ich ließ mich herumwirbeln, vom Augenblick tragen. Die Intensität, die ich dabei spürte, machte es so viel schöner als alles, was bisher zwischen Aidan und mir passiert war.

»Damit hast du aus einem eher bescheidenen Tag den besten Tag seit einer Ewigkeit gemacht«, flüsterte er leicht außer Atem, als wir zusammengesunken am Auto standen. Er und ich waren vereint, mehr als er ahnte.

Ich strich ihm die Haare aus dem Gesicht und küsste seine Nasenspitze. Hoffentlich würde unser Kind seine Gesichtszüge bekommen. So wunderschön und gleichmäßig, dass ich mich nie daran sattsehen konnte.

»Du hast noch gar nicht gesagt, ob es für dich in Ordnung ist«, sagte ich keck und rutschte zurück auf meine eigenen Füße, auch wenn ich noch nackt an ihn gekuschelt stehen blieb.

»Und ich dachte, meine Antwort sei eindeutig gewesen.« Er gab mir einen Kuss. Diesmal zärtlicher, aber genauso voller Liebe. In mir explodierten die Emotionen, und ich wusste nicht, wohin damit, außer wild durch seine Haare zu fahren.

Er löste sich von mir. »Muss ich dir meine Antwort noch einmal geben?«, fragte er mit seiner tiefen, rauen Stimme, und ich schloss die Augen.

»Lass uns erst mal etwas essen«, zwang ich mich zu sagen, auch wenn es mir schwerfiel, die Küsse, mit denen er meinen Hals benetzte, zu ignorieren.

»Dein Wunsch ist mir Befehl.« Er verneigte sich, während ich nach meinem Kleid angelte und damit begann, es wieder um mich zu wickeln.

Kurz darauf saßen wir am Esstisch und genossen das maritime Risotto, das Aidan gekocht hatte. Wie alles, das er zauberte, schmeckte es köstlich, und ich konnte nicht aufhören zu essen, bis ich das Gefühl hatte zu platzen.

»Wollen wir darüber reden, wann du hier einziehst?«, fragte Aidan und räumte den Tisch ab. Ich blieb mit einem Glas

Wasser sitzen und ließ mich ausnahmsweise bedienen, weil ich mich keinen Zentimeter mehr rühren wollte.

»Sobald ich alles mit Lizzy geklärt habe. Und mit Melina. Sie kommt ja erst in viereinhalb Monaten zurück, und ich weiß nicht, ob die Wohnung so lange leerstehen soll.«

»Es ist Ende Juli. Da wird nicht viel passieren, wenn du die Heizung ausstellst, und im November ist sie schon wieder da«, sagte Aidan, während er nach meinem leeren Teller griff.

»Dann könnte ich nächste Woche meine Sachen mitbringen. Wenn es für dich in Ordnung ist.« Das Haus war nicht groß, und ich wusste nicht, ob er den Platz auf Dauer teilen konnte. Schließlich lebte er seit etlichen Jahren allein.

»Von mir aus kannst du gern morgen alles herbringen.« Er ging vor mir in die Hocke. »Ich würde sogar jetzt losfahren, wenn du gleich einziehen möchtest.«

»Du bleibst hier. In der Nacht ist mir dieser Waldweg nicht geheuer«, erwiderte ich und zog ihn zu mir heran.

»Dann lass uns deinen Umzug für das nächste Wochenende festhalten. Was hältst du davon?«, schlug Aidan vor. »Soll ich dir beim Packen behilflich sein?«

»Das wäre lieb. Ich bin zwar erst viereinhalb Monate hier, aber was ich mir schon alles gekauft habe …« Ich schnaubte. »Und vielleicht kommen in den nächsten Monaten noch weitere Sachen hinzu.«

Er runzelte die Stirn, während er mich an die Hand nahm und zur Couch führte. »Was meinst du?«

Ich kuschelte mich an ihn und seufzte wohlig. »Steffen rief vor ein paar Tagen an. Wir werden unsere gemeinsame Wohnung verkaufen. Also muss ich einige meiner Sachen herschicken lassen, wenn ich nicht will, dass sie auf dem Müll landen.«

Aidan lachte. »Wehe, du machst aus meiner Männerhöhle eine Dekobutze«, sagte er und streichelte meinen Rücken.

»Also, ein wenig Anstrich könnte dein Haus schon vertragen«, murmelte ich, während ich nur dalag und die Berührungen genoss.

»Auf keinen Fall. Aber im Stall kannst du mir helfen. Das Dach muss demnächst mal gemacht werden.«

Ich biss mir auf die Lippen. Sofort verkrampfte ich mich bei dem Gedanken daran, dass ich ihm etwas Gravierendes verheimlichen musste, das ihn mehr betraf als alles andere. Mit dem Kind in meinem Bauch würde ich sicher nicht auf ein Dach klettern, doch wie sollte ich ihm das sagen, ohne ihm zu verraten, dass ich schwanger war?

»Höhen sind nicht so meins, aber ich werde dich von unten anfeuern«, flunkerte ich schließlich.

»Schon gut. Das war nur ein Scherz. Ich mache das Dach mit Baxter, wenn er das nächste Mal Landgang hat. Er hat's mir schon versprochen«, sagte Aidan, der zu meinem Glück nicht mitbekommen hatte, wie ich mich verkrampft hatte.

Dennoch schwebte mein Unbehagen den ganzen Abend über mir, und so schön er auch begonnen hatte, so gehemmt endete er für mich. Ich konnte nur hoffen, dass ich mich nicht immer tiefer in das Gefühlschaos ritt.

*

»Ist das hier auch von dir?«, fragte Aidan und hielt einen kleinen Springbrunnen hoch, der auf einer Kommode im Wohnzimmer stand.

Ich schaute aus dem Schlafzimmer, wo ich die letzten Klamotten zusammenpackte. »Nein, das bleibt hier. Aber du kannst das Wasser rauslassen. Sonst ist er grün, bis Melina zurückkommt.«

»Gut, dann mach ich das mal.« Aidan brummte vor sich

hin, während er den Brunnen entleerte, und fluchte leise, als die Dekosteine in den Ausguss fielen. »Ist das dann alles?«

»Ja, das war der letzte Koffer.« Ich wischte mir den Schweiß von der Stirn. Es war ein drückend schwüler Tag heute, mein Kreislauf machte mir zu schaffen und es kostete mich alle Mühe, mir nichts anmerken zu lassen.

Nachdem ich mit Lizzy gesprochen und sie mir zwinkernd versichert hatte, dass sie längst mit meinem Umzug rechnete, hatte ich mit dem Packen begonnen.

Melina hatte überrascht reagiert, als ich ihr per Videochat die ganze Geschichte erzählte, freute sich aber für mich. Ich war kurz davor gewesen, ihr auch die Schwangerschaft zu beichten, hatte es im letzten Moment jedoch nicht über mich gebracht. Wenn Aidan nichts davon wusste, sollte es auch kein anderer erfahren. Das hätte mein Schweigen ihm gegenüber noch schwerer gemacht, als es ohnehin bereits wog.

»Haben wir alles?«, fragte Aidan eine halbe Stunde später, als wir vor seinem Wagen standen und die letzte Kiste verstauten.

»Ich denke schon. Morgen komme ich noch mal her und werde alles sauber machen. Davon abgesehen müsste es das gewesen sein.«

»Gut, dann lass uns losfahren.«

Ich runzelte die Stirn. Kam es mir nur so vor oder drängelte er? Hatte er heute noch was vor? Während der Fahrt schwieg er, und ich war mir nicht sicher, ob es an seiner üblichen Verschlossenheit lag oder ob ihn etwas bedrückte. War ihm beim Einräumen meines Krams bewusst geworden, was mein Einzug bei ihm bedeutete, dass es das Ende seiner Einsamkeit und Freiheit war, und hatte er daraufhin Zweifel bekommen? Oder beschäftigte ihn etwas anderes?

Bis wir bei ihm ankamen, hatten wir kein einziges Wort gewechselt, und ich wollte ihn gerade darauf ansprechen, als er ausstieg und um den Wagen lief, um mir die Tür zu öffnen.

Ich nahm seine Hand, die er mir anbot, und schmunzelte. Wenn ihn etwas beschäftigte, dann sicher nichts, das unser Zusammensein betraf.

Er hielt meine Hand fest und öffnete die andere. Darin lag ein Schlüssel. »Ich wollte ihn dir in einer feierlichen Zeremonie mit Feuerwerk überreichen, aber der Shantychor, den ich angefragt habe, hatte keine Zeit.«

Aidan sprach mit so ernster Stimme, dass ich ihm für einen Moment tatsächlich glaubte. Erst als er zwinkerte, lachte ich los.

»Ein Shantychor? Meinst du so was wie in *Fisherman Friends*?«

»Ja, so in etwa. Nur nicht aus Cornwall«, sagte Aidan und verzog theatralisch das Gesicht.

»Wenn's nicht anders geht, nehme ich den Schlüssel auch ohne Tamtam. Vielen Dank«, erwiderte ich und steckte ihn an meinen Schlüsselbund. Als er gegen die anderen Schlüssel klimperte, erfasste mich die Freude darüber, angekommen zu sein. Ich schaute zu Aidan, der mir zublinzelte.

»Komm mal mit«, sagte er und zog mich an der Hand hinter sich her.

»Was hast du denn noch? Reicht der Schlüssel nicht?«

Aidan deutete auf die Scheune. »Wenn du hier einziehst, dann bin nicht nur ich es, der dich willkommen heißt.« Er öffnete das Tor zum Stall und zog mich ins Innere. »Alle Bewohner freuen sich über deine Ankunft.«

Nur langsam gewöhnten sich meine Augen an die Lichtverhältnisse im Boxengang. Dafür drang lautes Wiehern aus mehreren Mäulern an mein Ohr. Erschrocken zuckte ich zusammen. Schließlich erkannte ich sämtliche Fohlen, die im Gang standen mit wunderschön geflochtenen Mähnen und

Blumenkränzen auf dem Kopf. Ein junger Mann, den ich bisher noch nie gesehen hatte, schlich sich unauffällig aus dem Schatten an uns vorbei und winkte Aidan zu.

»Danke«, brummte der nur und drückte ihm einen Schein in die Hände. »Bis zum nächsten Mal.«

»Wer war das?«

»Der Sohn einer alten Schulkameradin aus dem Ort. Er verdient sich hin und wieder ein paar Pfund, indem er auf die Pferde aufpasst«, erklärte Aidan und ging auf Ballerina zu, die besonders schön geschmückt war. Um ihren Hals hing eine Kette aus Rosen. Von der Wunde an ihrem Bauch war nichts mehr zu erkennen und sie war deutlich kräftiger geworden. Zumindest stachen ihre Rippen nicht mehr so hervor wie noch vor ein paar Monaten. Ich war so froh, dass sie überlebt hatte. Niemals hätte ich mir verziehen, wenn dem Fohlen etwas zugestoßen wäre.

»Was meinst du dazu?« Aidan streichelte Ballerina über die Nüstern und gab ihr eine Möhre, die er aus einer der Plastikhalterungen vor den Boxen nahm.

»Sie sehen hübsch aus.« Ich neigte den Kopf und tippte mir gegen die Stirn. »Vielen Dank für die freundliche Begrüßung, ihr Lieben.«

»Das meinte ich nicht. Was hältst du davon, wenn wir Ballerina hierbehalten? Immerhin ist sie der Grund, warum wir zwei heute hier gemeinsam stehen.«

Überrascht sah ich zu Aidan. »Meinst du das ernst? Ich dachte, du hast keinen Platz für feste Pferde.«

»Habe ich im Moment auch nicht, aber ich würde ihn schaffen. Wenn du es denn möchtest.« Aidan sah konzentriert zu Ballerina, schien Angst davor zu haben, dass ich mich anders entscheiden könnte, als er es sich wünschte.

Aber genau dadurch beeinflusste er mich bereits. Jetzt

wusste ich, dass er sie gern behalten wollte. Wie konnte ich da noch nein sagen?

Und was, wenn ihr euch trennt, weil du ihm nicht die Wahrheit sagst?, flüsterte eine leise Stimme in meinem Kopf. Muss das Fohlen dann wieder gehen?

»Wie willst du denn Platz schaffen?«, fragte ich, um mir Zeit zu erkaufen und das Zittern in meinen Fingern zu unterdrücken.

»Ich würde hier vorn eine Box anbauen. Sie braucht ja nur einen Winterstellplatz. Im Sommer, Herbst und Frühling kann sie die meiste Zeit draußen bleiben.«

»Ein ganzer Anbau?«, fragte ich erschrocken. »Kostet das nicht zu viel Geld?«

Aidan ließ von Ballerina ab und nahm mich in den Arm. »Klar kostet es Geld, aber ich kann viel selbst machen, brauche also nur das Material. Außerdem verbinde ich mit ihr so viel …« Er redete nicht weiter, sondern küsste mich.

Kaum berührten mich seine Lippen, waren meine Gedanken wie fortgespült und es spielte keine Rolle mehr, was für Konsequenzen mein Handeln haben könnte. Vorerst genoss ich den Augenblick, erwiderte seinen Kuss und schmiegte mich an ihn. Erst als Ballerina sich zwischen uns drängte, lösten wir uns voneinander.

»Dann lass sie uns behalten. Und ich helfe dir beim Ausbau.«

Skeptisch sah er mich an. »Ich habe dich noch nie mit einem Werkzeug in der Hand gesehen. Kannst du denn mit anpacken, ohne deine kostbaren Finger kaputtzumachen?«, scherzte er.

»Ach, die brauche ich in vier Monaten sowieso nicht mehr, wenn Melina zurückkommt«, schnaubte ich.

Aidan nahm mich an die Hand und führte mich zu dem

hintersten der sieben Fohlen. Alle blieben brav stehen, drehten nur ihren Kopf zu Aidan, als er vorüberging. Er packte das Halfter des jungen Hengstes und führte ihn in seine Box, wo er ihn von Riemen und Blumenkranz befreite.

»Wie sehen deine Pläne aus? Willst du Melina fragen, ob ihr die Praxis zusammen führt?«

Ich verzog den Mund. »In den letzten Tagen bin ich die Bücher durchgegangen, und um ehrlich zu sein, wirft die Praxis nicht genug ab, um zwei Ärzte zu ernähren.«

»Okay.« Aidan verschloss die Box und bugsierte das nächste Fohlen an seinen Platz. »Hast du denn eine Idee, was du stattdessen tun willst?«, fragte er, während er mir den Blumenkranz des Tieres aufsetzte.

Ich zuckte mit den Schultern und half ihm, ein weiteres Pferd in seine Box zu führen. Die junge Stute würde in zwei Wochen den Hof verlassen. Sie war schon eine Weile hier, und es ging ihr so gut, dass Aidan einen neuen Besitzer für sie gefunden hatte. »Um ehrlich zu sein, habe ich keine Ahnung, was ich alternativ machen kann. Es gibt kein Krankenhaus auf der Insel, und jeden Tag mit der Fähre zu fahren, stelle ich mir umständlich vor«, dachte ich laut nach. »Ich denke, ich warte, bis Melina zurück ist. Sie kennt sich im medizinischen Bereich hier in der Gegend sicher aus und kann mir bestimmt einen Rat geben. Vielleicht gönne ich mir auch eine kleine Auszeit.«

Ich wandte mich von Aidan ab, als ich mit der Hand über meinen Bauch streichelte. Es war alles ruhig da drin. Keine Krämpfe, was gut war, und doch wünschte ich wider besseren Wissens, jetzt schon eine Kindsbewegung zu spüren. Schon bei den ersten zwei Schwangerschaften hatte ich kaum etwas gemerkt. Nur die Übelkeit, die war diesmal neu. Ein gutes Omen? Ich hoffte es so inständig.

»Ist das hier nicht deine Auszeit?«, fragte Aidan amüsiert aus der Box heraus. »Gemessen an deinem großstädtischen Klinikleben?«

»Du ahnst nicht, wie stressig ihr Hinterwäldler seid«, konterte ich. »Mit all euren Wehwehchen, über die wir Citymenschen nur lachen können.«

Eine Hand voll Stroh flog mir entgegen. »Ja, ja und dann noch diese nervigen Liebhaber. Fürchterlich.«

Ich duckte mich. »Wenn es denn nur ein Liebhaber wäre«, sagte ich und grinste breit, als Aidan mit vollkommen ernstem Gesichtsausdruck aus der Box trat. Er deutete mit dem Finger auf mich.

»Mach damit keine Scherze. Weißt du, wie viele hier froh wären, an meiner Stelle zu sein?«

Ich schüttelte den Kopf, bezweifelte, dass es überhaupt jemanden gab, der sich für mich so interessierte, wie Aidan es tat. »Also, Gordon schon mal nicht, obwohl er immer wieder mit mir flirtet.«

Aidan schnaubte. »Wenn Melina wieder da ist, wirst du sie vermutlich erst drei Tage nach ihrer Ankunft zu Gesicht bekommen, und das auch nur, weil Gordon dann mal eine Pause brauchen wird.« Aidan nahm mich in den Arm und hielt mich fest, als hätte er wirklich Angst, dass ich etwas mit einem anderen anfangen könnte. »Wusstest du, dass er sich bereits die ganze Woche rund um Melinas Rückkehr freigenommen hat?«

»Woher weißt du das denn?«

»Hat er Mac erzählt, und ich habe es gehört. Der Vorteil, wenn sich niemand mit einem unterhält. Man bekommt viel von den anderen Gesprächen mit.«

»In Zukunft musst du nicht mehr allein in den Pub«, sagte ich und gab ihm einen Kuss auf die Nasenspitze, ehe ich Ballerinas Halfter griff und sie mir sofort folgte. Seitdem ich sie gerettet hatte, schien sie mich zu mögen. Oder sie spürte, dass uns dieser wunderbare Mann verband.

»Das hört sich gut an. Und für dich finden wir ganz sicher eine tolle Beschäftigung«, machte Aidan mir Mut.

»Mit Sicherheit. Wer arbeiten will, der findet etwas, und wenn ich irgendwo als Aushilfe anfange. Aber lass uns jetzt nicht über die Zukunft sprechen«, sagte ich, auch um selbst nicht darüber nachdenken zu müssen. Ich wollte hier sein. Mehr zählte nicht.

»Du hast recht, kleine Sidhe. Heute ist ein Tag zum Feiern und nicht zum Grübeln.« Er hob mich hoch und schwang mich einmal rundherum. »Ich bin froh, dass du bei mir einziehst, und hoffe, dass du diesen Schritt niemals bereuen wirst.«

Normalerweise verbargen seine dunklen Augen so viel, doch diesmal zeigten sie mir, wie es in seinem Innern aussah. Ich versank in ihnen wie an einem verschneiten Wintertag in einer warmen Badewanne. Es fühlte sich so richtig an, bei ihm zu sein.

Allerdings nagte mein schlechtes Gewissen an mir, während ich ihn umarmte und seine Nähe genoss, und ich musste mich zusammennehmen, um nicht sofort mit allem herauszuplatzen. Ich schluckte. Es würde mich eine Menge Kraft kosten, auch die nächsten Wochen mit meiner Freude über das Kind in mir und der wahnsinnigen Angst, es zu verlieren, allein klarzukommen. Beides mit niemandem teilen zu können, weil Aidan keine Kinder wollte.

Kapitel 20

»Christina, was ist los mit dir?«, fragte Aidan nicht zum ersten Mal in den letzten anderthalb Monaten.

Wie jedes Mal schluckte ich meine Gefühle hinunter und lächelte ihn an, was mit jedem Mal schwerer wurde. »Nichts. Wieso?«

Heute ließ er sich nicht von mir abwimmeln. Er ragte vor mir auf, während ich die Wäsche zusammenlegte. Sie war den ganzen Tag im Septemberwind getrocknet und hatte diesen herrlichen Duft angenommen, den ich nur von hier kannte. Die leicht salzige Note des Gewässers verbunden mit dem harzigen Aroma der Kiefern und Eichen, die rund um Aidans Grundstück standen. Normalerweise liebte ich den Geruch und konnte nicht genug bekommen, seit ein paar Tagen allerdings wurde mir davon ständig übel.

»Ich sehe doch, dass es dir nicht gut geht. Was ist los? Liegt es daran, dass Melina nächsten Monat wiederkommt?«, fragte er. Auch nicht zum ersten Mal.

»Nein, ich freue mich auf sie.«

Aidan hockte sich mir gegenüber vor die andere Seite des Tischs, auf dem ich die Wäsche abgelegt hatte. »Woran liegt es sonst?« Er knirschte mit den Zähnen und sah mich so verzweifelt an, dass ich Mitleid mit ihm bekam. »Bereust du deine Entscheidung?«

Ich stand auf, ging mit dem Wäschekorb in Richtung Schlafzimmer. Vor zwei Wochen waren meine Möbel gekommen.

Steffens Chef hatte Wort gehalten und den Umzug tatsächlich bezahlt. Da Aidans Bett zu klein für uns beide war, hatten wir uns rasch für mein Doppelbett entschieden, auch wenn es fast die gesamte Breite des Schlafzimmers einnahm. Wir liebten es seit seiner Ankunft, weil wir beide keine Schlafkuschler waren und Platz brauchten, um nicht ständig aufzuwachen, wenn der andere sich bewegte. Vor allem in den letzten anderthalb Monaten war mir das bewusst geworden. Seitdem ich schwanger war, hatte ich ständig die Befürchtung, auf der falschen Seite zu liegen oder mich auf den Bauch zu rollen und damit etwas auszulösen, das zu einer neuen Fehlgeburt führte. Deswegen hatte ich Kissen zwischen Aidan und mich gelegt, um mich nicht aus Versehen zu drehen. Dass er das als abweisendes Zeichen interpretierte, musste ich wohl oder übel in Kauf nehmen.

Dabei wollte ich ihm so unbedingt von seinem Kind erzählen. Noch zwei Tage, dann war die kritische Zeit um. Allein bei dem Gedanken, dass ich es dieses Mal wirklich schaffen konnte, dass das Kind bei mir blieb, kamen mir die Tränen und ich musste ein Niesen vortäuschen, um mich nicht zu verraten.

»Nein, ich bereue es nicht«, sagte ich ins Taschentuch, während ich mich schnäuzte.

»Aber was ist es dann, kleine Sidhe? Ich sehe doch in deinen Augen, dass du rastlos bist. Irgendetwas beschäftigt dich. Bitte, rede mit mir.« Aidan nahm mir die auf Taille geschnittene Bluse aus der Hand, nach der ich gegriffen hatte, um sie zu falten, und die mir in ein paar Wochen sicher nicht mehr passen würde.

Ich bremste meinen Drang, mich ihm anzuvertrauen, und ignorierte die Stimme in meinem Kopf, die mich davon zu überzeugen versuchte, dass zwei Tage nur zwei Tage seien und keinen Unterschied machten. Nein, noch war es nicht geschafft. Noch konnte vieles schiefgehen.

Ich atmete tief durch und entzog Aidan meine Hände. »Du siehst Gespenster.« Ich hasste mich dafür, dass ich ihn anlog. Es fühlte sich so falsch an, und trotzdem konnte ich nicht anders.

Zwei Tage. Ich hielt inne, sah ihm in die Augen und hoffte, dass er darin nicht ausgerechnet das sah, was ich bereits seit knapp fünfzig Tagen vor ihm verbarg. »Hör zu. Nimm dir für Samstagabend nichts vor, in Ordnung?«

»Was ist am Samstag?« Die Skepsis in seiner Stimme traf mich mitten ins Herz. So weit hatte ich es also bereits getrieben. Er glaubte, dass ich schlechte Nachrichten für ihn hatte, und vertraute mir nicht mehr.

Mein Inneres brannte lichterloh, und ich hatte Mühe, das Lächeln aufrechtzuerhalten. War ich zu weit gegangen? Seit sechs Wochen hatte ich ihn anlügen müssen. Warum ich keinen Gin mit ihm trank, wenn wir gemütlich auf der Terrasse saßen. Oder wieso ich ihm nicht half, die schweren Holzlatten zu tragen, die wir für Ballerinas Box brauchten. Anfangs hatte er meine Ausreden akzeptiert, aber inzwischen reagierte er misstrauisch auf meine Ausflüchte. Besonders wenn ich Einladungen zu Ausflügen ablehnte, weil mir die Morgenübelkeit zu schaffen machte und ich Angst hatte, mich in seiner Gegenwart übergeben zu müssen. Ohnehin war es schwer, die Kotzerei vor ihm zu verbergen. Zwangsläufig hatte ich mich von Aidan zurückgezogen, was ihm natürlich aufgefallen war.

Ich konnte nur hoffen, dass ich ihn durch mein Verhalten nicht bereits verloren hatte. Wobei, kommentierte ich voller Sarkasmus in meinem Innern, er vermutlich sowieso davonrennt, sobald er erfährt, dass ich ihn angelogen habe. Und warum.

»Das ist eine Überraschung.« Ein Schauer glitt über meinen Körper, und ich musste mich schütteln. Ich verbarg die unkontrollierte Bewegung, indem ich mich von ihm wegdrehte und dem Kleiderstapel widmete. Hoffentlich hatte er nichts bemerkt.

»Wird sie mir gefallen?«

Ich griff ein paar seiner Shirts, um sie in seinen Schrank zu sortieren. »Wer weiß?«, antwortete ich, obwohl ich mir sicher war, dass ihn meine Neuigkeiten ganz und gar nicht begeistern würden.

»Versprichst du mir, dass du mir am Samstag sagst, was dich so sehr beschäftigt?«

»Vielleicht werden wir auch reden«, entgegnete ich keck, »aber hör jetzt auf herumzustochern. Lass dich einfach überraschen, in Ordnung?«

Aidan schien sich mit der Antwort zu begnügen, denn er verließ das Schlafzimmer. Ich wartete, bis ich Geräusche aus der Küche vernahm, ehe ich kraftlos auf dem Bett zusammensackte und ein Schluchzen unterdrückte. Lange hielt ich das nicht mehr aus. Ich musste ihm die Wahrheit sagen. Samstag. Zwei Tage. Das war meine persönliche Deadline. In zwei Tagen waren die ersten drei Monate der Schwangerschaft rum. Bis dahin hatte ich Zeit, mir Gedanken darüber zu machen, wie ich ihm mitteilte, dass er Vater wurde.

Ich atmete tief durch, als ich Schritte aus der Küche hörte, und machte mich erneut an die Wäsche. Er durfte mich nicht so auf dem Bett liegen sehen. Sonst würde er nur neue Fragen stellen, die ich ihm nicht beantworten wollte. Samstag, dachte ich immer wieder. Bis dahin musst du durchhalten.

*

»Wenn was ist, kannst du mich jederzeit auf dem Handy erreichen«, sagte ich zu Aileen am Telefon.

Die Praxis, die als Zugeständnis an die Berufstätigen des Ortes sonst auch samstagvormittags geöffnet hatte, blieb heute geschlossen, da ich mit den Vorbereitungen für die »Überraschung« beschäftigt war. Zunächst hatte ich vorgehabt, Aidan in ein Geschäft für Kinderbekleidung zu führen, als ich jedoch daran dachte, dass er aller Wahrscheinlichkeit nach negativ reagieren würde, verwarf ich die Idee. Das war definitiv kein Moment für die Öffentlichkeit.

»Schon klar. Hast du dir den Platz gemerkt oder brauchst du noch mal die Koordinaten?«, fragte Brianna, die im Hintergrund wohl mitgehört hatte.

»Nein, ich habe mir die Lichtung auf der Karte markiert. Danke für den Tipp.«

Da mir partout nichts Kreatives eingefallen war, hatte ich Aileen um Hilfe gebeten unter dem Vorwand, einen romantischen Abend verbringen zu wollen. Die wiederum hatte Brianna ins Boot geholt, weil sie die Gegend besser kannte. So waren wir schließlich zu der Idee gelangt, ein Herbstpicknick für Aidan vorzubereiten. Auf einer Lichtung ein paar Kilometer vor Tobermory gab es eine kleine, windgeschützte Waldhütte, die öffentlich zugänglich war.

»Sie liegt mitten im Grünen, und zu dieser Jahreszeit verirrt sich keine Menschenseele dorthin«, hatte mir Brianna mit leuchtenden Augen versichert. Ihr Zwinkern verriet mir, dass sie es selbst schon einmal probiert hatte.

Ich schaute aus dem Küchenfenster und betrachtete nachdenklich den bewölkten Himmel. Ein Picknick Ende September war vielleicht nicht die beste Idee, doch jetzt war es zu spät, sich was Neues einfallen zu lassen. Ich hatte Aidan für in einer Stunde zum Aufbruch bestellt, und bis dahin gab es viel vorzubereiten.

Eine Wassermelone hatte ich bereits in Dreiecke geschnitten. Ebenso wie Sandwiches belegt. Aber der Salat war nicht fertig, und ich musste noch Kekse in den Ofen schieben.

Aidan war draußen bei den Fohlen und versorgte sie, damit wir ein paar Stunden für uns sein konnten. Hoffentlich kam nichts dazwischen. Denn wenn es einem der Pferde schlecht ginge, wäre Aidan nie bereit, mit mir spazieren zu gehen. Und Gelegenheit das zu sagen, was endlich ausgesprochen werden musste, wäre dann genauso wenig.

Meine Finger zitterten, und ich musste das Messer, mit dem ich Tomaten für den Salat in Scheiben schnitt, beiseitelegen. Das Baby in mir wuchs und lebte. Gerade gestern hatte ich zur Sicherheit nachgesehen. Auch die Gynäkologin, die ich ins Vertrauen gezogen hatte, war zufrieden mit der Entwicklung des Fötus. Die Erleichterung, als sie mir letzte Woche zufrieden zugelächelt hatte, trieb mir ein weiteres Mal die Tränen in die Augen. Ich würde ein Kind bekommen. Eines, das aus Liebe entstanden war. Wenn auch unbeabsichtigt.

Ich konnte nur hoffen, dass die Grundsäulen dieser Liebe lediglich ein paar Risse bekämen und nicht sofort in sich zusammenstürzten, wenn ich Aidan die Wahrheit sagte. Immerhin hatte ich gerade mein Leben in Deutschland für ihn aufgegeben, meine Wohnung verkauft, meine Habe her geschifft, meinen Job gekündigt und Freunde zurückgelassen.

»Was denke ich mir nur?«, flüsterte ich und musste mich auf meinen Atem konzentrieren, um nicht in hektisches Keuchen zu verfallen. Tief ein und aus. Aidan wird mich nicht verlassen, sagte ich mir immer wieder. Er liebt mich und ich ihn. Für alles andere findet sich eine Lösung. Er zeigte Verständnis, als ich Zeit brauchte, um mich von seinem Verschwinden beim Unfall zu erholen, und blieb geduldig, bei was auch immer ich in den letzten Wochen Rückenschmerzen vorgegaukelt hatte. Drängte mich zu nichts, ließ mir den Raum, den ich brauchte, um ich zu sein. Kaum zu glauben, aber wahr, in Aidan hatte ich den perfekten Mann gefunden, und seit meinem Einzug bei ihm war meine Liebe umso tiefer geworden. Genauso allerdings auch mein schlechtes Gewissen ihm gegenüber.

Mühsam konzentrierte ich mich auf die Paprika, die ich als Nächstes für den Salat schnitt, und nahm das Messer in die Hand. Einfach weitermachen und das elektrisierende Gefühl, das alle paar Minuten in mir hochkochte, ignorieren.

Schließlich waren sämtliche Vorräte in einem Picknickrucksack verstaut, dazu eine kleine Decke und zwei Kannen mit Tee, die in den Getränkehaltern links und rechts steckten. Ich war vorbereitet. Zumindest was die Zutaten betraf.

Aidan kam herein, als ich abmarschbereit im Wohnzimmer stand. Er musterte mich und die Ausrüstung. »Was hast du denn vor?«

»Ich entführe dich zu einem Picknick. Du musst nur noch eine Jacke mitnehmen«, entgegnete ich und freute mich, dass ich ihn tatsächlich hatte überraschen können. Eigentlich hatte ich geglaubt, dass er ahnte, was ich vorhatte.

»Ein Picknick? Hast du mal nach draußen gesehen?« Er zog eine Augenbraue und einen Mundwinkel amüsiert nach oben. »Ich glaube nicht, dass das so passend ist.«

Kopfschüttelnd ging ich zu ihm und packte seine Hand. »Wir gehen los. Ich habe einen Plan, und der beinhaltet erstens keinen Regen und zweitens einen gemütlichen Abend mit dir in der Natur.«

Aidan zog mich an sich und gab mir einen stürmischen Kuss. »Mit dir in der Natur? Immer. Sollte ich zur Sicherheit ein paar Decken mehr einpacken, falls wir uns verlaufen und die Nacht im Wald verbringen müssen?«

Ich löste mich empört aus seiner Umarmung und schlug

ihm auf den Oberarm. »Hey, ich habe keinen Orientierungssinn wie ein ausgelatschter Turnschuh. Wir werden schon wieder zurückfinden, selbst in der Dunkelheit«, erklärte ich entschlossen. »Außerdem glaube ich nicht, dass wir uns verlaufen werden. Ich habe alles genau geplant.«

»Na, dann bin ich mal gespannt«, erwiderte Aidan und gab mir einen weiteren Kuss auf die Wange. »Trotzdem hüpfe ich noch schnell unter die Dusche. Ich musste Ballerinas Box ausmisten, und das war nicht schön. Bin gleich wieder bei dir. Lauf nicht weg.«

Ich hob den Rucksack und die Decke an. »Hatte ich nicht vor.«

Zehn Minuten später waren wir auf dem Pfad hinter dem Haus unterwegs und marschierten in den Wald hinein.

»Also, was genau hast du denn nun vor?«, fragte Aidan.

»Ich möchte einfach einen schönen Abend mit dir verbringen.« Ich ergriff seine Hand und ließ ihn nicht mehr los, bis wir die Hütte erreichten.

»Den Platz kenne ich aus meiner Jugend«, sagte Aidan mit einem wehmütigen Blick. »Hier habe ich das erste Mal mit meiner ersten Freundin geknutscht.«

»Ach, tatsächlich. Kenne ich sie?« Ich stellte den Korb auf den moosbedeckten Boden der Lichtung. Der Herbst hatte sich ausgebreitet. Überall lagen rotbraune Blätter herum, und bei jedem Windstoß kamen neue dazu. Die hohen Bäume bremsten den Wind und noch gab es genügend Laub an den Ästen, um vor Regen zumindest ein wenig geschützt zu sein. Aber wir hatten Glück – während der Stunde, die wir hergewandert waren, hatte die Sonne immer wieder einen Weg zwischen Wolken und Geäst hindurch zu uns gefunden.

»Wohl eher nicht. Sie ist schon vor Jahren nach London gezogen, um dort zu studieren. Sie kommt nur ab und an zu den

Feiertagen nach Hause. Ist jetzt angesehene Anwältin in einer Kanzlei, die sich auf Pro-Bono-Fälle spezialisiert hat.«

»Ah, okay. Also keine Bedrohung für mich.«

Aidan schnaubte. »Als ob es in diesem Kaff jemanden wie dich geben würde.«

Seine Worte, auf meinen nebensächlichen Scherz gesagt, legten sich wie Balsam um meine Seele. Ich liebte es, wenn er mich als etwas darstellte, das ich selbst nicht fühlte, weil ich es, wenn er es sagte, glauben konnte.

»Von mir gibt es Tausende. Ich bin nichts Besonderes«, wiegelte ich dennoch ab, während mir gleichzeitig Hitze in die Wangen stieg.

»Das stimmt nicht mal im Ansatz, kleine Sidhe. Du bist eine Frau, die sich durch das Leben kämpft und nicht einfach hinnimmt, was ihr zustößt. Das liebe ich so sehr an dir. Dein Umgang mit deinen Gefühlen. Du bist einzigartig.«

Ich biss mir auf die Zunge, als er mir einen Kuss gab. Ich spitzte zwar die Lippen, wusste jedoch bereits bei der Berührung, dass es sich für Aidan seltsam anfühlen musste.

»Was ist?«, fragte er auch sofort und sah mich besorgt an.

»Ich muss mit dir reden«, gestand ich, bevor ich mich davor drücken konnte. »Aber lass uns erst mal was essen. Ich verhungere gleich.«

Aidan blieb stehen, während ich mich auf die Decke setzte und die Schalen herausholte. Ohne ihn anzusehen, stellte ich alles hin, was ich vorbereitet hatte.

»Kannst du es mir nicht sofort sagen, kleine Sidhe?« Noch immer stand er, und seine Stimme war schwach, wurde vom Wind weggetragen, sodass ich Mühe hatte, ihn zu verstehen.

»Bitte, Aidan. Es ist nicht leicht für mich, und ich möchte gerne erst mal was essen. Bitte, setz dich zu mir. Erzähl mir von deiner ersten Freundin.«

Aidans Augenbrauen zogen sich so fest zusammen, dass ich Angst hatte, sie würden zu einer verschmelzen. »Willst du das wirklich oder möchtest du nur vom Thema ablenken?«

»Beides?« Entschuldigend verzog ich das Gesicht und wusste jetzt schon, dass ich nicht mehr zu meinem ruhigen Moment mit ihm kommen würde. Seufzend schaute ich auf die Leckereien. Mein Magen knurrte, und ich griff nach einer Karotte, biss ein Stück davon ab.

»Christina, ich weiß nicht, was dich quält, aber du kannst mit mir reden. Über alles. Du brauchst keine Angst zu haben, dass du mich mit etwas verschrecken könntest, wenn es das ist, was dich davon abhält. Ich liebe dich, und egal was du mir sagst, es wird nichts an dieser Tatsache ändern.«

In meinem Hals wuchs ein Kloß, und ich konnte das Stück Karotte nicht hinunterschlucken. Selbst das Atmen fiel mir schwer. »Bist du dir da sicher?«, murmelte ich.

»Vertrau mir«, sagte er, beugte sich zu mir herunter und strich mir über die Wange.

Seine Worte gaben mir die Zuversicht, die ich brauchte. Ein warmer Schauer breitete sich von meinem Herzen aus und übernahm meinen Körper. Und als er sich zu mir setzte und meine Hand nahm, war ich einfach nur glücklich.

Seine Gegenwart zauberte ein Lächeln auf meine Lippen, und ich lehnte mich an ihn, sodass ich seinem Herzschlag lauschen konnte. Endlich rutschte die Karotte durch meinen Hals hinunter.

»Also, ich habe vor knapp zwei Monaten etwas erfahren, von dem ich nicht gedacht hätte, dass es passieren würde.«

Aidan strich mir über die Haare. »Das mit deiner Wohnung? Oder hat es etwas mit deiner Arbeit in Hannover zu tun?«

Ich seufzte. »Weder noch. Es betrifft dich und mich.« Sein Herzschlag beschleunigte sich, doch ich konzentrierte mich auf die Wärme, die er ausstrahlte. Nicht nur körperlich, sondern auch mit seinen zärtlichen Berührungen und der Entspannung, die ihm so sehr innewohnte. Die entscheidenden Worte auszusprechen, wagte ich dennoch nicht. Niemand außer meiner Gynäkologin wusste von der Schwangerschaft. Mit niemandem hatte ich darüber gesprochen und mich inzwischen quasi daran gewöhnt, dieses große Geheimnis allein zu tragen. Es jetzt, nach so langer Zeit, zu lüften, fühlte sich an, wie etwas wegzugeben. Eine Tür zuzuschlagen. Sprach ich es aus, gab es kein Zurück. Ich konnte nicht sagen: Haha, war alles nur ein Scherz. Mit meinem Geständnis würde sich mein Leben verändern. So oder so.

»Willst du doch zurück nach Deutschland?«, fragte Aidan leise, und ich konnte die Angst spüren, die in seiner Stimme vibrierte.

»Nein, auf keinen Fall. Ich möchte bei dir bleiben!« Ich richtete mich auf, um ihn anzusehen. »Aidan, ich liebe dich.«

»Aber was ist es dann?« Normalerweise zauberten diese Worte ein Lächeln nicht nur in Aidans Gesicht, sondern auch in seine Augen. Doch jetzt dominierte eine steile Sorgenfalte seine Miene, die sich tief zwischen seine Augenbrauen grub. »Was hast du erfahren, das dich schon so lange beschäftigt und du mir bisher nicht sagen konntest?« Sein Blick bohrte sich in mein Innerstes, und ich musste mich zusammennehmen, um die Tränen zurückzuhalten, die seine Worte in mir nach oben trieben.

Mir blieb keine Wahl. Es musste jetzt sein. Wenn ich noch länger zögerte, würde ich mich niemals trauen.

»Ich bin schwanger«, flüsterte ich also und spürte, wie ein zaghaftes Lächeln meine Lippen umspielte. Die wahnwitzige Hoffnung, er könnte sich mit mir freuen.

Sein Blick hielt mich gefangen. Ich wollte mich abwenden,

nicht sehen, was meine Nachricht in ihm auslöste, und doch konnte ich nicht anders, als ihn anzustarren.

Hätte ich es nur nicht getan.

Aidan erstarrte zur Salzsäule. Seine Finger hörten auf, mich zu streicheln. »Wie bitte?«

»Ich bin schwanger. Im vierten Monat seit heute«, erklärte ich langsam und leise, weiterhin unfähig, mich wegzudrehen. Wie in Zeitlupe konnte ich zusehen, wie etwas in ihm zerbrach. Erst blinzelte er ein paar Mal zu oft, als zweifelte er daran, dass er richtig gehört hatte. Dann riss er die Augen weit auf und sah mich verwirrt an.

»Wie bitte?«, wiederholte er und rückte ein Stück von mir ab. »Du bist was?«

Unsicher, in welche Richtung seine Reaktion zielte – war er erfreut und nur geschockt oder fassungslos und enttäuscht? –, vertraute ich meiner Stimme nicht. Deswegen nickte ich nur.

Aidan sprang auf und ballte die Faust in der Luft. »Ist das dein Ernst?«

Ich zuckte zusammen, hatte zwar mit einer heftigen Reaktion gerechnet, aber nicht mit solcher Wut, die seine Worte eisig klirren ließ. Wieder nickte ich, diesmal ohne das zaghafte Lächeln. Stattdessen spürte ich kalten Schweiß zwischen meinen Fingern und ein Zittern im Herzen. Aidan reagierte so abweisend, wie ich in meinen schlimmsten Versionen nicht befürchtet hatte. Rasch stand ich ebenfalls auf, um ihm auf Augenhöhe zu begegnen. »Bitte, Aidan, bleib ruhig. Ich will mit dir darüber reden.«

Er drehte sich weg, strich sich die Haare aus dem Gesicht, die ihm beim Aufspringen hineingefallen waren, und entfernte sich ein paar Schritte von mir.

»Moment, warte.« Abrupt blieb er stehen. »Du weißt es seit zwei Monaten?«

Ich nickte, unfähig etwas zu erwidern. Das war der Augenblick der Wahrheit. Wenn ich ihm jetzt nicht alles sagte, würde ich für immer mit einer Lüge herumrennen.

»Seit zwei Monaten? Ist das dein fucking Ernst?« Er brüllte, was ein paar Vögel laut meckernd aufflattern ließ und seltsam in den Wald hineinhallte. Seine sonst so beruhigende Bärenstimme derart gewaltvoll zu erleben, fühlte sich an wie Prügel, und ich musste den Impuls unterdrücken, den Kopf einzuziehen. Er kam wieder auf mich zu, hielt kurz vor mir. »Wann hattest du vor, es mir zu sagen? Nach der Geburt?«

»Nein, ich wollte bloß erst mal die kritischen Monate abwarten«, verteidigte ich mich.

Aidan schnaubte. »Na, vielen Dank auch. Hast du nur ein einziges Mal daran gedacht, dass ich es vielleicht gern gewusst hätte? Oder bin ich nicht der Vater?«

Empört riss ich den Mund auf. »Was denkst du denn von mir? Natürlich bist du der Vater!«

»Dann frage ich mich, warum du mir nichts gesagt hast.« Seine Augen glitzerten kalt, und die Abweisung darin stach mir ins Herz. »Habe ich kein Wort mitzureden? Vor allem, nachdem ich dir kurz davor erst klar gesagt habe, dass ich keine Kinder will!«

Ich stemmte die Hände in die Hüften, als er sich erneut von mir entfernte. »Was hätte es geändert, wenn ich es dir gesagt hätte? Du kennst meine Vorgeschichte – so oder so: Ich hätte das Kind behalten.«

»Ha! Dann hättest du es mir genauso gut sagen können.« Wieder dröhnte seine Stimme in den Wald hinein. »Warum ziehst du bei mir ein, wenn du genau weißt, dass dieser Moment hier zu erwarten war?«

Ich rang nach Atem wie ein Fisch, der sich in einer austrocknenden Pfütze windet, musste mich sammeln, weil ein

Teil von mir ihm recht gab. Weil ich schon vor zwei Monaten gewusst hatte, dass mein Schweigen feige war. Und jetzt war das eingetreten, was ich befürchtet hatte. Nur dass Aidan noch heftiger reagierte.

»Weil ich dich nicht verlieren wollte«, gab ich zu.

»Du hast gewusst, wie ich über Nachwuchs denke, und mir deine Schwangerschaft verheimlicht, um mich ganz bewusst aus jeder Entscheidung rauszuhalten. Und nun stellst du mich vor vollendete Tatsachen und bürdest mir ein Kind auf, das ich nie gewollt habe. Warum? Warum tust du so etwas Egoistisches?«

Ich schaute hektisch von den Bäumen zu Aidan und zurück, als könnten sie mir helfen, eine Antwort zu geben, die ihn besänftigte und die Kälte aus seiner Stimme vertrieb. »Weil ich abwarten wollte.« Jetzt, da ich meine Entscheidung nicht nur mir gegenüber vertreten sollte, ergab meine Argumentationskette keinen Sinn mehr. Mit jedem Wort stürzte mein selbst aufgebautes Kartenhaus weiter in sich zusammen. »Du weißt, dass ich zwei Kinder verloren habe, und ich hatte solche Angst, dass es wieder passieren würde. Also habe ich beschlossen, die kritische Phase abzuwarten.«

»Was, wenn du noch eine Fehlgeburt gehabt hättest? Hättest du das dann auch vor mir verheimlicht? Mir verschwiegen, wie es dir geht? Mir etwas vorgespielt?« Mit einer harten Geste versenkte Aidan seine Hände in den Hosentaschen und funkelte zu mir herüber. »Hörst du eigentlich, wie sinnbefreit das klingt?« Seine sonst so sanfte Stimme war rau und unnahbar geworden. Seine Körperhaltung warnte mich davor, näher zu kommen. Auf der Lichtung vor mir stand ein Mann, der vor Wut schäumte.

Und ich konnte es verstehen. Beschwichtigend hob ich die Hände. »Aidan, bitte. Lass uns vernünftig reden. Ich will dir erklären, warum ich das getan habe.«

»Vernünftig reden hättest du mit mir vor zwei Monaten können. Stattdessen hast du eine Entscheidung getroffen, die nicht nur dein verdammtes Leben beeinflusst, sondern auch meines über den Haufen wirft. Ist dir mal in den Sinn gekommen, dass ich keine Kinder will, weil ich die Verantwortung nicht ertrage?« Aidan lief ein paar Schritte in den Wald hinein und brüllte all seine Wut hinaus. Ein gewalttätiger wie schmerzhafter Laut, der mich erschütterte. Ich verharrte bewegungslos, bis er zurückkam. »Verdammt noch mal, Christina, ich habe meine ganze Familie verloren, als ich jung war, und will das nicht noch einmal erleben. Ich kann keine Verantwortung für ein Kind übernehmen, wenn ich ständig Angst habe, es bei einem Unfall zu verlieren. Allein der Gedanke daran macht mich wahnsinnig.«

Also doch. Ich hatte recht gehabt mit meiner Vermutung, dass seine Angst vor Vererbung des Diabetes lediglich ein vorgeschobener Grund war.

»Aber es ist noch da!«, rief ich, und zwischen die Tränen, die plötzlich meine Wangen hinunterströmten, schummelte sich ein kleines Lächeln. »Unser Kind lebt in mir, und wir können es gemeinsam großziehen.«

Aidan blieb vor einem Brombeerbusch stehen und starrte ihn an. Die Beulen seiner Hosentaschen verrieten, dass seine Fäuste noch immer geballt waren.

»Nein!«, erwiderte er schließlich und fuhr herum. »Wir werden gar nichts gemeinsam großziehen. Denn mir wird gerade klar, dass du mir nicht nur die Schwangerschaft verheimlicht, sondern mich zwei Monate lang täglich belogen hast. Deine Rückenschmerzen? Du wolltest keinen Alkohol trinken, weil du nach dem Unfall nicht noch einmal beschwipst auf einen Notfall treffen wolltest? Ha! Alles gelogen, weil du wusstest, wie ich zu einem Kind stehe, und es dir egal ist.«

»Aidan, bitte!«, setzte ich an, aber er unterbrach mich sofort.

»Das ist unfassbar. Ganz ehrlich? Das hätte ich nie von dir gedacht, Christina. Mich derart zu hintergehen!« Er starrte mich an, und ich sah, wie er die Mauern, die er vor Wochen für mich gesenkt hatte, neu errichtete. Er vertrieb mich aus seinem Inneren und sperrte mich aus. Seine Kiefermuskeln arbeiteten, und nach einigen Sekunden nickte er. »Ich muss hier weg.«

»Du kannst nicht einfach so gehen«, rief ich ihm nach, als er sich abwandte und auf die Bäume zuschritt. Meine Stimme ein klägliches Quäken. »Lass uns reden.«

Aidan drehte sich noch einmal um und deutete mit dem Zeigefinger auf mich. »Zu spät, Christina. Zwei Monate zu spät. Das hast du entschieden. Du allein!« Damit verschwand er im Wald und ließ mich auf der Lichtung zurück.

In meinen Ohren rauschte es, und ich spürte, wie meine Finger taub wurden. Kälte erfasste mich und ließ mich zittern. Nur mein Bauch war warm. Als ich die Hände darauf legte, brach ich in lautes Schluchzen aus. Ich sank auf die Knie, weinte und schrie und ließ mich überrollen von alldem, was sich in mir aufgestaut hatte.

Es war vorbei. Ich bezweifelte, dass Aidan jemals wieder ein Wort mit mir reden würde. Mit seinem letzten Blick hatte er mich aus seinem Leben getilgt.

Das Einzige, das mir blieb, war das Leben in mir. Ich streichelte darüber und hoffte, dass zumindest dieses Kind mich nicht verließ.

Kapitel 21

Wie in Trance schob ich die Schalen zusammen und packte sie in den Rucksack. Obwohl ich außer dem kleinen Stück Möhre nichts angerührt hatte, war mein Hunger verschwunden. Allein der Gedanke, jemals wieder etwas zu essen, verursachte mir Übelkeit. Taumelnd kam ich auf die Beine und stolperte in den Wald hinein.

Während ich einen Fuß vor den anderen setzte, beherrschte mich ein einziger Gedanke: Aidan hatte mich stehenlassen. Erneut, und diesmal aus triftigem Grund. Meine Nase lief und immer wieder verschleierten mir Tränen die Sicht, sodass ich alle paar Meter über eine Wurzel stolperte und mich nicht nur einmal an einem Ast festhalten musste, um nicht hinzufallen. Ohne Navi hätte ich den Rückweg nicht gefunden.

Als ich zu Hause ankam, setzte die Dunkelheit ein. Vor der Tür blieb ich stehen. War der Hof überhaupt noch mein Zuhause? Aidans Worte waren eindeutig gewesen, verbal hatte er mich rausgeworfen, oder nicht? Durfte ich noch die Nacht hier verbringen? Zum Fahren fühlte ich mich nicht in der Lage.

»Aidan?«, rief ich, als ich das Wohnzimmer betrat. Weder der Kamin noch das Licht brannten. Aidan war nicht heimgekommen. Ich lief nach draußen. Sein Wagen war weg. Also war er hier gewesen. Ich sackte auf der Couch zusammen und fühlte mich wie ein Häufchen Elend. Natürlich war er verschwunden. Ich hätte es nicht anders gemacht an seiner Stelle.

Eine ganze Weile lag ich so da, ehe mich der Hunger überwältigte. Trotz der Übelkeit musste ich etwas essen. Für mein Kind. Als ich mich hochrappelte, fiel mein Blick auf das Bild mit Aidans Familie, und ich ging zum Kamin, um es zu betrachten. Der Tod seiner Mutter und Schwester war der Grund, warum er keine Kinder wollte. Obwohl ich das nachvollziehen konnte, auch wenn wir beide wussten, dass seine Argumentation genauso auf Angst und unbewältigter Trauer basierte wie mein Schweigen bezüglich der Schwangerschaft, entsetzte es mich, dass er wirklich und wahrhaftig in Erwägung gezogen hätte, *unser* Kind abzutreiben. Er wusste, dass ich nach allem, was ich durchgemacht hatte, niemals damit einverstanden gewesen wäre. Und trotzdem hätte er nicht nur mit dem Gedanken gespielt, sondern mir sogar vorgeschlagen und versucht, mich von einem Abbruch zu überzeugen. Dessen war ich mir sicher.

Mein Entsetzen spiegelte sich in dem Glas des Bilderrahmens, und ich stellte das Foto zurück auf den Sims. Niemals wieder würde ich ein Kind ablehnen, das die Kraft besaß, in mir zu wachsen.

Aidan musste einsehen, dass ich keine andere Wahl hatte, als so zu entscheiden, oder? Wenn er doch nur hier wäre, dachte ich. Dann könnte ich mit ihm reden. Ihm erklären, warum ich hatte schweigen müssen, dass mich die Gefühle überwältigt hatten und ich nicht in der Lage gewesen wäre, die Ablehnung, die er mir vorhin entgegengeschleudert hatte, zu ertragen. Das wäre niemals gutgegangen. Hätte sich seine Reaktion zu Beginn der Schwangerschaft bereits auf mein Seelenwohl ausgewirkt – wer weiß, was das angerichtet hätte? So war alles normal verlaufen, der kritische Punkt überstanden, das Baby in Sicherheit. Letztlich war es das, was zählte.

In der Küche aß ich ein paar Happen aus dem Picknickrucksack, bevor ich mich aufs Sofa sinken ließ, nur um gleich wieder aufzuspringen. Ich tigerte durch Wohnzimmer und Küche und blieb regelmäßig am Fenster stehen, um in die Dunkelheit zu starren. Nie entdeckte ich Scheinwerfer, die sich dem Hof näherten und in die Einfahrt bogen.

Stunden später, in denen die Sorge in mir wuchs, dass Aidan etwas passieren könnte, hörte ich auf einmal seinen Schlüssel im Schloss. Sofort sprang ich auf und lief zu ihm.

Aidan sah mich nicht einmal an. An mir vorbei stapfte er zum Schlafzimmer, griff sich Decke und Kopfkissen und warf beides auf die Couch im Wohnzimmer.

»Können wir reden?«, fragte ich vorsichtig.

Aidan zog seine Jacke aus, schleuderte sie unachtsam auf einen der Stühle und schüttelte den Kopf. »Es gibt nichts zu bereden.« Dann verschwand er im Badezimmer, von wo ich gleich darauf die Dusche hörte.

Ich brach in Tränen aus. Wie Sturzbäche rannen sie meine Wangen hinab, und selbst wenn ich versucht hätte, sie aufzuhalten, wäre ich nicht erfolgreich gewesen. Ich hatte damit gerechnet, dass er abweisend reagieren würde, doch dass er nicht bereit war, auch nur mit mir zu sprechen, überforderte mich.

»Aidan«, murmelte ich immer wieder in mein Kissen, bis das Rauschen des Wassers stoppte. Seine schweren Schritte schlurften vom Bad ins Wohnzimmer, wo sie verstummten. Kurz überlegte ich, zu ihm zu gehen. Vielleicht hatte das Duschen ihn so weit beruhigt, dass er nun doch bereit war, mir zuzuhören. Immerhin liebten wir einander, zählte das gar nichts?

Allerdings wollte mein Körper nicht. Als ich versuchte mich aufzurichten, verweigerten mir meine Muskeln den Dienst, als ahnten sie, dass Aidan mich weiterhin von sich stoßen würde. Mittlerweile war es mitten in der Nacht. Morgen musste ich früh aufstehen, weil Aileen zwei Patienten für den Sonntag angenommen hatte, die wochentags auf dem Festland arbeiteten und es zu unseren normalen Öffnungszeiten nicht in die Praxis schafften. Ein Entgegenkommen, das Melina etabliert hatte.

Also versuchte ich zu schlafen und glitt schließlich in einen unruhigen Halbschlaf. Ich träumte, dass ich mich eine Klippe hinabstürzte und niemand kam, um meinen Körper zu bergen. Ich warf mich auf meinem Kissen hin und her, ehe ich in den frühen Morgenstunden für zwei kostbare Stunden tiefer einschlief.

Als ich erwachte, ging ich in die Küche und warf einen vorsichtigen Blick ins Wohnzimmer hinüber. Die Couch war leer, Aidans Decke lag sauber zusammengelegt am Fußende, ebenso wie das Kissen. Schnell sah ich aus dem Fenster und stellte erleichtert fest, dass sein Wagen vor dem Haus parkte. Also war er vermutlich lediglich in die Scheune gegangen. Sollte ich hinterher? Noch einmal versuchen, mit ihm zu reden?

Bevor ich zu viel nachdenken konnte, nahm ich den Salat aus dem Kühlschrank und füllte zwei Teller. Ich legte ein paar Gemüsesticks und zwei Sandwiches dazu und ging so beladen in Richtung Stall. Die Tür stand offen und ich hörte Aidan im Innern fluchen.

»Verdammtes Gatter«, brummte er vor sich hin und ruckelte an der Tür zu einer Box.

»Aidan?«, rief ich leise, damit er sich nicht erschrak. »Ich habe dir was zu essen gemacht.«

»Danke.« Es klang nicht liebevoll, sondern so neutral wie die Schweiz. Vielleicht mit einem leicht genervten Unterton.

»Können wir reden?«, versuchte ich es erneut.

»Ich habe gestern schon gesagt, dass es nichts zu bereden gibt, Christina.«

Dass er mich bei meinem Namen nannte, stach mir mehr ins Herz, als ich geahnt hatte. Dabei mochte ich seinen Spitznamen für mich nicht einmal. Aber dass er ihn jetzt nicht mehr verwendete, bereitete mir Sorgen und Bauchschmerzen.

»Vielleicht heute Abend?«

Aidan antwortete nicht. Ich wartete noch einige Minuten, musste dann jedoch in die Praxis. Den Teller mit dem Picknick stellte ich auf einem Strohballen im Boxengang ab, bevor ich mich mit einem dünnen »Bis später« auf den Weg machte.

Während der Fahrt wurde mir klar, dass Aidan mir so schnell nicht verzeihen würde. Falls überhaupt. Er gehörte nicht zu jener Sorte Mann, die sich mit seinen Gefühlen auseinandersetzte. Im Gegenteil, aktuell schien er alles auszublenden, was nur annähernd einer Regung gleichkam. Vielleicht konnte er seine Emotionen sogar abschalten, sodass er gar nichts mehr spürte.

Alles hätte ich akzeptiert. Schreien, Toben, die Zerstörung von Möbeln oder Geschirr. Mit Empfindungen, die hochkochten, bis sie explodierten, kannte ich mich aus. Doch dass er so ruhig blieb und mich ignorierte, tat mehr weh als alles andere.

Ich rollte auf den Parkplatz der Praxis und stellte das Auto ab. Bevor ich ausstieg, warf ich einen Blick in den Rückspiegel. Und bereute es. Meine Augen waren rot gerändert vom Weinen und dem Schlafmangel und lagen tief in ihren Höhlen. Mein Haar hing glanzlos und spröde an mir herab. Mein Mund glich einem Strich.

»Toller Sonntagslook«, sagte ich zu mir selbst. »Die Patienten werden sich freuen.«

Kaum betrat ich die Praxis, deutete Aileen bereits auf den Behandlungsraum. »Die erste Patientin wartet schon. Kam vor zwei Minuten rein. Ist ein Notfall, aber ich habe dich nicht angerufen, weil du ja sowieso jetzt kommen wolltest. Ich hoffe, das war in Ordnung?« Sie stutzte, als sie mich ansah, um auf meine Bestätigung zu warten, sagte aber nichts. Gut so. Das Thema Aidan musste warten, abgesehen davon, dass ich mir nicht sicher war, es überhaupt besprechen zu wollen. Vielleicht, wenn Melina im nächsten Monat zurückkehrte.

»Ja, danke.« Ich schüttelte den Gedanken an einen gemütlichen Frauenabend unter Freundinnen, die eventuell Rat wussten, ab. Es gab Wichtigeres zu tun. »Was ist es?«

»Der alte Tom hat eine Frau am Strand gefunden und hergebracht. Sie ist bewusstlos, der Rettungswagen unterwegs.«

»Sag das doch gleich!« Ich warf meine Sachen in die Ecke. »Sauerstoff bereithalten und auch das Notfallset.«

»Steht schon bereit«, hörte ich meine Assistentin sagen, als sie mir in den Behandlungsraum folgte.

Genau das Richtige, um mich jetzt abzulenken, dachte ich und stürzte mich in die Arbeit.

Zwei Stunden später musste ich mit ansehen, wie der Leichenbestatter den Körper der Frau mitnahm. Ich stand mit verschränkten Armen in der Tür und sah zu, wie er auf der Trage hinausgeschoben wurde, und presste die Lippen zusammen.

»Du hättest nichts machen können«, sagte Aileen und reichte mir ein Taschentuch.

Mir war nicht aufgefallen, dass ich weinte. »Danke«, flüsterte ich und gab mir Mühe, das Zittern aus meiner Stimme zu verbannen. Die Tote war nicht alt gewesen. Ich vermutete, dass sie auf der Kaimauer entlangbalanciert war, übermütig getänzelt, wie es viele junge Menschen taten, die die eigene Sterblichkeit allenfalls für ein abstraktes Konzept hielten, aber für nichts, das ihnen selbst blühte. Wahrscheinlich war die Frau abgerutscht, fünf Meter tief auf den nassen Strand gefallen und mit dem Kopf auf einen der großen Steine aufgeschlagen. Sie hatte eine offene Fraktur am Schädel gehabt, und obwohl sie gelebt hatte, als Tom mit ihr in die Praxis kam, hatten sich ihre Vitalzeichen rapide verschlechtert. Egal was ich versucht hatte, es war vergebens. Vor einer halben Stunde schließlich musste ich sie für tot erklären, weil ihr Herz einfach nicht mehr schlagen wollte.

»Old Sam bat mich, ihn anzurufen, wenn wir wissen, wer sie ist. Hatte sie Papiere dabei?«, fragte Aileen, die die meiste Zeit an meiner Seite gewesen war. Auch wenn sie blass um die Nase war, schien ihr der Tod unserer Patientin weniger zuzusetzen als mir.

Vielleicht lag es daran, dass meine Verfassung sowieso zu wünschen übrig ließ. Sei es aufgrund der Schwangerschaft oder des Streits mit Aidan. Oder weil ich den Tod der jungen Frau als schlechtes Omen ansah. Mir ging so viel durch den Kopf, dass ich mich kaum darauf konzentrieren konnte, was Aileen sagte. Mit Mühe verschob ich die Gedanken in ein Karussell am Rand meines Bewusstseins, damit ich meine Aufmerksamkeit auf das jetzt Wichtige richten konnte.

»Ich denke, sie war eine Touristin. Zumindest habe ich sie hier noch nie gesehen. Und sie sah asiatisch aus. Frag mal den Bestatter, der hat den Ausweis mitgenommen.«

»Mache ich. Soll ich die anderen Termine für heute absagen?«, fragte Aileen und nahm mich plötzlich in den Arm.

»Nein, es geht gleich wieder. Gib mir nur eine Minute, um durchzuatmen.« Dass das hoffnungslos gelogen war, wusste vermutlich nicht nur ich, doch Aileen tat, als hätte ich sie mit meiner Aussage überzeugt, und deutete über die Schulter.

»Ich sag Bescheid, dass sie noch einen Moment warten müssen, in Ordnung? Dann können wir in Ruhe aufräumen.« Meine Assistentin ging nach draußen, wo die für heute angemeldeten Patienten in der Herbstsonne warteten.

Nachdem ich die Tür zum Behandlungsraum geschlossen hatte, setzte ich mich an meinen Schreibtisch, legte den Kopf auf die Tischplatte und schluchzte leise. Ich wollte nicht die Liege sehen, auf der noch das blutige Laken der Toten lag. Es reichte, dass ich meine eigene Verzweiflung spürte, während mein Verstand die letzten Minuten der Frau immer wieder durchging.

So jung. Ich holte tief Luft und versuchte, die negativen Gedanken zu verdrängen. Nicht zu denken, dass meine Beziehung mit Aidan genauso jung war und gestern Abend ebenso ihr Leben gelassen hatte wie diese Frau.

Ich schämte mich dafür, dass Aileen glaubte, die Tränen gälten der Verunglückten. Vielleicht stimmte das zum Teil, aber längst nicht so sehr, wie es angemessen gewesen wäre. Die meisten vergoss ich, weil ich ihren Tod als Omen sah. Weil es mich daran erinnerte, vor welchen Problemen ich selbst stand.

Auf einmal kam mir eine Idee, und ich hob ruckartig den Kopf. Sollte ich den Tod der Frau gar nicht als Vergleich zu meinem Leben nehmen? Sondern als Hinweis darauf, was mir geblieben war?

Bis jetzt hatte ich mir permanent aufgezählt, was ich alles verloren hatte. Doch was, wenn das Unglück mir zeigen sollte, was mir blieb? Ich lebte, sogar besser: Ich trug Leben in mir. Ich hatte so viel vor mir. Trat dem Abenteuer des Mutterseins entgegen. Vorsichtig legte ich eine Hand auf den Bauch, streichelte darüber. Ich spürte nichts. Keine Wölbung, keine Bewegungen, nur das übliche morgendliche Unwohlsein. Aber das reichte mir. Ich wusste, dass ich eine Zukunft hatte. Eine, die ich, so beschloss ich im nächsten Moment, nicht durch irgendwelche Probleme zerstören würde.

Ich konnte nicht zulassen, dass Aidan und ich uns trennten. Irgendwas würde ich unternehmen. Und wenn ich ihn die nächsten Wochen und Monate immer wieder um Verzeihung bat. Ich würde um Aidan kämpfen, ob es ihm passte oder nicht. Plötzliche Zuversicht sprudelte aus meinem Herzen hervor und trocknete meine letzten Tränen.

»Alles in Ordnung?«, fragte Aileen, als sie ein paar Sekunden später mit einer Mülltüte in der Hand ins Zimmer kam. »Die Patienten warten – ich habe sie beide auf einen Kaffee zu Mac geschickt.«

»Danke schön.« Ich stand auf und umarmte sie. »Danke, dass du da bist und all die Aufgaben übernimmst. Das bedeutet mir sehr viel. Ohne dich hätte ich die Zeit hier sicher nicht überstanden.«

»Oh, das ist lieb.« Aileens Wangen leuchteten puterrot, als ich sie losließ.

»Verdient, meine Liebe. Du kannst die Patienten herrufen, wenn ich fertig bin mit Aufräumen.«

»Ist wirklich alles in Ordnung?« Aileen unterzog mich einem prüfenden Blick und drückte meine Schultern. »Du musst nicht so tun, als ob du das alles locker wegsteckst. Wir können gern über die Frau reden.«

Ich schenkte ihr ein dankbares Lächeln, was Aileens Stirnrunzeln vertiefte. »Vielleicht später. Wir müssen auch noch den Bericht schreiben. Da kannst du mir gern helfen. Nach getaner Arbeit?«

»Machen wir. Ich sage Brianna, dass sie Pizza rumbringen soll.« Aileen zog ihr Handy aus der Jackentasche und begann eine Nachricht zu tippen.

Währenddessen trat ich an die Liege, riss die blutigen Laken herunter und stopfte sie in den Wäschesack. Anschließend reinigte ich die Instrumente, die ich benutzt hatte. Unablässig dachte ich an die junge Frau und ihr ungelebtes Leben. Ich musste es besser machen. Für sie.

*

Sechs Wochen später herrschte zwischen Aidan und mir immer noch eine gespannte Stille. Wir lebten stumm nebeneinanderher, redeten kaum. Jedes Mal, wenn ich versuchte, ein klärendes Gespräch anzufangen, verließ er das Zimmer, und ich blieb frustriert zurück.

Er kümmerte sich um den Haushalt und verbrachte den Großteil seiner Zeit im Stall bei den Fohlen. Zwei Neuzugänge waren gekommen, die seine volle Aufmerksamkeit verlangten. Wenn ich fragte, ob ich ihm helfen könne, winkte er wortlos ab.

Ich gab ihm die Zeit und den Raum, die er brauchte, um das Geschehene einzuordnen, wollte ihn nicht drängen. Doch mit jedem Tag, an dem er mir lediglich einen Kuss auf die Stirn gab, statt mich so leidenschaftlich anzusehen wie vor meinem Geständnis, wuchs meine Ungeduld. Wenn er mir nicht verzeihen konnte, wieso warf er mich dann nicht einfach aus seinem Haus? Offensichtlich lag ihm noch etwas an mir, und er wollte mich nicht verlieren. Doch warum, verdammt, konnte er dann nicht einfach mit mir reden? Dieses Dazwischen machte mich wahnsinnig.

Frustriert warf ich mich in das Kissen auf meinem Bett, obwohl es eigentlich an der Zeit war, mich fertig zu machen. Melina kam zurück. Sie hatte ihren Aufenthalt um drei Wochen bis in den November hinein verlängern müssen, weil sich die Ankunft ihres Nachfolgers verspätete. Nur Gordon hatte diese Nachricht trauriger aufgenommen als ich. Aber heute war es endlich so weit.

Ich war davon ausgegangen, dass Gordon sie vom Flughafen abholen sollte, aber Melina hatte mich gebeten. *Ich muss erstmal ankommen, bevor ich mich irgendwo reinstürze*, hatte sie in einer entsprechenden Nachricht geschrieben. Also raffte ich mich schließlich auf. Mittlerweile war ich im sechsten Monat und strich über die Wölbung meines Bauches, als ich aufstand. Eine Geste, die mir jedes Mal, egal wie es mir ansonsten ging, ein Lächeln ins Gesicht zauberte.

Ich griff nach der dicken Winterjacke, die ich mir vor zwei Wochen geleistet hatte. So schön das Wetter im Sommer in Schottland gewesen war, so schrecklich kalt war es in den letzten Tagen geworden. Sonst hatte ich zu jenen Frauen gehört, die stets warme Finger haben, doch scheinbar verlangte das Würmchen in mir nach Wärme und stahl sie aus meinen Extremitäten. Zwei, drei Patienten hatten mich bereits darauf angesprochen, wenn ich sie während der Behandlung berührte.

Als ich aus dem Haus trat und zu meinem Auto ging, zögerte ich und blickte zum Stall hinüber. Aidan war dort bei Buster, einem männlichen Fohlen, das mit einer Entzündung im Körper zu kämpfen hatte. Die Medikamente schlugen zwar an, aber etwas in ihm schien ständig in Aufruhr zu geraten, sodass sie nicht abklang, und nicht einmal Aidan mit seiner einfühlsamen Art drang zu ihm durch. Wie ich bei der Übergabe mitbekommen hatte, war Buster von seiner Mutter verstoßen worden und hatte fast einen Tag allein in einer Ecke der Koppel ausgeharrt, ehe der Bauernhofbesitzer überhaupt bemerkte, dass das Fohlen geboren war.

Aidan hatte dem Besitzer keinen Vorwurf gemacht. Der Landwirt war alt und hatte bei schlechtem Wetter mit Arthritis zu kämpfen. Was es nicht einfacher machte, zu dem kleinen Buster durchzudringen und sein Vertrauen zu erlangen.

Ich schüttelte den Kopf, stieg in mein Auto und fuhr los, ohne mich von Aidan zu verabschieden. Er war beschäftigt und hätte sowieso nur mit einem Brummen reagiert.

Als ich kurze Zeit später auf dem Deck der Fähre stand, spürte ich den eisigen Ostwind. Er stach mir in die Wangen, dennoch hielt ich meine Nase hoch in die Luft und genoss die Frische. Es war meine erste Fahrt auf der Fähre, seit ich in Schottland angekommen war, und ich wurde zu dem Moment zurückgeworfen, in dem ich mit einem Herz voll Dunkelheit und völlig planlos mit Melina die Reise zur Isle of Mull angetreten hatte.

Während ich aufs Wasser starrte, sodass meine Augen vor Kälte tränten, schob sich eine Frage in mein Denken und kreiste beständig dort herum: Hätte ich gewusst, was mich erwartete, wäre ich weitergefahren oder umgedreht? Im ersten Augenblick leicht zu beantworten, dachte ich. Ich bekomme ein Kind von dem Mann, den ich liebe. Natürlich würde ich erneut so handeln. Doch dann überfielen mich Zweifel, die an mir nagten wie Mäusezähnchen am Käse. Welchen Bestand hatte unsere Liebe denn noch, so, wie wir gerade mit ihr umgingen? Wie tief reichte sie, wenn Aidan sich nicht entscheiden konnte, ob er mich wollte oder nicht?

Als ich am Flughafen ankam, fühlte ich mich ratlos und traurig und grübelte darüber nach, wie leicht es war, ein scheinbar tiefes Gefühl zu zerstören.

Zum Glück stand Melina bereits in eine dicke Winterjacke gehüllt vor dem Terminal und rannte mir entgegen, als sie mich entdeckte.

»Christina!«, kreischte sie und schlang ihre Arme um mich. »Es stimmt also wirklich. Du bist schwanger. Und was für ein schöner Bauch.«

In den fast neun Monaten, die Melina weg gewesen war, hatte sie offensichtlich nichts von ihrer Überschwänglichkeit eingebüßt, und ein Grinsen stahl sich auf mein Gesicht.

»Hallo, meine Liebe. Ja, das Kind wächst und gedeiht«, sagte ich. »Wie war dein Flug? Hat alles geklappt?«

»Natürlich nicht.« Sie warf die Arme in die Luft, nur um gleich darauf mit den Schultern zu zucken. »Einer meiner Koffer scheint gerade auf dem Weg nach Amerika zu sein, aber egal. Da waren nur irgendwelche Klamotten drin. Das Wichtigste habe ich hier.« Sie wies auf eine Reisetasche und einen Rucksack, die sie vor dem Terminal hatte stehen lassen.

»O nein, wie ärgerlich. Brauchst du ein paar Klamotten?« Ich deutete an mir herunter. »Im Augenblick kann ich nicht mehr alles tragen, was ich im Schrank habe.«

»Nein, das geht schon. Ich hatte eh viel zu viele Sachen.« Melina winkte ab, packte Rucksack und Tasche, und gemeinsam gingen wir zum Auto, verstauten alles und stiegen ein.

»So, jetzt muss ich das erst mal von dir persönlich hören: Du und Aidan? Wirklich? Krass. Ich dachte ja, du willst mich verarschen. Aber …« Sie deutete auf meinen Bauch. »… offensichtlich nicht. Nicht nur, dass du dir einfach mal den unbeliebtesten, aber heißesten Junggesellen von Tobermory krallst, nein, du kriegst auch noch ein Kind von ihm – stark.«

Ich verzog das Gesicht. »Na ja, geplant war es ja nicht, wie du weißt. Irgendwie ist das einfach passiert.« Ich biss mir auf die Zunge und warf ihr einen kurzen Blick zu, während ich in den Verkehr einfädelte. Konnte ich ihr davon erzählen? Wochenlang hatte ich ihre Rückkehr herbeigesehnt, um endlich jemandem das Herz ausschütten zu können, aber ich wollte sie nicht sofort überfahren. Also schluckte ich meine Sorgen hinunter und fragte: »Erzähl mal von deiner Reise. Wie war es in Mosambik? Wie war die Arbeit?«

»Anstrengend, hart und nicht im Ansatz mit dem zu vergleichen, was wir gewohnt sind. Du arbeitest da wirklich teilweise unter freiem Himmel, weil du an Orten bist, wo es nicht mal eine Klinik oder ein Zelt gibt, in dem man behandeln könnte.« Melina schlang die Arme um ihren Körper und schaute aus dem Fenster. »Und man sieht natürlich viel von den Familien, wie sie dort leben.« Sie presste die Lippen aufeinander, hing einen Moment lang ihren Gedanken nach. »Aber lass uns nicht heute darüber reden. Ich war so lange weg, ich will auf den neusten Stand gebracht werden. Wer ist mit wem zusammen? Ist irgendwer gestorben oder geboren? Maisey hat Zwillinge erwartet. Ist da alles gut gegangen?«

Während ich ihre Fragen beantwortete, gab ich Gas, um die Fähre zurück nach Tobermory zu erwischen und nicht den halben Tag auf die nächste warten zu müssen. »Also, eigentlich alles beim Alten«, beendete ich meine Erzählung, als wir gerade noch rechtzeitig über die Gangway rollten.

»Außer, dass du in Schottland bleibst«, strahlte Melina und klopfte mir auf die Schulter.

»Voraussichtlich«, murmelte ich, bevor ich nachdenken konnte.

»Oh-oh, Ärger im Paradies?« Melina richtete sich auf, um sich zu mir drehen und mich vorwurfsvoll ansehen zu können. »Warum sagst du das nicht gleich?«

»Ich will dir deinen ersten Abend nicht verderben, indem ich dir von meinen Problemen erzähle«, sagte ich kleinlaut. Denn jetzt redeten wir doch über mich.

»Komm schon. Wir haben noch mindestens eine halbe Stunde, bis die Fähre anlegt. Du bringst mich nach Hause und wir sitzen noch einen Moment beisammen. Wir müssen ja keinen Sekt aufmachen.« Sie hielt inne. »Nur bei Mac müssen wir kurz anhalten, um Fish'n'Chips zu holen. Bitte. Ich habe nicht viel vermisst in den letzten Monaten, aber Macs Essen …« Sie beendete den Satz mit einem bedeutungsvollen Seufzen, und ich wusste, was sie meinte.

»Klar, können wir gern machen«, erwiderte ich und drehte am Schalter des Radios herum, um einen Sender zu finden, der gute Musik spielte. Nach ein paar Sekunden schlug Melina mir sacht auf die Hand.

»Hör auf damit und lenk nicht ab!«, befahl sie. »Was ist los? Hattet ihr Streit?«

Ich schaute zu ihr rüber, sah in ihren Augen ehrliches Interesse und wünschte mir, dass ich eine ebenso gute Freundin wäre wie sie. »Ach, wo soll ich anfangen?«

Melina zuckte mit den Schultern. »Vorn?«

»Also gut …«

Als ich endete, rannen mir Tränen über die Wangen, und Melina hielt meine Hand. Alles auszusprechen, fühlte sich ganz anders an, als es ständig in Gedanken durchzuspielen. »Jedenfalls redet er seitdem nur noch das Nötigste mit mir, und ich weiß nicht, was ich noch tun soll.«

»Das ist echt hart, Süße.« Melina blies die Wangen auf und die Luft gleich darauf aus. »Ich kann ihn verstehen. An seiner Stelle wäre ich auch verdammt sauer.«

»Ich doch auch. Und ich weiß, dass ich wie ein Kleinkind gehandelt habe, das seinen Willen nicht bekommt.« Ich senkte den Kopf und flüsterte: »Trotzdem habe ich gehofft, dass er sich über die Zeit an den Gedanken gewöhnen würde, Vater zu werden, und unser Umgang wieder so wird wie am Anfang.«

»Aidan ist ein sturer Bock. Ehrlich. Ich weiß noch, wie lange ich auf ihn einreden musste, damit er endlich diese dämliche Insulinpumpe akzeptierte. ›Ich kann mich auch selbst spritzen.‹« Sie ahmte seine tiefe Brummbärenstimme nach. »›Alles unnötiger Firlefanz.‹ Seine Worte, nicht meine.« Melina schmunzelte. »Manchmal ist er wie der alte Mann aus dem Disneyfilm *Oben*. Genauso grantelig und eingefahren.«

»Mit dem Unterschied, dass der gleich am Anfang aus seinem Alltagstrott flieht und sich auf ein Abenteuer einlässt«, murmelte ich.

»Ja, gut, es passt vielleicht nicht ganz.« Melina streichelte über meinen Daumen. »Die Frage lautet jedenfalls: Hast du ihm gesagt, was du mir gesagt hast?«

»Konnte ich nicht. Er blockt sofort ab, wenn ich das Thema anspreche.«

Melina überlegte einen Moment, ehe sie ihre Hand von meiner nahm und in ihre klatschte. »Dann musst du ihn in eine Situation bringen, aus der er nicht flüchten kann.«

»Du meinst, ich soll ihn auf einen Segelausflug mitnehmen? Ende November nicht unbedingt empfehlenswert, oder?«

»Na ja, zumindest wäre sichergestellt, dass er nicht ins Wasser springt, um zu fliehen.« Melina lachte und klatschte erneut in die Hände. »Okay, vielleicht nicht aufs Meer. Wer weiß, wie dein Kind das Schaukeln des Atlantiks verträgt. Fesseln beim Sex kommt wohl auch nicht infrage?«

Ich hob eine Augenbraue und schüttelte den Kopf, ohne das weiter zu kommentieren.

»Ach, Mist. Auch das noch.« Sie verzog den Mund und tippte mit dem Zeigefinger gegen ihre Lippen. »Dann sollten wir dringend eine andere Lösung finden. Weißt du was? Du pennst heute bei mir, und wir machen einen Mädelsabend. So wie früher. In Ordnung? Dann können wir die ganze Nacht durchquatschen, und morgen haben wir vielleicht eine Lösung für dein Problem. Was hältst du davon?«

In meinem Herzen breitete sich ein warmes Gefühl aus, und ich lächelte augenblicklich. »Das ist eine gute Idee. Abgesehen von der Tatsache, dass ich vermutlich spätestens um 22 Uhr auf deiner Couch einschlafen werde. Aber bis dahin sehr gern.«

»Deal. Ich ruf Aidan an, wenn du bei Mac das Essen holst, okay? So haben wir beide nichts, das uns aufhalten kann.« Melina grinste breit. »Ach, ich freue mich, dass du noch hier bist und wir reden können. So viel zu bereden, so wenig Zeit.«

Während sie erneut nach meiner Hand griff, spürte ich, wie die Wärme sich immer weiter ausbreitete, und war dankbar für ihre Freundschaft.

Kapitel 22

Die Tage verflogen, die Adventszeit brach an. Nach der anstrengenden Zeit in Mosambik wünschte sich Melina einen sanften Wiedereinstieg, und so führten wir die Praxis vier Wochen lang gemeinsam, bis sie mich Mitte Dezember quasi rauswarf und ein Beschäftigungsverbot aussprach: »Ab jetzt bist du mal schön schwanger und sonst gar nichts!«

Ich war nicht undankbar, weil der Bauch beständig wuchs und ich mich schnell erschöpft fühlte. Außerdem wollte ich das Kind keinem unnötigen Risiko aussetzen, denn noch immer quälte mich die Angst, es zu verlieren, wenn ich nicht gut genug aufpasste. Für die Zeit nach der Geburt bot ich Melina jedoch an, jederzeit für sie einzuspringen, wenn sie mal einen Tag frei brauchte.

»Das sehen wir dann«, grinste sie. »Werd du erst mal Mutter.«

So blieb ich zu Hause und verbrachte meine Tage mit ausgedehnten Spaziergängen in Dämmerlicht und eisigem Nieselregen.

Am Weihnachtsmorgen schneite es. Ich fragte mich, wann ich zum letzten Mal weiße Weihnachten erlebt hatte, und freute mich über die weißen Flocken, die sanft vom Himmel fielen. Schwungvoll warf ich die Decke von mir und schauderte vor der prickelnden Kälte, die vom Fußboden ausging, als ich die Füße aufstellte. Gerade im Winter vermisste ich die Bodenheizung, die Steffen und ich uns für unsere Wohnung gegönnt hatten.

Aber das war nun passé. Vor zwei Tagen war unser gemeinsames Zuhause offiziell übergeben worden und mein Anteil des Kaufpreises auf meinem Konto eingegangen. Jetzt musste ich meinen Wohnsitz nur noch in Schottland anmelden und auf die Aufenthaltsverlängerung warten, dann war es amtlich.

»Guten Morgen«, begrüßte Aidan mich, als ich ins Wohnzimmer trat. Er saß angezogen am Frühstückstisch, den er reichhaltig eingedeckt hatte. Neben dem üblichen Müsli lockten frische Brötchen, Bacon, Würstchen und Rührei.

»Wow, danke schön. Das ist eine tolle Überraschung«, erwiderte ich und trat zu ihm, um ihm einen Kuss geben.

Er seufzte, drehte sich jedoch zum ersten Mal seit Wochen nicht weg, um meine Liebesbekundung lediglich auf der Wange zu akzeptieren. Als ich seine Lippen berührte und den weichen Bart an meinem Kinn spürte, durchfuhr mich ein heißer Schauer. War das seine Art zu zeigen, dass er mir langsam verzieh?

Erst nach einigen Sekunden löste ich mich von ihm und setzte mich mit einem Lächeln ihm gegenüber. »Fröhliche Weihnachten«, sagte ich und bediente mich an Bacon und Ei. »Wie geht es Buster?«

»Besser. Er braucht seine Medizin und ich muss das Futter bereitlegen, aber das ist schnell gemacht.« Aidan zögerte einen Moment, bevor er hinzufügte: »Wir können also ganz in Ruhe den Tag verbringen.«

Überrascht sah ich von meinem Teller auf. Auch wenn es schmerzhaft gewesen war, so hatte ich mich dennoch an unser Leben nebeneinanderher gewöhnt, sodass mich Aidans Vorschlag überrumpelte. Tatsächlich schenkte er mir sogar ein so selten gewordenes Lächeln, dass es warm in mir zu prickeln begann und meine Wangen glühten.

Bevor ich Worte fand, um etwas zu erwidern, lehnte Aidan

sich vor und ergriff meine Hand. »Lass uns heute einen Ausflug machen, was hältst du davon?«

»Ähm … wow, ja!« Ich strahlte ihn an. »Wohin willst du denn?«

»Ich dachte an eine Wanderung in die Hügel. Nicht zu schnell und nur, wenn du dir das zutraust«, beeilte er sich zu sagen. Verlegen rieb er seinen Hinterkopf. »Ich weiß nicht, wie viel du schaffst.«

Ich grinste. »Da ich die letzten drei Tage nur zu Hause rumgelegen habe, gibt es nichts Besseres als einen Ausflug«, erwiderte ich und fügte in Gedanken hinzu: mit dir.

»Also machen wir es«, brummte Aidan. »Wollen wir nach dem Frühstück gleich los?«

»Gern. Allerdings muss ich mir vorher noch warme Unterwäsche anziehen«, sagte ich mit Blick aus dem Fenster. Und ich muss einen Anruf tätigen, dachte ich, weil du unvorhersehbarer Kerl meine Pläne durcheinanderwirfst. Denn eigentlich hatte ich ein festliches Mittagessen geplant, die eine Überraschung für Aidan parat hielt, die ich nun verschieben musste. Es war Melinas Idee gewesen, die ihr in der Nacht nach ihrer Ankunft gekommen war, als wir nebeneinander auf ihrer Couch gesessen hatten, satt und glücklich von Macs Fritten, und stundenlang darüber philosophierten, wie sich ein Sturkopf wie Aidan versöhnen ließ.

»Blumen reichen da nicht«, hatte Melina gesagt. »Genauso wenig wie Worte, selbst wenn Amor sie persönlich gedichtet hätte. Aidan ist kein Typ für Romantik, du musst ihn bei der Seele packen.«

Bei diesen Worten hatte ich traurig in meinen Tee gestarrt und unwillkürlich gemurmelt: »Seine Seele ist ganz schön angeknackst. Ich habe Angst, dass ich sie endgültig zerbrochen habe.«

»Blödsinn, Süße!« Melina streichelte mir über den Rücken, während Tränen in meinen Tee tropften. »Aber du bringst mich da gerade auf eine Idee ...«

Als ich den Kopf hob, um sie anzusehen, weil sie ihren Gedanken nicht weiter ausführte, schmolz ihre nachdenkliche Miene zu einem breiten Grinsen.

»Ja, das könnte funktionieren«, sagte sie. »Also vielleicht. Entweder ist es ein Volltreffer oder du verlierst ihn endgültig.« Sie packte mich bei den Schultern und legte ihre Stirn an meine. »Einen Versuch ist es wert!«

»Wollen wir in dem Schnee wirklich raus?«, fragte ich, als Aidan und ich eine halbe Stunde später dick eingemummelt in der Tür standen. Der Schneefall hatte zugenommen und sich zu einem Gestöber ausgewachsen. Aber Aidan nahm meine Hand.

»Echter Schnee in Schottland ist so selten, wie eine Sidhe zu finden und sie zu behalten. Man sollte keine Sekunde davon verschwenden«, erklärte er und zog mich hinaus auf den Hof.

Trotz der kalten Flocken auf meinem Gesicht schoss Wärme in meine Wangen.

»Meinst du das wirklich?«

»Es ist Weihnachten. Lass uns den Tag genießen und nicht darüber nachdenken.« Aidan schob mich zu dem Pfad im Wald, der zu den Klippen führte. »Was hältst du davon, wenn wir ab jetzt jede Woche einen Ausflug machen?«

Irritiert sah ich ihn an. »Versteh mich nicht falsch, ich bin froh, dass du normal mit mir redest. Aber wie kommt das auf einmal? Seit drei Monaten versuche ich, mit dir ins Gespräch zu kommen, aber jedes Mal weichst du aus. Und jetzt schmiedest du plötzlich Zukunftspläne. Woher der Sinneswandel?«

Aidan blieb neben einer alten Weide stehen, deren Äste weit

genug herabhingen, um fast den Boden zu berühren. »Ich hatte eine Eingebung, gestern Abend im Stall«, sagte er. »Als ich bei Ballerina saß. Ihre Narbe sieht man kaum noch.« Er senkte den Kopf und starrte zu Boden. »Vielleicht liegt es auch daran, dass heute Weihnachten ist oder ich dich einfach vermisse, jedenfalls will ich nicht noch mehr Zeit verschwenden, nur weil ich ein sturer Bock bin.« Er seufzte und zog mich in seine Arme. »Du bist und bleibst meine kleine Sidhe. Das weißt du hoffentlich. Und … nun, an diesem Kind lässt sich nichts ändern. Es wird geboren werden und ich werde sein Vater sein. Also …«

Ich spürte einen Kloß in meinem Hals, als ich meinen Kopf an seine Schulter legte und seinem Herzschlag lauschte. »Deine Tochter wird das sehr freuen.«

Er packte mich am Oberarm und schob mich ein wenig von sich. »Es wird ein Mädchen?« In seinen Augen funkelte es, wie ich es von Anfang an bei ihm kannte. Das hatte ich vermisst. Die verborgene Freude, die hervorblitzte, wenn man genau hinschaute. Ich nickte, lächelte scheu.

»Das ist wunderbar.« Aidan drückte mich erneut an seine Brust. »Sie wird hier ein gutes Zuhause haben.«

Die Erleichterung, die mich bei seinen Worten erfasste, öffnete sämtliche Dämme in mir, und ich sackte schluchzend in mir zusammen. Aidan hielt mich fest und verhinderte, dass ich auf die Knie fiel.

»Ganz ruhig, kleine Sidhe. Alles wird gut«, flüsterte er in mein Haar, sodass ich seinen warmen Atem auf dem Scheitel spürte. »Weißt du, ich muss mich immer noch an den Gedanken gewöhnen. Gib mir noch ein bisschen Zeit, wenn du kannst, dann wird das schon werden. Wir machen das gemeinsam.«

»Ja«, schluchzte ich. »Das tun wir.«

Die nächsten zwei Stunden schlenderten wir durch die verschneite Landschaft, blieben immer wieder stehen, um uns zaghaft zu küssen. Nach den langen Wochen ohne diese Zärtlichkeiten kam es mir so vor, als müssten wir es erst wieder üben. Trotzdem fühlte ich mich so wohl wie schon lange nicht mehr. Aidan gab uns eine Chance, uns und dem Kind, alles andere zählte nicht.

Als wir irgendwann umkehrten, um nach Hause zu gehen, keimte Unruhe in mir auf. Die Überraschung! In meiner Freude über unsere Versöhnung hatte ich völlig vergessen, dass Melina und ich etwas in die Wege geleitet hatten, von dem ich nicht sagen konnte, wie Aidan darauf reagieren würde. Hätte ich gewusst, dass er schlussendlich doch von allein auf mich zukommen würde … Hättest du genauso gehandelt, beendete eine Stimme in meinem Kopf den Satz. Es ist wichtig, wenn eure Beziehung halten soll.

Ja, es stimmte. Unsere Wunden mussten heilen, wenn wir nicht immer wieder daran leiden und damit unsere Partnerschaft belasten wollten.

Kaum traten wir aus dem Wald, hielt ich den Atem an. Noch stand kein weiteres Auto vor der Tür, gut so. Denn so blieb mir ein wenig Luft, um Aidan darauf vorzubereiten, dass wir Besuch erwarteten. Als ich kurze Zeit später den Tisch für mein geplantes Weihnachtsessen deckte, stellte ich drei Teller hin.

»Hast du Melina eingeladen?«, fragte Aidan aus der Küche. »Ich dachte, sie würde Weihnachten bei Mac und Gordon verbringen?«

Bevor ich antworten konnte, klopfte es. Augenblicklich war mein ganzer Körper wie elektrisiert, und ich musste die Hände zu Fäusten ballen, um die Energie abzulassen. »Nein, Melina ist es nicht«, erwiderte ich und ging zur Tür.

»Wer denn dann?« Aidan verließ die Küche, in der Hand

ein Geschirrtuch, mit dem er sich die Finger abwischte, und folgte mir in den Flur, wo ich soeben die Tür öffnete.

In den Windfang trat ein alt wirkender Mann, der sich tief auf seinen Gehstock stützte.

»Hallo, Aidan«, begrüßte er seinen Sohn. »Frohe Weihnachten.«

»Richard!«, entfuhr es Aidan, und es klang wie ein wütendes Knurren. »Was machst du hier?« Ohne eine Antwort abzuwarten, wandte er sich an mich. »Hast du ihn etwa eingeladen?«

»Ja, es ist Weihnachten und er ist dein Vater.«

»Das war er in den letzten zehn Jahren auch, und trotzdem musste ich ihn nicht sehen«, zischte Aidan und ging zurück in die Küche.

»Soll ich wieder gehen?« Richard deutete über die Schulter auf den verbeulten Ford, der in der Einfahrt neben einer Schneewehe parkte.

»Nein, bitte, komm rein. Ich habe dich eingeladen, und wir wollen zusammen feiern.«

»Danke schön. Das ist sehr lieb von dir, Kindchen.« Aidans Vater hängte seinen Hut an die Garderobe neben der Tür und stellte seinen Gehstock an die Wand, während er sich aus seiner Jacke schälte. Sein schütteres, graues Haar fiel ihm in die Stirn, als er sich anschließend vorbeugte und nach dem Gehstock langte. Er strich sich die Strähnen aus den Augen, und allein bei der Bewegung hätte jeder erkannt, dass er Aidans Vater war.

Es war nicht einfach gewesen, ihn zum Kommen zu bewegen, und letztlich verdankte ich seine Zusage Melinas fröhlicher Beharrlichkeit, mit der sie Richard hinterhertelefoniert und schließlich zu einem ersten Treffen in der Praxis bewegt hatte. Ich vermutete, dass das Argument »Kommen Sie vorbei und lernen Sie verdammt noch mal die Mutter Ihres Enkelkindes kennen« ausschlaggebend gewesen war.

Lange hatten wir im Behandlungsraum gesessen, Richard und ich, er auf der Liege, ich auf dem Stuhl hinter dem Schreibtisch, als seien wir Ärztin und Patient. Melina hatte uns Tee gebracht und war dann unauffällig verschwunden, nachdem sie sicher war, dass Richard nicht gleich wieder davonlaufen würde. Wir hatten uns unterhalten, und irgendwann hatte ich ihm von Melinas Idee erzählt. »Kommen Sie an Weihnachten zu uns, Richard. Sie und Aidan haben sich lange genug angefrostet.«

»Ach, Kindchen.« Ein tiefes Seufzen war aus Richards Kehle gedrungen, so voller Schmerz, dass ich mich zusammenreißen musste, um nicht loszuheulen. »Du kennst Aidan, es bringt nichts. Aber dir zuliebe komme ich.«

»Möchtest du was trinken?«, fragte ich Richard jetzt und geleitete ihn zur Couch.

»Ein Pint Ale wäre nicht schlecht, aber ich muss nachher noch fahren, also lieber nur ein Soda«, erklärte er mit rauer, tiefer Stimme, sodass mir augenblicklich ein Bild von ihm durch den Kopf schoss, wie er in dem Sessel vor dem Kamin saß und als Märchenopa der Enkelin auf seinem Schoß alte Geschichten erzählte.

Mit einem Lächeln auf den Lippen betrat ich die Küche und legte meine Hand auf Aidans Schulter, der an der Spüle stand und ins Becken hinunterstarrte. »Bitte, rede mit ihm. Es quält dich schon so lange, und vielleicht könnt ihr euch endlich aussprechen. Du hast es selbst gesagt: Heute ist Weihnachten.«

Es dauerte, bis Aidan antwortete. »Hast du eine Ahnung, wie allein er mich gelassen hat? Er gibt mir die Schuld an dem Unfall. Verdammt noch mal, ich war nicht mal wirklich erwachsen und hatte diese Last zu tragen.« Seine Stimme schwoll zu einem lauten Knurren. »Was glaubst du, was das mit mir gemacht hat?«

Bevor ich etwas erwidern konnte, ertönte hinter uns das Klacken des Gehstocks auf dem Holzfußboden, und im nächsten Moment bog Richard um die Ecke.

»Ja, natürlich habe ich dir am Anfang die Schuld gegeben. Immerhin sind wir deinetwegen überhaupt erst losgefahren«, krächzte er nicht weniger laut.

Ich schluckte hart. So hatte ich mir das Wiedersehen zwischen den beiden nicht vorgestellt. Zwar war mir klar gewesen, dass sie sich nach all der Zeit des Anfeindens nicht gerade in die Arme fallen würden, doch dass sie sich nach wenigen Minuten bereits an die Gurgel sprangen, damit hatte ich nicht gerechnet. Ich hob beschwichtigend meine Arme und wollte etwas sagen, als Aidan einen Schritt nach vorne trat und mit dem Zeigefinger auf seinen Vater deutete. »Und ihr seid alle zusammen losgefahren. Warum hast du sie nicht einfach zu Hause gelassen?«

Richard presste die Lippen zusammen und atmete schwer. »Die gleiche Frage stelle ich mir seit fast vierzehn Jahren, Aidan.« Er seufzte und ließ die Schultern hängen. »Ich erinnere mich nicht mehr an die Stunden vor dem Unfall. Ich weiß nur, dass wir alle gemeinsam im Auto saßen, und sehe Fragmente aufblitzen, aber es fehlt mir fast ein halber Tag.« Richard richtete sich wieder auf und lehnte sich über seinen Stock. »Das hättest du gewusst, wenn du nur einmal zu mir nach Hause gekommen wärst nach dem Unfall. Stattdessen hast du dich in den Spelunken rumgetrieben, die nicht einmal die Ratten betreten, hast Leute angepöbelt, Einrichtungen zertrümmert und dich geprügelt.«

Aidan hatte was?! Auch wenn ich mir meinen sanften Bären nur schwer randalierend vorstellen konnte, so erklärte es immerhin seinen schlechten Ruf im Ort.

»Wundert dich das?« Aidan lachte bitter. »Was hätte mich

denn bei dir erwartet außer deine vorwurfsvollen Blicke? Schuldig kann ich mich auch allein fühlen, dazu brauche ich dich nicht.«

»Du hast dich schuldig gefühlt?« Richard schnaubte. »Volllaufen lassen, das hast du dich. Weißt du, wie oft ich mich für dein Verhalten entschuldigen musste bei unseren Mitmenschen?«

»Hättest du nicht machen müssen. Aber offensichtlich ist dir das Ansehen wichtiger als dein Sohn.« Aidan drehte sich um und warf das Handtuch über seine Schulter. Mit den Händen krallte er sich an der Platte der Arbeitsfläche fest und starrte aus dem Fenster. Ich hatte einige fröhliche Bilder in Form von Schneemännern aufgeklebt, die ihm den Blick vermutlich versperrten. Aber Aidan stierte einfach geradeaus.

»Das ist nicht wahr. Du warst mir immer wichtig, Aidan«, gestand Richard mit brüchiger Stimme. Er wischte sich über die Augen, die viele Falten umgaben. »Kannst du dich bitte zu mir drehen, wenn wir uns unterhalten? Ich möchte dir in die Augen sehen.«

»Nein. Es ist zu viel passiert«, sagte Aidan, plötzlich kraftlos, drehte sich aber dennoch um. Er wollte sich an seinem Vater und mir vorbeidrängeln, doch unbewusst folgten wir beide dem gleichen Impuls, uns ihm in den Weg zu stellen.

»Bitte, Aidan, sprecht euch aus«, bat ich ihn. »Es tut euch beiden gut. Bitte. Sieh es als Weihnachtsgeschenk. Für mich.«

Aidan blieb stehen und starrte mich an. Je länger wir uns gegenüberstanden und er mir in die Augen sah, desto weicher wurde sein Blick. Ob es nun an meinem Flehen lag oder ob er einfach selbst einsah, dass sein stures Verhalten nach all den Jahren nicht länger angebracht war, konnte ich nicht sagen. Doch zumindest lockerte sich seine Haltung. »Du verlangst da ziemlich viel von mir, kleine Sidhe.«

»Ich weiß. Aber es wird dir helfen.« Hoffte ich. Denn jetzt, da Richard Aidan gegenüberstand, wusste ich nicht, ob es tatsächlich eine gute Idee gewesen war, die zwei Sturköpfe in ein Haus zu bringen.

»Wer weiß«, murmelte Aidan und verschränkte die Arme vor der Brust. »Also, wie sollen wir uns vertragen, wenn wir beide der Meinung sind, dass ich schuld bin?«

Richard donnerte seinen Gehstock auf den Boden. »Du bist ein sturer Bock, weißt du das? Das hast du von deiner Mutter.«

Um Aidans Mundwinkel zuckte ein wehmütiges Lächeln, und ich fragte mich, wie starrsinnig Aidans Mutter gewesen sein musste, wenn mir bereits Richards Eigensinn respekteinflößend vorkam. »Ich weiß. Aber das ändert nichts an der Tatsache.«

»Nein, das meinte ich nicht. Du bist deiner Mutter so ähnlich, und dann habe ich dir anfangs die Schuld gegeben, das stimmt schon.«

»Aber?«, sagte Aidan mit provozierender Stimme und tippte ungeduldig mit seinen Fingern auf dem Unterarm herum, während er eine Antwort von seinem Vater erwartete.

Um die beiden nicht wie ein Zuschauer anzustarren, wandte ich mich ab und trat zur altmodischen Kaffeemühle hinüber, die auf der Arbeitsfläche unter dem Hängeschrank mit Geschirr stand. Während ich Bohnen hineingab, beobachtete ich die beiden Männer aus dem Augenwinkel. Aidan, in seiner abblockenden Haltung, hoch aufgerichtet und ein spöttisches Funkeln in den Augen, das nur darauf wartete, dass die Situation scheiterte und damit seinen jahrelangen Trotz rechtfertigte. Ihm gegenüber der zusammengeschrumpelte Mann, der so viel älter wirkte, als er war, sich mit beiden Händen auf seinen Stock stützte und unter seinen zusammengekniffenen Augenbrauen nicht minder finster zurückstarrte.

Hoffentlich ging das gut. Wenn nicht, hätte ich das, was ich mit Aidan am Vormittag erst angefangen hatte neu aufzubauen, gleich wieder in tausend Splitter zerschlagen. Mit einer Hand auf dem Bauch biss ich die Zähne zusammen und hoffte, dass Richard nichts Falsches erwiderte. So leise es ging, drehte ich die Kurbel der Mühle und mahlte die Bohnen zu Pulver, während die Männer hinter mir die Fronten ausloteten.

»Es war halt am Anfang«, murrte Richard. »Ich hatte meine Frau verloren, meine Tochter. Alles, was ich liebte. Und dann warst da du. Dieser rebellische, aufsässige Junge, der die einfachsten Anweisungen nicht befolgte. Natürlich trugst du die Schuld. *Du* hast dich sinnlos besoffen und konntest nicht mehr fahren. *Du* hast angerufen und wolltest abgeholt werden.« Aidan setzte zu einer Erwiderung an, doch mit einer herrischen Geste schnitt Richard ihm das Wort ab und fuhr fort: »Inzwischen hatte ich ein paar Jahre Zeit, um darüber nachzudenken, und ich muss zugeben, dass ich mich damals verkehrt verhalten habe.«

»Ach, wirklich?«, kommentierte Aidan bissig.

Ich gab ihm einen Schlag gegen den Oberarm, und er zuckte zurück. »Sei gefälligst nicht so gemein«, ermahnte ich ihn.

Richard lachte kratzig. »Sie gefällt mir, Aidan. Hat Eier in der Hose.«

»Eher Eierstöcke, aber ja«, entgegnete ich, während ich das fertige Kaffeepulver in den Filter über der Kaffeekanne schüttete und heißes Wasser darüber goss.

»Ich will damit sagen, dass es mir leidtut«, brummte Richard und senkte den Blick, wagte es scheinbar nicht, seinem Sohn in die Augen zu sehen, während er auf die Reaktion wartete. Aber ich tat es.

Richards Entschuldigung löste etwas in Aidan aus, das mein Herz höher schlagen ließ. Er lockerte seine verschränkten Arme und nahm das Handtuch von der Schulter.

»Lass uns ins Wohnzimmer gehen, dann musst du mit deinem Bein nicht so lange stehen«, erwiderte er in umgänglichem Tonfall.

Es war immer wieder erstaunlich, wie schnell sich Aidans Laune beruhigte. Ich liebte es, dass er so leidenschaftlich war, obwohl er nach außen hin den kalten Eisklotz gab. Und dafür, dass er jetzt auf seinen Vater einging, wenngleich er eigentlich sauer war.

»Danke«, sagte Richard und humpelte voraus. Für einen kurzen Moment befürchtete ich, dass Aidan den freien Weg nutzen würde, um aus dem Haus zu flüchten, weil er seinem Vater mit böser Miene hinterherstarrte, doch dann warf er das Handtuch beiseite, stellte den Backofen, in dem unser Weihnachtsbraten brutzelte, herunter und folgte Richard zur Couch. Wieder wollte ich nicht Publikum spielen, wartete in der Küche und schaute dem Kaffee beim Durchlaufen zu. Die kräftigen Stimmen der Männer drangen zu mir herüber.

»Du hast lange gebraucht, um das einzusehen.«

Richard schnaubte. »Du bist auch kein Unschuldslamm, Junge. Vielleicht hättest du mal einen meiner vielen Briefe beantworten können, die ich dir in den letzten Jahren geschickt habe.«

Ich hörte, wie Aidan aufstand, durchs Zimmer ging und irgendwo eine Schublade öffnete. Es raschelte.

»Zumindest habe ich sie nicht weggeworfen«, sagte er rau. »Aber wenn ich ehrlich bin, hatte ich nie den Mut, sie zu öffnen.« Aidan holte tief Luft. »Es war leichter, wütend auf dich zu sein, als zuzugeben, dass du und ich all die Jahre verschenkt haben, weil wir nicht miteinander reden wollten.«

»Das sind ja ganz neue Töne, Junge.«

Ich zuckte zusammen. »Solche Kommentare helfen sicher nicht«, murmelte ich und angelte Tassen aus dem Schrank. Aidan knurrte.

»Schon gut. Ich denke, wir können uns einigen, dass wir beide Sturköpfe sind und das Boot volle Kraft voraus auf ein Riff gesetzt haben«, entschuldigte Richard sich.

Ich atmete auf und trat mit der Kanne in der Hand ins Wohnzimmer. Aidans Vater deutete gerade auf den Weihnachtsbaum, den Aidan mir zuliebe im Wald geschlagen hatte. Er selbst hatte in den vergangenen Jahren auf jedwedes Weihnachtsgedöns, wie er es nannte, verzichtet und besaß nicht einmal Baumschmuck. Also hatte ich mir ein paar Sachen aus Deutschland schicken lassen und war außerdem mit Melina durch die Läden gezogen. So erstrahlte unser Baum mit echten Kerzen und Strohsternen sowie dezent blau schimmernden Kugeln. Auch das Wohnzimmer hatte ich geschmückt und Tannenzweige auf dem Regal über dem Kamin drapiert, kleine Weihnachtsfiguren auf den Kommoden verteilt und eine rotgoldene Tischdecke aufgelegt.

»Der Baum hätte deiner Mutter gefallen. Sie liebte Weihnachten.« Richard ließ seinen Arm sinken.

»Ja, ich erinnere mich«, sagte Aidan mit weicher Stimme. »Sie hat immer diesen ekelhaften Früchtekuchen gebacken. Den wir nur gegessen haben, um ihr einen Gefallen zu tun.«

»Und hinterher lag er so schwer im Magen, dass wir nichts anderes mehr essen konnten«, schnaubte Richard und griff nach der dampfenden Tasse, die ich ihm hingestellt hatte. Er nahm einen Schluck und verzog kurz das Gesicht. »Für eine Deutsche kann sie ziemlich gut Kaffee kochen«, brummte er.

Stumm saßen die beiden so weit voneinander entfernt, wie es die Couch zuließ, und warfen einander immer wieder verstohlene Blicke zu. Offenbar wusste keiner von ihnen, wie er nach all der Zeit einen Anfang machen sollte.

Während ich Aidan und mir ebenfalls einen Becher hinstellte und mich in einem Sessel zu ihnen gesellte, fühlte ich mich an mein Studium erinnert, als wir Psychologie als Fachrichtung vorgestellt bekamen. Damals hatte man uns in Rollenspielen eine Therapiestunde für ein Ehepaar nachstellen lassen, das nicht mehr miteinander redete. Genauso kamen mir Richard und Aidan vor. Ich erinnerte mich, dass die Dozentin gesagt hatte, wie wichtig es war, keine Pausen aufkommen zu lassen. »Halten Sie stets die Konversation am Laufen, Schweigen ist Ihr Todfeind!«

Ich deutete auf die Briefe. »Willst du vielleicht mal einen öffnen?«

Richard winkte ab. »Das ist altes Gewäsch. Verbrenn sie einfach im Kamin.«

Aidans Mundwinkel zuckte schelmisch, und ich ahnte, dass er jetzt erst recht einen lesen würde. Seine Eltern hatten es sicherlich nie leicht mit ihm gehabt.

Mit einer betont lässigen Geste beugte er sich vor und langte nach einem der Briefe, die auf dem Couchtisch lagen. Richard seufzte und verdrehte die Augen, wie es sonst nur Jugendliche können. Aidan fädelte seine Finger in die kleine Lücke in der oberen Ecke des Kuverts und riss es auf. Als er zwei Blätter voller handgeschriebener Zeilen herauszog, glaubte ich, seine Hand leicht zittern zu sehen.

Mit unbewegter Miene las Aidan, was sein Vater ihm irgendwann einmal geschrieben hatte, und ließ mit keiner Reaktion erkennen, was er empfand. Richard stierte währenddessen vor sich hin und tat, als widme er seine ganze Aufmerksamkeit dem Kaffee in seiner Hand, an dem er beständig nippte, während seine Augen alle paar Sekunden in Aidans Richtung schielten.

Ich hätte Aidan dafür schlagen mögen, wie langsam er den Brief schließlich zusammenfaltete und wie viel Zeit er sich damit ließ, als Antwort eine Augenbraue zu heben und die Lippen zu schürzen. Richard gab sich alle Mühe, sich ebenfalls keine Regung anmerken zu lassen, doch ich spürte seine Verlegenheit, als er die Tasse abstellte und den Kopf einzog.

»So, so«, ließ sich Aidan nach ein paar unangenehmen Augenblicken vernehmen, und er kostete die Bredouille seines Vaters weitere Sekunden aus, bevor er hinzufügte: »Also, dann lass uns reden.«

Die nächsten Stunden verbrachten die beiden damit, sich anzunähern. Hin und wieder knurrten und brummten sie, stichelten und konnten sich ein paar Seitenhiebe nicht verkneifen, und ab und an musste ich eingreifen, um die sich ausbreitende Stille zu durchbrechen. Doch sie sprachen miteinander. Und beim Essen lachten sie sogar einmal laut über denselben Scherz. Als Richard spät an diesem Weihnachtsabend das Haus verließ, hatte sich die angespannte Stimmung zwar nicht gänzlich gelöst, jedoch ein erträgliches Niveau angenommen. Es würde vermutlich Wochen, vielleicht Monate dauern, aber mit etwas Glück würde unsere Tochter ihren Großvater regelmäßig zu Gesicht bekommen.

*

»Komm bitte mit mir«, bat Aidan mich, kaum dass ich meine Augen aufgeschlagen hatte. Es war der zweite Weihnachtstag und wir hatten einen wundervollen Abend vor dem Kamin verbracht, nachdem Richard nach Hause gefahren war.

»Wohin willst du mich denn heute verschleppen? Ich habe immer noch Rückenschmerzen von dem Ausflug in die Hügel«, maulte ich, weil ich mit dem größer werdenden Bauch nur noch auf der Seite liegen konnte und eigentlich Rückenschläfer war. Dadurch wühlte ich mehr, als dass ich schlief.

»Lass dich überraschen. Nachdem du mir gestern meinen Vater vor die Nase gesetzt hast, möchte ich dir ebenfalls etwas schenken. Eigentlich wollte ich das gestern bereits tun, aber da waren wir ja anderweitig beschäftigt.« Er nahm liebevoll meine Hand und strich über meinen Daumen. Dabei lächelte er so verschwörerisch, dass ich nicht anders konnte, als die Decke zurückzuschlagen und meine Beine aus dem Bett zu schwingen.

»Wenn du mich auf einen Ausflug entführst, werde ich bockig wie ein Kind im Eingang sitzen bleiben.«

»Glaube ich nicht.« Aidan und zog mich auf die Füße. »Du kämst ja allein gar nicht wieder hoch.«

»Hey, so unbeweglich bin ich nicht«, meckerte ich und strich mir über den Bauch. Ich grinste. »Noch nicht.«

»Zieh dir eine Jacke an und Stiefel. Es hat heute Nacht noch mal ordentlich geschneit.«

»Ist dein Vater heil zu Hause angekommen?«, fragte ich instinktiv.

Aidan stockte, und ihm entglitten die Gesichtszüge. Daran schien er gar nicht gedacht zu haben. Ich schluckte. Mist, *ich* hätte daran denken sollen.

»Soll ich ihn eben anrufen?«, fragte ich, weil Aidan sich nicht rührte.

»Ja, bitte.«

Ich eilte zum Telefon.

»Ja«, brummte eine vom Schlaf noch raue Stimme.

»Richard, wir wollten nur nachfragen, ob du gut angekommen bist«, sagte ich und nickte in Aidans Richtung, dessen Körper sich sofort entspannte, während in seine Miene ein Ausdruck trat, der mir verriet, dass ihm seine Sorge plötzlich peinlich war. Ich lächelte, um ihm zu verstehen zu geben, dass ich ihn verstand. Dass ich wusste, dass schlimme Erfahrungen einen manchmal intensiver fühlen ließen, als es vielleicht angemessen war.

»Natürlich. Hat zwar fast eine halbe Stunde gedauert, weil

eine Schneewehe die Straße blockierte, aber Caleb kam mit seinem Traktor und hat alles freigeschoben, kurz nachdem ich auf die Hauptstraße gefahren bin.«

»Ach, dann ist ja gut. Dann genieß mal deinen Tag.«

»Ihr auch.«

Ohne ein weiteres Wort der Verabschiedung legte Richard auf, und ich musste schmunzeln. Altes Raubein!

»Es geht ihm gut«, erklärte ich und nahm Aidan in den Arm. »Beim nächsten Mal holen wir ihn ab und bringen ihn wieder heim, in Ordnung?«

»Ist vielleicht nicht so falsch. Wenn er schon am Stock gehen muss, sollte er eigentlich gar nicht Auto fahren«, murmelte Aidan. Vermutlich wurde ihm gerade bewusst, dass er sich auf einmal Sorgen machte, weil sein Vater älter wurde.

»Wir kriegen das hin. Bis nach Tobermory ist es ja nicht weit. Das lässt sich immer einrichten, selbst wenn die Kleine da ist«, beruhigte ich ihn.

Aidan schüttelte sich, und gleich darauf verschwand die Unruhe aus seinen Augen »Apropos Kleine. Komm mal mit.«

Er zog mich aus der Haustür und lief zur Scheune hinüber. Der Weg dorthin war bereits geräumt. Aidan musste also schon eine Weile wach gewesen sein. »Was hast du vor?«

»Wirst du gleich sehen.« Er öffnete das Tor und führte mich zu der einzig leeren Box am Ende des Gangs.

Als er das Gatter beiseiteschob, stand dort eine wunderschöne Babywiege. Mit weißem Seidenstoff bespannt, über den grüne Kobolde durch eine bunte Landschaft tobten. Das Holz war glattgeschliffen und mit einem dezenten hellen Braun gestrichen. Weiße Punkte waren in mühevoller Kleinarbeit darauf gemalt und eine strahlend freundliche Decke lag im Innern.

»O mein Gott, hast du die gebaut?«

»Es ist eine alte Wiege, die ich vor ein paar Wochen auf dem

Speicher des Stalls gefunden habe. Eigentlich hatte ich nach einem Zaumzeug für Buster gesucht, aber da liegen halt immer noch Sachen vom Vorbesitzer.« Er zuckte die Achseln. »Ich fand sie ganz passend, also habe ich sie in den letzten Wochen restauriert und neu gestrichen.« Obwohl er lässig tat, hörte ich den Stolz in seiner Stimme.

»Das sieht wunderschön aus, Aidan.« Ich schlang meine Arme um seinen Hals und wollte ihn küssen, als ich stutzte. »Warte, du hast schon vor Wochen damit angefangen?«

»Ja, kurz nachdem ich sie gefunden hatte. Ich dachte mir, dass es ein schönes Weihnachtsgeschenk wäre. Egal wie sehr mich deine Heimlichtuerei verletzt hat«, gestand Aidan und strich mir eine Haarsträhne aus dem Gesicht.

»Heißt das, du verzeihst mir?« Ich konnte das Flehen nicht vollständig aus meiner Stimme verbannen.

Aidan presste die Lippen zusammen und schaute mich mit seinen dunklen Augen an. »Ich bin immer noch enttäuscht. Ehrlich. Aber es wäre verschenkte Lebenszeit, wenn ich dich noch länger aus meinem Leben ausschließen würde.«

»Das ist ein Anfang«, erwiderte ich und kuschelte mich an seine Brust. »Damit kann ich leben.«

Aidan hielt mich fest in seinen Armen, und ich spürte die vertraute Wärme und seinen Herzschlag durch seinen Pullover hindurch.

»Gefällt sie dir denn?«, fragte er nach einer Weile und strich mir über den Kopf.

»Sie ist wunderschön. Unser kleines Mädchen wird sehr glücklich darin schlafen.«

»Das hoffe ich doch.« Aidan drückte mich an sich, sodass ich mich wie in einen sicheren Kokon gehüllt fühlte und spüren konnte, wie seine Nähe die Wunden heilte, die meine Heimlichkeit in uns hinterlassen hatte.

Wir standen eine ganze Weile im Stall und betrachteten die Wiege, bis Aidan unvermittelt die Hand auf meinen Bauch legte. Es war das erste Mal, dass er das bewusst tat, seit er erfahren hatte, dass ich schwanger war.

»Guten Morgen, kleiner Kobold. Hoffentlich wird dir dein Bettchen auch gefallen«, murmelte er mit gesenktem Kopf.

Die Liebe, die in diesem Moment meinen Körper durchströmte, war groß und warm, und ich wollte sie festhalten. Für immer. Ich hatte keinen Job, war genau genommen ohne Wohnsitz, doch nie zuvor in meinem Leben hatte ich größeres Glück verspürt. Endlich war ich angekommen und wusste, wo ich sein wollte. An Aidans Seite, gemeinsam mit unserer Tochter.

Kapitel 23

»Wollen wir deinen Vater einladen?«, fragte ich Aidan beim Frühstück und reichte ihm die Teekanne. »Morgen ist Silvester.«

Seit unserer Versöhnung versuchte er genauso wie ich am Morgen Tee statt Kaffee zu trinken, was ich mir mit Beginn der Schwangerschaft angewöhnt hatte. An den ersten Tagen hatte ihn das grummeliger werden lassen, aber heute ging es. Er knurrte seine Worte nicht nur, sondern sprach sie klar und deutlich aus.

»Ich weiß nicht, ob er das will. Silvester verbringt er mit Tom, Old Sam und Angus im Pub. Das ist so eine Tradition, die sie noch von früher pflegen. Meine Mutter hasste es, weil Richard meist erst weit nach Mitternacht zu uns kam – voll wie eine Haubitze.«

»Wir könnten ihn zumindest fragen.«

Aidan zuckte mit den Schultern. »Probier es. Aber sei nicht enttäuscht, wenn er absagt.«

Ich deutete auf die Butter, und er reichte sie mir. »Wie hast du denn in den letzten Jahren Silvester gefeiert?«

Aidan brummte und verteilte Marmelade auf seinem Brot, bevor er erwiderte: »Meistens war ich in der Scheune und habe aufgepasst, dass die Fohlen bei der ganzen Böllerei nicht durchdrehten. Pferde sind Fluchttiere und erschrecken leicht, besonders wenn sie noch so klein sind.«

»Hm, dann sollten wir zusehen, dass wir morgen Abend

im Stall sind«, schlug ich vor und hakte innerlich ab, Richard überhaupt zu fragen. Ich wollte ihn nicht in eine unangenehme Entscheidung zwingen.

»Wenn du nichts dagegen hast, dann gern. Für mich ist es ein Tag wie jeder andere. Dass man sich einen neuen Kalender an die Wand hängen muss, ist für mich kein Grund für eine Party.«

Ich schmunzelte. »Na ja, dieses Mal beginnt ein ganz besonderes neues Jahr«, sagte ich und deutete nach unten.

»Schon klar, und das werden wir auch feiern. Trotzdem werfe ich keine Raketen in die Luft oder böllere in irgendwelche Briefkästen«, erklärte er und biss in sein Marmeladenbrot.

»Vielleicht hast du recht«, sagte ich, »und der ganze Silvesterhype ist überbewertet. Auf der anderen Seite schadet es auch nicht, sich einmal im Jahr zu freuen und das Beste für die Zukunft zu hoffen.«

Als Antwort gab Aidan ein Geräusch von sich, schob sich den Rest seines Brotes in den Mund und stand auf. Er trug bereits seine Arbeitskleidung, also das Outfit, das er anhatte, wenn er in den Stall ging, um sich um die Fohlen zu kümmern. Eine dicke, schwarze Weste über einem blau verwaschenen Wollpullover.

»Willst du mit Buster einen Spaziergang machen?«, fragte ich mit Blick auf die Mütze in Aidans Hand, die er aus der Westentasche gezogen hatte. Kopfbedeckungen trug er nur, wenn es sich nicht vermeiden ließ.

Er nickte. »Ich muss es zumindest versuchen. Er ist immer noch schwer zu händeln und stört die anderen Pferde, aber so langsam wird er ruhiger. Zumindest wird er erst nervös, wenn ich längere Zeit mit ihm verbringe; ein paar Minuten lang erträgt er mich, und draußen lässt er mich neben sich herlaufen. Jetzt muss ich mit ihm üben, dass das länger geht und er auch die Nähe von anderen akzeptiert.« Aidans Augen leuchteten wie immer, wenn er von seinen Fohlen erzählte. Ich liebte es, ihm dann einfach nur zuzuhören. »Wenn er mich irgendwann an sich heranlässt, kann ich versuchen, ihn mit anderen Fohlen zusammenzustellen.«

»Das wäre doch schön.«

»Ja, aber davon ist er noch weit entfernt.« Aidan seufzte. »Leider. Die Angst sitzt tief in ihm, und ich muss mich ganz langsam an ihn herantasten. Wenn ich es denn überhaupt schaffe.«

»Bestimmt – wenn nicht du, wer dann? Oder hattest du schon mal ein Fohlen, zu dem du keinen Zugang gefunden hast?«

Aidan wiegte den Kopf und knetete die Mütze in seiner Hand. »Ein paar tatsächlich. Ich versuche immer, im Kontakt zu den neuen Besitzern zu bleiben, weil mich interessiert, wie sich die Fohlen entwickeln. Und bei einigen hat sich die Angst nach dem Weggang vom Hof wieder herauskristallisiert oder sie trat in unvorhergesehenen Augenblicken wieder auf. Perfekt ist meine Arbeit nicht, aber zumindest kann ich den Fohlen einen besseren Start ins Leben geben, als sie ohne meine Hilfe hätten.«

»Du machst das toll!« Ich griff nach seiner Hand und streichelte sie. »Wann bist du wieder da? Damit ich das Essen planen kann?«

»Vermutlich kurz nach zwölf. Je nachdem, ob Buster überhaupt mit mir gehen will«, sagte Aidan, entzog sich sanft meiner Berührung und stülpte sich die Mütze auf den Kopf. »Wahrscheinlich früher.«

Er gab mir einen Kuss und verschwand im Stall, während ich mich an die Arbeit in der Küche machte. Ich hatte beschlossen, einen Hackbraten nach dem Rezept meiner Oma zu-

zubereiten. Dazu musste ich das Fleisch zwei Stunden in einer selbst angerührten Paste einlegen, bevor es in den Ofen durfte. Bei meiner Großmutter hatte es immer so leicht ausgesehen, doch bei mir dauerte es deutlich länger, weil ich ungeübt war.

Dennoch garte der Braten irgendwann vor sich hin, und nachdem ich aufgeräumt hatte, legte ich mich mit einem Krimi aus Aidans Regal auf die Couch und las ein wenig, bis mir die Augen zufielen. Wach wurde ich, weil meine Tochter so heftig gegen meinen Ischias trat, dass die Schmerzen minutenlang nachhallten.

»Was soll das denn, kleiner Kobold?«, fragte ich leise und rieb den Bauch. »Das war aber nicht nett.« Einen Moment lang streichelte ich über die Wölbung, bis der Schmerz nachließ und ich mich langsam aufrichten konnte. Draußen schien die Sonne und taute den Schnee, der in den letzten Tagen zu gräulich verwaschenem Matsch geschmolzen war.

Ich ging in die Küche und sah auf die Uhr. Es war kurz vor zwölf. »Du hast mich gerade rechtzeitig geweckt. Danke schön.«

Ich schaute nach dem Hackbraten, dessen Oberseite sich bereits knusprig färbte. Bei dem Anblick lief mir das Wasser im Mund zusammen. Seit Aidan und ich mit unseren Kochtreffen begonnen hatten, kramte ich regelmäßig alte Rezepte heraus, um ihn mit Neuem zu überraschen. Wie sich herausstellte, teilten wir die Leidenschaft für die Zubereitung köstlicher Mahlzeiten, was ich an mir selbst bisher nie entdeckt hatte.

»Dein Vater weckt ungeahnte Gelüste in mir«, erklärte ich unserem Baby und spürte jenes warme Lächeln auf den Lippen, um das ich Schwangere früher immer beneidet hatte.

Vom Küchenfenster aus konnte ich den Hof überblicken und bemerkte, dass das Scheunentor offen stand. Aidan musste also noch mit Buster unterwegs sein, was mir zugutekam, da ich vergessen hatte, die Kartoffeln zu kochen. So blieb hoffentlich genügend Zeit, um sie zu garen, bevor er zum Essen kam.

Als ich die Kartoffeln schließlich vom Herd nahm und das Wasser abgoss, war er immer noch nicht in Sicht. Verwirrt stellte ich den Topf auf die warme Herdplatte zurück und nahm meine Jacke, um draußen nach ihm zu rufen. Wenn er schon in der Nähe war, konnte ich mit dem Tischdecken beginnen.

»Aidan?«, rief ich in den Wald hinter dem Hof hinein, erhielt jedoch keine Antwort. Stattdessen hörte ich entfernt ein Wiehern.

Okay, sie waren zumindest nah genug, dass ich Busters quäkende Laute hörte. Sein Wiehern war so einzigartig, dass sogar ich es unter hundert anderen Fohlen erkannt hätte. Ich schloss die Tür und machte mich auf die Suche. Vielleicht brauchte Aidan Unterstützung, obwohl ich bezweifelte, dass ich eine große Hilfe wäre. Auch wenn ich erst im siebten Monat war, fühlte ich mich, als ob der Bauch mich allmählich übernahm.

Wieder trat die Kleine, diesmal weniger kraftvoll. Es war eher wie ein inneres Streicheln, und ich spürte, wie sich meine Haut leicht dehnte. Unwillkürlich musste ich lächeln. Es fühlte sich so gut an, die Tritte unseres Kindes zu spüren, und ich beschloss, später Aidans Hand zu nehmen und auf meine Bauchdecke zu legen, damit er ebenfalls Kontakt aufnehmen konnte. Bislang scheute er sich davor.

Ich ging den Pfad im Wald entlang, bis ich ans Ufer des Sound of Mull gelangte, das einige Meter tief abfiel. Der Winterwind pfiff mir um die Ohren und wühlte das Wasser auf. Im Wald und auf dem Hof war mir gar nicht aufgefallen, wie stürmisch es war, weil uns dort die Bäume schützten. Hier, am offenen Ufer, rissen die Windböen so heftig an mir, dass ich mich dagegenstemmen musste.

Da entdeckte ich in ein paar Metern Entfernung Buster, der an wenigen kümmerlichen Grasresten knabberte, die er versuchte, zwischen ein paar Steinen der Klippe herauszureißen. Verwirrt sah ich mich um.

»Aidan?«, rief ich bedächtig. Ich wollte nicht stören, falls das eine Vertrauensübung zwischen ihm und dem Fohlen war.

Aber weder unterbrach mich Aidan, noch reagierte Buster auf meinen Ruf. Unruhig blickte ich mich um, und mein Herz begann schneller zu klopfen. War Aidan etwas zugestoßen? Oder war Buster ihm ausgebüxt?

»Aidan?« Diesmal brüllte ich so laut, dass Buster den Kopf ruckartig hob. Er starrte mich an und schien abzuschätzen, was er tun sollte. Langsam ging ich auf ihn zu. Wenn Aidan das Fohlen suchte, wollte ich wenigstens probieren, es einzufangen. Da Buster sein Halfter trug, konnte ich versuchen, ihn daran zu führen. Vorsichtig setzte ich einen Fuß vor den anderen und machte beruhigende Geräusche. Keine Ahnung, ob er das über den Wind überhaupt hörte, aber er beobachtete mich genau.

»Ruhig, Buster«, wiederholte ich immer wieder, und jedes Mal, wenn ich seinen Namen sagte, bewegten sich seine Ohren in meine Richtung.

Ein weiteres Mal sah ich mich nach Aidan um, doch er war nirgendwo zu sehen. Wo steckte er bloß? Hier in Ufernähe standen die Bäume weniger dicht, außerdem trugen sie keine Blätter mehr, sodass ich weit schauen konnte und ihn entdeckt hätte, wenn er in der Nähe herumgelaufen wäre.

»Hm, Buster, wo steckt dein Herrchen?«, fragte ich das Fohlen, das den Kopf neigte, aber nicht davonrannte, als ich nahe genug heran war, um meine Hand nach ihm auszustrecken. »Hast dir einen kleinen Freigang erlaubt, was?« Ich hielt ihm meine Hand entgegen, und tatsächlich schnupperte Buster einmal kurz daran, bevor er sich abermals abwandte und einen Schritt zur Seite tat.

»Wie wäre es, wenn wir zwei ins Warme zurückgehen, hm? Im Stall wartet Besseres auf dich als das bisschen Gras hier.« Ich merkte kaum, dass ich in eine Art Singsang verfiel, während ich meine Finger Millimeter um Millimeter vorwärtsschob. Schließlich griff ich nach Busters Halfter, doch er bemerkte mein Vorhaben und machte einen Satz nach vorn, blieb dann stehen, drehte sich nach mir um und schnaubte.

»Du willst spielen?« Ich war gestolpert und rappelte mich auf. »Vergiss nicht, dass ich schwanger bin, du frecher Vogel, und nicht sonderlich beweglich.«

Ein paar Mal wiederholte sich unser Tänzchen aus Annäherung und Ausweichmanöver, aber schließlich bekam ich Busters Halfter zu fassen. Das Fohlen war nicht so verschreckt, wie ich es erwartet hatte. Vielleicht spürte es, dass ich ein Kind in mir trug, und war deswegen ruhiger. In einer Zeitschrift hatte ich zumindest mal gelesen, dass Tiere empfindsamer auf werdende Mütter reagierten.

Ich hielt Buster fest und strich ihm vorsichtig über den Kopf, während ich mich erneut nach allen Seiten umdrehte. Als Aidan jedoch nicht auftauchte, beschloss ich zum Hof zu gehen. Eventuell war er ja dorthin zurückgekehrt.

Fehlanzeige. Zu Hause fand ich ihn auch nicht. Ich brachte Buster, der den ganzen Weg brav an meiner Seite gelaufen war, als hätte ich wochenlang mit ihm trainiert und nicht Aidan, in seine Box und schloss sie ab. Irgendetwas stimmte nicht. Aidan würde nicht einfach verschwinden und ein Fohlen allein im Wald zurücklassen. Niemals.

Ich kehrte in den Wald zurück und rief lauthals seinen Namen. Der Wind trug meine Worte davon, je näher ich dem Sound of Mull kam. Die Antwort blieb er mir allerdings schuldig. Mein Herz begann schneller zu schlagen, je länger ich Aidan nicht fand. Eine ganze Weile lief ich quer durch die Bäume, um eine möglichst breite Fläche abzusuchen, entdeckte jedoch nicht einmal eine Spur von Aidan. Von irgendwo hörte ich einen Kuckuck rufen und vereinzelte Tropfen Tauwasser fielen von den Bäumen auf mich herab.

Verzweiflung packte mein Herz und drückte es schmerzhaft zusammen, während in meinem Kopf die Gewissheit wuchs, dass ihm etwas zugestoßen sein musste. Hatte Buster ihn getreten und er lag nun bewusstlos auf dem Boden? Ich hatte kein Blut an den Hufen entdeckt, allerdings auch nicht danach gesucht. Verdammt, Aidan, wo bist du?

Irgendwann trat ich an den Rand der Klippen und schaute auf das Wasser hinaus. Der Wind riss an meinen Haaren und wollte mich davontragen über die Weite der schottischen Gewässer.

Da bemerkte ich eine kleine Bewegung, unter mir am Strand. Zuerst dachte ich an einen Vogel, der dort vielleicht im Schnee nach Essbarem suchte. Doch als ich den Blick hinab wandte, fiel er auf den blauen Wollpullover und die Weste. Mein Herz blieb stehen.

»Aidan!«, hauchte ich. Er lag einige Meter unter mir auf einer gefrorenen Schneeverwehung, die sich an den Steinen der Klippe aufgetürmt hatte. Seine Augen starrten zu mir hinauf. Er blinzelte nicht.

Nein! Nein! NEIN!

Ich musste da runter. Sofort. Mir war egal, dass ich im siebten Monat schwanger war und nicht klettern konnte. Ich musste zu ihm. Da er sich gerade bewegt hatte, musste er noch am Leben sein. Denn wenn nicht …

Den Gedanken schob ich beiseite. Ich war Ärztin, verdammt. Wenn ihm jemand helfen konnte, dann doch wohl ich! Mühsam kämpfte ich gegen die Verzweiflung, die mich zu lähmen drohte.

Hektisch sah ich mich um, suchte nach einem Weg hinab, der nicht zu steil war. Etwa hundert Meter weiter gab es einen Abhang, der bis auf den Strand hinabführte. Der Pfad dorthin erschien mir ewig, zog sich, während ich rannte. Ich fühlte mich wie auf einem dieser Laufbänder am Flughafen, wenn man gegen die Laufrichtung läuft. Ich kam nicht voran. Alle paar Schritte sah ich mich um, wollte nicht verpassen, falls Aidan sich bewegte. Brauchte einen Hoffnungsschimmer. Einen Finger, der sich rührte.

Immer wieder rief ich seinen Namen, während ich den Hang hinabrutschte. Er war so steil, dass ich nicht wusste, wie ich ihn je wieder hinaufkommen sollte. Aber das spielte keine Rolle. Ich musste zu Aidan.

Als ich den Strand erreichte, stolperte ich über die Felsen und den Sand am Ufersaum des Sound. Durch den Schnee weiter oben wollte ich nicht stapfen. Das dauerte zu lange. Erst, als ich auf Aidans Höhe war, strauchelte ich auf die beängstigend aufragenden Felsklippen zu, vor denen Aidan lag. Unter meinen Schritten knirschte der Schnee, und ich musste mich konzentrieren, um nicht umzuknicken und der Länge nach hinzuschlagen.

Ich versuchte, die professionelle Ruhe, auf die ich mich in Notfällen immer verlassen konnte, heraufzubeschwören. Der eine Augenblick zwischen zwei Herzschlägen, den ich nutzte, um nicht hektisch zu werden und Fehler zu machen. Doch mit jedem Schritt, den ich auf Aidans leblosen Körper zumachte, wurde mir bewusster, dass es mir nicht gelingen würde. Mein Herz raste so schnell, dass mir jener Moment dazwischen einfach entglitt.

»Aidan!«, keuchte ich der Panik nahe, kaum, dass ich ihn

erreichte. Ich ließ mich neben ihn fallen, und sofort drang kalte Nässe durch den Stoff meiner Hose. Aidan starrte nach oben, atmete jedoch, sodass ich erleichtert aufschluchzte. Als ich ihm ins Gesicht blickte, konnte ich in seinen Augen keine Freude oder Liebe erkennen. Nur Schmerzen. Und es dauerte, bis er zu begreifen schien, dass jemand bei ihm war. Ich wollte ihn an mich reißen, ihn rütteln, um ihn zu mir zu holen in die Gegenwart.

»Aidan, was ist passiert?« Ich packte seine Hand. Sie war eiskalt. Instinktiv griff ich zu seinem Hals, fühlte nach dem Puls und merkte auch dort, dass er unterkühlt war. Eine feine rote Fläche schimmerte unter seinem Kopf. Vermutlich eine Platzwunde am Hinterkopf. »Wie lange liegst du schon hier?«

Aidan versuchte, den Mund zu öffnen, doch es drang kein Laut heraus. Stattdessen schloss er die Augen, und sein Kopf sackte zur Seite auf einen Schneehügel.

Tränen verwischten das klare Bild vor meinen Augen. Notruf, ich musste einen Notruf absetzen. Meine Hände zitterten, und ich musste ein paarmal tief durchatmen, bevor ich in der Lage war, in meiner Jackentasche nach meinem Handy zu suchen. Hoffentlich hatte ich hier Empfang. Erneut fühlte ich Aidans Puls. Unter meinen Fingern pulsierte es, aber schwach und so langsam, dass ich mich konzentrieren musste, um überhaupt etwas zu spüren.

»Aidan, bleib bei mir!«, brüllte ich ihn auf Deutsch an. »Rede mit mir, schau mich an. Irgendetwas. Hauptsache, du bleibst wach.«

Da tutete es in meinem Handy und in der Notrufzentrale hob jemand ab. Hastig und längst nicht so professionell, wie man es von einer Ärztin erwarten sollte, gab ich unsere ungefähre Position durch und erläuterte knapp Aidans Zustand. Die Frau versprach, ein Rettungsboot zu uns zu schicken.

»Danke«, hauchte ich, legte auf und konzentrierte mich auf Aidan. Seine Augen flatterten, er kämpfte gegen die Ohnmacht an, dämmerte immer wieder weg.

»Aidan, bitte, bleib bei mir. Das Boot ist gleich da«, versicherte ich ihm unter Tränen, als ich wenige Minuten später entfernt einen Motor heranrauschen hörte. Im Schutz der Klippen blies der Wind weniger extrem als oben am Waldrand. Ich schaute hinauf, versuchte abzuschätzen, wie tief Aidan gefallen war. Mindestens sieben Meter.

Ich senkte den Blick zu ihm, klammerte mich mit einer Hand an seine und tastete mit der anderen seinen Oberkörper ab. Nur vorsichtig, denn unter meinen Fingerspitzen konnte ich seine Rippen knirschen spüren. Da waren ein paar gebrochen. Ich biss mir auf die Lippen, um ein Aufschluchzen zu unterdrücken. Tränen rannen heiß über meine kalten Wangen.

Hinter mir schwoll das Dröhnen des Motorboots an, offenbar hatten sie uns entdeckt und kamen bis an den Strand gefahren. Ich schaute nicht hin, wollte Aidans Blick festhalten.

Inzwischen waren meine Finger eiskalt, weil ich seine Kälte übernahm. Die Haut über seinem Bauch war hart. Ich konnte nur hoffen, dass er seine Muskeln anspannte, um die Schmerzen zu ertragen, und nicht, weil er innere Verletzungen hatte. Als ich mit meiner tastenden Hand bei der Hüfte ankam, fiel meine Selbstbeherrschung in sich zusammen. Sie ließ sich bewegen. Beide Seiten unabhängig voneinander. Ich warf mich über Aidan und schluchzte, brüllte und verbarg mein Gesicht in seiner Armbeuge.

Eine Hand auf meiner Schulter zog mich langsam, aber mit Nachdruck von Aidan weg. »Guten Tag, was ist passiert?«

»Ich weiß es nicht«, heulte ich und rang um Fassung. »Er … er kam nicht nach Hause, da habe ich ihn gesucht.« Mühsam brachte ich die Worte heraus, ohne zu wissen, wer überhaupt vor mir stand. Verschwommen konnte ich drei orange-rot gekleidete Menschen erkennen. Zwei hockten neben Aidan und eine stand bei mir.

»Doktor?«, hörte ich die Stimme eines Sanitäters. Ich wischte mir über die Augen. Es war eine der Rettungskräfte, denen ich vor einigen Monaten die mit ihrem Auto verunglückte Frau übergeben hatte. Er schien mich wiederzuerkennen.

»Ja«, erwiderte ich schwach und blieb auf dem Schneehügel neben Aidan sitzen, hielt meinen Bauch. Die Kleine darin war unruhig und trat immer wieder, als spürte sie, dass ihr Vater in Gefahr schwebte.

»Können Sie etwas zum Verletzungsmuster sagen?«, fragte der Sanitäter in meine Richtung.

»Ich …« Erneut schluchzte ich und umklammerte meinen Bauch, der auf und ab sprang. Ich schlug eine Hand vor den Mund.

»Schon gut. Wir machen das«, beruhigte mich eine der beiden anderen Rettungskräfte, eine Frau. »Ist er der Vater?«, fragte sie, während sie Aidans Kopf mit einem Stifnek stabilisierte.

Ich nickte, saß allein auf meinem Hügel und konnte nichts weiter tun, als zuzuschauen. All mein Wissen war wie weggeblasen. Vertrieben von dem Schmerz, der in Aidans Augen wohnte. Er sah aus, als ob er schreien wollte, es aber nicht konnte.

Der dritte Sanitäter rannte zum Boot zurück und holte ein Spineboard, das er gleich darauf mithilfe der anderen beiden unter Aidans Körper schob, um ihn hochzuheben.

»Wir bringen ihn direkt in die Praxis«, bestimmte der Rettungssanitäter. Der sorgenvolle Blick, mit dem er Aidan betrachtete, verhieß nichts Gutes. »Er muss dringend operiert werden.«

Die Sanitäterin trat zu mir und ergriff meine Hand. »Kommen Sie.« Die Frau zog sanft an mir, sodass ich von dem Schneehügel aufstand und den Sanitätern auf das Boot folgte. All das konnte nur ein Albtraum sein, dessen war ich mir sicher. Das passierte nicht wirklich. Ich war nach dem Lesen eingeschlafen und träumte. Immer wieder sagte ich mir das und hoffte, dass es stimmte, auch wenn sich der Weg über den unter meinen Füßen knirschenden Schnee, das Wegrutschen auf den glatten Steinen und der Einstieg in das Boot viel zu real anfühlten und damit alle Hoffnungen zerstörten.

Kapitel 24

Der Wind auf dem Sound of Mull stach mir wie winzige Nadeln in die Wangen, während wir in Richtung Hafen rasten. Aidan lag mit dem Kopfteil des Spineboards auf meinem Schoss. Schwach, bewegungslos, aber immerhin mit offenen Augen. Mir brach das Herz bei seinem Anblick. Dieser stets so kraftvolle, lebendige Mann sah aus, als ob er jeden Moment vom Wind davongetragen würde. Wie ein ausgetrocknetes Blatt, das sich bis jetzt am Baum gehalten hatte, nun aber doch in der steifen Brise des Winters verwehte.

Einer der Sanitäter schnitt Aidans Pullover und die Strickjacke auf, schloss ein EKG an, während der andere ihm eine Infusion anlegte. Alles ging rasend schnell. Noch bevor wir aus der kleinen Bucht heraus waren, floss die Kochsalzlösung in Aidans Körper.

Die Frau telefonierte mit Melina, wie ich am Rande mitbekam. Mein Fokus lag auf Aidan. Regelmäßig wischte ich mir die Tränen aus dem Augenwinkel, um keinen Augenblick zu verpassen. Ich streichelte seine Stirn, wollte ihm zeigen, dass er nicht allein und ich bei ihm war. Sein Blick war voller Panik, und ich konnte spüren, dass er unruhiger wurde. Seine Lippen zitterten und seine Brust hob sich nur mit Mühe.

Irgendwann fragte mich einer der Sanitäter vorsichtig, ob er ein Schmerzmittel verabreichen dürfte. Ich nickte. Alles, damit die Qualen aus Aidans Augen verschwanden. Sein Gesicht war so aschfahl, dass ich Angst bekam, er könnte jeden Moment einfach in sich zusammenfallen. Er musste innere Blutungen haben. Die Platzwunde an seinem Kopf war nicht groß genug, dass sie die Blässe erklärte.

Ich schaute zum Sanitäter an Aidans Seite, der den Bauch abtastete. »Die Kälte dürfte ihn am Leben gehalten haben«, sagte er in meine Richtung.

»Dann haben wir ihn noch rechtzeitig gefunden?«, fragte ich hoffnungsfroh. Ich war Ärztin, ich wusste, wie schnell es bei inneren Blutungen gehen musste, egal wie sehr die Umgebungskälte den Blutfluss hemmte. Dennoch war es ein kleiner Strohhalm, an den ich mich klammerte.

»Das wird sich in der Praxis zeigen. Wir müssen uns auf jeden Fall beeilen.«

Ich wandte den Blick ab und konzentrierte mich wieder auf Aidan. Noch immer waren seine Bewegungen, so minimal sie auch sein mochten, hektisch. Mir tat es in der Seele leid, dass ich ihm nicht mehr helfen konnte, als ihm die Stirn zu streicheln. All die medizinische Ausbildung, all mein Wissen nützte mir gar nichts. Hier war ich nur die hilflose Angehörige eines verunglückten, werdenden Familienvaters.

Kurz darauf wirkte das Schmerzmittel, und Aidans Blick klärte sich.

»Kleine Sidhe«, raunte er und versuchte, seine Hand zu heben. Aber er war zu schwach. Der Wind wehte mir die Haare ins Gesicht, während ich mich über ihn beugte, um ihn besser zu verstehen.

»Ruhig, nicht sprechen«, sagte ich und staunte selbst darüber, wie fest meine Stimme klang. Es war, als ob mein Körper wusste, dass ich die Boje sein musste, an die Aidan sich klammern konnte, während um ihn herum ein Sturm das Meer aufwühlte. »Wir sind gleich in der Praxis, und Melina wird sich um dich kümmern.«

Aus Aidans Augenwinkel rann eine einzelne Träne. »Danke«, hauchte er und überstreckte seinen Hals, um nach Luft zu schnappen. Hastig unterstützte ich ihn bei der Bewegung und strich die Haare aus seinen Augen, die der Wind dort hineingetrieben hatte. »Danke, dass du mir gezeigt hast, dass es immer ein Licht gibt. Selbst in der großen Dunkelheit, die mein Herz vor so langer Zeit erfasst hat.« Aidan krächzte, hustete Blut. »Du bist wie ein Stern in dunkler Nacht, der mir den Weg zurück zu meiner Familie gezeigt hat.«

Hemmungslos stürzten Tränen aus meinen Augen. »Du alter Sturkopf sollst doch nicht reden«, schluchzte ich, während ich seinen Kopf drehte, damit das Blut auf den Boden des Boots laufen konnte statt zurück in seinen Hals. Ich bemerkte die Blicke, die die Sanitäter untereinander tauschten, ignorierte jedoch die unausgesprochene Prognose, die sie anstellten. Aidan war stark. Er würde es schaffen. Sie kannten ihn nicht so gut wie ich.

Das Boot bremste, als er aufhörte, Blut zu spucken. Ein kurzer Blick nach oben zeigte mir, dass wir nicht den Fährhafen anfuhren, sondern die Anlegestelle an der Destillerie, die näher an der Praxis lag. Neben einem Truck mit breiter Ladefläche mitten auf dem großen Parkplatz vor dem kleinen Aquarium entdeckte ich Aileen, bevor ich den Kopf wieder zu Aidan senkte.

Seine Haut schimmerte fahl unter dem wolkenverhangenen Licht von Tobermory, und ich konnte den Anblick kaum ertragen. Doch für ihn sah ich nicht weg. Für ihn wollte ich stark sein, egal was es mich kostete.

»Ich liebe dich«, murmelte ich, als seine Lider zu flattern begannen. »Halte durch, bitte. Wir sind gleich da. Bitte, Aidan.«

Aidans Atmung rasselte. »Ich liebe dich auch.« Seine Stimme war kaum mehr als ein Hauch, dennoch hörte ich ihn.

Für diesen einen Moment blieb meine Welt stehen. Ich

spürte seine Liebe wie einen Sonnenstrahl auf meiner Haut. Aidan und ich. Wir würden für immer zusammen sein, gemeinsam auf dem Hof mit den Fohlen und unserem Baby.

Im nächsten Augenblick sackte sein Kopf zur Seite und sein Blick ging an mir vorbei. Leer starrte er in den Himmel, und von der Liebe, die eben noch mein ganzes Sein erfüllt und mir unsere gemeinsame Zukunft gezeigt hatte, war nichts mehr zu sehen. Sie war erloschen. Zusammen mit Aidan.

»Nein!«, brüllte ich und schüttelte ihn, sodass das Spineboard von meinem Schoß rutschte und über den Boden des Boots schlitterte.

Die Sanitäterin war zur Stelle, hob Aidan von meinem Schoß und legte ihn flach hin. Sie riefen sich etwas zu, während der dritte das Boot an den Steg lotste und sofort anlegte. Ich saß wie festgefroren am Bug und konnte mich nicht rühren. Alles in mir stürzte ein, und ich hörte mich selbst schluchzen wie eine wahnsinnige Fremde.

Keine Ahnung, wie lange ich so dasaß, was genau passierte, ein wohltuender Blackout senkte sich auf mich herab, in dem mein Denken und Fühlen taub sein durfte.

Irgendwann sprach mich die Sanitäterin leise an und zog mich hoch. »Kommen Sie, Doc. Ich bringe Sie zur Praxis.«

Noch immer wie betäubt folgte ich der ruhigen Stimme zu einem Auto. Sie redete auf mich ein, ohne dass ich ein Wort verstand. Ich nahm wahr, dass ein paar Menschen auf dem Parkplatz standen, doch ich wusste nicht, wer es war und was sie dort machten.

Kurz darauf saß ich in der Praxis, die bis vor einigen Wochen mein Arbeitsplatz gewesen war. Ich erwartete Aileen zu sehen, doch scheinbar half sie im Behandlungszimmer. Durch die Tür hörte ich Melinas Anweisungen hallen und das EKG, das durchgängig piepte, unfähig, mich zu rühren.

»Wollen Sie reingehen?«, fragte die Sanitäterin, von der ich nicht einmal bemerkt hatte, dass sie neben mir saß und meine Hand hielt.

Alles in mir war taub. Ich spürte nichts. Nur Aidans kalte, starre Augen verfolgten mich und ließen mein Herz stolpern. Aidans Liebe war einfach aus ihm herausgeflossen und versickert. Hatte er geatmet? Ich wusste es nicht, hatte nicht auf seine Brust geachtet.

Aber eigentlich wusste ich es doch.

»Atmen Sie, Doc, atmen Sie«, sagte die Sanitäterin und rieb hart über meinen Rücken.

Da merkte ich erst, dass ich den Atem angehalten hatte, und sog die Luft ein. Dankbar nahm mein Körper sie auf.

»Kommen Sie, ich bringe Sie zu ihm.«

»Aber die OP läuft doch noch«, murmelte ich und deutete auf die geschlossene Tür zum Behandlungszimmer.

Die Frau presste die Lippen zusammen und nickte, schob mich aber dennoch auf die Tür zu, kaum dass ich stand. Sie klopfte kurz an und trat ein.

Aidan lag auf der Behandlungsliege, die Augen geschlossen. Melina stand in ihrem OP-Kittel bekleidet daneben und zog sich gerade die Handschuhe aus. In ihren Augen schimmerten Tränen, ebenso wie bei Aileen.

Das EKG war angeschlossen, der Ton jedoch ausgeschaltet. Die durchgängige Linie, die über den Monitor flackerte, sagte mir alles, was ich wissen musste. All meine Hoffnungen wurden unter diesem Strich begraben.

Mein Blut sackte in meine Beine, und ich stürzte schreiend zu Boden.

Kapitel 25

Die Hühnersuppe war kalt, als ich einen Löffel davon essen wollte. Wie lange hatte ich am Tisch gesessen? Die Uhr zeigte halb zwei.

Ich seufzte und schob die Schüssel beiseite, trank nur einen Schluck von meinem ebenso abgekühlten Tee. Seit zwei Tagen war ich auf dem Hof allein. Allein mit mir. Allein mit meinen Gedanken. Einfach allein.

Ich spürte den altbekannten Kloß in meinem Hals, aber es kam keine einzige Träne. Ich hatte in den letzten Tagen jede vergossen, die in meinem Körper existierte.

Seit Aidan nicht mehr war, hatte ich mich nicht vom Hof wegbewegt. Nachdem ich stundenlang in der Praxis über seinem Körper gelegen und in seine Halsbeuge geschluchzt hatte, bis ich kraftlos in mir zusammensank, hatte Melina mich nach Hause gebracht und war bei mir geblieben, bis ich unter neuen Schluchzern eingeschlafen war.

Gestern war sie frühmorgens mit einem Korb Brötchen bei mir aufgeschlagen und hatte mich gezwungen, etwas zu essen, bevor sie zur Praxis fuhr. Später tauchte Brianna auf, die mir einen Tee kochte und meinen Rücken massierte, bis auch sie zur Arbeit musste.

Ob sie da waren oder nicht, ich saß auf der Couch und starrte ins Feuer. Hatte Mühe, mich aufzuraffen, um dann und wann ein Holzscheit nachzulegen, damit nicht auch noch mein Körper gefror.

Als am Himmel die Raketen explodierten, hörte ich aus der Scheune ein leises Wiehern, aber mir fehlte die Kraft, um nach dem Rechten zu sehen. Außerdem hatte sich Trevor, Aidans Freund, der die Betreuung der Fohlen übernommen hatte, angeboten, die Nacht bei den Tieren zu verbringen.

Heute Morgen war er abgereist, nachdem er mich dreimal gefragt hatte, ob ich nicht für eine Weile bei ihm und seiner Frau wohnen wollte. Er könne sich solange um den Hof kümmern.

Dankend hatte ich abgelehnt und war nach einer kurzen Verabschiedung ins Haus gegangen. Seitdem hockte ich am Esstisch und starrte auf den leeren Platz mir gegenüber. In Gedanken sah ich Aidan, wie er dort saß, seine Zeitung las und genüsslich in einen Apfel biss. Sofort wurde mein Herz schwer, und ich hatte Schwierigkeiten, in der Realität zu verweilen. Ich wollte nur weg. Runter vom Hof und weit weg von allem.

Kaum dachte ich das, klopfte es an der Tür. Ich ging nicht hin, wollte niemanden empfangen. Vermutlich war es ein weiterer Bewohner Tobermorys, den Melina geschickt hatte, um nach dem Rechten zu sehen. Zwei dieser Besucher hatte ich durch mein Desinteresse bereits vertrieben. Aber dieser war hartnäckig und klopfte immer wieder an.

»Kann ich nicht einfach in Ruhe gelassen werden?«, fauchte ich und ballte die Fäuste auf dem Tisch.

»Hier ist Pastor MacLarren. Ich würde gern mit Ihnen sprechen.«

Erschrocken zuckte ich zusammen, ich hatte nicht geglaubt, dass er meine Worte hörte. Ich schloss die Augen. Der Pastor. Wollte er die Formalitäten der Beerdigung erledigen? Ich hatte doch alles Richard überlassen. Er wollte sich kümmern, hatte er versprochen. Wieso also stand jetzt der Pfarrer vor meiner Tür?

Mein linkes Bein war eingeschlafen, als ich mich erhob, und

ich humpelte zur Tür. Vorbei an den Fotos, die Aidan und ich in den ersten Tagen nach meinem Einzug aufgehängt hatten. Bilder von Momenten, in denen wir glücklich waren. Beim Kochen, Wandern oder auf der Weide bei den Fohlen. Besonders liebte ich ein Bild von Aidan, auf dem er Ballerina durch den Wald führte. Ohne Halfter, nur durch pures Vertrauen ineinander. Ich hatte in jener Sekunde abgedrückt, in der sie ihren Kopf durch seinen angewinkelten Arm schob und er überrascht zur Seite sah, weil er nicht damit gerechnet hatte. Jetzt stand ich wehmütig vor diesem Bild und spürte Wut auf die Fohlen in mir aufkommen. Mag sein, dass wir ohne Ballerina niemals zueinander gefunden hätten, dennoch war es Buster, der ihn mir genommen hatte.

»Hallo«, sagte ich zu dem Pastor, nachdem ich die Tür geöffnet hatte. Vor drei Jahren war er an Prostatakrebs erkrankt und regelmäßig zu Kontrolluntersuchungen zu mir in die Praxis gekommen, sodass ich ihn nur in Freizeitkleidung kannte. Ihn nun in seiner Dienstkleidung zu sehen, flößte mir Respekt ein, obwohl ich nicht mal religiös war.

»Guten Tag, Christina. Mein aufrichtiges Beileid zu Ihrem Verlust.« Er ergriff meine Hand mit seinen beiden und drückte fest zu.

»Danke«, hauchte ich und seufzte gleich darauf. »Was kann ich für Sie tun?«

»Darf ich eintreten?«, fragte er und ließ mich los. »Der Wind ist heute wirklich eisig.«

Ich nickte und deutete mit zusammengesackten Schultern ins Wohnzimmer. Irgendwo in mir fand ich einen Rest Manieren und fragte ihn nach einem Tee, den er dankend annahm.

Fünf Minuten später saß er auf der Couch und ich in dem Sessel gegenüber, hielt ebenfalls eine dampfende Tasse in der Hand und sah ihn an. Mir war kalt und ich wollte lieber allein sein. Ich war es leid, Fragen zu erdulden, die ich nicht beantworten konnte. Oder Menschen wie Melina, die ständig wissen wollte, wie es mir ging. Oder der Mann heute Morgen, der hier angerufen hatte, weil eine Lieferung anstand. Dinge, von denen ich keine Ahnung hatte. Fragen, die ich nicht klären konnte. Abgesehen davon, dass mir die Kraft fehlte, um darüber nachzudenken. Dazu kamen die telefonischen Beileidsbekundungen von jenen Bewohnern, die der Höflichkeit Genüge tun wollten, jedoch den Weg hierher scheuten.

»Was kann ich für Sie tun?«, fragte ich schließlich, da der Pastor keine Anstalten machte, ein Gespräch zu beginnen.

»Ich war bis vor einer Stunde bei Richard, und der erzählte mir, dass Aidan eine Freundin hatte, die auf dem Hof lebe. Das war mir nicht bekannt, und ich wollte Ihnen mein Beileid aussprechen.«

»Danke schön.« Es fiel mir schwer, höflich zu klingen. »Das haben Sie bereits an der Tür getan.«

»Das stimmt natürlich.« Er nickte und kriegte jenes pastorale Lächeln hin, das gleichzeitig professionell und persönlich wirkte, sodass man sich unwillkürlich besänftigt fühlte. »Wie Sie vielleicht wissen, ist es meine Aufgabe, eine Rede bei Aidans Trauerfeier zu halten, und mich interessiert, wie Sie beide zusammengekommen sind. In die Rede flechte ich gern persönliche Dinge ein, und da Sie ein großer Teil seines Lebens sind, gehört Ihre Geschichte dazu.«

»Da gibt es nichts Spannendes zu erzählen«, murmelte ich. »Aidan kam mit einem verletzten Fohlen zu mir in die Praxis, weil der Tierarzt gerade nicht verfügbar war. Ich habe Ballerinas Wunde versorgt, und zum Dank hat er mich zum Essen eingeladen. Der Rest hat sich irgendwie so ergeben.«

Interessiert stellte Pastor MacLarren die Tasse mit dem Tee vor sich auf den Tisch und stützte seine Ellbogen auf den Knien ab. »Sie sind doch aber eigentlich eine Humanmedizinerin oder nicht?«

»Ja, aber aktuell nicht.« Ich streichelte mir über den Bauch und musste den Gedanken stoppen, dass die Kleine ohne ihren Vater aufwachsen würde. Es gab so vieles zu regeln, so viel zu klären, dass mir die Luft wegblieb, sobald ich nur daran dachte.

Der Pastor schien meine aufkeimende Beklemmung zu bemerken, denn er lenkte mich mit einem Klatschen auf die Oberschenkel ab. »Dann sind Sie an diesem Tag damals über Ihren Schatten gesprungen und haben etwas gewagt, das Sie nie zuvor getan hatten. Beeindruckend. Wissen Sie, dass Menschen in Extremsituationen die Fähigkeit besitzen, Dinge zu bewältigen, die sie nie für möglich gehalten hätten?«

Er schaute mich eindringlich an, und es war offensichtlich, dass er die Geschichte von Aidan und mir längst kannte. Vermutlich hatte er sie von Richard gehört, oder jemand anders hatte sie ihm erzählt.

»Ich weiß, worauf Sie hinauswollen«, sagte ich mit einem traurigen, wenngleich dankbaren Lächeln auf den Lippen. »Aber das ist nicht zu vergleichen. Damals war das Leben eines Fohlens in Gefahr und nicht mein eigenes zerstört.«

»Christina, ich weiß, Sie mögen das im Augenblick nicht sehen, jedoch sind Sie stärker, als Sie denken. Sie werden es schaffen, denn die Kraft, die Sie dazu brauchen, ist längst in Ihnen.«

Ich seufzte. »Es tut mir leid, aber ich bin eine Frau der Wissenschaft und Medizin, Pastor MacLarren. Ich glaube nicht daran, dass es irgendwo einen Plan gibt, der all das hier aus einem bestimmten Grund geschehen lässt.« Ich musste daran denken, wie ich die beiden Fehlgeburten als Bestrafung für die Abtreibung Jahre zuvor betrachtet hatte und wie es mir als Zeichen vorgekommen war, so schnell und einfach von Aidan schwanger geworden zu sein. Doch ich hatte mich geirrt. Seit Aidan fort war, spürte ich ganz deutlich, wie sinnlos und zufällig sich die Ereignisse aneinanderreihten. Abgesehen vom biologischen Zweck erfüllte das Leben keinen tieferen Sinn.

»Das meinte ich gar nicht«, schmunzelte der Pastor. »Sie haben ein Fohlen gerettet und waren stark für dieses Babypferd. Dabei war es gar nicht das Ihre.« Er deutete auf meinen Bauch. »Vielleicht finden Sie die gleiche Stärke für Ihr eigenes Kind in sich, wenn Sie nur tief genug suchen.« Er nahm seine Tasse, lehnte sich zurück und schlürfte seinen Tee. »Der ist ausgezeichnet. Vielen Dank.«

Pastor MacLarren blieb eine halbe Stunde lang, redete mit mir über die Beerdigung und stellte mir Fragen zu Aidan, die ich ihm wie eine Maschine beantwortete. Hätte ich nur einmal die Emotionen rausgelassen, wäre ich vermutlich erneut zusammengebrochen. All die Erinnerungen, die der Pastor weckte. An unsere Ausflüge, die Picknicks in der Scheune, das gemeinsame Kochen und die wundervollen Stunden vor dem Kamin, in denen Aidan dasaß und nichts weiter tat, als auf seine besondere Art präsent zu sein, während ich ein gutes Buch las. Das fehlte mir so unglaublich, dass ich fürchtete, jeden Augenblick umzufallen, weil mein Herz einfach aufhörte zu schlagen.

»Versuchen Sie, etwas in sich zu finden, das Sie nicht zu finden glauben«, sagte der Pastor zum Abschied.

Ich winkte ihm nur, während ich einen Anflug von Verärgerung spürte. Diese verworrenen Aussagen halfen mir nicht bei meinen Problemen. Entscheidungen mussten getroffen werden, aber mir mangelte es an der Kraft, um mich damit auseinanderzusetzen.

Kaum war der Pastor vom Hof gefahren, legte ich mich ins Bett und rollte mich in meine Decke ein. Ich wollte nicht mehr weinen, wollte nicht daran denken, dass die Beerdigung in fünf

Tagen stattfand und ich nicht wusste, ob ich hingehen konnte. Ob ich den Mut besaß, mich zu verabschieden. Seinen Körper einer Grabstätte zu übergeben, wäre der endgültige Beweis dafür, dass Aidan niemals zurückkehrte.

Ich ließ meine Gedanken treiben, dachte an Buster, der sich beim Herumstrolchen am Bein verletzt hatte und Pflege brauchte. Der Tierarzt schaute regelmäßig vorbei, trotzdem hätte ich längst in der Scheune sein und den Verband wechseln müssen, mich mit Buster und den anderen Fohlen beschäftigen und sie zumindest kurz auf den Paddock lassen, damit sie sich bewegen konnten.

Es gelang mir nicht. Ich fühlte mich leergesaugt, jeder Besuch zerrte an mir und ich konnte nicht aufhören, an Aidan zu denken. Wie wunderschön sein Lächeln gewesen war, das er viel zu selten gezeigt hatte. Oder seine Haare, die ich so gern gekrault hatte, wenn er mittags auf meinem Schoß einschlief, weil die Arbeit mit den Fohlen ihn so forderte.

Ich konnte mir nicht vorstellen, die Scheune zu betreten, in der jenes Tier stand, das für Aidans Tod verantwortlich war. Dafür, dass meine Tochter ohne Vater aufwachsen würde und ich ohne Aidan mein Leben verbringen musste. Dafür, dass ich nun allein war mit einem Hof voller Tiere, die ich nicht sehen wollte. Obwohl sie mich brauchten.

Und ich hasste mich dafür, dass ich nicht in der Lage war, zu ihnen zu gehen. Es fraß mir ein Loch ins Herz bei dem Gedanken, dass ich diese eigentlich unschuldigen, jungen Pferde allein ließ. Doch wenn ich zu ihnen hinüberging, würde ich in ihnen nur jene Wesen erkennen, die mir Aidan genommen hatten.

Es klopfte erneut an der Tür, doch diesmal ging ich nicht hin, wollte niemanden sehen, keine weiteren gut gemeinten Worte hören.

»Süße, es ist helllichter Tag, komm schon, wir gehen spazieren«, hörte ich kurz darauf Melinas Stimme. Leise und dicht bei mir.

Ich blinzelte und sah sie vor meinem Kopfende hocken. Statt zu antworten, drehte ich mich auf die andere Seite.

»Christina, mir ist klar, dass es dir nicht gut geht, aber du weißt genauso gut wie ich, dass das Herumliegen weder dir noch deiner Tochter helfen wird. Du brauchst Bewegung, also los. Wir gehen ein Stück.«

»Nein«, sagte ich kraftlos und spürte, wie der Kloß in mir anwuchs. Er blockierte meine Luftröhre, und ich wusste nicht, wie ich jemals wieder frei atmen sollte.

»Ich habe mir fast gedacht, dass du das sagen würdest, deswegen verordne ich es dir als deine Hausärztin. Du musst spazieren gehen.« Melina drehte mich sanft herum, sodass ich sie ansehen musste.

»Könnt ihr mich nicht alle allein lassen? Ich will nur meine Ruhe«, knurrte ich, und zu dem Kloß gesellte sich eine ordentliche Portion Wut. »Ständig kommen Leute her und wollen sich mit mir unterhalten. Wieso versteht keiner, dass ich das nicht will? Aidan ist gerade mal drei Tage fort – habe ich nicht das Recht dazu, um ihn zu trauern, verflucht noch mal?! Allein!«

Melina zog überrascht die Augenbrauen zusammen. »Niemand verbietet dir zu trauern.« Sie schnaubte. »Doch ich kenne dich. Du denkst, dass du alles allein stemmen musst, und gräbst dich ein, weil es viel zu viel ist. Aber, meine Süße, du bist hier nicht in Deutschland, wo es hip ist, die Dinge mit sich selbst auszumachen. In Tobermory bist du Teil einer Gemeinschaft und ganz und gar nicht allein. Und ich werde nicht zulassen, dass du dich verbuddelst.«

»Melina, ich weiß, du meinst es nur lieb, trotzdem würde

ich jetzt gern einfach schlafen«, erklärte ich ihr, so sachlich ich konnte. »Ich bin müde.«

Melina seufzte und erhob sich. »In Ordnung, aber ich bleibe hier. Und nachher gehen wir spazieren.«

»Mhm«, machte ich nur und zog mir die Decke über den Kopf. Ich hörte, wie sie in die Küche ging und die Tassen spülte, die der Pastor und ich benutzt hatten. Kurz darauf räumte sie im Wohnzimmer etwas hin und her. Eine Weile konzentrierte ich mich auf die Geräusche, die Melina machte, ehe ich langsam einschlummerte.

Ein Tritt meines Babys weckte mich schließlich. Die Sonne schien nur noch knapp über den Wald und Melina lag neben mir auf dem Bett, hielt ihr Handy in der Hand und spielte irgendein Jump'n'Run-Spiel.

Der Schlaf hatte mir gutgetan, auch wenn mir bei Melinas Anblick sofort wieder bewusst wurde, dass auf ihrer Seite des Bettes nie wieder Aidan neben mir liegen würde.

»Bereit für einen Ausflug?«, fragte sie, als sie merkte, dass ich wach war.

»Es ist doch schon fast dunkel. Lieber an einem anderen Tag.«

»Diesmal lasse ich keine Ausrede zu. Du kommst mit, und damit ist gut.«

»Melina, ich habe noch so viel zu erledigen«, beharrte ich, während sie sanft an mir zerrte.

»Was denn?« Herausfordernd sah sie mich an. »Du hast gerade fast zwei Stunden geschlafen. Komm, wir drehen nur eine kleine Runde und reden dabei, in Ordnung?«

»Und wenn ich nicht reden möchte?«

Das drängende Gefühl eines Déjà-vus erfasste mich, ohne dass ich sagen konnte, warum und wo ich diese Situation schon einmal erlebt hatte.

»Dann schweigen wir eben.« Melina zuckte die Achseln. »Wie gesagt: Ich lasse nicht zu, dass du dich von aller Welt verlassen fühlst.«

Einen Moment lang wollte ich sie von mir stoßen. Wie ein Kind bockig sein und mich auf den Boden schmeißen. Stattdessen dachte ich daran, dass genau diese Bockigkeit Aidan so lange von seinem Vater getrennt hatte. Dass er viel Zeit verschwendet hatte, weil er nicht in der Lage gewesen war, den ersten Schritt zu tun.

Ich wollte Melina nicht verlieren. Nicht auch noch sie. »Meinetwegen«, murmelte ich also und schlurfte in den Flur, um in meine Stiefel und die dicke Winterjacke zu schlüpfen.

Der Schnee war inzwischen weggetaut und hatte den Hof in eine matschige Landschaft verwandelt. Es sah so trist aus, wie ich mich fühlte, und am liebsten hätte ich sofort kehrtgemacht, kaum dass wir aus der Tür getreten waren.

Als spürte sie meinen Impuls, hakte sich Melina bei mir unter und zog mich auf den schmalen Weg, der zu den Koppeln führte. »Also, willst du darüber reden?«

Ich schluckte die Angst und die Panik herunter, die sich wie eine Klippe vor mir aufbauten und mich schwindelig machten. »Nein, will ich nicht. Ich will Aidan zurück«, brach es aus mir heraus, und Schluchzer schüttelten meinen Körper so sehr, dass mein Bauch auf und ab hüpfte.

Melina blieb stehen, schloss mich in ihre Arme und hielt mich fest, bis ich wieder normal atmete. Sie reichte mir ein Taschentuch aus ihrer Handtasche. »Es tut mir unendlich leid, dass du ihn verloren hast. Ihr habt euch gut ergänzt.«

»Es war nicht nur das.« Der Damm in mir brach endgültig und ließ heraus, wovor ich hatte flüchten wollen, um nicht davongespült zu werden. »Aidan hat mich verstanden. Er und ich – wir waren im Grunde gleich, haben beide schwere Verluste erlitten, die uns prägten.« Melina verschwamm vor meinen Augen, als ich aufsah und sie anblickte. »Als Ärzte haben wir tagtäglich mit Verlusten zu tun, Melina. Trotzdem können wir im Einzelnen nicht nachvollziehen, wie sehr das Verlorene jemanden fertigmacht. Aber Aidan – er hat das Gleiche gespürt wie ich. Er wusste, wie es sich anfühlt.«

»Seine Familie und deine Babys?«

Ich nickte. »Und jetzt sitze ich hier. Trage seine Tochter unter dem Herzen und weiß nicht, wie ich das alles bewältigen soll.« Plötzlich schrie ich auf den Hof hinaus, brüllte in die kalte Winterluft, was mich zu ersticken drohte. Vom Stall her antwortete mir verunsichertes Wiehern. Es war mir egal; ich schrie ein zweites Mal.

»Womit plagst du dich in diesem Moment?«, fragte Melina vorsichtig, als ich endlich verstummte, weil mein Hals schmerzte, und reichte mir ein Sandwich, das sie aus ihrer Tasche zog.

»Womit soll ich anfangen?« Ich prustete die Luft aus und deutete um mich. »Ich habe keine Ahnung, wie man so einen Hof führt, geschweige denn wie ich mit den Fohlen klarkommen soll. Das Essen für die Tiere reicht nur noch für eine Woche, dann brauche ich Nachschub und weiß nicht, wo ich den herbekomme. In zwei Monaten kommt meine Tochter auf die Welt, und ich werde sie allein großziehen müssen. In einem Land, in dem ich weder einen Job noch eine Perspektive habe. Gehe ich nach Deutschland zurück, bin ich obdachlos. Und ganz obendrein werde ich in fünf Tagen den Mann begraben, von dem ich gehofft hatte, dass wir zusammen alt werden.«

Die Worte purzelten aus mir heraus wie eine Steinlawine. Ich keuchte schwer, als hätte ich jeden Brocken einzeln über meine Lippen geschoben. Doch gleichzeitig schien es mein

Herz zu erleichtern, als hätten die Felsen meine Brust beschwert. Nun, da sie weg waren, konnte ich freier atmen.

»Du glaubst also wirklich, dass du allein bist. Haben dir die Besuche der letzten Tage nicht das Gegenteil bewiesen?«, fragte Melina mit einem verschwörerischen Lächeln. »Ich weiß, dass es schwer zu glauben ist, aber hier in Tobermory sind wir füreinander da. Und wenn du Hilfe brauchst, musst du es einfach nur sagen.«

»Wie soll ich um Hilfe bitten, wenn ich nicht weiß, was ich tun muss? Diese ganze Geschichte mit den Fohlen war Aidans Leidenschaft. Ich habe es als einen Teil von ihm akzeptiert und mich darüber gefreut, dass er so begeistert das Leben von jungen Tieren rettet. Aber ich? Ich bin Ärztin, Melina, keine Tierpsychologin.«

»Verstehe ich.« Melina zog ein zweites Sandwich aus der Tasche, wickelte es aus seinem Papier und biss hinein. »Du könntest Trevor um Hilfe bitten, weißt du. Der kennt die Abläufe ja ganz gut.«

»Ich weiß nicht.« Während Melina sich Remoulade von den Lippen leckte, drehte ich mein eigenes Brot noch immer in den Händen herum. »Er ist zwar nett und hat mir bis jetzt bei den Fohlen geholfen, aber das geht nicht auf Dauer. Schließlich hat er einen eigenen Job und eine Familie. Ich kann ihn nicht dauerhaft an den Hof binden.«

Melina nickte. »Das wohl nicht. Aber er kann dir helfen, eine langfristige Lösung zu finden. Und eines darf ich dir versprechen: Du und deine Tochter, ihr werdet nie allein sein. Und wenn ich bei dir einziehe. Dann kümmern wir uns zu zweit um die Kleine. Ich finde meine Wohnung eh langsam zu klein.« Melina verzog das Gesicht zu einer leidenden Miene, doch ich wusste, dass sie ihre Wohnung mochte und nur darüber meckerte, weil sie glaubte, mir damit zu helfen.

»Du wirst nicht bei mir einziehen. Sonst habe ich Gordon hier die ganze Zeit herumhängen«, kommentierte ich und seufzte.

Melina lief rot an. »Das tut gar nichts zur Sache. Wenn du Hilfe brauchst, bin ich da.«

»Danke, Melina. Das weiß ich zu schätzen. Ich muss aber erst mal selbst überlegen, was ich möchte.« Wir hatten die Koppeln hinter uns gelassen und waren am Waldrand angekommen. Ich drehte mich um. »Der Hof ist schön, aber er erinnert mich die ganze Zeit an Aidan. Jedes Mal, wenn ich das Haus sehe, muss ich an die Abende denken, an denen wir gekocht haben. Oder ich sehe die Scheune und erinnere mich daran, wie Aidan und ich bei einem Gewitter darin gesessen und die Fohlen beruhigt haben. Wir haben bis spät in die Nacht alte Seemannslieder gesungen, weil es das Einzige war, das die Tiere ablenkte.«

Melina lachte. »Aidan hat Shantys gesungen?«

Ein Glucksen purzelte aus meinem Mund. »Verrat es keinem, aber es war seine Lieblingsmusik.« Der Gedanke daran schnürte mir die Brust zu, und erneut hatte ich Mühe, tief durchzuatmen. »Es gibt so viel, das ich hier mit ihm erlebt habe, dass ich nicht weiß, ob ich bleiben kann.«

Melina hielt meine Hand und drückte sie. »Heißt das, du überlegst, nach Deutschland zurückzukehren?«

Ich sah ihr in die Augen und konnte sehen, dass sie Verständnis dafür hätte, auch wenn sie mich vermissen würde. »Ich denke darüber nach, ja. Aber ich weiß es nicht. Es gibt so vieles, an das ich denken muss, und so vieles, das ich nicht einschätzen kann.« Ich löste meine Hand aus ihrer und warf die Arme in die Luft. »Ach, keine Ahnung. Ich wünschte einfach, Aidan wäre hier und wir könnten weitermachen wie vorher.«

Melina nahm mich erneut in den Arm und drückte mich,

diesmal nur kurz. »Normalerweise würde ich dir anbieten, einen Schnaps zu trinken, um den Kopf freizukriegen, aber das geht ja schlecht.« Sie stupste zärtlich meinen Bauch. »Also sage ich nur das eine: Ich bin für dich da. Tag und Nacht. Verstanden?«

Ich nickte und hielt sie ebenfalls fest. »Danke, Melina. Einfach nur danke. Aber ich fürchte, dabei kannst du mir nicht helfen.«

Sie ergriff meinen Arm, hakte ihn um ihren und zog mich in den Wald hinein. Wir liefen schweigend nebeneinanderher, während in meinem Kopf die Gedanken an meine Zukunft herumpurzelten, ohne irgendeinen Halt zu finden.

Kapitel 26

Ich stand vor dem Spiegel und betrachtete das schwarze Kostüm, das Melina für mich von einer korpulenten Bekannten ausgeliehen hatte. An den Armen schlackerte, am Bauch spannte es, trotzdem war es besser als all die bunten Alternativen, die in meinem Koffer lagen oder im Kleiderschrank hingen – und die mir ohnehin nicht mehr passten.

Es klopfte an der Tür, und ich verließ das Schlafzimmer. Eigentlich konnte es nur Richard sein, der mich für die Beerdigung abholen wollte. Ich hatte ihm angeboten, dass ich ihn einsammelte, denn immerhin war er derjenige, der ein kaputtes Bein besaß. Ich war nur schwanger. Dennoch hatte er darauf bestanden, mich zu abholen.

»Hallo Richard«, begrüßte ich ihn und nahm ihn, einer spontanen Regung folgend, in den Arm. Er zuckte zusammen und brauchte einen Moment, um auf diese Form der Zuneigungsbekundung zu reagieren und mich ebenfalls zu drücken. Dabei brummte er wie ein alter, granteliger Bär.

»Gut siehst du aus, Mädchen«, sagte er, als ich mich von ihm löste, und deutete auf mein Gesicht. »Nicht mehr so verquollen.«

Ich presste die Lippen aufeinander. Meine Augenringe hatte ich überschminkt. In den letzten paar Tagen hatte ich immer wieder darüber nachgedacht, wie mein Leben künftig aussehen sollte, welche Optionen mir blieben, was ich mir wünschte. Das hatte mich viel Schlaf gekostet. Genauso wie die Momente, in denen vor lauter Tränen alles um mich herum verschwamm, weil ich an Aidan denken musste.

Aber das wollte ich Richard nicht sagen. Er sah selbst nicht gut aus, und ich wollte ihn nicht zusätzlich belasten.

»Willst du noch was trinken, bevor wir aufbrechen?«, fragte ich und ging in die Küche.

Melina war am Tag zuvor bei mir gewesen und hatte mit mir den Leichenschmaus vorbereitet, der hier Tradition war. Ich wäre am liebsten einfach in den Pub gefahren und hätte mich und die anderen von Mac bedienen lassen, um nach Hause zu fahren, sobald es die Höflichkeit zuließ, und meine Koffer zu packen. Der schottische Brauch verlangte es jedoch, dass wir im Haus der Familie des Toten speisten. Jeder brachte etwas mit und man redete.

»Das kann Stunden dauern«, hatte mich Melina vorgewarnt. »Aber du kannst dich jederzeit zurückziehen und dich ausruhen, wenn dir danach ist.«

Mir war bereits jetzt danach.

»Nein, danke«, lehnte Richard meine Frage nach einem Getränk ab und ging ins Wohnzimmer hinüber. Vor der offenen Schlafzimmertür blieb er stehen. »Willst du verreisen?«, fragte er verwundert und deutete auf den Koffer, den ich heute Morgen angefangen hatte zu packen.

Ich seufzte. Warum hatte ich die Tür nicht geschlossen? Jetzt musste ich ihm gestehen, was ich vorhatte. Vorgestern hatte ich erfahren, dass Aidan mich als Alleinerbin eingesetzt hatte, und mit dem Begreifen war eine Entscheidung in mir gereift. »Ich werde den Hof verlassen und die Fohlen verkaufen.«

Richard runzelte seine faltige Stirn und stützte sich auf seinen Gehstock. »Wieso das?«

»Ich kann das hier nicht, Richard. Es ist zu viel, das mich an ihn erinnert. Jedes Mal, wenn ich in der Küche bin, breche ich fast zusammen, so sehr schnürt es mir die Kehle zu, mich allein dort aufzuhalten, wo unsere Liebe begonnen hat … Er fehlt mir so sehr. So unendlich, und ich habe nicht die Kraft, das alles durchzustehen. Nicht mit der Kleinen in mir, für die ich auch noch da sein muss.«

»Ich verstehe das.« Richard nickte und kam auf mich zu. »Wirst du denn hier in Schottland bleiben oder nach Hause zurückkehren?«

Er sah mich mit großen Augen an, doch mir entging nicht der kurze Blick auf meinen Bauch, der die Intention hinter der Frage enthüllte. Ich schluckte schwer. Aidans Vater hatte seine gesamte Familie verloren, und ich war im Begriff, ihm zu sagen, dass ich ihm auch seine einzige Enkeltochter nehmen würde.

Mein Herz blieb beinahe stehen, so sehr schmerzte es mich. Aber ich hatte eine Entscheidung getroffen. An diesem Morgen erst, während ich mich für die Beerdigung fertig gemacht hatte. Als mir bewusst geworden war, dass ich die Erinnerungen nicht gebrauchen konnte, wenn ich meine Tochter nicht in größte Trübsal großziehen wollte.

»Wenn ich hierbleibe, würde mich alles an ihn erinnern. Ich könnte nicht …« Meine Stimme versagte, als ich die Trauer in Richards Augen sah. Ich brach ihm gerade das Herz. Wieder wollte ich ihn in die Arme schließen.

»Nein, schon gut. Ich sagte doch, ich verstehe das«, erklärte er mit harter Stimme und hob die Hand, um mich auf Abstand zu halten. Er schluckte, sah mir jedoch weiterhin in die Augen. »Ich war damals in der gleichen Situation wie du heute, weißt du? Nachdem meine geliebte Frau Erin und unsere Tochter Tamlin gestorben waren, wollte ich einfach nur weg. Alles hat mich an sie erinnert. Ich konnte keinen Schritt machen, ohne etwas zu sehen, das mich in die Zeit zurückschickte, als sie noch lebten.« Er senkte den Kopf, tippte zweimal mit dem Gehstock auf den Boden. »In eine Zeit, in der ich noch laufen konnte und wir gemeinsam die Straßen von Tobermory entlangschlenderten. Weder konnte ich in den Pub gehen, noch mit einer Tüte Chips beim Einkaufen an der Kasse stehen, ohne das mahnende Gesicht meiner Frau vor mir zu sehen. Sie waren überall, und doch konnte ich sie nicht in den Arm nehmen, wie ich es mir am meisten wünschte.«

Eiswasser perlte durch meine Adern, und ich verspürte den Drang, mir die Ohren zuzuhalten. Der gebeugte Mann vor mir teilte seine intimsten Gefühle mit mir, enthüllte, was er vermutlich nie jemandem gestanden hatte, bloß weil ich zufällig die Freundin seines verstorbenen Sohnes war. Doch ich wollte nicht auch noch seinen Schmerz tragen, denn Richard schilderte genau das, was ich befürchtete. Dass die ständigen Erinnerungen, die mir überall auflauerten, mich verrückt werden ließen, bis ich vor Trauer zerging, statt mein Leben zu leben.

»Aber du bist noch hier«, sagte ich leise und spielte mit der schwarzen, kleinen Handtasche, in die ich Taschentücher und mein Handy gepackt hatte. »Du bist nicht weggezogen. Warum?«

Richards Züge wurden weich und die Falten in seinem Gesicht glätteten sich, während er über sein kaputtes Bein strich. »Aus demselben Grund, warum du mich das gerade fragst. Weil du eigentlich hierbleiben willst. Aber der Schmerz ist allgegenwärtig und du weißt nicht, wie du damit umgehen sollst.« Er seufzte schwer. »Ich mache dir nichts vor, Kindchen, der Schmerz wird bleiben, immer. Und ich habe damals auch nach einer Bleibe auf dem Festland gesucht. Weit weg, Hauptsache nicht in Tobermory. Als ich jedoch mit der Fähre wegfuhr, um mir eine Wohnung anzusehen, fühlte ich mich auf einmal allein, bis in den hintersten Winkel meiner Seele einsam. Ich habe eine Weile gebraucht, bis mir aufging, woran das lag – mir fehlte etwas, das ich in Tobermory immer gehabt hatte. Der Schmerz, der mich mit meinen Mädchen verband. Als ich die Insel, ihr Zuhause, verließ, war ich plötzlich nicht mehr mit ihnen verbunden, sondern auf mich allein gestellt, und das fühlte sich falsch an.« Er atmete durch und wischte sich über die Augen, als pike ihn ein Staubkorn im Augenwinkel.

Ich schaute geflissentlich weg und ließ ihm den Augenblick. Schließlich schnaubte er und sagte: »Jedenfalls war das der Moment, in dem mir klar wurde, dass der Schmerz zu den Erinnerungen dazugehört. Deswegen bin ich noch hier.«

»Und erträgst jeden Tag die Vergangenheit? Wie schaffst du das?«, fragte ich mit einer Hand vor dem Mund, denn auch in mir stiegen die Tränen bereits wieder an. Allerdings nicht vor Trauer, sondern weil ich tief in mir etwas Vertrautes spürte. Eine Verbindung zu diesem Mann, die ich bisher nicht wahrgenommen hatte.

»Schaffe ich nicht. Aber ich habe gelernt, es zu akzeptieren. Wenn ich schlecht drauf bin, dann wissen das alle um mich herum und geben mir den Raum. Jeder wichtige Mensch in meinem Leben kennt meine Geschichte und nimmt Rücksicht. Und das wäre bei dir sicher genauso.«

Er hob den Kopf, und ich sah die Hoffnung in seinen Augen, fragte mich, ob er mir das nur sagte, weil er seine Enkeltochter nicht verlieren oder ob er mir wirklich helfen wollte. In seiner Gegenwart konnte ich nicht klar denken. Seine Gesichtszüge erinnerten mich zu sehr an Aidan.

»Gibst du mir einen Moment?«, bat ich ihn und wandte mich ab, bevor er antworten konnte.

Ich brauchte frische Luft, brauchte die Kälte, um den Kopf freizubekommen und nachzudenken. Im Flur zog ich mir Aidans dicke Strickjacke vom Kleiderhaken, die noch immer dort hing, als warte sie auf seine Rückkehr.

Eisiger Wind schlug mir entgegen, als ich vor die Tür trat. Wolken verhängten den Himmel, und es sah aus, als ob es jeden Augenblick anfangen würde zu regnen. Dennoch wagte ich mich hinaus auf den Hof und lief drauflos. Ohne Ziel ließ ich mich von meinen Füßen leiten.

Wollte ich tatsächlich hierbleiben, wie Richard behauptete? Wollte ich jeden Moment meines Lebens an Aidan erinnert werden, weil es sein Hof war, sein Zuhause? Sollte der Schmerz ein ständiger Begleiter sein? Oder wollte ich weg? Aidan und alles, was ihn ausgemacht hatte, hinter mir lassen?

Meine Tochter strampelte in meinem Bauch, als wollte sie mir eine Antwort auf meine Fragen geben, doch ich verstand nicht, was sie mir mitteilte. Wenn die Kleine erst auf der Welt war, würde ich ihr regelmäßig von ihrem Vater erzählen. Das hatte ich mir geschworen. Ihr berichten, wie süß die winzigen Fältchen um seinen Mund gewesen waren, wenn er gelacht hatte. Und wie kräftig er gewesen war, nicht nur körperlich. Der sprichwörtliche Fels in der Brandung. In der ich nun auf mich allein gestellt war.

Ein Wiehern direkt vor mir riss mich aus den Gedanken, und ich stellte fest, dass ich vor dem Stall stehen geblieben war. Ich wollte umdrehen, denn ganz bestimmt würde ich nicht zu den Fohlen hineingehen, die Schuld trugen an Aidans Tod.

»Wiehert doch, so viel ihr wollt!«, rief ich. »Das bringt ihn auch nicht zurück.« Wütend stand ich vor dem Scheunentor, ballte die Fäuste und rang mit den Tränen. Dieses dumme Babypferd. Warum hatte Aidan es an diesem Morgen ausführen müssen? Hätte er das nicht an einem anderen Tag und mit mir zusammen machen können? Oder überhaupt nicht? Wozu der ganze Aufriss für ein verschrecktes Vieh, das vermutlich eh nie ein normales Leben führen würde? Das keine Verantwortung trug für ein ungeborenes Menschenkind!

All die Wut auf die Tiere, die ich unterdrückt hatte, weil ich nicht in die Nähe der Scheune gegangen war, brach mit einem Mal hervor, und ich riss die Tür auf. Mit weit ausholenden Schritten trat ich bis zur Mitte des Boxenganges und drehte mich einmal um mich selbst.

»Ihr hättet ihn einfach in Ruhe lassen sollen!«, brüllte ich, woraufhin sich links und rechts von mir Wiehern und nervöses Scharren erhob. Recht so. »Dann wäre er jetzt noch am Leben. Aber nein!« Ich lief zu Busters Box. Er stand in der Ecke, seine Ohren flach angelegt, als ich fortfuhr: »Du bist schuld. Wegen dir ist er gestorben! Weil du herkommen musstest und statt dankbar zu sein, dass man dir das verdammte Leben gerettet hat, eigensinnig wie ein sturer Bock warst. Hättest du dich nicht einfach an die neue Umgebung gewöhnen können? Musstest du Aidans Fürsorge dermaßen in Anspruch nehmen, dass er sogar mit dir spazieren ging?«, rief ich und schnaubte, als keine Antwort kam. Nur Busters trauriger Blick begleitete mich, als ich mich von ihm abwandte.

Ich schnaufte, weil ich mich immer weiter in Rage redete. »Ihr könnt mir alle gestohlen bleiben. Jedes Einzelne von euch! Nie wird er seine Tochter kennenlernen, weil er sich um euch gekümmert hat, als ob ihr seine …«

Abrupt hielt ich inne und rekapitulierte den in Wut entstandenen Gedanken. Ich wandte den Kopf, starrte in Busters Box auf das Jungpferd, das mich ruhig ansah und meinen Ausbruch anders als die Fohlen in den Nachbarboxen gelassen hinnahm.

Aidan hatte sie geliebt. Jedes einzelne Fohlen. Als wären es seine Kinder gewesen. Er hatte sich mit diesem Hof eine Ersatzfamilie aufgebaut, weil er nicht daran geglaubt hatte, je wieder selbst eine zu haben. Weil er dachte, es nicht noch einmal ertragen zu können, einen Menschen zu verlieren.

Die Erkenntnis durchzuckte mich und ließ mich gegen

das Gatter der nächsten Box taumeln. Es gab kaum etwas, das Aidan mehr geliebt hatte als diese Tiere. Er hatte diesen Hof mit all seiner Liebe getränkt, hatte Boxen und Stall stets auf Vordermann gehalten, während er sein eigenes Haus vernachlässigte. Für jeden, der herkam, war offensichtlich, wem all seine Fürsorge galt. Aber jetzt erst wurde mir bewusst, was es tatsächlich bedeutete.

Der ganze Hof pulsierte von Aidans Leidenschaft. Jedes von Hand geschnitzte Namensschild der Fohlen. Jedes Foto von den Tieren, das er am Tag ihrer Ankunft an ihre Box klebte. Die Galerie der Fohlen, die auf der Rückseite des Scheunentors hing, sodass nur der sie zu Gesicht bekam, der die Tür von innen schloss.

All das war Aidan. Hier drinnen konnte ich spüren, dass er bei mir war. Und nun verstand ich endlich, was Richard mir hatte sagen wollen. Der Schmerz gehörte dazu. Ich durfte ihn nicht unterdrücken oder verdrängen, indem ich den Ort oder gar das Land verließ. Denn wenn ich das tat, verleugnete ich alles, was Aidan ausgemacht hatte.

Ich sackte auf die Knie und starrte auf Ballerina, die ihren Kopf über das Gatter ihrer Box steckte und mich neugierig ansah. Buster stand direkt daneben. Unser Anfang und Aidans Ende, so dicht beieinander, und doch konnte ich erkennen, dass Aidan die Arbeit mit beiden Tieren gleich geliebt hatte.

Eine Weile saß ich auf dem kalten Boden, bis ich Richards Gehstock über den Hof klackern hörte. Vermutlich suchte er mich. Mühsam rappelte ich mich auf und verließ die Scheune.

Die Sonne strahlte mir warm ins Gesicht und schien mich darin bestärken zu wollen, meine eben gewonnene Erkenntnis in einen Weg fließen zu lassen.

»Alles in Ordnung bei dir, Mädchen?«, fragte Aidans Vater schon von weitem.

Ich lächelte ihm entgegen und seufzte, als sich eine Wolke vor die Sonne schob. »Alles gut«, sagte ich und spürte eine innere Ruhe, die ich seit Aidans Tod vermisst hatte. Immer wenn ich zu Besuch auf dem Hof gewesen war, hatte es sich angefühlt, als ob ich all meine Last am Waldrand abgab, und mit meinem Einzug war ein innerer Frieden in mich eingekehrt, den ich jahrelang vermisst, ja, vielleicht nie in dieser Intensität gespürt hatte.

Ich ergriff Richards Hand, während ich einen Blick über die Schulter warf, durch die geöffnete Scheunentür in die Stallgasse hinein, in der mehrere Fohlen ihre Köpfe über ihr Gatter reckten und mir neugierig nachsahen. Tränen rannen mir über das Gesicht, während ich mich gleichzeitig lachen hörte. Diese Tiere waren ein Teil von Aidans Liebe, ein Teil von mir, ein Teil meiner Trauer. Mir fielen Aidans Worte ein, die er auf dem Rettungsboot so mühsam hervorgebracht hatte. Einen Stern in dunkler Nacht hatte er mich genannt. Unser Anfang, sein Ende. Ein Teil von mir. Mir kam eine Idee.

»Aidan hat dem Hof nie einen Namen gegeben. Was hältst du davon, wenn wir ihn Starlight Farm nennen?«

Richards Unterkiefer fing an zu zittern, und ich konnte sehen, wie die Hoffnung in seine Augen zurückkehrte. »Heißt das, du bleibst?«

Ich atmete die schottische Luft tief ein, spürte die Freiheit und führte seine Hand an meinen Bauch. »Es heißt, dass deine Enkeltochter ihren Großvater kennenlernen soll. Ich bleibe hier und werde Aidans Vermächtnis am Leben halten. Denn Aidan ist ein Teil dieses Hofs. Genauso wie seine Liebe. Und du hast vollkommen recht: Diese Liebe kann nicht ohne den Schmerz überdauern.«

Richard ließ seinen Gehstock fallen und packte mich an den Armen, während es in seinen Augen verdächtig schimmerte.

Ich nahm ihn in den Arm, spürte die leichten Drehungen, die Aidans Tochter in mir machte, und wusste: Eines Tages würde alles gut werden.